Mara Laue
SINGLETON SOUL

SINGLETON SOUL

Ein Edinburgh-Krimi
mit
Rowan Lockhart
von
Mara Laue

goldfinch
verlag

Das für dieses Buch eingesetzte Papier
ist ein Produkt aus nachhaltiger Forstwirtschaft.

1. Auflage 2013

Herausgeber: Goldfinch Verlag, Frankfurt am Main

Herstellung: Goldfinch Verlag, Frankfurt am Main
Lektorat: Stephan Ditschke, Hamburg
Korrektorat: Birgit Rentz, Itzehoe
Umschlaggestaltung: Agentur Guter Punkt, München
Coverbild: © John Law, England
Graphik: Scottish heraldry symbol © Daevid #43012537 - Fotolia.com
Satz: Dryas Verlag, Frankfurt am Main
Gesetzt aus der Palatino Linotype
Druck: Aalexx Buchproduktion GmbH, Großburgwedel

Bibliografische Information der Deutschen Bibliothek:
Die Deutsche Bibliothek verzeichnet diese Publikation in der Deutschen Nationalbibliografie, detaillierte bibliografische Daten sind im Internet über http://dnb.ddb.de abrufbar

ISBN: 978-3-940258-27-4
www.goldfinchbooks.de

VORBEMERKUNG *Alle im Roman genannten Orte sind authentisch. Sofern es sich um die Adressen von nichtöffentlichen Gebäuden handelt, wurden jedoch die Hausnummern aus rechtlichen Gründen frei erfunden. Des Weiteren sind alle Handlungen und Personen fiktiv. Das gilt besonders für die Mitglieder der 52nd Infantry Brigade. Ähnlichkeiten mit real existierenden Personen und Ereignissen wären Zufall.*

Ein Glossar der im Roman verwendeten Ausdrücke und ihrer Aussprache aus dem Scots und dem Japanischen befindet sich am Ende des Buches.

EINS

Donnerstag, 23. August 2012

Sanft schimmerte der kleine Rest des Singleton rotbraun am Grund der meergrünen Flasche. Das Glas daneben war leer. Die männliche Leiche saß schlaff im Sessel. Am Boden lag eine SIG Sauer P226, ganz in der Nähe der rechten Hand des Toten, die über der Armlehne hing. Detective Inspector Bill Wallace stand neben der Wohnzimmertür und ließ den Raum auf sich wirken, ohne den Leuten von der Spurensicherung im Weg zu stehen. Die Verteilung von Blut, Knochenpartikeln und Gehirnmasse an der Wand hinter dem Sessel passte zu dem Bild, dass der Mann sich den Lauf der Waffe in den Mund gesteckt und abgedrückt hatte. Lediglich der aufgeschraubte Schalldämpfer war ungewöhnlich, widersprach aber nicht unbedingt dem augenscheinlichen Selbstmord.

Die fast leere Flasche Singleton und das Glas auf dem Tisch neben dem Toten sprachen ebenfalls für Selbstmord. Der Mann hatte sich erst genug Mut angetrunken und war dann zur Tat geschritten. Zwar war kein Abschiedsbrief vorhanden, aber nicht jeder Selbstmörder hielt es für nötig, irgendjemandem seine Gründe zu erklären. Viele setzten voraus, dass ihre Angehörigen schon wüssten, warum sie diesen Schritt getan hatten. Und wenn nicht, war es den Toten wohl sowieso egal.

Bill aber nicht. Er fragte sich bei jedem Selbstmord, mit dem er es zu tun bekam, wieso der Tote keinen anderen Ausweg gesehen hatte. Ohne Abschiedsbrief, der einen Grund nannte, konnte er nur raten. Wenn der Tote sich wie in diesem Fall zu Hause umgebracht hatte, gab ihm oft die

Einrichtung des Hauses einen mehr oder weniger subtilen Hinweis. Spuren von Armut, Vernachlässigung, Arbeitslosigkeit oder Einsamkeit sprachen Bände. Oder die Reaktionen der Angehörigen verrieten ihm etwas.

In diesem Fall jedoch zeigte sich Bill kein noch so kleiner Hinweis. Das Gegenteil war der Fall. Auszeichnungen in einer Vitrine verrieten, dass Captain Finn Macrae seinem Land im Namen Ihrer Majestät in den vergangenen dreißig Jahren treu und tapfer gedient hatte. Wappen und Clanwimpel der Macraes an der Wand über dem Kamin zeigten, dass er ein traditionsbewusster Mann gewesen war. Sah man von der Schweinerei ab, die die Bluttat verursacht hatte, war zumindest das Wohnzimmer sauber aufgeräumt und zeigte kein Anzeichen von Vernachlässigung.

Bill warf einen Blick durch die offene Tür in den Nebenraum, wo Sergeant Annie Armstrong die Witwe befragte, die ihren Mann bei ihrer Rückkehr vom Einkaufen tot aufgefunden hatte. Sie wirkte überraschend gefasst. Das konnte daran liegen, dass sie noch nicht richtig begriffen hatte, dass ihr Mann nicht mehr lebte. Oder auch an einer traditionellen asiatischen Erziehung, die ihr diktierte, unter allen Umständen die Contenance zu wahren. Es bestand aber auch die Möglichkeit, dass sie und ihr Mann sich auseinandergelebt oder zerstritten hatten. Vielleicht war sie sogar froh über seinen Tod. Was auch immer. Jeder gewaltsame Tod war einer zu viel. Ihn aufzuklären war Bills Job.

Er ging in den Nebenraum, das Esszimmer, an das sich die Küche anschloss, abgetrennt durch eine Schiebetür. Die Taschen mit den Einkäufen, die Mrs Macrae mitgebracht hatte, standen ordentlich nebeneinander auf dem Tisch. Ein Bild, das auf den ersten Blick nicht passte. Bill sah sich um. Ging zur Schiebetür und warf einen Blick in die Küche. Kein Nebeneingang, zumindest nicht in der Küche und auch nicht im Esszimmer. Die Frau musste also in jedem Fall mit ihren Einkäufen durch das Wohnzimmer gegangen sein, in dem ihr toter Ehemann lag, um die Sachen hier abstellen zu können. Bill hatte noch nie gehört, dass eine Ehefrau, die beladen nach Hause kam und ihren Mann tot im Wohnzimmer fand, erst die Taschen in einem Nebenzimmer abstellte, bevor sie die Polizei rief. Jeder normale Mensch würde sie beim Anblick einer Leiche vor Schreck oder Entsetzen oder beidem einfach dort fallen lassen, wo er stand.

Die Frau sah auf, als Bill zu ihr trat. Tiefschwarze Augen wie Abgründe, in denen sich das durch das Fenster scheinende Licht der Sonne spiegelte. Wie zwei Mandeln in einem Gesicht von einer Farbe wie Honigcreme. Glänzendes Haar wie Rabenflügel, das eng an ihrem Kopf lag und akkurat und wie mit dem Lineal geschnitten auf Kinnlänge endete. Perfekt gezupfte Augenbrauen und fein geschwungene Lippen, deren Farbe an reife Pfirsiche erinnerte. Ihre Schönheit musste Macrae bezaubert haben.

Der ungerührte Ausdruck ihres Gesichts störte diesen Eindruck jedoch.

Bill neigt den Kopf. „Mrs Macrae, mein Beileid zu Ihrem Verlust."

Sie stand auf, verneigte sich und murmelte etwas in einer Sprache, die er nicht verstand, ehe sie in fast akzentfreiem Englisch hinzufügte: „Ich danke Ihnen, Sir."

„Ich bin Inspector William Wallace vom CID Edinburgh, vom Criminal Investigation Department. Ich weiß, wie furchtbar und wie bedrückend die Situation für Sie sein muss, Madam, aber ich muss Ihnen ein paar Fragen stellen. Fühlen Sie sich in der Lage, sie zu beantworten? Wenn nicht, hat das Zeit."

Sie senkte den Kopf. „Bitte, fragen Sie." Ihre Stimme klang angenehm melodisch. Bill fragte sich, aus welchem Land die Frau stammte.

„Falls Sergeant Armstrong Ihnen schon dieselben Fragen gestellt hat, bitte ich um Entschuldigung, wenn ich sie wiederhole."

Wieder neigte sie den Kopf. „Bitte, fragen Sie."

„Sie sind, wenn ich das richtig verstanden habe, nach Hause gekommen und haben Ihren Mann gefunden."

„Ja."

„Und woher kamen Sie?"

„Ich habe eingekauft." Sie deutete auf die Tüten und Taschen.

Er nickte. „Sie sind mit den Einkäufen ins Haus gekommen?", vergewisserte er sich.

„Ja."

„Können Sie mir sagen, was genau Sie getan haben, als Sie Ihr Haus betreten haben?"

„Das habe ich schon gefragt, Sir, und Mrs Macrae hat mir die Frage beantwortet." Sergeant Armstrong klopfte mit dem Kugelschreiber auf ihren Notizblock.

Bill ging nicht darauf ein. „Mrs Macrae?"

Sie faltete ihre Hände im Schoß und blickte zu Boden. Sie vermied es, Bill oder Annie Armstrong anzusehen. „Ich habe die Haustür aufgeschlossen, bin durch die Diele ins Wohnzimmer gegangen und habe – meinen Mann gesehen. Tot. Ich habe die Polizei gerufen."

Bill war die kurze Pause nicht entgangen, die sie gemacht hatte. Aber auch das konnte viel oder gar nichts bedeuten. Er war jedoch überzeugt, dass es nicht an mangelnder Sprachkenntnis lag, denn ihr Englisch hatte nur einen kaum hörbaren Akzent.

„Mrs Macrae, wenn ich Sie richtig verstehe, haben Sie, als Sie Ihren toten Mann sahen, zuerst die Einkäufe hier abgestellt und dann die Polizei gerufen."

„Ja." Sie hob den Blick. „Ist das wichtig?"

Er lächelte beruhigend. „Jedes Detail kann wichtig sein. Gibt es Anzeichen dafür, dass während Ihrer Abwesenheit außer Ihrem Mann noch jemand im Haus gewesen ist?"

Ihre Augen weiteten sich. „Sie glauben nicht, dass es Selbstmord war?"

„Dafür gibt es bis jetzt keine Hinweise. Aber da Ihr Mann keinen Abschiedsbrief hinterlassen hat, müssen wir jede Möglichkeit in Betracht ziehen, bis wir die Todesursache zweifelsfrei geklärt haben." Er blickte sie aufmerksam an. „Hatte Ihr Mann Feinde?"

Wieder senkte sie den Blick. „Ich weiß von niemandem."

Bill wartete, ob sie noch etwas sagen wollte, aber sie schwieg. „Mrs Macrae, wissen Sie einen Grund, warum Ihr Mann sich das Leben genommen haben könnte?"

Schweigen. Sie saß vollkommen reglos, als wäre sie eine Statue. Nur ihr Brustkorb hob und senkte sich. Ein klares Ja.

„Bitte, Madam, antworten Sie mir. Wenn es etwas gab, finden wir es sowieso heraus."

„Ich weiß nichts."

Aus Erfahrung wusste Bill, dass es keinen Zweck hatte, in jemanden zu dringen, der sich so abgeschottet hatte wie Mrs Macrae. Deshalb ließ er ihre Lüge vorläufig auf sich beruhen.

„Madam, Ihr Haus ist gegenwärtig ein Tatort. Das heißt, dass Sie nicht mehr darin wohnen können, bis unsere Ermittlungen abgeschlossen sind. Haben Sie Verwandte oder Freunde, bei denen Sie vorübergehend unterkommen können?"

Sie schüttelte den Kopf. „Meine Mutter lebt zwar hier in Edinburgh, aber ihre Wohnung ist viel zu klein. Ich möchte sie nicht belästigen."

In ihrer Stimme schwang ein Hauch von Bitterkeit mit. Oder war es Ärger? Vielleicht würde Bill es in einem späteren Gespräch herausfinden.

„In dem Fall werden wir Sie in einem Hotel unterbringen. Sergeant Armstrong wird Ihnen helfen, ein paar

Sachen zu packen und Sie hinfahren." Er nickte Armstrong zu. „Ich halte so lange Ihren Notizblock, Sergeant."

„Ja, Sir." Sie reichte ihm den Block und stand auf. „Kommen Sie bitte, Mrs Macrae. Zeigen Sie mir Ihr Schlafzimmer, dann packen wir ein, was Sie mitnehmen möchten."

Bill wartete, bis die beiden Frauen das Zimmer verlassen hatten, ehe er Armstrongs Notizen las. Mrs Macrae hieß mit Vornamen Jin-Hee – wie immer man das aussprach – und stammte aus Korea. Sie war mit Macrae seit knapp zwei Jahren verheiratet und arbeitete als Lehrerin an einer Musikschule. Wie Armstrong gesagt hatte, hatte sie sie bereits gefragt, was sie getan hatte, als sie nach Hause gekommen war. Armstrong hatte notiert: „M. gefunden, Tüten i. Nebenzi. abgest., Polizei anger., auf deren Eintreffen gewartet. I. d. Zwischenz. nichts getan, nur gesessen + gewartet." Dahinter stand ein großes Fragezeichen.

„Nur gesessen + gewartet", das musste nicht unbedingt die Wahrheit sein. Daran hegte offensichtlich auch Sergeant Armstrong Zweifel. Aber das würde sich herausstellen. Armstrong kam mit Mrs Macrae zurück. Bill hielt ihr den Notizblock hin.

„Sir, die haben offensichtlich getrennte Schlafzimmer", flüsterte Armstrong ihm zu, als sie ihn entgegennahm. „Ich weiß nicht, ob Mrs Macrae die britische Staatsbürgerschaft besitzt. Wenn nicht, könnte es sein, dass sie und ihr Mann eine Scheinehe geführt haben."

Bill nickte. „Wir prüfen das. Hat die Frau ihren Pass eingesteckt?"

„Nein, Sir."

Dann hatte sie wohl nicht vor, schnellstmöglich das Land zu verlassen. Trotzdem sollte man sie im Auge behalten. „Bringen Sie sie in unserem üblichen Hotel unter, Sergeant, und sagen Sie ihr, dass sie sich zu unserer Verfügung halten soll. Wenn sie sich dazu in der Lage fühlt, bringen Sie sie anschließend aufs Revier und nehmen Sie ihre Aussage zu Protokoll. Ansonsten soll sie morgen früh um neun vorbeikommen."

„Ja, Sir." Armstrong verließ mit Mrs Macrae das Haus. Bill blickte ihnen nach, ehe er ins Obergeschoss ging und sich die Schlafzimmer ansah. Es gab noch viel zu tun.

Die Frau rümpfte die Nase. „Also, die Küche ist ein bisschen klein. Selbst für eine Einbauküche sollte der Kühlschrank größer sein. Und ein Gefrierschrank fehlt völlig. Die Ausstattung ist überhaupt ziemlich dürftig. Auch beim Rest der Wohnung. Da kommt man sich ja vor wie in einer Kaserne."

Rowan Lockhart bewahrte ein gleichmütiges Gesicht. „Die Ausstattung ist ganz bewusst auf das Nötigste beschränkt, damit mein künftiger Mieter sich den Rest nach seinem Gusto einrichten und es sich mit seinen eigenen Möbeln so heimelig wie möglich machen kann."

Die Frau ignorierte den Einwand. „Also, dieser Hinterhofzugang – als wäre man ein Dienstbote." Sie blickte Rowan herausfordernd an. „Also, da müssten Sie mir schon bei der Miete entgegenkommen."

Rowan lächelte liebenswürdig und verneigte sich leicht. „Da ist nichts zu machen. Sumimasen. - Ich bedaure", fügte sie hinzu, als ihr bewusst wurde, dass sie den japanischen Ausdruck benutzt hatte. Sie deutete zur Tür.

Die Frau rauschte ohne ein Wort hinaus, die Treppe hinunter und verließ das Haus mit schnellen Schritten. Rowan widerstand dem Impuls, die Tür hinter ihr zuzuknallen. Sie seufzte, kehrte in ihr Büro im Erdgeschoss zurück und schaltete die Musikanlage ein. Bereits die ersten Töne von Dionne Warwicks Stimme, die „Some Changes Are For

Good“ sang, entspannten sie. Soul hatte schon immer diese Wohlfühlwirkung auf sie gehabt. Rowan genoss es, ihre Lieblingsmusik endlich wieder hören zu können, wann sie wollte und so lange sie wollte. Nicht zu vergessen: so laut sie wollte. Sie schloss die Augen, ließ sich von der Musik tragen und blendete für eine kostbare Weile alles andere aus.

Leider drängten sich die Sorgen nur allzu schnell wieder in ihr Bewusstsein. Mieter für die möblierte Wohnung im Obergeschoss zu finden, war nicht so leicht, wie sie gedacht hatte. Die Frau vorhin war der sechste Versuch gewesen, seit sie heute Morgen das Schild „Möblierte 2-Zimmer-Wohnung zu vermieten“ ins Fenster zur Straße geklebt hatte.

Aber es ging nicht mehr anders. Sie brauchte Geld, wenn auch nicht so dringend, dass sie den Erstbesten als Mieter genommen oder sich eine nörgelnde Zicke aufgehalst hätte, deren Manöver, die Miete zu drücken, mehr als offensichtlich waren. Die Wohnung im Obergeschoss hatte sie nach dem Kauf des Hauses fast ein Jahr lang selbst bewohnt. Ihr Detektivbüro hatte sie im Erdgeschoss auf der linken Seite eingerichtet und in dem riesigen Zimmer auf der rechten Seite, das die Vorbesitzer als Wohnzimmer für ihre achtköpfige Großfamilie benutzt hatten, das kleine Dojo, in dem sie die altehrwürdige Kampfkunst des Togakure-ryu und Selbstverteidigung unterrichtete.

Da sie es sich noch nicht leisten konnte, einen Mitarbeiter einzustellen, der ihr in der Detektei assistierte, kollidierte der Unterricht ab und zu zeitlich mit einer Observation. Nicht alle Schüler hatten dafür Verständnis, wenn der Beginn einer Stunde nach hinten verschoben oder sie vorzeitig abgebrochen werden musste. Aber die Ermittlungsarbeit hatte Priorität, sie brachte mehr Geld ein als der Unterricht. Als Ergebnis hatten sich einige der Schüler komplett abgemeldet, bei den anderen war es wohl nur noch eine Frage der Zeit. Doch einen schlechten Ruf in der Kampfsportszene zu bekommen, konnte sie sich nicht leisten. Deshalb war sie vom Gruppenunterricht zum Einzelunterricht mit flexibel vereinbarten Stunden übergegangen. Seitdem war sie permanent knapp bei Kasse.

Also hatte sie das Dojo in den großen Raum im Keller verlegt, den die Vorbesitzer als Partyraum benutzt hatten, ihre Wohnung im Erdgeschoss eingerichtet und das Schild ins Fenster geklebt in der Hoffnung, bald jemanden für die kleine Wohnung zu finden. Doch das war gar nicht so einfach.

Der erste Anwärter hatte einen zwielichtigen Eindruck gemacht. Der zweite wollte nur die Hälfte der Miete zahlen, die Rowan verlangte. Die dritte wollte mit ihrem Freund einziehen und war schwanger. Rowan hatte weder etwas gegen wilde Ehen noch gegen Kinder, aber gegen den penetranten Haschischgeruch, der an der Kleidung der beiden haftete. Nummer vier war eine indische Familie mit vier Kindern, wirklich nette Menschen, die sie gern als Mieter gehabt hätte. Aber die Wohnung war für sechs Personen einfach zu klein. Nummer fünf war eine frisch von ihrem Mann getrennte Frau, der sie verfolgt hatte und gewaltsam zurückzuholen versuchte, noch ehe sie mehr getan hatte, als Rowan ihren Namen zu nennen. Nummer sechs – die Zicke.

Nun ja. Rowan hatte gewusst, dass ihre Rückkehr nach Edinburgh nicht einfach werden würde. Nicht nur, weil zehn Jahre in Japan sie geprägt und ihrer Heimat entfremdet hatten. Völlig neu anzufangen, war nicht leicht. Erst recht nicht, da sie nicht geplant hatte zurückzukommen. Sie hatte zusammen mit Doro alt werden wollen. Aber es war anders gekommen.

Sie nahm die handlange Welsfigur aus weißer Jade, die neben ihrem Rechner stand, und strich mit den Fingerspitzen über die Oberfläche. Jede Schuppe war naturgetreu ausgearbeitet. Rowan hatte das Gefühl, dass der Wels sie mit seinen steinernen Augen traurig ansah. Wahrscheinlich vermisste er seinen Zwilling. Doch den hatte sie in einem Bankschließfach gelagert. Doros Abschiedsgeschenk. Sie ahnte, dass es ihn eine harte Auseinandersetzung mit seinen Eltern gekostet hatte, ihr die Jadewelse zu überlassen. Sie waren alte Erbstücke der Nobushis, seit Generationen im Familienbesitz. Rowan hatte bei den Nobushis von Anfang an einen schweren Stand gehabt. Eine gaijin, eine Ausländerin, war Doros Eltern für ihren einzigen Sohn zunächst nicht gut genug gewesen. Wahrscheinlich würden sie ihr niemals verzeihen, dass sie Doro verlassen hatte.

Doro dagegen hatte es nicht nur als seine Pflicht erachtet, es war ihm auch ein Bedürfnis gewesen, ihr die Heimkehr zumindest finanziell zu erleichtern. „Als Dank für die zehn wunderbarsten Jahre meines Lebens", hatte er gesagt und ihr zum Abschied die Zwillingswelse geschenkt – wohl wissend, dass sie, wenn es hart auf hart käme, mindestens einen davon würde verkaufen müssen. Einzeln war jede Figur um die hunderttausend Pfund wert. Für das Paar könnte ein guter Auktionator eine halbe Million rausschlagen.

Sie würde sie allerdings nur im äußersten Notfall verkaufen. Sie hatte in Japan zusammen mit einer Partnerin ein eigenes Sicherheitsunternehmen aufgebaut, das gut lief und sich einen hervorragenden Ruf erworben hatte. Von einem Teil ihrer Ersparnisse hatte sie das Haus in der 32B Blackford Avenue angezahlt und sich die ersten Monate über Wasser gehalten. Den Rest des Kaufpreises finanzierte sie über eine Hypothek, die sie monatlich abbezahlte. Wenn nichts dazwischenkam, gehörte das Haus in dreizehn Jahren ihr.

Sie brauchte als Privatdetektivin ein eigenes Büro in

einer ordentlichen Gegend. Immerhin verschaffte es ihr einen Vorteil für ihre Ermittlertätigkeit, dass sie eine Ausbildung bei der Scottish Police vorweisen konnte. Das Diplom hatte sie gerahmt gegenüber der Bürotür an die Wand gehängt, wo es jedem sofort ins Auge fiel. Trotzdem reichte das Geld, das sie verdiente, hinten und vorne nicht. Bevor sie aber einen der Jadewelse verkaufen würde, hatte sie noch einige andere Optionen. Zum Beispiel die Vermietung des Obergeschosses.

Sie stellte den Wels an seinen Platz und strich zärtlich über sein Maul. Eigentlich sollte sie die Figur im Safe aufbewahren. Andererseits käme kein Einbrecher, der sich nicht zufällig mit japanischen Antiquitäten auskannte, auf den Gedanken, dass der Fisch, der auf den ersten Blick wie eine Plastikfigur wirkte, eine sechsstellige Summe wert war. Ganz abgesehen davon, dass ein Einbrecher erst einmal die mit Sicherheitsschlössern und Alarmanlagen gesicherten Türen und Fenster hätte überwinden müssen, ohne den Alarm auszulösen. Das war zwar nicht unmöglich, aber unwahrscheinlich.

Durch das Fenster nahm sie eine Bewegung im Vorgarten wahr. Der nächste Interessent. Stoppelkurzes Haar, das rötlich schimmerte, aufrechte Haltung, dynamische Bewegungen – der Mann war beim Militär, wenn Rowan sich nicht täuschte. Sie ging zur Tür, noch ehe er geklingelt hatte.

Als sie öffnete, straffte er sich und nickte ihr knapp zu. „Guten Morgen, Ma'am. Rory Lennox. Ich interessiere mich für die Wohnung, falls sie noch frei ist. In Edinburgh sind die guten Wohnungen immer schnell weg."

Schotte und eindeutig von hier, wie sie am Scots mit dem gerollten R hörte und daran, dass er „Edinbrah" sagte.

„Ja, die ist noch frei. Kommen Sie rein. Ich bin Rowan Lockhart." Sie führte ihn durch den Flur zur hinteren Tür.

„Die Wohnung hat einen eigenen Eingang. Ums Haus herum durch den Garten." Sie zeigte auf die Kellertür. „Hier geht es zum Keller, der gemeinsam genutzt wird. Waschküche, Trockenraum und so. Sie hätten aber auch noch einen Abstellraum da unten."

Sie ging ihm voran die Treppe hinauf, die in einen schmalen Flur führte, auf dessen rechter Seite die beiden Wohnräume lagen, auf der linken Küche und Bad. Sie zeigte ihm diese zuerst. Seinem Gesichtsausdruck nach zu urteilen fanden sie seine Billigung. Auch das Wohnzimmer gefiel ihm, ebenso das Schlafzimmer. Die spartanische Einrichtung störte ihn nicht. Vom Militär war er sicherlich eine noch spärlichere Ausstattung gewohnt.

„Das ist genau das, was ich suche. Wie hoch ist die Miete?"

„Vierhundert Pfund."

Er zuckt nicht mal mit der Wimper. „Okay."

Rowan atmete auf.

„Bevor Sie zustimmen, mich als Mieter zu nehmen, sollten Sie eines wissen: Ich war Söldner. In ein paar Jahren werd ich zu alt für den Job sein, außerdem hab ich sowieso keine Lust mehr dazu. Ich will mir hier in der alten Heimat den hoffentlich ruhigen Rest meines Lebens einrichten. Bin gerade aus dem Ausland zurück."

Rowan war sich nicht sicher, ob sie einen Söldner unter ihrem Dach haben wollte, Ex oder nicht. Immerhin hatte sie mit ihrer Vermutung ins Schwarze getroffen, dass er beim Militär gewesen war. „Und warum sagen Sie mir das, Mr Lennox?"

Er grinste flüchtig. „Weil einen die Vergangenheit immer irgendwann einholt und solche Dinge früher oder später rauskommen." Er hob abwehrend die Hände. „Keine Sorge, Ma'am. Meine einzige ‚Vergangenheit' ist mein Beruf. Ich hab keine unerledigten Angelegenheiten im Gepäck. Meine Akte ist sauber. Ich will nur, dass

Ihnen von Anfang an bewusst ist, wer ich bin und was ich war. Mit anderen Worten: An dem Geld, mit dem ich meine Miete bezahle, klebt Blut. Wenn auch nicht das von Unschuldigen, darauf hab ich immer geachtet. Falls Ihnen das was ausmacht, nehme ich es Ihnen nicht übel. Wenn Sie die Wohnung lieber jemand anderem geben wollen, ist das okay."

Er blickte sie ruhig an. Rowan versuchte abzuschätzen, was für ein Mensch er war. Er konnte ihr viel erzählen. Seine Behauptung, dass er sauber war, mochte stimmen, konnte aber auch eine Lüge sein. Andererseits hätte er ihr nicht zu sagen brauchen, dass er Söldner war, wenn er etwas zu verbergen hätte. Außerdem wirkte er nicht wie ein Gewalttäter, obwohl er den Hauch von etwas Dunklem ausstrahlte. Aber eben nur einen Hauch. Und wenn sie sich vorstellte, sich noch wer weiß wie viele Bewerber ansehen zu müssen, die ihr den letzten Nerv raubten mit ihren Ansprüchen, ihren quengeligen Forderungen oder ihren Versuchen, um die Miete zu feilschen, erschien ihr der Mann fast wie ein Geschenk.

„Ich halte es mit dem alten Vespasian: Geld stinkt nicht. Wenn Sie mir versprechen, die Miete pünktlich zu zahlen und nicht allzu oft Partys bis in die Nacht zu feiern, können Sie einziehen." Sie zog die Schlüssel aus der Hosentasche und hielt sie ihm hin.

„Keine Sorge. Ich bin nicht der Partytyp und pflege meinen Verpflichtungen nachzukommen. Sobald ich mich eingerichtet habe, werden Sie kaum bemerken, dass ich da bin." Er nahm die Schlüssel und steckte sie ein.

Rowan machte eine Kopfbewegung zur Treppe. „Sie können gleich den Vertrag unterzeichnen, wenn Sie wollen."

Sie führte ihn ins Büro und schob ihm den vorgefertigten Mietvertrag hin. Er las aufmerksam jedes Wort, ehe er den Vertrag unterschrieb und Rowan die Miete in bar auf den Tisch legte. Einschließlich eines Abschlags für die Nebenkosten.

Rowan grinste, schrieb eine Quittung aus und reichte ihm die Hand. „Willkommen zu Hause, Mr Lennox."

„Danke." Sein Händedruck war kurz und fest.

Nachdem er ihr Büro verlassen hatte, nahm Rowan das Schild aus dem Fenster. Falls sie Rory Lennox nicht wieder rauswerfen musste, war die monatliche Hypothekenzahlung gesichert. Als sie das Geld einsteckte, atmete sie auf.

Sie setzte sie sich an den Schreibtisch und sah die Post durch. Die Stromrechnung, Rechnungen für Versicherungsprämien, Telefonrechnungen – Rechnungen, Rechnungen, Rechnungen. Dazwischen als Postwurfsendung eine Einladung zu einer Vernissage, Reklame. Eine Einladung ihrer Schwester Eileen zu ihrer Verlobung am übernächsten Samstag. Handschriftlich, auf einem von einem Block abgerissenen Blatt und beinahe im Telegrammstil. Sie nannte nicht mal den Namen ihres künftigen Verlobten. Wahrscheinlich sollte Rowan nur anwesend sein, damit Eileen ihrem Zukünftigen und seinen Eltern eine intakte Familie vorspielen könnte, worauf das Postskriptum hindeutete: Rowan sollte sich „dem Anlass entsprechend gefälligst ordentlich kleiden".

Sie warf die Einladung in den Papierkorb. Sollte Eileen nachfragen, würde sie einen dringenden Auftrag vorschützen, der eine Observation bis in die Nacht erforderte. Für solche Spielchen war sie sich zu schade. Glückliche Paare ertrug sie auch noch nicht wieder. Und außerdem wollte sie ihren Eltern nicht über den Weg laufen, am allerwenigsten ihrer Mutter. Sie hatten von Anfang an ihre Ehe mit Doro missbilligt und sie ihr mit drastischen Worten auszureden versucht. Ihre Eltern hatten sogar mit Enterbung gedroht – nicht dass sie irgendwelche Reichtümer zu vererben hätten. Schließlich hatten sie den Kontakt zu Rowan abgebrochen, als sie nach Japan gezogen war, und waren nicht mal zur Hochzeit gekommen.

Als sie nach ihrer Rückkehr zum ersten Mal wieder zum sonntäglichen Familienessen gegangen war, um ihren Willen zur Versöhnung zu zeigen, hatte ihre Mutter, noch als sie in der Tür stand, gesagt: „Gott sei Dank bist du endlich vernünftig geworden und hast nicht noch mehr von deinen besten Jahren in diesem schrecklichen Land vergeudet. Es ist noch nicht zu spät, dir einen guten schottischen Mann zu suchen. Das hättest du von Anfang an tun sollen."

Rowan hatte sich umgedreht und war gegangen. Sie und Doro hatten einander geliebt, verdammt, und Rowan hatte Japan lieben gelernt. Es gab dort eine Menge, das sie hier vermisste. Die Kirschblüte, die Steingärten, die Bambuswälder, ihre Arbeit – und Doro.

Sie schüttelte die Gedanken ab und nahm den letzten Brief zur Hand. Er war erheblich dicker als die anderen, fast schon ein kleines Päckchen, und handschriftlich adressiert. Da er keine Briefmarke und keinen Poststempel trug, war er offenbar von einem Eilboten oder vom Absender persönlich in ihren Briefkasten geworfen worden. Als sie ihn öffnete, fielen drei Bündel Hundert-Pfund-Noten heraus. Sie zählte die Scheine. Dreitausend Pfund. Wer schickte ihr so viel Geld?

Sie faltete den beigefügten Brief auseinander, zwei Bögen, mit dem Computer geschrieben. Absender war ein Mann namens Finn Macrae, Captain der 52nd Infantry Brigade. Er schrieb, dass er sich nach gründlichen Recherchen über die in Edinburgh ansässigen Privatermittler für Rowan entschieden hätte, weil sie in dem Ruf stand, gründliche und saubere Arbeit zu liefern und absolute Diskretion zu wahren. Auf die käme es ihm besonders an. Er hege den Verdacht, dass seine Frau ihn betrüge und brauche dafür Beweise. Das Bargeld sei als Honorar für den gesamten Auftrag gedacht. Zusätzlich anfallende Spesen würde er vergelten, sobald er von Rowan einen Abschlussbericht erhalten habe. Er erwarte ihren ersten Zwischenbericht am nächsten Mittwoch unter der angegebenen Postfachadresse, welche die der Garnison der Zweiundfünfzigsten in den New Barracks des Edinburgh Castle war.

Rowan lehnte sich zurück. Sie konnte ihr Glück kaum fassen. Nach ihrer beruflichen Erfahrung mit untreuen Ehepartnern brauchte sie keine Woche, um die Untreue zu beweisen, falls sein Verdacht zutraf. Macrae würde vielleicht schon am Mittwoch ihren Abschlussbericht erhalten. Sie verstand absolut nicht, warum er ihr so viel Geld schickte, ohne vorher überhaupt mit ihr gesprochen zu haben. Und vor allem, ohne sich zu vergewissern, dass sie den Auftrag auch annahm.

Die folgenden Sätze seines Briefes lieferten eine Erklärung: Macrae wollte nicht, dass seine Frau ahnte, dass er sie beschatten ließ, weshalb er auf eine persönliche Kontaktaufnahme mit Rowan im Vorfeld verzichtete. Das Bargeld diente dazu, dass keine Abbuchungen für die Detektei auf seinem Konto auftauchten und die Ehefrau misstrauisch machten.

Dem Brief war ein Foto seiner Frau beigelegt. Rowan verspürte einen kleinen Stich, als sie sah, dass die Frau Asiatin war. Ob Doro sich inzwischen eine neue Frau genommen hatte? Seine Eltern hatten ihn wahrscheinlich dazu gedrängt. Aber wenn dem so wäre, hätte er ihr das mitgeteilt. Sie legte das Foto zur Seite.

Seine Frau Jin-Hee sei Koreanerin, schrieb Macrae, und

er erst seit zwei Jahren mit ihr verheiratet. Am Anfang sei es die große Liebe gewesen und war es von seiner Seite aus immer noch. Aber schon kurz nach der Hochzeit hätte seine Frau begonnen, sich emotional von ihm in einer Weise zurückzuziehen, die ihn immer mehr zu dem Schluss kommen ließ, dass ein anderer Mann im Spiel sein musste. Da seine Arbeit in der Administration der Brigade ihn zu sehr beanspruche – das war wahrscheinlich der Grund für ihr Fremdgehen – konnte er sich nicht persönlich darum kümmern. Deshalb der Auftrag an Rowan. Sollte sie ihn nicht annehmen können, erwarte er die Rücksendung des Geldes an dasselbe Postfach. Es folgten noch ein paar Details über seine Frau und ihren gewöhnlichen Tagesablauf. Der Brief schloss mit der inbrünstigen Hoffnung Macraes, dass er sich irre und sein Verdacht sich nicht bestätige.

Das hoffte Rowan in seinem Interesse auch. Doch aus ihrer beruflichen Erfahrung wusste sie, dass eine solche Hoffnung fast immer vergeblich war. Sie sah auf die Uhr. Bevor sie sich auf die Lauer legte und Jin-Hee Macrae beschattete, musste sie sich erst einmal ein Bild vom Haus der Macraes machen, um den günstigsten Standort herauszufinden, an dem sie nicht auffiel. Sonst könnte ein aufmerksamer Anwohner die Polizei rufen, und das wäre nicht nur der Beschattung abträglich, sondern auch Rowans Ruf. Aber sie hatte zu Hause ihr eigenes Anzen-Unternehmen geführt, eine Sicherheitsfirma, deren Hauptaufgabe darin bestanden hatte, Personenschutz für die Frauen ausländischer Staatsgäste zur Verfügung zu stellen. Sie kannte sich mit dem unauffälligen Ausspähen eines Umfeldes und Überwachung in jeder Hinsicht bestens aus.

Der Trick dabei bestand erstens darin, vorher alle möglichen Punkte zu entdecken, von denen aus ein Attentat möglich wäre, ohne dass die Anwohner bemerkten, dass Rowan und ihre Leute sich umsahen. Trick zwei: Sie und ihre Mitarbeiter mischten sich teilweise unter die Leute, so unauffällig, dass ein etwaiger Attentäter sie nicht als Sicherheitsleute identifizieren konnte. Andere Menschen zu beschatten, ohne selbst bemerkt zu werden, war ihre Spezialität.

Seltsam, dass Japan für sie nach über einem Jahr immer noch der Ort war, an dem sie sich zuhause fühlte. Sie hatte damals Jahre gebraucht, um sich dort einzuleben, nicht nur weil ihre Schwiegereltern ihr am Anfang bei jeder sich bietenden Gelegenheit das Gefühl gegeben hatten, ein störender Fremdkörper zu sein. Japan war faszinierend und exotisch, wunderbar und doch völlig anders als Schottland. An manche Dinge hatte sie sich nie gewöhnen können, etwa an die überfüllten Züge und den rohen Fisch, den es in allen Varianten zum Essen gab. Gar nicht zu reden von der Etikette, die jede Geste und jedes kleine Wort für jede denkbare Situation regelte. Es gab sogar Ausdrücke im Japanischen, die ausschließlich Frauen gebrauchten. Umgekehrt galt es als unhöflich und vulgär, wenn eine Frau stattdessen die „Männersprache" benutzte. Sie hatte so oft Heimweh nach Edinburgh gehabt. Jetzt war sie wieder da – und hatte Heimweh nach Japan. Verrückt.

Sie schüttelte diese Gedanken ab, schloss das Geld im Safe ein und legte eine neue Akte für den Macrae-Fall an. Anschließend verließ sie das Haus und fuhr nach Merchiston zur Polwarth Terrace 11D, wo Macrae sein Haus hatte. Sie parkte den Wagen um die Ecke in der East Castle Road und nahm eine Einkaufstüte mit ein paar Konserven aus dem Kofferraum, die sie immer zur Tarnung dabeihatte. Mit der deutlich sichtbaren Tüte im Arm ging sie in einem Tempo, als wäre sie zielstrebig auf dem Weg zu einem bestimmten Ort, die Straße entlang. Das Bewusstsein der meisten Menschen nimmt nur das wahr, was es zu sehen erwartet. Eine Frau mit einer Einkaufstüte fiel um diese Tageszeit nicht auf.

Sie sah die Polizeiwagen schon von Weitem. Ein kurzer Blick auf die Nummer des Hauses, an dem sie vorbeiging, und die Anzahl der anderen Häuser bis zur Menschentraube, die sich vor dem blau-weißen Absperrband gebildet hatte, verrieten ihr, dass es das Haus der Macraes sein musste. Verdammt, was war da passiert? Sie mischte sich unter die Schaulustigen und versuchte, an den breiten Rücken einiger Männer vorbei etwas zu sehen. Doch bis auf viele Polizisten in Uniform, Zivil und weißen Plastikanzügen, die Spuren sicherten und dafür sorgten, dass die Leute hinter der Absperrung blieben, konnte sie nichts erkennen.

Ein Sarg wurde herausgetragen.

„Oh mein Gott! Das ist doch nicht etwa die Frau vom Captain?", sagte Rowan wie zu sich selbst, aber so laut, dass die Leute um sie herum es hören konnten.

Ein älterer Mann mit Pfeife im Mund fühlte sich bemüßigt, ihr zu antworten. „Naw, ist wohl der Captain selbst." Er musterte sie von oben bis unten. „Kannten Sie ihn?"

„Was man so kennen nennt." Sie hob die Einkaufstüte an. „Ich liefere Einkäufe aus."

Der Mann sog an seiner Pfeife und blies den Rauch aus. „Ich glaub nicht, dass er die noch braucht. Und die Polizei lässt Sie sowieso nicht rein."

Das erwartete Rowan auch nicht. Aber jetzt hatte sie einen guten Grund, noch eine Weile hierzubleiben. Was war hier passiert? Da die Polizei in so großer Zahl vor Ort war, konnte sie ausschließen, dass Macrae, wenn er es denn war, eines natürlichen Todes gestorben war. In jedem Fall war ihr Auftrag damit hinfällig. Mist! Was sollte sie nun mit dem Geld tun?

Ein Polizeibeamter in Zivil kam aus dem Haus und sprach mit einem Uniformierten. Rowan erkannte ihn sofort. Bill Wallace hatte sich kaum verändert, seit sie ihn vor elf Jahren zuletzt gesehen hatte. Er hatte sie nach ihrem letzten Aufenthalt in Edinburgh, wo sie die letzten Dinge geregelt hatte, bevor sie für den geplanten Rest ihres Lebens nach Japan verschwand, zum Flughafen gebracht, sie umarmt und ihr alles Gute gewünscht. Sie hatte nicht erwartet, ihn jemals wiederzusehen. Doch eigentlich hätte sie damit rechnen müssen, dass früher oder später einer ihrer Fälle sie wieder zusammenführen würde.

Die Art, wie er sich bewegte, war immer noch dieselbe. Und wie früher hatte er die Angewohnheit, sich zweimal mit der Hand von vorn nach hinten durch das Haar zu fahren, bevor er eine Entscheidung traf. Billy Braveheart. Erinnerungen wurden wach, begleitet von einem Gefühl der Wehmut. Da seine Eltern ihn wie viele andere Söhne des Wallace-Clans nach dem schottischen Nationalhelden William Wallace benannt hatten, bekam er wie nahezu alle anderen William Wallaces seit dem Film mit Mel Gibson den Spitznamen „Braveheart“. Dass sie ihn ausgerechnet heute wiedersah ...

Sie versuchte, seine linke Hand zu sehen, um zu erkennen, ob er einen Ehering trug. Wahrscheinlich ja. Die Frauen waren schon früher hinter ihm her gewesen. Bill besaß ein angenehmes Wesen, einen tiefgründigen Humor und eine Art, mit Menschen umzugehen, dass man gern mit ihm zusammen war. Nachdem er sich in seinem Traumberuf etabliert hatte, hatte er bestimmt eine Familie gegründet. Rowan war sich sicher, dass sie genau sagen konnte, wie Mrs Wallace sein musste: geradlinig, zupackend, eigenständig und vor allem klug genug, ihm seine kleinen Freiheiten zu lassen. Zum Beispiel den Besuch im Pub einmal die Woche und sein Glas Singleton zum Feierabend.

Bill warf einen Blick auf die Schaulustigen. Sie wusste, was ihm in diesem Moment im Kopf herumging. Falls es sich um Mord handelte – worauf seine Anwesenheit hindeutete –, überlegte er, ob der Täter in der Menge stand.

Falls es kein Mord war, versuchte er, anhand des Gesichtsausdrucks der Leute zu erahnen, wer ihm vielleicht Informationen geben könnte, die ihm weiterhalfen. Seine Augen wurden groß, als er Rowan sah. Er nickte dem Beamten zu, mit dem er gesprochen hatte, und kam lächelnd auf sie zu.

„Ah, ist Zeit zu verschwinden", stellte der Mann mit der Pfeife fest. „Wenn die Polizei erst mal anfängt, Fragen zu stellen, wird man die so schnell nicht wieder los."

Er ging hastig davon. Andere Umstehende folgten seinem Beispiel. Bill beachtete sie nicht. Er schlüpfte unter dem blau-weißen Absperrband hindurch, blieb vor Rowan stehen und musterte sie von oben bis unten.

„Row? Bist du es wirklich?"

Seine Stimme klang noch genauso, wie sie sie in Erinnerung hatte, warm, dunkel und melodisch.

Sie lächelte. „Nein, ich bin der Geist der vergangenen Weihnacht und gekommen, um dich heimzusuchen."

Er lachte über den alten Scherz, den es gab, seit sie als Schulkinder in einer Aufführung von Dickens' „A Christmas Carol" mitgespielt hatten, Bill als Ebenezer Scrooge und Rowan als Weihnachtsgeist. Eine denkwürdige Aufführung, da sie beide ganz spontan ihre Figuren auf eine sehr eigene Weise interpretiert hatten, die nicht immer Dickens' Textvorlage entsprach. Mrs Inglewood, ihre Lehrerin, war entsetzt gewesen. Die Zuschauer hatten dagegen vor Lachen unter den Stühlen gelegen, als Rowan „Scrooge" mit Fußtritten in den Hintern vor sich hergetrieben und auf diese Weise zum Mitkommen gezwungen hatte. Wobei sie ihm wortreich aufgezählt hatte, was für ein Idiot er war und jedes Wort mit einem Tritt begleitet hatte. Oder als sie ihm eine Kopfnuss verpasst und unverblümt gesagt hatte, dass seine Geliebte eine weise Entscheidung getroffen hätte, Scrooge in den Wind zu schießen, da es bessere Männer als ihn an jeder Straßenecke des Kingdoms gäbe.

Bill fasste sie bei den Schultern und drückte sie, als müsste er sich davon überzeugen, dass sie Substanz besaß und kein Geist war. Kein Ehering oder Verlobungsring an seiner Hand. Er umarmte sie kurz, aber fest, ehe er sie auf Armeslänge von sich weg hielt und ansah. „Row, was machst du hier?"

Sie hob die Einkaufstüte an. „Hab hier was zu tun." Nicht gelogen und es widersprach auch nicht ihrer Behauptung vor dem Mann mit der Pfeife. Der war zwar gegangen, aber andere hatten auch mitgehört. Sie wollte niemanden provozieren, sich einzumischen und mit boshafter Genugtuung ihre Lüge auffliegen zu lassen. Davon abgesehen hatte Bill es nicht verdient, dass sie ihn anlog; erst recht nicht bei ihrer ersten Begegnung seit elf Jahren.

„Zu tun? Ist – Hidoro auch hier?"

„Nein. Ich ..." Sie schüttelte den Kopf. Er wollte mehr wissen, das sah sie ihm an. „Ich bin zurück. Allein."

„Oh. Ist mit deinen Eltern was passiert? Ist jemand ..."

„Der Familie geht es gut", beruhigte sie ihn. „Ich bin einfach wieder da. Was ist hier eigentlich los?"

Er grinste. „Tut mir leid, Row, das darf ich dir nicht sagen, das weißt du doch." Er warf einen Blick zum Haus, ehe er sie wieder ansah. „Hast du heute Abend Zeit? Wir könnten uns im Guildford Arms treffen. So wie früher."

„Aber gern." Sie lächelte und stellte fest, dass sie sich schon jetzt darauf freute, mit ihm in Erinnerungen zu schwelgen und zu erfahren, wie es ihm inzwischen ergangen war. Trotz der Jahre in Japan, während der Schottland für sie immer mehr in den Hintergrund getreten war und in denen sie keinen Kontakt mehr zu Bill gehabt hatte, spürte sie einen Hauch der alten Nähe zu ihm. „Um sieben?"

Er nickte. „Das passt gut. Bis heute Abend. Cheerio, Row."

„Cheerio, Bill."

Bill ging zum Haus zurück. Bevor er es betrat, drehte

er sich noch einmal um und winkte ihr zu. Rowan winkte zurück und ging anschließend zu ihrem Wagen. Sie war sich sicher, dass sie heute Abend erfahren würde, was hier passiert war. Bill mochte in der Öffentlichkeit als der korrekteste Polizist auftreten, den es gab, aber wenn er mit ihr unter vier Augen war, würde er reden. Bis heute Abend konnte sie noch ein paar Dinge erledigen.

Sie fuhr nach Hause. Als sie den Wagen vor dem Haus parkte, hielt ein Taxi hinter ihr, aus dem Rory Lennox ausstieg. Er bezahlte den Fahrer und holte zwei prall gefüllte Seesäcke aus dem Kofferraum, die er sich auf die Schultern lud. Rowan hielt ihm die Gartentür auf.

„Danke, Ma'am."

„Sie können vorn mit mir durchkommen. Dann müssen Sie nicht hinten rum reingehen."

Er nickte. Rowan schloss die Haustür auf und wollte ihn eintreten lassen. Er ließ ihr mit einem Nicken den Vortritt. Sie hatte sich immer noch nicht wieder daran gewöhnt, dass in Schottland die Höflichkeit gebot, den Frauen den Vortritt zu lassen. In Japan war es umgekehrt. Sie ging durch den Flur und schloss die Tür auf, die den hinteren Bereich des Hauses von ihrem trennte.

Lennox blieb stehen. „Hab gesehen, dass Sie da im Keller einen feinen Trainingsraum haben, Ma'am. Hätten Sie was dagegen, wenn ich ihn ab und zu mitbenutze? Gern auch gegen Gebühr."

„Solange ich darin keinen Unterricht abhalte, können Sie ihn benutzen, wann Sie wollen. Auch ohne Gebühr."

Er blickte sie ausdruckslos an. „Darf ich fragen, was Sie unterrichten?"

„Selbstverteidigung für die Allgemeinheit und Togakure für einige handverlesene Schüler." Sie grinste. „Dass ich Kampfkunst unterrichte, sollte Ihnen die Einrichtung des Dojos längst verraten haben."

Er grinste ebenfalls. Für einen Moment. „Das hat sie."

Er zögerte kurz. „Hätten Sie vielleicht Bettzeug, das Sie mir leihen können?“ Er hob die Seesäcke an. „Mein ganzer gegenwärtiger Besitz. Ich werde mir in den nächsten Tagen ein paar Dinge zukaufen. Es ist Ihnen doch recht, wenn ich mich sozusagen ausbreite?“

Sie nickte. „Sie haben die Wohnung gemietet, Sie können sich darin ausbreiten, wie Sie wollen. Solange Sie sie nicht demolieren.“

Er schüttelte den Kopf. „Hab ich nicht vor.“

„Ich bringe Ihnen gleich das Bettzeug.“

„Danke, Ma'am.“

„Und sagen Sie nicht immer ‚Ma'am‘ zu mir. Dann komme ich mir so alt vor.“

Er grinste. „Keine Sorge, Ms Lockhart, das sind Sie noch lange nicht.“

Sie nickte ihm zu. „Wenn Sie sonst noch was brauchen, scheuen Sie sich nicht zu fragen.“

„Mache ich.“ Er sah sie nachdenklich an. „Scheint Ihnen tatsächlich nichts auszumachen, dass ich Söldner war.“

„Haben Sie das erwartet, obwohl ich Ihnen die Wohnung vermietet habe?“

Er wiegte den Kopf. „Menschen sind manchmal seltsam. Ich habe gelernt, mit allem zu rechnen.“

Das hatte sie auch, nachdem ihre Lebensplanung schon zweimal eine ganz andere Wendung genommen hatte, als sie gedacht hatte. „Wir haben alle unsere Vergangenheit, Mr Lennox. Ich werde Ihnen Ihre ganz sicher nicht vorhalten. Mal ganz abgesehen davon, dass sie mich nichts angeht.“ Sie blickte ihn aufmerksam an. „Ich kann mich des Gefühls nicht erwehren, dass Sie was Bestimmtes auf dem Herzen haben.“

Er sah ihr sekundenlang in die Augen, ehe er den Kopf schüttelte. „Ich möchte nur sichergehen, dass ich eine Weile bleiben kann. Idealerweise lange genug, um zur Ruhe zu kommen. Falls Ihnen also inzwischen irgendwelche Zweifel gekommen sein sollten ..."

„Ganz und gar nicht. Wie ich schon sagte, solange Sie nicht die ganze Zeit Partys feiern oder randalieren, können Sie bleiben, so lange Sie wollen."

„In Ordnung." Er tippte sich grüßend an die Stirn und stieg die Treppe hinauf.

Rowan ging in ihr Büro. Lennox war ein merkwürdiger Typ, aus dem sie nicht so richtig schlau wurde. Eigentlich brauchte sie keine lange Unterhaltung mit jemandem, um ihn beurteilen zu können. Sie besaß nicht nur als Ermittlerin eine gute Beobachtungsgabe und Intuition. Ihre zehnjährige Kampfkunstausbildung hatte beides noch mehr geschärft, ebenso wie all ihre Sinne. Schließlich gehörte nicht nur die Entwicklung körperlicher Fähigkeiten, sondern auch das Trainieren der geistigen und spirituellen Fähigkeiten zum Togakure-ryu.

Trotzdem fiel es ihr schwer, Lennox einzuschätzen. Er wirkte, als wäre er nicht ganz in dieser Welt. Wenn er wie sie mehrere Jahre fern seiner Heimat verbracht hatte, war es kein Wunder, dass er deplatziert wirkte, irgendwo dazwischen und nirgendwo zu Hause.

Verdammt, sie fühlte sich doch auch immer noch fremd. Und die Telefonate mit Doro und die Briefe, die sie sich schrieben – manchmal sogar Haikus und Senryus in schönster Kalligrafie –, trugen auch nicht dazu bei, dass sie wieder mit Herz und Seele in Schottland zu Hause war. Wie sollte sie? Japan war in ihre Seele gedrungen wie Doro in ihr Herz. Beide würden für immer darin sein. Schottland bekam den Rest. Und der war gegenwärtig nicht annähernd so groß, wie Rowan sich das wünschte.

Wie so oft hatte sie das Gefühl, einen großen Fehler begangen zu haben, indem sie Doro und Japan verlassen hatte. Sie holte das handgeschöpfte Papier, Tuschestein und Pinsel aus der Schublade, rührte die Tusche an und schrieb ein Senryu, nur drei Zeilen zu fünf, sieben und wieder fünf Silben. Mit der linken Hand. Doro würde erkennen, dass sie es mit links geschrieben hatte, obwohl sich die Kanji-Schriftzeichen nur subtil von denen unterschieden, die sie mit rechts schrieb. Über die auf den ersten Blick unverfänglichen Worte hinaus würde der Gebrauch der linken Hand ihm sagen, wie es um sie stand. Wenn er das Senryu las, würde er sie in Gedanken in die Arme nehmen und trösten.

Sie vermisste ihn so sehr. Aber es gab keinen Weg zurück, nachdem sie ihre Wahl getroffen hatte. Eine Wahl, die sie hatte treffen müssen, weil sie keine Japanerin war und niemals wirklich eine hätte sein können. Dazu steckte Schottland zu tief in ihr. Doch das hatte sie erst in dem Moment begriffen, in dem sie sich hatte entscheiden müssen.

Als eine Träne auf das Papier tropfte und den letzten Pinselstrich verwischte, wurde ihr bewusst, dass sie weinte. Sie wischte sich mit dem Ärmel über die Augen. Es hat keinen Sinn zu weinen, denn Tränen ändern nichts – eines der Mantras in der Nobushi-Familie, das sie wie so viele andere verinnerlicht hatte. Tränen mochten keinen Sinn haben, aber sie erleichterten einem das Leben manchmal ungemein. Vor allem die Seele.

Sie faltete das Papier mit dem Senryu sorgfältig zusammen, nachdem die Tusche getrocknet war, steckte es in einen Umschlag und schrieb Doros Adresse darauf. Sie würde ihn nachher auf dem Weg zum Guildford Arms in den Briefkasten werfen. Bevor sie noch deprimierter wurde, schaltete sie Musik ein – „Whisper In The Dark“. Dann nahm sie die Mappe, in der sie Macraes Brief abgeheftet hatte, und las ihn noch einmal durch. Macrae war tot und der Auftrag damit hinfällig. Eigentlich müsste sie das Geld seiner Witwe zurückgeben, die schließlich seine gesetzliche Erbin war. Aber wäre das klug?

Das musste sie nicht jetzt entscheiden. Am besten, sie wartete ab, was Bill heute Abend zu berichten hatte. Danach würde sie wissen, was sie tun sollte.

Bill blickte sich noch einmal am Tatort um. Im Moment gab der nichts mehr preis, was ihm hätte weiterhelfen können. Das Team von der Spurensicherung war fleißig bei der Arbeit und würde das auch noch eine ganze Weile bleiben. Er war hier überflüssig. Also zurück zum Revier. Selbstmord oder nicht, es gab eine Menge zu tun. Zum Beispiel Macraes Hintergrund zu überprüfen. Auch ein Selbstmord hat einen Grund, und es war Bills Pflicht, ihn herauszufinden.

Sergeant Armstrong kam zurück. „Ich habe Mrs Macrae im City Hotel untergebracht, Sir. In einem ordentlichen Zimmer, das ..."

„Ich nehme an, Sie haben ihr noch ein bisschen auf den Zahn gefühlt." Bill sah Armstrong auffordernd an.

„Ja, Sir. Meine Vermutung, dass es sich bei den Macraes um eine Scheinehe gehandelt haben könnte, trifft nicht zu. Mrs Macrae ist britische Staatsbürgerin. Das war sie schon ungefähr ein Jahr, bevor sie ihren Mann geheiratet hat. Sie lebt seit über acht Jahren im Land und kam mit ihren Eltern als Flüchtling aus Nordkorea. Den Job als Musiklehrerin hat sie aber erst nach ihrer Heirat mit Macrae bekommen."

Keine Information, die ihm weiterhalf. Eine laute Stimme ließ ihn zum Eingang blicken. „Wer ist hier verantwortlich?"

Drei Männer in Armeeuniform standen in der Tür und blickten sich suchend um. Redcaps – Mitglieder der Royal

Military Police. Verdammt, waren die schnell. Woher wussten sie von Macraes Tod?

„Das bin ich. Detective Inspector William Wallace. Was kann ich für Sie tun?"

Der Älteste der drei kam zu ihm und salutierte. Bill unterdrückte den Impuls, das ebenfalls zu tun.

„Major Kenneth Gallagher, Royal Military Police. Ich habe die Anweisung, Captain Finn Macrae zu verhaften." Er sah sich um. Sein Blick blieb auf dem blutverschmierten Sessel haften. „Wo ist er?"

„In der Gerichtsmedizin. Sie kommen zu spät, Major. Mr Macrae wurde heute Mittag tot aufgefunden."

Gallagher spreizte die Beine schulterbreit und legte die Hände zusammengefaltet auf den Rücken in perfekter At-ease-Haltung. „Tot. Wie?"

„Kopfschuss durch den Mund ins Gehirn. Vermutlich mit seiner eigenen Pistole."

Gallagher sah an ihm vorbei und betrachtete die Blutspuren an der Wand hinter dem Sessel, in dem Macrae gefunden worden war.

„Selbstmord?"

Bill wiegte den Kopf. „Das wäre möglich. Nach der Autopsie wissen wir mehr. Darf ich fragen, was der Captain sich hat zuschulden kommen lassen?"

„Sie dürfen." Gallagher hatte offensichtlich nicht die Absicht, ihm zu antworten. Stattdessen sah er sich weiter um.

„Kommen Sie, Major. So viel werden Sie mir doch wohl sagen dürfen. Ich finde es sowieso heraus. Wir stehen doch alle auf derselben Seite."

Gallagher sah ihm kurz in die Augen. Bill lächelte gewinnend.

Schließlich nickte der Major. „Er wird beschuldigt, geheime Militärinformationen ins Ausland verkauft zu haben."

Bill stieß überrascht die Luft aus. „Das wäre Hochverrat."

„Sie sagen es. In Anbetracht dessen scheint mir Selbstmord recht wahrscheinlich zu sein."

Das sah Bill genauso. Auch wenn man für Hochverrat nicht mehr gehängt wurde, wie es noch bis 1998 ausschließlich für dieses Verbrechen theoretisch möglich gewesen wäre, hatte ein Verräter mit einer lebenslangen Freiheitsstrafe zu rechnen. Von dem ganzen Medienrummel und der damit einhergehenden Schmach gar nicht zu reden. Je nachdem, was für ein Mann Macrae gewesen war, passte es durchaus, dass er sich dem Prozess durch Selbstmord entzogen hatte.

„Wo ist seine Frau? Wir müssen sie befragen."

Bill hob abwehrend die Hände. „Mrs Macrae ist Zivilistin."

Gallagher nickte. „Sie könnte mit der Sache zu tun haben."

„Weshalb? Weil sie aus Nordkorea stammt?"

Wieder sah der Major ihm unbewegt in die Augen, aber sein Zögern verriet ihn.

„Sagen Sie nur nicht, Macrae soll ausgerechnet an Nordkorea verraten haben."

„Möglicherweise. Also wo ist sie?"

Bill zögerte. Die Frau mochte ihm unsympathisch sein, aber rechtfertigte das, sie der MP auszuliefern? Besonders im Hinblick auf die Tatsache, dass die Royal Military Police kein Recht hatte, Zivilisten zu befragen. „Wir haben sie in einem Hotel untergebracht. Ob Sie sie allerdings befragen dürfen, darüber sollten Sie mit unserem Detective Chief Superintendent Màire Murdoch sprechen. Sie wird das entscheiden."

Gallagher, der immer noch in At-ease-Haltung vor ihm stand, kniff die Augen zusammen. „Sie wissen, dass die Military Police auch das Recht hat, Zivilisten festzunehmen, wenn ein begründeter Verdacht vorliegt, dass sie in ein Verbrechen involviert sind, selbst wenn das nicht unbedingt einen Bezug zum Militär hat."

Bill nickte. „Das ist mir bewusst, Major. Das gilt aber nur für den Fall, dass kein nicht-militärischer Polizist greifbar ist, um die Festnahme vorzunehmen. Sie haben nicht das Recht, ohne Weiteres eine Zivilistin zu befragen. Nicht einmal, wenn sie tatsächlich ein Verbrechen begangen hätte." Er hob eine Hand, als Gallagher etwas sagen wollte. „Wenn ich Sie recht verstanden habe, gibt es keine Beweise dafür, dass Mrs Macrae an dem Verrat ihres Mannes beteiligt war."

Gallagher presste kurz die Lippen zusammen. „Nein. Bis jetzt nicht."

„Wie gesagt: Sprechen Sie mit Chief Superintendent Murdoch. Major, wir müssen die Frau sowieso befragen. Wenn sich dabei etwas für Sie Relevantes ergibt, sehe ich keinen Grund, die Informationen nicht mit Ihnen zu teilen. Oder Sie an der Befragung teilnehmen zu lassen, wenn die Chefin das gestattet."

Man sah Gallagher an, dass ihm das nicht gefiel. Schließlich nickte er. „In Ordnung. Kann ich einen Blick in seine Unterlagen werfen? Ich brauche auch seinen Computer."

„Gern, Major." Bill hielt ihn mit einer Handbewegung zurück, als er in Macraes Arbeitszimmer gehen wollte, das dem Wohnzimmer gegenüber lag. „Nachdem wir hier fertig sind und alles ausgewertet haben, was für den Fall relevant ist. Das hier ist immer noch ein Tatort. Wenn wir was finden, das für Sie interessant ist, stelle ich Ihnen einen Bericht zusammen. Mit Erlaubnis der Chefin bekommen Sie auch die Beweismittel."

Gallagher wusste, dass er sich vorerst damit begnügen musste. Er nickte knapp. „Schicken Sie die Sachen zum New Barracks Block beim Castle. Wir sind dort untergebracht, bis die Sache geklärt ist." Er reichte Bill eine Visitenkarte. „Ich freue mich, von Ihnen zu hören, Inspector."

Er salutierte, machte auf dem Absatz kehrt und wies seine Leute mit einer Kopfbewegung an, ihm zu folgen. Bill atmete auf, als er das Haus verlassen hatte.

„Ich mag den Kerl nicht", stellte Sergeant Armstrong fest. „Ein arroganter Arsch. Pardon, Sir."

„Sie nehmen mir die Worte aus dem Mund. Allerdings steht er unter verdammtem Druck, falls sich die Anschuldigungen gegen Macrae bewahrheiten sollten." Bill schüttelte den Kopf. „Mit so was habe ich nicht gerechnet."

„Das erklärt in jedem Fall den Selbstmord, Sir."

„Ja, wahrscheinlich. Kommen Sie, fahren wir zurück zum Revier und informieren die Chefin, bevor Gallagher auftaucht. Sonst kriegen wir eins aufs Dach, weil wir sie nicht vorgewarnt haben."

Während sie zum Revier fuhren, dachte Bill über seine unerwartete Begegnung mit Row nach. Was hatte sie damit gemeint, dass sie zurück sei? Er wagte kaum zu hoffen, dass es das bedeutete, was er vermutete.

Heute Abend würde er Gewissheit erhalten.

ZWEI

Bill betrachtete kritisch sein Spiegelbild und fuhr noch einmal mit dem Kamm durch seine dunklen Locken. Er erinnerte sich, dass Row seine Locken schick gefunden hatte. Er erinnerte sich noch sehr genau an alles, was Row betraf.

Kaum war er nach der Begegnung mit ihr wieder im Büro gewesen, hatte er sofort alles über sie in Erfahrung gebracht, was die Datenbanken hergaben, auf die er Zugriff hatte. Erleichtert hatte er festgestellt, dass sie nicht nur wieder in Edinburgh wohnte, sondern offensichtlich dauerhaft bleiben wollte; andernfalls hätte sie wohl kaum ein Haus gekauft. Dass sie geschieden war, hatte in ihm einerseits unbändige Freude ausgelöst, wofür er sich andererseits geschämt hatte. Es hätte mit ihnen beiden alles anders kommen sollen, wäre anders gekommen, wenn er damals nicht so ein Feigling gewesen wäre und einen Riesenbammel vor seiner eigenen Courage gehabt hätte.

Er und Row waren als Nachbarskinder zusammen aufgewachsen. Sie hatten gemeinsam die Gang von der linken Seite der Loaning Crescent angeführt und so manches Mal die Gang von der rechten Seite der Straße siegreich verdroschen. Unter anderem deshalb hatte er sie von Anfang an „Row" genannt; nicht nur als Abkürzung ihres Namens, sondern auch in der Bedeutung des Wortes als „Krawall" und „Prügelei" – für beides war Row jederzeit gut gewesen. Sie waren zusammen zur Schule gegangen, hatten gemeinsam gebüffelt und das Lernen im Sommer zugunsten von Badeausflügen und weitaus verboteneren Dingen unter den Tisch fallen lassen. Sie hatten in Kincardine das

Scottish Police College besucht und zusammengehalten wie Pech und Schwefel. Bill hatte nie einen besseren Kumpel gehabt als Row.

Nur eines waren sie nie gewesen: ein Paar. Und das war seine Schuld. Er erinnerte sich noch genau an den Moment, in dem er begriffen hatte, dass Row ihm nicht nur als Kumpel eine Menge bedeutete. An einem Abend in ihrem letzten Studienjahr waren sie nach einem Absacker im College Pub noch eine Weile im Park um Tulliallan Castle spazieren gegangen, in dem das College untergebracht war. Das hatten sie schon oft getan. Vielleicht hatte es daran gelegen, dass Bill nicht mehr ganz nüchtern gewesen war, vielleicht auch daran, wie das Mondlicht auf Rows kastanienbraunem Haar schimmerte. Warum auch immer, mit einem Mal war ihm bewusst geworden, dass sie nicht nur ein Kumpel war, sondern auch eine Frau. Eine Frau von wilder Schönheit wie die Highlands.

In diesem Moment hatte er begriffen, dass er bis ans Ende seiner Tage mit ihr leben wollte. Er hätte sie küssen, sie zumindest umarmen, ihre Hand halten oder irgendwas tun sollen, um ihr zu zeigen, dass er sie begehrte. Dann wäre alles anders gekommen. Aber er hatte den Moment verstreichen lassen und in den darauf folgenden Tagen – Wochen, um ehrlich zu sein – zu lange herauszufinden versucht, ob seine plötzlich erwachte Liebe zu ihr nicht eine whiskygenerierte Illusion war.

Denn in dieser Zeit war Hidoro Nobushi im Rahmen eines Austauschprogramms ans College gekommen. Der Japaner und Row hatten sich auf den ersten Blick ineinander verliebt und waren von da an unzertrennlich gewesen. Es hatte Bill eine Menge Selbstbeherrschung gekostet, mit keiner Geste und keinem Blick zu offenbaren, wie eifersüchtig er war und dass er „Doro“ am liebsten zum Mond geschossen und die Rakete auf dem Weg dorthin gesprengt hätte. Stattdessen hatte er sich an die Hoffnung geklammert, dass es sich bei den Gefühlen der beiden nur um ein Strohfeuer handelte, das bald verlöschen würde.

Das Gegenteil war der Fall gewesen. Als Row ihren Abschluss in der Tasche hatte und Hidoro nach Japan zurückkehrte, war sie mit ihm gegangen. Ein paar Wochen später hatte Bill einen Brief mit der Einladung zur Hochzeit der beiden erhalten. Er hatte mit der Behauptung abgesagt, dass er mitten in einem Fall stecke und keinen Urlaub genehmigt bekäme. Später folgten weitere Briefe von Row, die Bill aber immer seltener beantwortete. Er ertrug es nicht, zwischen allen Zeilen zu lesen, wie glücklich sie war. Natürlich gönnte er ihr alles Glück der Welt, keine Frage. Aber es schmerzte ihn zutiefst, dass sie mit einem anderen Mann glücklich war, nur weil er nicht schnell genug reagiert hatte.

Bill hatte geglaubt, dass er irgendwann darüber hinwegkommen würde, hatte sich in Affären gestürzt und in seine Arbeit. Der Schmerz war ebenso geblieben wie die Reue über diese eine verpasste Gelegenheit, die dafür verantwortlich war, dass er in all den Jahren kein einziges Mal wirklich glücklich gewesen war.

Bill drehte sich noch einmal vor dem Spiegel hin und her und fand, dass er akzeptabel aussah. Ordentlich, aber nicht übertrieben herausgeputzt. Der Zeitpunkt war noch nicht gekommen, an dem er ihr offenbaren konnte, was er für sie empfand. Er atmete tief durch, wünschte sich Glück und machte sich auf den Weg.

Das Guildford Arms in der West Register Street war nicht nur ein Pub der gehobenen Klasse mit angeschlossenem Restaurant und als solches eine Touristenattraktion, es war auch Bills und Rows Stammtreffpunkt gewesen, nachdem es ihnen mit achtzehn Jahren erlaubt war, einen Pub zu besuchen und Alkohol zu trinken. Zur Feier ihres achtzehnten Geburtstages – Bill war auf den Tag genau zwei Wochen jünger als Row – waren sie ins Guildford gegangen und hatten begonnen, sich durch das Angebot zu trinken. Im Laufe der folgenden Monate hatten sie der Reihe nach jede Biersorte, jeden Wein und natürlich jeden der exquisiten Single Malts probiert, die der Pub anbot.

Wie es der Zufall wollte, schmeckte ihnen beiden der Singleton of Dufftown am besten. Damals jedenfalls hatte Bill noch an einen Zufall geglaubt. Später war er zu der Überzeugung gelangt, dass auch diese Übereinstimmung ein Ausdruck dafür war, wie gut sie zusammengepasst hätten. Ob Row immer noch Singleton mochte? Oder zog sie inzwischen Sake vor?

Er stellte sich an den Tresen, einen Fuß auf die Stützstange, legte die Unterarme auf die Theke und bestellte zwei Gläser Singleton. Für alle Fälle hatte er einen Tisch im Gallery Restaurant reserviert, das, wie sein Name besagte, auf der Galerie über dem Pub thronte. Er war lange nicht hier gewesen. Als Row damals nach Japan gezogen war, hatte er das Guildford noch ein paar Mal besucht. Aber es war ohne sie einfach nicht dasselbe gewesen. Irgendwann war er ins Standing Order in der George Street ausgewichen und nicht mehr hergekommen.

Er blickte zum wiederholten Mal zur Tür und war nervös wie ein Teenager bei seinem ersten Date. Wie sollte er Row begrüßen? Wie früher mit einem „Hiya", begleitet von einem kurzen Nicken? Oder ...

Da kam sie. Er stellte fest, dass eng anliegende Jeans und Jeansjacke immer noch ihre bevorzugte Kleidung war, ebenso die Farbe Grün, denn sie trug eine dunkelgrüne Bluse. Da die Bar direkt dem Eingang gegenüber lag, sah sie ihn sofort und lächelte.

Er nickte ihr zu. „Hiya, Row."

Sie nickte ebenfalls und grinste. „Hiya, Bill."

Er konnte nicht anders, als sie kurz, aber fest zu umarmen. Zu seiner Freude drückte sie ihn an sich. Mit Mühe widerstand er der Versuchung, sie einfach im Arm zu behalten. Das wäre des Guten entschieden zu viel gewesen. Außerdem wollte er sich kein blaues Auge einfangen wie damals Godfrey Mallory, der versucht hatte, ausgerechnet Row zu umarmen und ihr einen Kuss zu rauben. Gut, damals war sie zehn gewesen, aber er war sich verdammt sicher, dass sie heute kaum anders auf unwillkommene Avancen reagieren würde. Er ließ sie los und schob ihr den Singleton hin.

„Schön, dass du wieder da bist, Row. Willkommen zu Hause."

„Danke." Sie nahm den Whisky und hielt ihn wie zum Salut hoch. „Cheers."

„Cheers."

Er trank die Hälfte des Whiskys und wusste nicht, was er sagen sollte. „Hast du schon zu Abend gegessen? Ich habe sicherheitshalber für uns einen Tisch reserviert."

„Gute Idee. Ich bin seit heute Mittag nicht zum Essen gekommen. Zu viel zu tun. – Rate, was ich beruflich mache."

Er runzelte die Stirn und gab vor nachzudenken, während sie beide ihren Whisky nahmen und die Treppe zur Galerie hinaufstiegen. „Polizeihunde dressieren?"

Sie lachte. „Nah dran. Es hat tatsächlich was mit Schnüffeln zu tun."

„Parfümdesignerin?"

Sie knuffte ihn in die Seite. „Einen Versuch hast du noch."

Er schnippte mit den Fingern. „Ich hab's: Du machst Sherlock Holmes Konkurrenz."

Sie grinste. „Richtig. Ich bin Mitglied der Scottish Association of Investigators."

Bill und Row wurden von der Empfangsdame zu einem

runden Zweiertisch direkt am Geländer geführt, von dem aus man in den Barraum hinuntersehen konnte. Als er die Speisekarte nahm, zitterten seine Finger, was ihm zeigte, wie nervös er immer noch war.

„Du bist zur Feier des Tages eingeladen, Row. Und nur zur Feier dieses einen Tages“, betonte er. Falls sie sich in dem Punkt nicht geändert hatte, mochte sie es nicht, sich „aushalten“ zu lassen, wie sie es nannte. Solange er sie kannte, hatte sie stets für sich selbst bezahlt. Nur ganz früher hatte er ihr ab und zu etwas Geld geliehen, wenn ihr Taschengeld nicht gereicht hatte, aber auch das hatte sie ihm immer zurückgezahlt.

Sie lächelte. „Danke. Aber nur, weil der Tag gefeiert werden muss.“

Row wählte das Lachsfilet in Cidresoße mit Kartoffeln und dazu einen Salat. Bill entschied sich für die gebratene Gressingham-Entenbrust mit pürierten Rüben, sautierten Kartoffeln und Wildpilzen.

Nachdem sie ihre Bestellung aufgegeben hatten, packte er den Stier bei den Hörnern. „Wie geht es Hidoro? Ich hoffe gut.“ Als ob er nicht schon von ihrer Scheidung wüsste. Aber sie sollte auf keinen Fall den Eindruck gewinnen, dass er ihr hinterherschnüffelte.

Sie zuckte mit den Schultern. „Den Umständen entsprechend.“

Er wartete auf eine Erklärung, aber sie schwieg. „Und die Umstände sind wie, wenn ich fragen darf?“

Sie blickte in ihr Glas und tat einen tiefen Atemzug. „Ich hab ihn verlassen. Wie soll es ihm da schon gehen?“

Er trank einen Schluck und wartete, dass sie fortfuhr. Doch Row starrte weiterhin in ihr Glas und schwieg.

„Ich will keine Wunden aufreißen, aber was ist mit euch schiefgelaufen?“

„Fukushima.“

Er sah sie fragend an.

Sie zuckte mit den Schultern. „Man könnte auch sagen, es taten sich unüberbrückbare Differenzen auf. Wir wohnten in Yamagata. Das ist ungefähr fünfunddreißig Meilen Luftlinie von Fukushima entfernt. Nah genug, dass der Fallout zwei Tage später die Stadt erreichte. Für mich war es selbstverständlich, dass wir vorübergehend anderswo hinziehen. Ich hatte keine Lust, mich verstrahlen zu lassen und, wenn vielleicht nicht sofort, dann doch in ein paar Jahren an den Folgen zu sterben. Doro sah es als seine Pflicht an, dem Kaiser und dem Land die Treue zu halten und nicht nur zu bleiben, sondern auch bei der Eindämmung der Schäden zu helfen. Und er weigerte sich, sich mit mir in Sicherheit zu bringen."

„So ein Idiot." Bill biss sich auf die Lippen.

„Nein, ein Japaner. Das ist eine Mentalitätsfrage. Der alte Samurai-Geist – pflichtbewusst bis in den Tod. Und selbstverständlich hat nicht nur er, sondern auch seine Familie erwartet, dass ich als ebenso pflichtbewusste gute Ehefrau dort bleibe, wo mein Mann ist. Den Rest kannst du dir denken."

„Es gab Streit."

„Nein. Nur die sachliche Feststellung von Tatsachen. Ich durfte selbstverständlich gehen, aber in dem Fall konnte er die Ehe mit mir nicht mehr fortführen, da seine Pflicht sogar über der Liebe zu seiner Frau steht. Auch wenn es ihm das Herz gebrochen hat."

Bill fand immer noch, dass der Kerl ein Idiot war. Aber so leid ihm die Sache für Row tat, vielleicht würde er dadurch die Chance bekommen, auf die er nicht mehr zu hoffen gewagt hatte. Natürlich brauchte sie Zeit, um die Trennung zu verkraften und sich wieder zu fangen. Noch mehr Zeit würde sie brauchen, bis sie bereit wäre, eine neue Beziehung einzugehen. Aber wenn er an ihrer Seite stand und ihr dabei half, ohne sich ihr aufzudrängen – er musste Geduld haben.

„Tut mir echt leid für dich, Row."

Sie ließ den Whisky im Glas vor und zurück rollen. „Mir auch. Aber es hat mir deutlich gezeigt, dass ich ihn definitiv nicht mehr geliebt habe als mein Leben. Und weniger als mein Leben war eben nicht genug." Sie trank einen Schluck. „Weißt du, Bill, wäre sein Leben durch etwas bedroht gewesen und hätte ich ihn nur durch das Opfer meines eigenen Lebens retten können, dann hätte ich das ohne zu zögern getan. Aber vernunftwidrig meine Gesundheit ruinieren und mein Leben riskieren, nur weil ihm sein Land und seine Pflicht wichtiger sind als sein Leben und meins und damit auch seine Liebe zu mir", sie schüttelte den Kopf, „das konnte ich nicht."

Er drückte ihren Arm und streichelte ihn tröstend. „Du musst dich nicht rechtfertigen, Row. In meinen Augen hast du vollkommen richtig gehandelt."

Sie nickte. „Das sagt mir mein Verstand auch. Gleichzeitig haben ich das Gefühl, versagt zu haben. Doro nicht genug geliebt zu haben, um bis in den Tod bei ihm zu bleiben."

„Das hast du nicht." Bill staunte, wie vehement das klang. „Er hat versagt. Wer eine Frau liebt, beschützt sie und bringt sie in Sicherheit. Oder lässt sie sich selbst in Sicherheit bringen, wenn er sich schon auf eine Kamikaze-Mission begibt. Auf keinen Fall nimmt er das zum Anlass für eine Scheidung."

Sie lächelte und legte ihre Hand auf seine. Erst dadurch wurde ihm bewusst, dass die immer noch auf ihrem Arm lag. „So sehen die Schotten das. Die Japaner sehen es anders. Giri – die Pflicht – steht über allem. Und eben das waren die unüberbrückbaren Differenzen, an denen unsere Ehe gescheitert ist. Hätte es das Reaktorunglück in Fukushima nicht gegeben, wären wir immer noch glücklich verheiratet."

Verzeih mir, Gott, dass ich mich darüber freue, dass

diese Ehe gescheitert ist. Bill drückte Rows Arm. „Ich bin immer für dich da, Row. Zum Reden, zum Ablenken, zum Abhängen, zum Essengehen", er hob sein Glas, „zum Trinken. Oder", er lächelte, „wie früher zum Pokern und zu allen anderen Schandtaten. Jederzeit."

„Danke, Bill. Das weiß ich zu schätzen." Sie stieß mit ihm an und nahm einen Schluck.

Eine Weile schwiegen sie. Dann blickte Row ihn an, den Kopf leicht schräg gelegt. Er wusste, was sie ihn gleich fragen würde.

„Warum hast du meine Briefe nicht mehr beantwortet?"

Er seufzte. Was sollte er darauf antworten? Er hatte diese Frage zwar vorausgesehen und sich auf dem Weg ins Guildford alle möglichen Ausreden überlegt, aber jede verworfen.

„Ich ..." Er verstummte und blickte in sein Glas.

„Schon gut. Ich kann es mir denken." Sie lächelte. „Du hattest eine Freundin, die was dagegen hatte, dass du einer anderen Frau Briefe schreibst, auch wenn die im fernen Japan sitzt."

Auf diesen plausibelsten aller Vorwände war er nicht gekommen. Er nickte. „Ich wollte mich deswegen nicht ständig mit ihr streiten."

Row seufzte. „Das kann ich nur allzu gut verstehen. Ich habe deiner Briefe wegen Ähnliches durchgemacht, wenn auch nicht mit Doro. Er kennt dich ja und hat mir jedes Mal aufgetragen, dir seine Grüße zu übermitteln, wenn ich dir geschrieben habe. Aber wir lebten im Haus meiner Schwiegereltern. Immer, wenn ein Brief von dir kam, hat es sich meine Schwiegermutter nicht nehmen lassen, ihn mir persönlich auszuhändigen, und zwar mit der vorwurfsvollsten Miene, die du dir vorstellen kannst. Sie fand es unpassend, dass die Frau ihres Sohnes Briefe von einem anderen Mann erhält. Als keine mehr kamen, war sie so zufrieden, dass ich sie eine Zeit lang verdächtigt habe, deine Briefe zu unterschlagen.“

„Das tut mir leid. Ich hoffe, du hast dich deswegen nicht mit ihr gestritten.“

Sie schüttelte den Kopf. „Ich habe meine kriminalistischen Fähigkeiten angewandt und in allen nur möglichen Verstecken im Haus geschnüffelt. Dabei bin ich zwar auf einige Dinge gestoßen, von denen sie garantiert nicht gewollt hätte, dass ich sie jemals finde, aber nicht auf Briefe von dir. Und meine Nachforschungen auf dem Postamt haben ergeben, dass du keine mehr geschickt hast.“

Er schüttelte reumütig den Kopf. „Das war vollkommen idiotisch von mir. Bitte verzeih mir. Ich hätte dir wenigstens schreiben sollen, warum ich dir nicht mehr antworte.“

Sie nickte. „Das wäre nett gewesen. Aber keine Sorge, ich trage es dir nicht nach.“

„Dann sind wir immer noch Freunde?“ Er hoffte, dass das nicht allzu inbrünstig klang.

Sie grinste. „Na, was glaubst du, warum ich hier mit dir sitze, Singleton trinke und dir mein Herz ausschütte? Klar sind wir noch Freunde.“ Sie zuckte mit den Schultern. „Ich hätte mich nach meiner Rückkehr bei dir melden sollen. Ich bin schon seit gut einem Jahr wieder im Land. Aber ich wollte nicht, dass du Probleme mit deiner Frau oder Freundin bekommst, wenn ich plötzlich vor der Tür stehe oder wir uns anderswo treffen. Was wurde aus euch beiden?“

Er schüttelte den Kopf. „Nichts.“ Die reine Wahrheit, da aus keiner seiner Affären etwas geworden war. „Wir passten nicht zusammen und haben uns getrennt. Danach hatte ich nicht den Mut, dir wieder zu schreiben.“

Row grinste und zuckte mit den Schultern. „Schwamm drüber.“ Sie trank und stellte das Glas ab. „Da wir die Vergangenheit nun geklärt haben, können wir uns mit der Gegenwart beschäftigen. Wieso ist Captain Macrae tot?“

Bill war erleichtert über den Themenwechsel. „Warum interessiert dich das? Kanntest du ihn?"

„Nein. Aber er hat mir heute Morgen schriftlich den Auftrag erteilt, Beweise dafür oder dagegen zu finden, dass seine Frau ihn betrügt. Hat sogar im Voraus bar bezahlt, ohne je ein Wort mit mir gewechselt zu haben. Als ich zu seinem Haus gefahren bin, um mir ein Bild zu machen, wurde gerade der Sarg rausgetragen." Sie sah ihm in die Augen. „Was ist passiert? Da ihr vor Ort wart, ist es wohl kaum ein Unfall gewesen."

Bill hatte vergessen, wie tiefblau ihre Augen waren. Wie das Meer an einem klaren Sommermorgen bei Dämmerung. „Du weißt, dass ich offiziell nicht darüber reden darf. Aber weil du es bist: Er hat Selbstmord begangen."

Row runzelte die Stirn. „Das überrascht mich. Sein Brief trug weder Briefmarke noch Stempel. Also hat er ihn entweder persönlich in meinen Kasten geworfen oder einen Boten beauftragt. Wenn er es selbst gewesen ist, muss er das zwischen gestern Abend zehn Uhr und heute Morgen halb acht getan haben – das Erste und Letzte, was ich jeden Tag mache, ist, in den Briefkasten zu sehen. Macrae ist nicht der erste Klient, der das Honorar nicht überweist und Scheck oder Geldscheine nicht der Post anvertraut, sondern persönlich in den Kasten steckt." Sie schüttelte den Kopf. „Ich kann mir nicht vorstellen, dass er in den paar Stunden – und ich gehe davon aus, dass er zwischendurch auch geschlafen hat – ohne Vorwarnung auf Selbstmordgedanken gekommen ist."

„Er ..." Bill unterbrach sich, weil das Essen gebracht wurde und holte noch zwei Gläser Singleton von der Bar herauf, ehe er mit seinem Bericht fortfuhr. „Seine Frau ist zwischen halb zehn und elf zum Einkaufen gefahren. Als sie zurückkam, war er tot. Vier Stunden später ist die Militärpolizei aufgetaucht und wollte ihn verhaften. Er wird beschuldigt, Militärgeheimnisse verkauft zu haben. Wenn du mich fragst", er schnitt eine Scheibe von seiner Entenbrust ab, „ist das ein verdammt gutes Motiv für einen Selbstmord."

Sie tauchte ein Stück Lachs in die Cidresoße und schob es sich in den Mund. An ihrem abwesenden Blick merkte Bill, dass sie nachdachte.

„Ich weiß nicht. Irgendwas passt da nicht. Nehmen wir an, Macrae hätte tatsächlich Verrat begangen. Das könnte natürlich ein Grund sein, sich umzubringen – aber nur, falls er wirklich Selbstmord begangen hat." Sie sah Bill fragend an.

Er zuckte mit den Schultern und schluckte seinen Bissen halb zerkaut hinunter. „Die Obduktion steht noch aus. Aber vom Szenario her, das wir vorgefunden haben, spricht zumindest auf den ersten Blick nichts dagegen."

„Und wie sieht das Szenario aus?"

Er beugte sich vor und senkte die Stimme zu einem Flüstern. „Er hat sich seine Dienstwaffe in den Mund gesteckt und sich das Gehirn weggeschossen."

Sie nickte langsam. „Wenn es also tatsächlich Selbstmord war ... Ich kann das nicht glauben. Die meisten Verräter sind äußerst kaltblütige Typen. Die begehen nicht Selbstmord, nur weil sie aufgeflogen sind. Mal ganz abgesehen davon, dass Macrae in dem Fall gewusst haben muss, dass er aufgeflogen ist. Das müsste er dann aber zwischen gestern Abend, bevor er mir den Brief in den Kasten warf oder werfen ließ, und dem Zeitpunkt des mutmaßlichen Selbstmordes erfahren haben, da die Militärpolizei erst nach seinem Tod aufgetaucht ist."

Bill lehnte sich zurück. „Vielleicht hat er einen Freund oder Mittäter, der ihn gewarnt hat."

Row schüttelte den Kopf. „In dem Fall hätte er doch noch massenhaft Zeit gehabt abzuhauen und unterzutauchen. Selbstmord erscheint mir schon deshalb unwahrscheinlich, weil er langjähriger Soldat war. Und die 52nd

Infantry Brigade steht nicht in dem Ruf, Weicheier in ihren Reihen zu haben, die sich das Leben nehmen, sobald ihnen ein bisschen Wind ins Gesicht bläst."

Bill aß ein paar Pilze und ein Stück Ente mit Kartoffel, bevor er antwortete. „Leute, die Verbrechen begehen – egal welche –, gehen in der Regel davon aus, dass sie nicht erwischt werden. Vielleicht hat Macrae geglaubt, dass er keine Chance hatte zu entkommen, und er wollte nicht den Rest seines Lebens im Gefängnis verrotten."

Row nippte an ihrem Singleton und dachte nach, wobei sie die Unterlippe zwischen die Zähne zog. „Weißt du, an wen er die Informationen gegeben hat?"

„Nordkorea."

„Und seine Frau ist Koreanerin."

Er nickte. „Sie ist vor acht Jahren mit ihren Eltern aus Nordkorea geflüchtet, erhielt hier Asyl und wurde fünf Jahre später eingebürgert."

Row blickte ihn an. „Was, wenn gar nicht Macrae der Verräter war, sondern seine Frau? Wenn hinter der Untreue, der er sie verdächtigte, keine Untreue, sondern Verrat steckt?"

„Wie passt der Selbstmord da rein? Vorausgesetzt, er hat sich wirklich selbst umgebracht."

„Ich habe keine Ahnung. Außer dass er eben so oder so überhaupt nicht passt." Sie zuckte mit den Schultern und widmete sich ihrem Essen.

Bill tat es ihr gleich und genoss es, wie früher mit ihr zusammen zu sein. Als wären sie nie getrennt gewesen. Und doch lagen elf Jahre dazwischen. Sie waren beide nicht mehr dieselben Menschen. Er spülte den letzten Bissen der köstlichen Ente mit einem Schluck Singleton hinunter und blickte nachdenklich in sein Glas.

„Sag mal, Row, wenn du glücklich verheiratet wärst, würdest du dann mit deinem Mann getrennte Schlafzimmer haben?" Im selben Moment wurde ihm bewusst, dass das in Anbetracht ihrer Situation eine taktlose Frage war.

„Kommt auf den Mann an." Sie grinste und schob ihren leeren Teller zurück. „Bei einer Schnarchnase wie dir würde ich sogar drauf bestehen."

Er lachte. „Im Ernst, bitte."

„Das war mein Ernst. Ich habe mal irgendwo gelesen, dass die Paartherapeuten für eine glückliche Ehe empfehlen, dass man getrennte Schlafzimmer haben sollte, weil erstens jeder seinen eigenen Bereich braucht und zweitens der Schlaf für beide dann störungsfreier und erholsamer sein soll. Außerdem hält das auf ewig die spannende Frage am Leben: ‚Gehen wir heute zu dir oder zu mir?'" Sie grinste wieder. „Wie gesagt, käme auf den Mann an. Warum fragst du?"

Er trank einen Schluck, ehe er antwortete. „Macrae und seine Frau hatten getrennte Schlafzimmer. Ich habe mich gefragt, ob das ein Zeichen dafür sein könnte, dass was zwischen ihnen nicht stimmte. Besonders, weil ich mir sicher bin, dass sie den Grund für seinen Selbstmord kennt."

„Wenn es einer war. Er hat mir geschrieben, dass seine Frau schon kurz nach der Hochzeit begonnen hat, sich emotional von ihm zu entfernen, obwohl es anfangs die große Liebe war. Zumindest für ihn, und er hatte den Eindruck, dass es das für sie ebenfalls war. Falls sie ihn nicht von Anfang an getäuscht hat – was zu meiner Theorie passen würde, dass sie die Verräterin ist –, muss kurz nach der Eheschließung irgendwas vorgefallen sein, das sie ihm entfremdet hat. Vielleicht hat sie schon damals auf ein eigenes Schlafzimmer bestanden. Kann aber auch sein, dass sie beide das von Anfang an und unabhängig von einem Zerwürfnis so eingerichtet hatten." Sie drehte ihr leeres Glas in den Händen. „Viele asiatische Frauen sind eher zurückhaltend, sogar in ihrer Beziehung. Vielleicht war es auch das, was er als emotionalen Rückzug gewertet hat." Sie zuckte mit den Schultern. „Sieh dir die Schlafzimmer am besten genau an. Wenn es Hinweise darauf gibt, dass eins davon erst kürzlich als Schlafzimmer eingerichtet wurde, ist das ein Indiz dafür, dass es in der Ehe definitiv gekriselt hat. Wenn nicht, ist es wohl nur ein Ausdruck ihrer individuellen Bedürfnisse."

Bill nippte an seinem Whisky. Er fühlte sich an ihre gemeinsame Zeit in Kincardine erinnert. Wie oft hatten sie zusammen über Fallstudien gesessen, die sie analysieren sollten, und die Sachverhalte diskutiert, um hinter die Lösung zu kommen. Meistens im College Pub. Nachdem dieser den Zapfenstreich eingeläutet hatte, auf ihrem oder seinem Zimmer. Sie hatten sich die Köpfe heißgeredet, argumentiert, gestritten, aber sie hatten immer die Lösung gefunden. Manchmal als Einzige. Wo andere gescheitert waren und winzige Hinweise übersehen hatten – das war auch Bill immer wieder passiert –, hatte Row niemals locker gelassen und die Dinge aus jedem nur möglichen Blickwinkel betrachtet, bis sie den entscheidenden Hinweis gefunden hatte.

Bill bewunderte immer noch, wie sie den Übungsfall um ein verschwundenes Vermögen gelöst hatte. Ein Mann hatte eine erheblich jüngere Frau geheiratet und war kurze Zeit später verstorben. Seine Witwe und sein erwachsener Sohn erbten das Vermögen. Im Nachlass fanden sich Fotografien von wertvollem Schmuck und Echtheitszertifikate, die seinen Wert belegten, sowie Quittungen, nach denen er die Stücke bei fünf verschiedenen Juwelieren als Wertanlage gekauft und bar bezahlt hatte. Doch der Schmuck war bis auf ein paar alte und weniger wertvolle Stücke, die schon seit Generationen in Familienbesitz waren, verschwunden. Der Sohn beschuldigte die Stiefmutter, die wertvollen Stücke beiseitegeschafft zu haben, um sie nicht mit ihm teilen zu müssen. Sie warf ihm dasselbe vor. Da beide die Kombination zu dem Safe kannten, in dem der Schmuck aufbewahrt worden war, kamen beide als Täter infrage.

Sie hatten alle Informationen bekommen, die in dem realen Fall auch die Polizei gehabt hatte. Trotzdem waren sie nicht auf die Lösung gekommen. Nur Row hatte die Täuschung durchschaut und nachgewiesen, dass der Schmuck nie existiert hatte.

Als Erstes war ihr aufgefallen, dass alle Fotos des Schmucks nur als Kopien existierten und es kein einziges Originalbild gab. Zudem war es ihr merkwürdig vorgekommen, dass weder die Witwe noch der Sohn den Schmuck jemals zu Gesicht bekommen hatten. Nur die alten Familienerbstücke kannten beide. Der Verstorbene hatte die wertvollen Stücke angeblich in einem gesonderten Schließfach innerhalb des Safes aufbewahrt, zu dem er allein den Schlüssel besaß. Zwar hätten beide Verdächtige theoretisch an den herankommen können, besonders die Witwe unmittelbar nach seinem Tod, aber so war es nicht gewesen.

Row hatte die Kontoauszüge des Mannes studiert und festgestellt, dass es keine höheren Barabhebungen zeitnah zu den Käufen gegeben hatte, geschweige denn Überweisungen. Die Theorie ihrer Kommilitonen, dass der Verstorbene sich jedes Schmuckstück einzeln vom Mund abgespart hatte, konnte nicht stimmen, weil er niemals im Zeitraum der fünf Jahre, in denen er den Schmuck gekauft haben wollte, unbemerkt über zweihunderttausend Pfund hätte abzweigen können. Zudem war der Mann Handelsvertreter gewesen, der nie so viel verdient hatte, um eine solche Summe überhaupt ansparen zu können. Außerdem war er zum Zeitpunkt der Käufe bereits Rentner gewesen. Der Verdacht, dass er heimlich in der Lotterie gewonnen und den Schmuck von diesem Geld gekauft haben könnte, konnte nicht zutreffen, weil er ein strikter Gegner des

Glücksspiels gewesen war. Außerdem war der Schmuck nicht versichert gewesen. Und kein Mensch, der seinen Verstand beisammen hatte, würde Schmuck von solch hohem Wert nicht versichern.

Row hatte sich die Kaufquittungen genauer angesehen und versucht, die fünf Juweliere ausfindig zu machen, die sie angeblich ausgestellt hatten und die im ganzen Land verteilt waren. Kein Einziger von ihnen existierte oder hatte jemals existiert. Dafür fand Row in den Kontoauszügen die Abbuchung eines Stempelherstellers über fünf Stempel „nach Vorlage". Fünf Stempel von fünf angeblichen Juwelieren auf den ansonsten ganz normalen Quittungen – ein weiteres Indiz dafür, dass sie nicht existierten, weil jeder Juwelier sich seine eigenen Quittungsblöcke drucken ließ oder auf seinem Briefpapier mit Firmenlogo quittierte. Zudem ähnelten die Schriftzüge auf den Quittungen in signifikanten Punkten der Handschrift des Verstorbenen, der sie offenbar jedes Mal zu verstellen versucht hatte.

Die angeblichen Juwelen entpuppten sich schließlich als perfider Köder, mit dem der Verstorbene seine junge Frau eingefangen hatte. Er hatte sich auf seine alten Tage in sie verliebt, sie sich zunächst aber nicht in ihn. Da ihm klar war, dass er bei ihr aufgrund seines Alters und des wenig vorteilhaften Aussehens keine Chance hatte, hatte er Reichtum vorgetäuscht, indem er die Abbildungen von Schmuckstücken aus alten Auktionskatalogen kopiert hatte. Danach hatte er die Kaufquittungen ebenso gefälscht wie die Expertisen. Das ganze Paket hatte er ihr als Nachweis seines nicht existenten Vermögens vorgelegt. Die junge Frau hatte ihm geglaubt, dass die Schmuckstücke zu wertvoll wären, um das Schließfach im Safe jemals zu verlassen, war auf die trügerischen Bilder hereingefallen und hatte ihm in der Hoffnung auf das fette Erbe nach seinem Tod sein letztes Lebensjahr versüßt.

Nachdem Row den Fall gelöst hatte, hatte ihr Lehrer ihr applaudiert und ihren Kommilitonen geraten, sich ein Beispiel an der „Shirley Holmes" in ihrer Mitte zu nehmen, da sie von Sherlock offenbar nicht viel hielten. Bei Gott, Row wäre eine fantastische Kriminalpolizistin geworden und die beste Partnerin, die Bill hätte haben können.

Wenn sie Hidoro nicht begegnet wäre.

Egal. Sie war wieder da. Für ihn war das das Einzige, was zählte. Im Moment.

Sie unterbrach seine Gedanken: „Bill, ich brauche deinen Rat."

Er fühlte einen Anflug von freudigem Stolz. „Schieß los."

„Macrae hat den Auftrag bereits bezahlt. In bar. Jetzt ist er tot, ohne dass ich einen Handschlag für ihn gearbeitet habe. Genau genommen müsste ich das Geld seiner Witwe zurückgeben, weil sie seine Erbin ist. Aber wenn ich das tue, muss ich auch erklären, woher das Geld stammt und warum ihr Mann es mir gegeben hat. Falls er sich geirrt hat und seine Frau ihn nicht betrügt, versetzt ihr sein Misstrauen im Nachhinein noch einen zusätzlichen Tiefschlag. Sollte sie tatsächlich eine Verräterin sein, wäre sie dadurch gewarnt, dass er Verdacht geschöpft hat, und taucht vielleicht unter, bevor die MP oder ihr sie dingfest machen könnt. Aber einfach behalten kann – will ich es nicht. Theoretisch könnte ich seinen Auftrag posthum ausführen und mir das Geld verdienen. Aber", sie wiegte den Kopf, „ich weiß nicht."

Er las zwischen den Zeilen, was sie nicht ausgesprochen hatte. Nur eine knappe Stunde waren sie zusammen, und Bill war ihr so nahe, als wären sie nicht elf Jahre getrennt gewesen. „Du brauchst das Geld."

Sie zögerte. „Es würde mir die nächsten Wochen sehr erleichtern. Allerdings bin ich nicht so klamm, dass ich am Hungertuch nagen müsste oder die Bank mir das Konto sperrt, wenn ich es zurückgebe."

„Du solltest es in jedem Fall erst mal aufbewahren, bis die Sache geklärt ist. Möglicherweise hat die Witwe ihn tatsächlich betrogen oder Verrat begangen und vielleicht auch was mit seinem Tod zu tun. Wenn nicht, da stimme ich dir zu, würde es sie unter Umständen schwer erschüttern, wenn sie auf diese Weise erfährt, dass ihr Mann sie beschatten lassen wollte." Er zwinkerte ihr zu. „Wenn du dich dann besser fühlst, kann es aber nicht schaden, wenn du die Nachforschungen anstellst, für die er dich beauftragt hat. Je nachdem, was dabei herauskommt, kannst du dann immer noch entscheiden, was du mit dem Geld machst. Ich spiele mich bestimmt nicht als Moralapostel auf, wenn du es behältst."

„Und natürlich hoffst du, dass ich im Zuge meiner Nachforschungen was rausfinde, was auch dir bei deinem Fall weiterhilft."

Er lachte. „Erwischt! Als Privatermittlerin hast du nun mal in gewissen Dingen größeren Spielraum als wir Beamte."

Sie nickte. „Ich zähle auf deine Unterstützung. Du weißt, dass ich absolut diskret bin und dich ganz sicher nicht in Schwierigkeiten bringen werde. Und falls doch", sie zwinkerte ihm zu, „haue ich dich wieder raus."

Bill grinste. Und ob sie das tun würde.

„Übrigens, falls die Frau in einem von beiden Fällen schuldig sein sollte – Betrug oder Verrat oder sogar beides –, dann könnte das eine Erklärung dafür sein, weshalb sie weiß oder ahnt oder zu wissen glaubt, warum ihr Mann sich angeblich umgebracht hat."

Er sah sie fragend an. Ihm war nicht klar, worauf sie hinauswollte.

„Sie ist Koreanerin. In Asien würde ein Mann von Ehre sich töten, wenn er feststellt, dass seine Frau eine Landesverräterin ist. Und manch einer – wenn auch eher selten – würde die Tatsache, dass seine Frau ihn betrügt, als genauso beschämend empfinden, weil sie offenbar nicht mit dem zufrieden ist, was er im Bett leistet. Aber das kommt wirklich selten vor. – Du könntest mir helfen, Bill, indem du die Unterschrift von Macrae auf dem Brief, den er mir geschrieben hat, mit einer Probe vergleichst, die du bestimmt aus seinem Haus besorgen kannst." Sie schenkte ihm jenen verschwörerischen Blick, dem er schon früher nie hatte widerstehen können. „Ich möchte sichergehen, dass der Brief wirklich von ihm stammt. Würde er noch leben, hätte ich ihn persönlich fragen können. Aber so ..." Sie zuckte mit den Schultern. „Wenn es dir recht ist, maile ich dir eine Kopie."

„Kein Problem. Darf ich die zu den Akten nehmen? Das könnte ein Indiz sein für was auch immer."

Sie überlegte einen Moment, ehe sie nickte. „In Ordnung. Er ist tot, und vielleicht hilft das bei der Aufklärung der Todesumstände." Sie winkte ab. „Aber jetzt bist du dran. Erzähl. Wie ist es dir inzwischen ergangen?"

„Ich schlage mich so durch. Wurde vor Kurzem zum Inspector befördert. Und man traut mir genug zu, dass ich gegenwärtig meinen Vorgesetzten, Chief Inspector Rose, vertreten darf. Wenn er aus dem Urlaub kommt, möchte ich den Fall sauber gelöst haben."

Sie sah ihn erwartungsvoll an. „Du trägst keinen Ehering."

Er seufzte theatralisch. „Du ahnst nicht, wie schwer es ist, eine vernünftige Frau zu finden, die mit meinen Macken leben kann. Du warst die Einzige. Und da du nicht mehr zur Verfügung standest, war ich zur Ehelosigkeit verdammt." Er versuchte, sein Grinsen echt wirken zu lassen.

Row lachte und knuffte ihn über den Tisch hinweg an der Schulter. „Falls du hoffst, dass ich dich bedauere – vergiss es. Im Zölibat wirst du wohl kaum gelebt haben." Sie wartete seine Antwort nicht ab. „Aber keine Sorge, Bill. Irgendwo dort draußen", sie machte eine Handbewegung zur Tür hin, „wartet schon eine Frau auf genau so einen Mann wie dich. Und eines Tages wirst du ihr begegnen."

Er war ihr schon begegnet. Bill zwang sich zu einem Lächeln. „Wenn du es sagst." Er deutete auf ihr leeres und sein fast leeres Whiskyglas. „Noch einen?"

Sie schüttelte den Kopf. „Zwei reichen für heute. Ich muss noch nach Hause fahren." Sie zog ein Visitenkartenetui aus der Jackentasche und schob ihm eine Karte hin. „Damit du weißt, wie du mich erreichen kannst." Sie lächelte. „Ich finde es wirklich schön, dass wir uns wieder begegnet sind."

„Ich auch." Er reichte ihr seine Visitenkarte. „Ich darf doch wohl hoffen, dass wir uns ab jetzt wieder öfter sehen?"

Sie nickte lächelnd. „Worauf du wetten kannst."

Er lächelte, prostete ihr zu und trank den Rest seines Singletons.

Sie plauderten noch eine Weile über Gott und die Welt, ehe sie sich eine halbe Stunde später vor dem Guildford trennten, nachdem Row ihm noch den Namen des Hotels aus der Nase gezogen hatte, in dem Jin-Hee Macrae untergebracht war. Als sie die Straße hinunterging, blickte Bill ihr nach und verspürte eine ungewohnte Enge in der Brust. Er machte sich auf den Heimweg.

DREI

Freitag, 24. August 2012

Rowan holte den „Scotsman" aus dem Briefkasten und faltete die Zeitung auseinander, während sie ins Haus zurückging. Der Tag begann trübe, aber wenn sie sich nicht täuschte, würde im Laufe der nächsten Stunden die Sonne durchkommen. Trotzdem war die Zeitung leicht feucht vom Morgennebel. Auf der Titelseite prangte ein Foto, das die Polizeiabsperrung vor Macraes Haus zeigte. Darüber die Überschrift: „Ist Captain F. M. ein Landesverräter?"

Die Presse war mal wieder schnell gewesen. Rowan ging in die Küche, wo sie sich schon ihr Frühstück zubereitet hatte: Reis, Misosuppe, geräucherten Fisch, Tofu und Tee. Während sie sich die Fisch- und Tofuhappen abwechselnd mit dem Reis in den Mund schob und zwischendurch die Misosuppe und den Tee trank, las sie den Artikel.

Dessen Autor, Alan Cunningham, hatte seinen eigenen Angaben zufolge „aus gut unterrichteten Kreisen" die Information erhalten, dass die Militärpolizei gegen den in Edinburgh lebenden Captain F. M. wegen Hochverrats ermittelte. Dass der Verdächtige dem Anschein nach Selbstmord begangen hatte, ließ Cunningham die naheliegende Frage aufwerfen, ob es sich dabei um Captain M.s Eingeständnis seiner Schuld handelte, obwohl Cunningham ausdrücklich betonte, dass die Ermittlungen noch lange nicht abgeschlossen seien. Selbst wenn sich später herausstellen sollte, dass Macrae keinen Selbstmord begangen hatte oder völlig unschuldig war, wäre das Bild des Verräters das, was in den Köpfen der Leute hängen bleiben würde.

Sie fragte sich, wer der Informant war, der dem toten Macrae die Presse auf den Hals gehetzt hatte. Er konnte nur zu Bills Ermittlerteam gehören oder selbst beim Militär sitzen. Letzteres hatte aber jedes nur erdenkliche Interesse daran, dass solche Informationen unter Verschluss blieben. Wenn sich die Anschuldigungen bewahrheiteten, würde das nämlich ein verdammt schlechtes Licht auf Macraes Einheit und das Militär im Allgemeinen werfen.

Es klingelte an der Tür. Rowan fragte sich, wer sie so früh morgens aufsuchte. Entweder der Postbote oder ein neuer Klient, der unangemeldet vorbeikam. Oder jemand, der zu Rory Lennox wollte. Sie hatte noch kein Schild mit dem Hinweis anbringen können, dass sich sein Eingang auf der Rückseite des Hauses befand. Sie setzte das auf ihre geistige Liste der Dinge, die sie heute erledigen musste, und öffnete die Tür.

„Guten Morgen, Rowan."

Rowan schluckte. Ihre Mutter war die letzte Person, die sie erwartet hatte. In jedem Fall war sie die letzte Person, die sie sehen wollte. Besonders während ihres Frühstücks, nachdem seit fast einem Jahr zwischen ihr und ihrer Familie Funkstille herrschte. „Morgen, Mum. Was verschafft mir die unerwartete Ehre?"

„Darf ich reinkommen?" Das klang scharf wie meistens, wenn sie mit Rowan sprach.

Rowan gab die Tür frei. Ihre Mutter trat in den Flur, warf einen neugierigen Blick durch die offene Tür ins Büro und betrachtete mit verächtlich verzogenem Mund die japanischen Rollbilder an der Flurwand.

„Ist das Haus für dich nicht ein bisschen zu groß? Kannst du dir das überhaupt leisten?"

Rowan verdrehte die Augen und fühlte sich in frühere Zeiten zurückversetzt. Sie hatte ihrer Mutter noch nie irgendetwas recht machen können. An allem, wirklich allem, was Rowan betraf, hatte sie etwas auszusetzen.

Sie fand in jeder Suppe ein Haar. Rowan benahm sich zu sehr wie ein Junge, lernte nicht genug, hatte den falschen Umgang, die falschen Hobbys, kleidete sich falsch, prügelte sich, schnitt in der Schule nicht gut genug ab – denn gute Zensuren waren keine hervorragenden Zensuren –, hatte den falschen Beruf gewählt und den für sie falschesten Mann auf der ganzen Welt geheiratet.

„Ich will doch nur, dass aus dir ein anständiger Mensch wird", lautete das Motto, das über all dem stand. Seltsamerweise wurde Eileen nie dermaßen kritisiert. Kein Wunder. Eileen war das Wunschkind und Rowan ein Unfall, der ihre Mutter veranlasst hatte, zu früh zu heiraten und ihre gerade begonnene Ausbildung zur Sekretärin abzubrechen.

„Wenn ich es mir nicht leisten könnte, hätte ich das Haus wohl kaum gekauft, Mum." Garantiert spielte bei der spitzen Bemerkung ihrer Mutter auch der Neid eine Rolle, denn ihre Eltern hatten sich ihr Haus erst nach zwanzig Jahren Ehe und großen finanziellen Opfern kaufen können. Außerdem war es kleiner als Rowans. „Ich bin noch beim Frühstücken. Willst du einen Tee?" Sie ging zur Küche und überließ es ihrer Mutter, ihr zu folgen oder nicht.

„Das wäre nett." Ein Tonfall, als hätte Rowans Einladung sehr viel früher erfolgen müssen.

Rowan holte eine zweite Teeschale aus dem Regal, stellte sie an die Seite des Tisches, die am weitesten von ihrem Platz entfernt war, und schenkte ihrer Mutter ein.

Die sah sich befremdet um. „Hast du keine vernünftige Tasse?"

Rowan verkniff sich eine Erwiderung. „Ich nehme an, du hast schon gefrühstückt?"

Andernfalls wäre ihre Mutter wahrscheinlich kaum hier und erst recht nicht in dem Outfit, mit dem sie zum Schichtdienst als Fahrkartenkontrolleurin ging.

„Danke, ja." Sie rümpfte die Nase. „Dieses stinkende Zeug würde ich sowieso nicht essen. Hast du kein vernünftiges Frühstück?"

Rowan atmete tief ein und zähle stumm bis zehn. „Vernünftig" war schon immer das Lieblingswort ihrer Mutter gewesen, wenn es um etwas ging, das Rowan tun oder lassen oder haben oder kaufen sollte.

„Falls du damit meinst, ob es gesund ist, kann ich dir versichern, dass dieses Frühstück erheblich gesünder ist als alles, was die gute schottische Küche zu bieten hat. Aber du bist wohl kaum gekommen, um dich mit mir über mein Frühstück zu unterhalten, nachdem du mir neulich nicht mal zum Geburtstag gratuliert hast. Doch das sollte mich nicht wundern, denn das letzte Mal, dass du mir zum Geburtstag gratuliert hast, war vor über elf Jahren. Du erinnerst dich doch noch daran, wann ich Geburtstag habe?" Mit den Stäbchen angelte sie gekonnt ein Stück Fisch und tauchte es in die Suppe, ehe sie es in den Mund schob und mit verzücktem Gesichtsausdruck kaute.

Ihre Mutter ging nicht auf Rowans Vorwurf ein. „Deine Schwester verlobt sich übernächsten Samstag."

„Ja, sie hat mir eine Einladung geschickt."

„Du wirst doch kommen?"

Schon ihr Befehlston reizte Rowan zum Widerspruch. „Das kann ich jetzt noch nicht sagen. Kommt drauf an, was ich an dem Tag zu tun habe."

„Rowan Lockhart, du willst deiner Schwester diesen Tag doch nicht etwa durch deine Abwesenheit verderben?"

Sie schnaubte. „Ich glaube kaum, dass meine Abwesenheit irgendwem auffallen würde. Darf ich dich daran erinnern, dass nicht nur Eileen auf meiner Hochzeit gefehlt hat, sondern die gesamte Familie? Obwohl ihr alle eingeladen wart und Doro und ich euch sogar die Reise bezahlt hätten. Von euch kam nicht mal eine Glückwunschkarte oder überhaupt irgendwas. Ich musste euch bei meinen

Schwiegereltern mit einem plötzlichen Todesfall in der Familie entschuldigen. Die Lüge hat natürlich nur so lange gehalten, bis sie gemerkt haben, dass von euch nicht mal Briefe kommen. Es hat sie – und Doro und mich – ganz schön beleidigt, dass er euch nicht gut genug war und ihr mich seinetwegen mit Missachtung gestraft habt."

„Wie kannst du nur so unversöhnlich sein? Ich bin gekommen, um dich persönlich einzuladen und du ..." Sie maß Rowan missbilligend von oben bis unten.

Rowan lehnte sich zurück und verschränkte die Arme vor der Brust. „Über henkellose Teeschalen meckern und mein Frühstück kritisieren nennst du also ‚einladen'. Interessante Definition." Sie beugte sich vor. „Weißt du was, Mutter? Ihr habt euch vor elf Jahren entschieden, den Kontakt zu mir abzubrechen. Ihr hattet vor einem Jahr nichts Besseres zu tun, als mir immer noch Vorhaltungen zu machen. Und jetzt soll ich unbedingt zu Eileens Verlobung kommen?" Sie schüttelte den Kopf. „Wer ist eigentlich ihr Zukünftiger? In Anbetracht der Tatsache, dass du dich persönlich hierher bemühst, um mich ‚einzuladen', scheint er wohl Anstoß daran zu nehmen, wenn ein so enges Familienmitglied wie die Schwester bei der Verlobung fehlt." Sie kniff die Augen zusammen. „Aus der Oberschicht wird er nicht sein. Einer von denen heiratet wohl kaum in eine Familie ein, in der es nur einen Bauarbeiter, eine Fahrkartenkontrolleurin und eine zwielichtige Privatermittlerin gibt. So liberal sind die Zeiten nun doch noch nicht."

Ihre Mutter wurde rot, was ihr zeigte, dass sie ins Schwarze getroffen hatte. „Verdammt, Rowan, was willst du eigentlich?"

Sie stand auf und blickte auf ihre Mutter hinab. „Sonkei, okasan – Respekt, Mutter. Dass du mich respektierst. Und jetzt solltest du gehen. Ich will nicht auch noch schuld daran sein, dass du zu spät zur Arbeit kommst." Sie deutete zur Tür.

Ihre Mutter starrte sie eine Weile an. Dann stand sie wortlos auf und ging, ohne einen einzigen Schluck Tee getrunken zu haben. Rowan folgte ihr zur Tür und schloss sie hinter ihr. Sie lehnte sich mit dem Rücken dagegen und atmete auf. Gleichzeitig spürte sie einen Kloß im Hals und Tränen aufsteigen. Ihre Mutter brachte es immer noch fertig, dass sie sich in ihrer Gegenwart wie das Kind von damals fühlte, das sich nichts sehnlicher gewünscht hatte, als von der Mutter geliebt zu werden; nur ein einziges Mal zu hören, dass sie etwas gut und richtig gemacht hatte, dass sie eine Leistung erbracht hatte, auf die die Familie stolz war.

Rowan hatte geglaubt, dass sie in den zehn Jahren in Japan darüber hinweggekommen wäre; dass diese Wunden verheilt wären. Doch dann hatte es jenes sonntägliche Mittagessen gegeben, bei dem sie festgestellt hatte, dass sich nichts, aber auch gar nichts verändert hatte. Die alten Narben waren wieder aufgeplatzt und bluteten. Und Doro war nicht mehr da, um sie zu trösten, ihre Tränen wegzuküssen und ihr zu zeigen, dass es einen Menschen auf der Welt gab, der sie so perfekt fand, wie sie war, für den sie den Mittelpunkt seines Lebens bildete.

Bis giri, die Pflicht, ihm diktierte hatte, Rowan auf den zweiten Platz zu verweisen.

Sie hörte Rory Lennox die Treppe herunterkommen. Hastig wischte sie sich die Tränen ab, schob ihr Selbstmitleid beiseite und öffnete die Zwischentür.

„Guten Morgen, Mr Lennox."

Er sah übernächtigt aus und hatte ganz offensichtlich wenig oder ziemlich schlecht geschlafen.

„Morgen, Ms Lockhart." Er sah sie abwartend an. Falls ihm auffiel, dass sie geweint hatte, gab er das nicht zu erkennen.

„Zwei Fragen. Ist es Ihnen recht, wenn ich an der Haustür ein Schild anbringe ‚Eingang Lennox hinterm Haus' oder so ähnlich? Damit die Leute wissen, wo Sie zu finden sind."

„Das wäre sehr freundlich. Danke. Die zweite Frage?"

„Ich habe den ‚Scotsman' und die ‚Edinburgh Evening News' abonniert. Normalerweise werfe ich die Zeitungen weg, wenn ich sie ausgelesen habe. Falls Sie die ebenfalls lesen möchten, lege ich Sie Ihnen auf die Treppe, wenn ich mit ihnen durch bin. Wenn es Ihnen nichts ausmacht, die Dinger erst am Abend beziehungsweise am nächsten Morgen zu bekommen."

Er unterdrückte ein Gähnen. „Auch das Angebot nehme ich dankend an."

„Prima. Dann wünsche ich Ihnen einen schönen Tag."

„Gleichfalls, danke."

Er nickte ihr zu und verließ das Haus. Rowan kehrte in die Küche zurück. Sie trank den Tee, den ihre Mutter verschmäht hatte und der inzwischen kalt geworden war. Anschließend frühstückte sie zu Ende und las noch einmal Alan Cunninghams Artikel.

Wenn sie herausfinden könnte, wer seine „gut unterrichteten Kreise" waren, gäbe ihr das vielleicht einen Anhaltspunkt, ob an dem Vorwurf gegen Macrae wirklich etwas dran war. Sie machte sich keine Illusionen. Ein Journalist wie Cunningham würde seine Quellen niemals preisgeben. Aber es konnte nicht schaden, ihm trotzdem einmal auf den Zahn zu fühlen.

Sie stellte das Geschirr in die Spülmaschine und ging ins Büro. Die Redaktion des „Scotsman" hatte ihren Sitz in Edinburgh, was Rowan sehr gelegen kam. Sie rief an und ließ sich mit Alan Cunningham verbinden. Als sie ihm sagte, dass sie Informationen hätte, die im Fall Finn Macrae für ihn von Interesse sein könnten, die sie aber nicht am Telefon preisgeben wolle, war Cunningham nur zu gern bereit, sie noch heute zu treffen, und zwar bereits in einer Stunde. Danach würde sie sich mit Jin-Hee Macrae beschäftigen.

Sie ging in ihr Büro und rief ihre E-Mails ab. Nach ihrer Rückkehr von ihrem Essen mit Bill hatte sie gestern Abend eine Kopie von Macraes Brief an ihn gemailt. Er hatte die Antwort vor zehn Minuten geschickt. Die Unterschrift darauf stammte definitiv von Macrae. Also war der Auftrag echt. Rowan würde ihn ausführen, bis sie die Wahrheit herausgefunden hatte. Das war sie Macrae schuldig.

Sie rief Bill an. Er hatte den Artikel im „Scotsman" auch gelesen und war verdammt sauer darüber. Als Erstes hatte er sich seine Leute zur Brust genommen, um die mögliche Plaudertasche zu finden. Er war sich inzwischen sicher, dass keiner vom Ermittlungsteam die Informationen rausgegeben hatte. Vielleicht würde Rowan von Cunningham mehr erfahren.

Das Barclay House, 108 Holyrood Road, in dem Verlag und Redaktion des „Scotsman" untergebracht waren, lag in der Nähe der Universität. Das zweistöckige Gebäude war in graugelbem Mauerwerk gehalten und fiel durch seine großzügigen Panoramafenster auf. Der Eingangsbereich bestand, abgesehen vom Dach, komplett aus Glas und teilte das Gebäude optisch in zwei Hälften, zu dessen Eingang von der Straße her vier flache, mehrere Yards breite Treppenstufen führten.

Rowan stellte ihren Wagen auf dem Parkplatz im Untergeschoss ab und meldete sich am Empfang. Fünf Minuten später holte Alan Cunningham sie persönlich ab und führte sie in sein Büro, das im ersten Stock weiter hinten in dem weitläufigen Gebäude lag. Er war ein schlanker Mann Mitte fünfzig und musterte sie aufmerksam durch die Gläser seiner goldumrandeten Brille, während sie den

Gang entlang gingen und er sich bei ihr für ihr Kommen bedankte. Sie plauderten über das Wetter, das für Ende August noch recht sommerlich war, bis sie sein Büro erreicht hatten.

„Bitte, nehmen Sie Platz, Ms Lockhart. Tee? Kaffee? Etwas anderes?"

Rowan sah, dass er einen Kaffeebecher auf dem Tisch stehen hatte. „Ich nehme gern einen Kaffee, wenn es Ihnen keine Umstände macht."

„Kein Problem." Er ging in eine Nische, die von einem Regal abgetrennt war, und kehrte mit einem vollen Becher zurück, auf dem das Wappen Schottlands prangte. „Milch, Zucker?"

„Schwarz, bitte. Vielen Dank."

Cunningham setzte sich und blickte Rowan erwartungsvoll an. Sie reichte ihm eine Visitenkarte.

„Privatermittlerin. Jetzt haben Sie mich noch neugieriger gemacht, als ich schon war." Er sah sie ernst an. „Natürlich frage ich mich, warum eine Privatermittlerin mit der Presse redet."

Sie grinste und pustete in den Becher, um den Kaffee abzukühlen. „Sie sind der führende Crime Reporter des ‚Scotsman'. Ich lese Ihre Artikel sehr gern, weil Sie sich stets um Objektivität bemühen."

„Vielen Dank."

„Zum Beispiel letztes Jahr bei dem Fall des Mannes, bei dem sich erst nach seiner Entlassung herausstellte, dass er das Verbrechen, für das er zwanzig Jahre gesessen hat, gar nicht begangen hatte. Sie haben einen ausgezeichneten Artikel geschrieben, mit dem Sie ihn rehabilitiert haben."

Er nickte. „Der Fall Kieran MacKinnon. Das war das Mindeste, was ich für ihn tun konnte." Er schüttelte den Kopf. „Ich habe seinen Fall damals von Anfang an verfolgt. Es gab nicht den geringsten Zweifel an seiner Schuld." Er schüttelte erneut den Kopf. „Tja, und dann stellt sich heraus, dass man ihm die Tat nur angehängt hatte. In nahezu perfekter Weise. Er musste dafür zwanzig Jahre seines Lebens durch die Hölle gehen."

„Wenigstens kann er den Rest seines hoffentlich noch langen Lebens genießen."

Cunningham lächelte. „Es sieht so aus. Er hat kürzlich geheiratet und studiert in Glasgow Medizin." Er verzog das Gesicht. „Der wahre Täter hingegen hat nur eine Woche, nachdem er verurteilt worden war, im Gefängnis Selbstmord begangen."

Rowan schnaubte verächtlich. „Ich glaube kaum, dass seine Familie ihm eine Träne nachgeweint hat."

Cunningham schüttelte den Kopf. „Nach meinen Informationen nicht."

„Was mich zu dem Grund meines Besuches führt, Mr Cunningham. Ich habe begründete Zweifel daran, dass Captain Macrae sich umgebracht hat."

Er nahm seinen Kaffeebecher in die Hand und lehnte sich zurück. „Ich bin ganz Ohr."

„Am Tag seines Todes, genauer gesagt innerhalb der letzten zwölf Stunden vor seinem Tod, hat er mir einen Auftrag erteilt. Sie werden verstehen, dass ich aus Diskretionsgründen nicht sagen kann, womit er mich beauftragt hat. Die Art des Auftrags gibt mir aber Grund, daran zu zweifeln, dass er Verrat begangen haben könnte. Falls sich diese Zweifel zur Gewissheit verdichten sollten, hätte er damit auch keinen Grund gehabt, sich umzubringen. Erst recht nicht nur wenige Stunden, nachdem er mich mit Ermittlungen beauftragt hat."

Cunningham nickte langsam. „Falls Macrae tatsächlich keinen Verrat verübt hätte – wovon ich nicht überzeugt bin, bis ich einen Beweis in den Händen halte –, erscheint mir in dem Fall ein Selbstmord auch relativ unwahrscheinlich. Obwohl natürlich in zwölf Stunden eine Menge passieren kann, das selbst den psychisch stabilsten Mann in den

Selbstmord treiben könnte. Welchen Eindruck hatten Sie von Macrae, als er mit Ihnen sprach?"

Sie schüttelte den Kopf. „Ich habe nicht mit ihm gesprochen. Er hat mir den Auftrag schriftlich erteilt und ihn am Abend vor seinem Tod – nach zehn Uhr, um genau zu sein – persönlich in meinen Briefkasten gesteckt."

„Wie können Sie dann sicher sein, dass er Ihnen den Brief geschickt hat und nicht jemand anderes?"

Rowan trank einen Schluck Kaffee. „Ich habe seine Unterschrift prüfen lassen. Zumindest die ist echt."

Cunningham kniff die Augen zusammen. „Woher haben Sie eine Vergleichsprobe seiner Unterschrift?"

Sie lächelte. Der Mann dachte genauso kriminalistisch wie Bill und sie. „Beziehungen." Sie drehte den Becher in den Händen. „Was mir zu denken gibt, Mr Cunningham, und weshalb ich in erster Linie hergekommen bin, ist die Tatsache, dass Sie Ihre Informationen zu diesem Fall relativ früh nach dem Tod des Captains bekommen haben müssen. Da Sie sich offensichtlich um Objektivität bemühen, müssen diese Informationen aus einer vertrauenswürdigen Quelle stammen. Andernfalls hätten Sie wohl kaum öffentlich den Verdacht geäußert, dass Macrae Verrat begangen haben könnte."

Cunningham neigte den Kopf. „Das ist richtig. Aber so wenig, wie Sie Ihre Quellen preisgeben, verrate ich Ihnen meine."

Sie grinste. „Das habe ich nicht anders erwartet. Korrigieren Sie mich bitte, wenn ich mich irre: Da der Ermittlungsleiter für jeden Einzelnen seiner Leute, die gewusst haben, dass der Vorwurf des Hochverrats im Raum steht, die Hand ins Feuer legt, muss Ihr Informant beim Militär sitzen."

Cunningham spitzte die Lippen. „Kein Kommentar. Aber eine Gegenfrage. Glauben Sie, der Ermittlungsleiter würde es Ihnen gegenüber zugeben, wenn er den Verdacht hätte, dass einer seiner Leute geplaudert hat?"

Sie nickte. „Hundertprozentig. Er ist ein sehr guter Freund von mir. Er weiß, dass er sich auf meine Diskretion verlassen kann. Wenn er einen seiner Leute verdächtigen würde, hätte er mir das gesagt. Unter vier Augen zwar und dem Siegel der Verschwiegenheit, aber er hätte es mir gesagt."

Sie sah Cunningham an, dass er einen Moment lang überlegte, ob er ihre gute Beziehung zu Bill für sich nutzen könnte. Rowan trank von ihrem Kaffee. „Nehmen wir an, ich hätte recht. Für das Militär ist jeder Verrat, der von einem der ihren begangen würde, eine Katastrophe. Die reflexhafte Reaktion ist, die Angelegenheit nach Möglichkeit intern abzuhandeln und um Himmels willen kein Wort mehr als unbedingt nötig an die Öffentlichkeit dringen zu lassen, erst recht nicht an die Presse. Das würde das Vertrauen in unsere Streitkräfte in einigen Teilen der Bevölkerung erschüttern."

Cunningham blickte sie aufmerksam an. „Worauf wollen Sie hinaus?"

Rowan sah ihm in die Augen. „Welchen Grund hat Ihre Quelle, Macrae zu beschuldigen, noch bevor überhaupt zweifelsfrei feststeht, ob er Verrat und Selbstmord begangen hat?"

„Immer vorausgesetzt, meine Quelle sitzt tatsächlich beim Militär."

Sie schnitt eine Grimasse und neigte den Kopf. „Kommt Ihnen das nicht seltsam vor?"

Cunningham schwieg. Rowan trank ihren Kaffee und ließ ihm Zeit.

„Wie Sie schon sagten, würde ich nichts veröffentlichen, was ich nicht nachgeprüft habe oder was aus einer Quelle stammt, der zu vertrauen ich keinen guten Grund habe. Was mir an Indizien vorgelegt wurde, legt den Verdacht mehr als nahe, dass Macrae tatsächlich Verrat begangen hat. Da ich das aber nicht hundertprozentig beweisen kann, habe ich ausdrücklich geschrieben, dass die Ermittlungen noch nicht abgeschlossen sind und bisher lediglich der Verdacht im Raum steht."

Rowan schnaubte. „Was natürlich eine zu gute Story ist, um sie nicht zu bringen. Und natürlich ist Ihnen klar, dass ein solcher Verdacht schon ausreicht, um einen Mann restlos zu vernichten. Auch posthum."

„Ms Lockhart." Cunninghams Stimme klang scharf. „Ich bin mir meiner Verantwortung als Journalist sehr wohl bewusst und auch – ich drücke es mal ungeschminkt aus – der damit verbundenen Macht. Wäre Macrae noch am Leben, hätte ich recherchiert, aber noch nichts veröffentlicht. Ich halte allerdings nichts davon, einen Toten zu schonen, der eines der schlimmsten nur möglichen Verbrechen begangen haben könnte. Und ja, die Story ist zu gut, um sie jemand anderem zu überlassen."

Sie hob abwehrend die Hand. „Sie tun Ihren Job, ich mache meinen. Meine Bemerkung war nicht als Vorwurf gemeint, Mr Cunningham. Es kommt mir nur seltsam vor, dass jemand es verdammt eilig hatte, der Presse Indizien für Macraes Verrat zuzuspielen. Deshalb interessiert mich, wie vertrauenswürdig Ihre Quelle tatsächlich ist." Sie blickte ihn erwartungsvoll an.

Cunningham schwieg eine Weile und starrte in seinen Kaffeebecher. Trank ihn aus, ging hinter das Regal und füllte ihn erneut. Dann streckte er den Kopf hinter dem Regal hervor. „Möchten Sie auch noch was?"

„Gern." Rowan hielt ihm den Becher hin.

Er kam zu ihr, goss den Rest aus der Kanne in ihren Becher, stellte die Kanne auf den Tisch und nahm wieder Platz. Er schlürfte ein paar Schlucke, während er sie unablässig ansah.

„Ich sage es mal so, Ms Lockhart. Die mir zugespielten Indizien weisen Merkmale auf, die auf ihre Authentizität schließen lassen. Woraus wiederum der Schluss folgt, dass meine Quelle vertrauenswürdig sein muss, denn andernfalls hätte sie nicht an die Indizien herankommen können."

Clever formuliert. Und Rowan war so schlau wie zuvor.

Cunningham stellte seinen Becher ab. „Ich dachte bis jetzt, dass es einfach nur ein Zufall ist, dass ich die Informationen so kurz nach Macraes Tod bekommen habe. Denn der Informant konnte zu dem Zeitpunkt noch nichts von seinem Tod wissen."

Rowan hörte seiner Stimme an, dass ihm Zweifel gekommen waren. „Soweit ich weiß, liegt der Todeszeitpunkt ungefähr zwischen halb zehn und elf Uhr gestern Morgen. Die Militärpolizei tauchte gegen drei Uhr nachmittags auf. Rechnen wir die Zeit hinzu, die sie gebraucht hat, um von ihrer Station nach Edinburgh zu kommen, muss sie gestern sehr früh am Morgen ihren Marschbefehl erhalten haben. – Und ich bin immer noch nicht davon überzeugt, dass Macrae sich umgebracht hat."

Wieder dachte Cunningham nach. „Das widerspricht nicht zwangsläufig meiner Zufallstheorie. Aber ich werde selbstverständlich alles noch einmal genauestens nachprüfen."

Sie nickte und trank einen großen Schluck Kaffee. „Captain Macrae hat mir einen Auftrag erteilt, und ich werde ihn erfüllen. Entweder finde ich dabei heraus, dass er unschuldig ist, oder ich finde Beweise für seine Schuld." Sie beugte sich vor und sah dem Reporter in die Augen. „Ich will und werde die Wahrheit herausfinden, Mr Cunningham. Wenn es Ihnen auch auf die Wahrheit ankommt – und das glaube ich –, dann könnte es von Vorteil sein, wenn wir uns zusammentun."

Obwohl er versuchte, es sich nicht anmerken zu lassen, war er interessiert. „Wie stellen Sie sich das konkret vor?"

Sie grinste. „So, dass wir uns gegenseitig auf dem Laufenden halten – natürlich ohne dabei unsere Quellen zu verraten."

„Sie spekulieren darauf, dass ich Ihnen meine Indizien zeige."

„Und Sie darauf, möglicherweise über meine guten Beziehungen zum CID schneller und umfassender an Insiderinformationen zu kommen."

Er lachte leise. „Da wir nun wissen, woran wir miteinander sind, kann ich für meinen Teil dem Köder nicht widerstehen. Ich bin einverstanden. Sollte ich aber das Gefühl bekommen, dass Sie mich auszunutzen versuchen, ist unsere Allianz hinfällig."

Rowan grinste. „Gleichfalls." Sie leerte ihren Becher und stand auf. „Ich führe also Macraes Auftrag aus und informiere Sie über das, was ich dabei ausgrabe."

Er erhob sich ebenfalls. „Und ich überprüfe noch mal die Zuverlässigkeit meiner Quelle und ihre Informationen. – Wir hören voneinander."

Rowan nickte ihm zu und verließ sein Büro. Sie hatte zwar nicht allzu viel erfahren, aber das hatte sie auch nicht erwartet. Immerhin hatte sie ein paar Anhaltspunkte bekommen. Auch wenn Cunningham ihr nicht seine Quelle verraten hatte, war sie sich sicher, dass die beim Militär saß. Vielleicht konnte sie etwas in Erfahrung bringen, wenn es ihr gelang, einen Termin bei Macraes Vorgesetztem zu bekommen. Doch das wollte sorgfältig geplant sein. Zunächst war Jin-Hee Macrae an der Reihe.

VIER

Dienstag, 28. August 2012

Rowan folgte der Prozession, die Captain Finn Macrae zu Grabe trug, in gebührendem Abstand – weit genug entfernt, um niemanden zu stören, und nahe genug, um für eine entfernte Verwandte oder Bekannte gehalten zu werden, die ihm die letzte Ehre erwies. Es waren nicht viele Leute gekommen. Rowan hatte den Eindruck, dass es manchem nicht schnell genug gehen konnte, ihn unter die Erde zu bringen. Immerhin lag sein Tod erst fünf Tage zurück.

Fünf Tage, in denen sie mit ihren Nachforschungen nicht wesentlich vorangekommen war. Bill hatte sie inoffiziell über die Ermittlungen auf dem Laufenden gehalten, die das CID zusammen mit der Militärpolizei durchgeführt hatte. Die Obduktion der Leiche und die Spurensicherung hatten keinen Hinweis darauf ergeben, dass Macraes Tod durch Fremdeinwirkung zustande gekommen wäre. Das wollte nichts heißen. Trotzdem konnte sie nicht mit letzter Sicherheit ausschließen, dass Macrae sich umgebracht hatte. Auch wenn es ihr nach wie vor seltsam vorkam. Aber sie hatte ihre Ermittlungen noch lange nicht abgeschlossen.

Jin-Hee Macrae war zunächst von der MP verhört worden. Es hatten sich jedoch bis jetzt keine Anhaltspunkte ergeben, die darauf hindeuteten, dass sie mit dem Verrat, der ihrem Mann zur Last gelegte wurde, etwas zu tun hatte. Rowan hatte ihren Hintergrund durchleuchtet. Jin-Hee und ihre Eltern waren vor acht Jahren als politische Flüchtlinge nach Edinburgh gekommen. Die Familie hatte Asyl beantragt und war fünf Jahre später eingebürgert worden. Soweit Rowan es hatte feststellen können, hielt keiner von ihnen Kontakt nach Korea, alle schienen gut integriert zu sein.

Jin-Hee wohnte immer noch im Hotel, da die Ermittlungen noch nicht abgeschlossen waren und das Haus bis dahin nicht freigegeben wurde. Rowan hatte sich so oft sie konnte vor dem Hotel auf die Lauer gelegt und bedauert, immer noch ein Eine-Frau-Unternehmen zu sein. Zu Hause – in Japan – hatte sie in ihrer Firma einen Stab von achtzehn Mitarbeiterinnen und Mitarbeitern gehabt, die sie in Teams rund um die Uhr für Bewachungen oder Observationen hatte einsetzen können. Außerdem war der Macrae-Fall nicht der einzige Fall, den sie zu bearbeiten hatte. Sie musste noch einen alimenteflüchtigen Vater finden, der Helen Sinclaire, die im Guildford Arms an der Theke bediente, und ihre Tochter hatte sitzen lassen. Außerdem hatte ein Anwalt sie beauftragt, einen Entlastungszeugen für seinen der schweren Körperverletzung beschuldigten Mandanten aufzutreiben, der aus der Gangszene in Sighthill stammte, einer Gegend im Südwesten der Stadt, in der man sich nach Einbruch der Dunkelheit nicht auf die Straße trauen sollte, wenn man nicht bis an die Zähne bewaffnet war; erst recht als Frau.

Sie hatte deshalb, statt sich vor dem Hotel die Zeit um die Ohren zu schlagen, einen Angestellten des Hotels bestochen, der ein Auge auf Jin-Hee haben und darauf achten sollte, ob sie Besuch bekam. Der Mann arbeitete zuverlässig für sein Geld, aber bisher hatte er nur melden können, dass dreimal die MP gekommen war. Ansonsten verkroch sich die Witwe auf ihrem Zimmer und ließ sich alle Mahlzeiten hinaufbringen. Wenigstens hatte sie es heute zur Beerdigung verlassen.

Macrae wurde auf dem North Merchiston Cemetery an der Slateford Road, Ecke Ardmillan Terrace beigesetzt. Der Friedhof lag nur ein paar Hundert Yards von seinem Haus in der Polwarth Terrace entfernt und hatte auch eine Abteilung für Kriegsgräber – hier lagen bereits vier Generationen der Macraes begraben.

Die spärliche Prozession hatte sich um das Grab versammelt, das unter einem ausladenden Laubbaum lag und von einer grasbewachsenen Fläche umgeben war. Dem Anlass angemessen schlug der „Scotch mist" zu, ein feiner Nieselregen, der sich wie ein Film auf die Haut legte und jeden Stoff langsam, aber sicher durchdrang. Dazu wehte ein Wind vom Meer her und schien sich einen Spaß daraus zu machen, den Anwesenden den Regen ins Gesicht zu blasen.

Normalerweise war bei der Beerdigung eines aktiven Mitglieds des Militärs mindestens eine Delegation anwesend, wenn das Begräbnis nicht sogar durch das Militär durchgeführt wurde, weil der Verstorbene im Kampf gefallen war. Zu Macraes Beerdigung war niemand vom Militär gekommen. Zumindest trug keiner der Anwesenden eine Uniform. Einem mutmaßlichen Verräter wollte offenbar niemand die letzte Ehre erweisen, weil er in den Augen seiner Kameraden keine mehr besaß.

Rowan versuchte zu erkennen, in welchem Verhältnis die Anwesenden zu Macrae gestanden hatten. Für die Sargträger und den Geistlichen war er wahrscheinlich nur ein Job. Neben seiner Witwe stand eine ältere Asiatin, wahrscheinlich ihre Mutter. Ansonsten befanden sich nur noch zwei Ehepaare am offenen Grab. Ein Stück entfernt trat ein alter Mann mit wettergegerbtem Gesicht, der einen zerbeulten Hut in den Händen hielt, von einem Bein aufs andere. Rowan hielt ihn für einen Tinker. Sie fragte sich, was der Mann mit Captain Macrae zu tun gehabt haben mochte. Sie hatte das Gefühl, ihn schon einmal irgendwo gesehen zu haben.

Jin-Hee Macrae stand mit einem Schirm in der Hand vor dem Grab und sah wunderschön aus in ihrem eng anliegenden schwarzen Kostüm und dem perfekt gestylten Haar. Sie wirkte nicht übermäßig bedrückt. Genau genommen schien sie in einer Weise gefasst, die nach Rowans Erfahrung nicht nur der asiatischen Selbstbeherrschung geschuldet war. Daraus zu schließen, dass ihr verstorbener Mann ihr gleichgültig gewesen wäre, wäre sicherlich übertrieben. Doch Rowan war sich sicher, dass Jin-Hees Gefühle für ihn nicht allzu tief gewesen waren. Sie machte sich eine geistige Notiz, schnellstmöglich mehr über das Verhältnis der Eheleute Macrae herauszufinden.

Eine andere Frau erregte ihre Aufmerksamkeit. Da sie neben Jin-Hee stand, musste sie eine nahe Verwandte sein. Sie schluchzte haltlos und verbrauchte ein Taschentuch nach dem anderen, die ein neben ihr stehender Mann, vermutlich ihr Ehemann, ihr reichte. Er hatte den Arm um ihre Schultern gelegt und versuchte vergeblich, sie zu trösten. Sie murmelte etwas in ihr Taschentuch, während der Geistliche ein paar Worte sagte.

Er machte einen verkniffenen Eindruck, was nach Rowans Einschätzung nicht nur am Wetter lag; immerhin hielt ein Assistent einen Regenschirm über ihn, der ihn jedoch nicht vollständig gegen den Regen schützte. Er versuchte, nichts Schlechtes über den Toten zu sagen, aber Rowan hörte an seiner Stimme, dass er von Macraes Verrat überzeugt war.

Das wurde auch jedem anderen klar, als er seine ohnehin reichlich kurze Predigt mit den Worten schloss: „Gott in seiner Gnade und Güte wird über Finn Macrae richten, wie es angemessen ist."

„Mein Bruder ist unschuldig!", brach es aus der schluchzenden Frau heraus. „Das ist alles nicht wahr! Finn war sein Leben lang ein aufrechter Mann! Und alles andere ist Verleumdung! Und du", fuhr sie Jin-Hee an, „warum sagst du nichts dazu?"

Ihr Mann drückte sie fest an sich. „Beruhige dich, Betty.

Wir wissen, dass Finn unschuldig ist. Jeder, der ihn wirklich kannte, weiß das."

Jin-Hee blickte sie stumm an und zeigte nicht, was sie dachte.

Der Geistliche trat zu ihr und war sichtlich verlegen. „Mrs Pollack, ich bitte um Entschuldigung, wenn meine Worte Sie verletzt haben. Es lag mir fern, Captain Macrae zu diskreditieren." Der subtile Unterton, den Rowan in seiner Stimme hörte, strafte seine Worte Lügen. „Ich wollte damit nur zum Ausdruck bringen, dass Gott die Wahrheit kennt und Ihren Bruder nicht für etwas verurteilt, das er nicht getan hat."

Gut rausgeredet, das musste Rowan ihm lassen. Ob Gott ihm seine Falschheit verzeihen würde?

Betty Pollack wandte sich ab und strebte herzzerreißend weinend dem Ausgang des Friedhofs zu. Ihrem Mann blieb nichts anderes übrig, als sie zu begleiten. Jin-Hee starrte auf den Sarg in der Grube. Die anderen Leute taten das ebenfalls. Rowan überlegte, ob sie bleiben und versuchen sollte, mit Jin-Hee ins Gespräch zu kommen, wenn sie den Friedhof verließ, entschied sich aber dagegen und folgte den Pollacks. Falls Jin-Hee die wahre Verräterin war, wäre sie gewarnt, wenn Rowan sie ansprach und Fragen stellte. Und ein plausibler unverfänglicher Grund, sie in dieser Situation überhaupt anzusprechen, fiel ihr nicht ein.

Sie folgte den Pollacks in gebührendem Abstand. Sie hatte erwartet, dass sie ein Taxi rufen würden. Stattdessen gingen sie, nachdem sie den Friedhof verlassen hatten, dessen Eingang an der Dreierkreuzung von Slateford Road, Ardmillan Terrace und Harrison Road lag, über die Straße in die Harrison Road. Rowan vermutete, dass sie dort ihren Wagen geparkt hätten – ihr eigenes Auto stand dort. Doch die beiden gingen die Straße auf dem schmalen Bürgersteig entlang, an der von einer niedrigen Steinmauer umgebenen Rückfront der St. Michaels Parish

Church vorbei, und passierten die Front der vier- bis fünfstöckigen grauen Mietshäuser, deren Souterrainwohnungen mit Stabgitterzäunen zum Bürgersteig abgegrenzt waren.

Als sie rechts in die Harrison Gardens einbogen, hatte Mrs Pollack aufgehört zu weinen. Sie schlich mehr, als dass sie ging, so gebeugt, dass Rowan jeden Moment damit rechnete, dass sie zu Boden sinken würde. Diese Befürchtung hatte wohl auch ihr Mann, denn er stützte sie am Ellenbogen und hatte den Arm um ihre Taille gelegt.

Sie passierten den Harrison Park zur Linken und überquerten die Einmündung zur Ogilvy Terrace. Rowan fragte sich, wie weit es wohl noch sein mochte, bis sie ihr Ziel erreicht hatten. Sie gingen über die Ashley Terrace mit der Blair-Cadell-Filiale an der Ecke und bogen in eine schmale Gasse namens Shaftesbury Park ein. Sie führte zwischen den aus Natursteinmauerwerk bestehenden Rückfronten der Häuser entlang, die zur „Baumsiedlung" gehörten – fünf auf einem Wall gelegene Straßen, die rechtwinklig die Shaftesbury Park kreuzten und ausschließlich die Namen von Bäumen und Sträuchern trugen: Hazelbank, Hollybank, Almondbank, Briarbank und Alderbank Terrace.

Rowan hatte auf der Suche nach einem Haus vor einem Jahr eines besichtigt, das in der Briarbank Terrace angeboten worden war, es aber nicht genommen. Die Häuser in dieser Gegend waren für ihre Zwecke zu klein und ausschließlich Reihenhäuser. Hier hätten die Nachbarn den Publikumsverkehr ihrer Kampfkunstschule mit Argwohn betrachtet. Gar nicht zu reden davon, für was sie die Kampfschreie gehalten hätten, die sie und ihre Schüler beim Training regelmäßig ausstießen. Außerdem lagen die Häuser zu versteckt und wirkten für die Residenz einer Detektei zu privat und nicht professionell genug. Obwohl die Gegend zum Wohnen sehr schön und vor allem ruhig war.

Die Pollacks bogen rechts in die Hazelbank Terrace ein. Als sie die Tür zum Vorgarten des Hauses mit der Nummer 22A öffneten, das eine leuchtend gelbe Eingangstür besaß, holte Rowan sie ein.

„Mr und Mrs Pollack?“

Die beiden wandten sich ihr zu.

„Verzeihen Sie bitte, dass ich Sie in Ihrer Trauer störe, Madam, Sir.“ Sie reichte ihnen eine Visitenkarte. „Rowan Lockhart, Privatermittlerin. Ihr Bruder, Madam, hatte mir einen Auftrag erteilt, über den ich gern mit Ihnen sprechen würde – wann immer es Ihnen recht ist.“

Der Mann nahm ihr die Karte aus der Hand. „Privatermittlungen? Was sollten Sie für Finn ermitteln?“

Rowan warf einen Blick nach links und rechts. „Das würde ich ungern hier auf der Straße ausposaunen, Sir.“

„Bitte kommen Sie herein, Ms Lockhart“, forderte Mrs Pollack sie auf. Ihre Stimme klang leise und zitterte, als hätte sie mit den Tränen alle Kraft verloren. Ihr Mann schloss die Haustür auf.

„Ich möchte Sie wirklich nicht gerade an diesem Tag stören“, betonte Rowan. „Ich komme gerne ein anderes Mal vorbei, wenn es Ihnen besser passt.“

„Das ist schon in Ordnung, Ms Lockhart“, versicherte Mr Pollack. „Sie haben uns neugierig gemacht. Verzeihen Sie, wir haben uns noch gar nicht vorgestellt. Ich bin Frank Pollack, das ist meine Frau Elizabeth.“

Rowan trat ein, Frank Pollack nahm ihr die Jacke ab und hängte sie an die Garderobe, nachdem er seiner Frau aus dem Mantel geholfen hatte.

„Mögen Sie einen Tee?“, fragte Elizabeth, während sie Rowan in ein gemütliches Wohnzimmer führte, in dem warme Ocker- und Brauntöne vorherrschten.

„Nur wenn es Ihnen keine Umstände macht, Madam.“

Sie schüttelte den Kopf und zog sich in die Küche zurück. Frank Pollack bot Rowan einen Sessel an und ging zu einem Schrank. „Ich brauche jetzt etwas Stärkeres als Tee." Er holte eine Flasche Glenkinchie aus dem Barfach und hielt sie Rowan hin. „Wollen Sie auch einen?"

„Danke, gern."

Pollack stellte die Flasche auf den Tisch und holte drei Gläser. Rowan sah sich um. Das Wohnzimmer war nicht sehr groß und erweckte den Eindruck, als würden die Pollacks hier schon lange wohnen. Manche der Möbel waren recht abgenutzt, aber alles war farblich und stilistisch aufeinander abgestimmt. Auf dem Tisch neben dem Fernseher stand ein Wimpel mit dem herzförmigen Abzeichen der Hearts – des Hearts of Midlothian Football Clubs – mit den goldfarbenen Buchstaben H, M, F, C und dem Gründungsjahr 1874 auf den roten Flächen zwischen den Speichen des Andreaskreuzes.

Auf der anderen Seite des Tisches stand ein Wimpel mit dem Wappen der Macraes, ein zu einem Kreis geformter Gürtel, in dessen Mitte eine hochgereckte Faust ein Schwert hielt, dessen Spitze im Fünfundvierzig-Grad-Winkel zwischen den Buchstaben D und I des Clanmottos „Fortitudine" hindurch den Rand berührte – Kraft, Ausdauer oder auch Tapferkeit waren das, was die Angehörigen von Finn Macrae tatsächlich brauchen würden, um mit der Anschuldigung, er sei ein Verräter gewesen, fertigzuwerden.

Pollack schenkte den Whisky ein und hob sein Glas. „Auf Finn Macrae, den ehrenhaftesten Mann, den ich je gekannt habe."

„Auf Captain Macrae." Rowan hob ebenfalls ihr Glas und trank einen Schluck, als Pollack seinen Whisky in einem Zug hinunterkippte und sich nachschenkte.

„Sie sagten, Finn habe Ihnen einen Auftrag erteilt. Wozu hat er denn eine Privatermittlerin gebraucht?"

„Ich hätte gern Ihre Frau dabei, bevor ich das erkläre, Sir."

Pollack nickte. „Natürlich." Er schüttelte den Kopf. „Das ist ein Albtraum. Sie ahnen nicht, was für ein Schlag es war, als wir am Morgen den ‚Scotsman' aufschlugen und die Verleumdungen gegen Finn lesen mussten." Er ballte die Faust. „Wenn wir es uns leisten könnten, würden wir die Zeitung verklagen. Vor allem den schmierigen Reporter, der diese Lügen verbreitet hat."

Rowan nickte. „Kann ich verstehen. Ich habe schon mit dem Mann gesprochen und versucht, ihm aus der Nase zu ziehen, woher er seine Informationen hat." Sie zuckte mit den Schultern. „Er gibt seine Quelle natürlich nicht preis. Aber er hat mir versprochen zu überprüfen, ob sie wirklich so zuverlässig ist, wie er glaubte, als er den Artikel schrieb."

Was immer noch andauerte. Rowan hatte Alan Cunningham in den vergangenen Tagen dreimal unter dem Vorwand angerufen, ihn auf dem Laufenden zu halten, und ihn mit Hintergrundinformationen über Macrae gefüttert, die er bereits kannte. Aber er hatte seine Quelle angeblich noch nicht wieder kontaktieren können. Sie hatte beschlossen, ihm noch drei Tage Zeit zu geben. Wenn er dann nichts lieferte, würde sie auf eigene Faust nachforschen.

Mrs Pollack brachte den Tee. Rowan half ihr, das Tablett abzuräumen und danke ihr, nachdem sie den Tee eingeschenkt hatte. Macraes Schwester nahm das Glas Whisky, das ihr Mann für sie eingeschenkt hatte.

„Auf Finn, den besten Bruder und aufrichtigsten Menschen, den es je gab." Sie kippte ihn in einem Zug hinunter und wischte sich anschließend die Tränen aus den Augen.

„Auf Finn!" Pollack leerte auch sein zweites Glas in einem Zug, und diesmal leerte Rowan ihr Glas ebenfalls.

Mrs Pollack setzte sich und blickte sie erwartungsvoll an. „Welchen Auftrag hat mein Bruder Ihnen erteilt?"

„Er verdächtigte seine Frau der Untreue. Ich sollte das überprüfen."

Mrs Pollack stieß zornig die Luft aus. „Das sieht ihr ähnlich, dieser falschen Schlange! Sie hat Finn doch von Anfang an das Leben zur Hölle gemacht. Wahrscheinlich hat sie ihn nur geheiratet, um eingebürgert zu werden oder so was."

Pollack tätschelte ihren Arm. „Das kannst du so nicht sagen, Betty. Am Anfang waren Finn und Jinny doch schwer ineinander verliebt."

Mrs Pollack ließ das nicht gelten. „Das hat sie doch nur vorgetäuscht, damit er sie heiratet. Aber ihr Männer fallt ja auf solche Tücken nur allzu leicht rein." Sie begann wieder zu weinen.

„Falls dem so gewesen sein sollte, Madam, kann zumindest nicht der Wunsch nach Einbürgerung der Grund gewesen sein. Ihre Schwägerin war bereits britische Staatsbürgerin, bevor sie Ihren Bruder kennenlernte. Vor dem Hintergrund des gegen Ihren Bruder erhobenen Vorwurfs ist meine Theorie eine ganz andere."

Die Pollacks blickten sie gespannt an.

„Nach allem, was ich über Captain Macrae erfahren habe, kam sein Verdacht, dass seine Frau ihn betrügt, wohl nicht von ungefähr."

Mr Pollack nickte. „Finn hätte Jinny niemals aus heiterem Himmel verdächtigt und ihr erst recht nicht nachschnüffeln lassen, wenn er nicht einen wirklich begründeten Verdacht gehabt hat. Er neigte nicht zur Eifersucht." Er sah Rowan an. „Worauf wollen Sie hinaus, Ms Lockhart?"

„Dass sein Verdacht zwar begründet war, aber in die falsche Richtung ging. Wahrscheinlich hat tatsächlich ein Verrat stattgefunden, andernfalls hätte Mr Cunningham das niemals veröffentlicht. Da ich ebenfalls davon überzeugt bin, dass der Captain den nicht begangen hat, liegt vor diesem Hintergrund der Verdacht nahe, dass seine Frau die Schuldige ist und die Indizien, die ihn dazu veranlassten zu glauben, sie wäre ihm untreu, in Wahrheit

Indizien für eine Spionagetätigkeit waren." Sie blickte von einem zum anderen. „Deshalb bitte ich Sie, wenn es Ihnen nichts ausmacht, mir etwas über Ihre Schwägerin und die Ehe des Captains zu erzählen."

Mrs Pollack blickte sie verständnislos an. „Aber Finn ist tot. Damit ist der Auftrag, den er Ihnen erteilt hat, doch hinfällig."

Rowan schüttelte den Kopf. „Ihr Bruder hat mich im Voraus bezahlt, Madam. Eigentlich müsste ich das Geld seiner Witwe als seiner Erbin zurückgeben, aber falls mein Verdacht stimmt, mache ich sie damit nicht nur misstrauisch, sondern wecke unter Umständen schlafende Hunde, die sehr gefährlich werden könnten. Deshalb würde ich das Geld entweder dazu verwenden, der Sache auf den Grund zu gehen und herauszufinden, was an diesen Anschuldigungen wirklich dran ist. Oder ich gebe es Ihnen; abzüglich des Entgelts für meine bisher aufgewendete Arbeit, die noch nicht allzu umfangreich ist."

Elizabeth Pollack ergriff Rowans Hand und drückte sie fest. „Behalten Sie das Geld, Ms Lockhart. Beweisen Sie dafür meines Bruders Unschuld. Und wenn Sie mehr Geld dafür brauchen, ich habe ein bisschen was gespart. Daran soll es also nicht scheitern. Nur bitte, beweisen Sie Finns Unschuld, damit sein guter Name und auch der Name der Macraes wieder reingewaschen wird." Sie begann erneut zu weinen, machte aber keinen Versuch, die Tränen wegzuwischen.

Rowan erwiderte den Druck ihrer Hand. „Mrs Pollack, ich werde die Wahrheit herausfinden. Das und nichts anderes verspreche ich Ihnen. Wenn Ihr Bruder unschuldig war, werde ich alles in meiner Macht Stehende tun, um das zu beweisen. Sollte er aber tatsächlich getan haben, was man ihm zur Last legt, werde ich die Beweise dem Militär übergeben."

Elizabeth Pollack ließ ihre Hand abrupt los. „Mein

Bruder war ein absolut integrer Mann. Wie können Sie nur glauben ..." Sie verstummte, als ihr Mann ihren Arm drückte.

„Bitte, Betty, beruhige dich. Ms Lockhart kannte Finn nicht. Aber wir kennen ihn und wir vertrauen ihm über den Tod hinaus. Er ist unschuldig. Und Ms Lockharts Nachforschungen werden nur das und nichts anderes beweisen. Nicht wahr?"

Sie nickte und wischte sich die Tränen ab. „Ja, natürlich."

Frank Pollack wandte sich an Rowan. „Und sollten Ihre Nachforschungen ergeben, dass Finn ..." Er schüttelte den Kopf. „In dem Fall werden wir damit leben müssen, dass wir uns in ihm geirrt haben. Auch wenn uns das sehr, sehr schwerfallen würde." Er nickte Rowan zu. „Auch wir wollen die Wahrheit wissen, Ms Lockhart. Und wir vertrauen Ihnen, dass Sie die herausfinden."

Rowan stand auf und verneigte sich, wobei sie die Hände auf die Oberschenkel legte. „Yakusoku."

Als sie die verwirrten Blicke des Ehepaares sah, wurde ihr bewusst, dass sie wieder einmal typisch japanisch reagiert und japanisch gesprochen hatte. „Das verspreche ich", übersetzte sie und nahm wieder Platz. „Möchten Sie jetzt lieber allein sein oder fühlen Sie sich in der Lage, mir etwas über Ihren Bruder und seine Frau zu erzählen? Jedes Detail kann wichtig sein."

Die Pollacks nickten. Während Rowan ihren Tee trank, erzählte das Ehepaar von Finn Macrae und davon, wie er seine Frau kennengelernt hatte. Die beiden hatten sich auf einem privaten Empfang seines Vorgesetzten anlässlich irgendeines persönlichen Jahrestages getroffen. Offenbar war es bei beiden Liebe auf den ersten Blick gewesen und ziemlich heftig dazu, denn sie hatten nur wenige Monate später geheiratet. Elizabeth Pollack hatte dem Ganzen von Anfang an skeptisch gegenübergestanden. Ihrer Aussage nach war Macrae ein beherrschter und zurückhaltender Mann gewesen, der nicht zu spontanen Handlungen geneigt hatte. Das plötzliche Verliebtsein und die relativ schnell erfolgte Heirat passten nicht zu ihm. Außerdem war Jin-Hee fünfundzwanzig Jahre jünger als er, was Elizabeth Pollacks Meinung nach den Prinzipien ihres Bruders zuwiderlief.

Das wollte jedoch nichts heißen. Rowan hatte am eigenen Leib erfahren, wie heftig einen die Liebe aus heiterem Himmel erwischen und wie tief sie trotzdem gehen konnte. Hätte ihr, bevor sie Doro kennenlernte, jemand erzählt, dass sie eine Liebe auf den ersten Blick erleben würde – an die sie sowieso nie geglaubt hatte – und dass sie für diese Liebe alles aufgeben und in ein fremdes Land mit einer völlig fremden Kultur ziehen würde, sie hätte es nicht geglaubt. Manche Dinge hält man erst dann für möglich, wenn man mit ihnen konfrontiert wird. Und ja, die Liebe kann selbst die stärksten Prinzipien aushebeln.

Offenbar war Macrae mit Jin-Hee genau das passiert. Im Gegensatz zu der Entwicklung, die Rowans und Doros Liebe genommen hatte und die mit den Jahren tiefer geworden und stabil geblieben war, bis Fukushima passierte, musste sich bei den Macraes schon bald die Entfremdung eingeschlichen haben. Frank Pollack berichtete, dass Macrae ab und zu bei bierseligen Treffen mit ihm Andeutungen hatte fallen lassen, die darauf hindeuteten, dass sich in seiner Ehe Ernüchterung breitmachte. Da er hartnäckig vermieden hatte, ins Detail zu gehen, wusste Pollack nichts Näheres. Deshalb konnte diese Entfremdung durchaus das Ergebnis der ganz normalen Entwicklung sein, die einsetzt, wenn die rosarote Brille der Anfangszeit einer Beziehung sich alltagsgrau färbt.

Nachdem der Redefluss der Pollacks versiegt und die Trauer über Macraes Tod wieder in den Vordergrund getreten war, blickte Elizabeth Pollack Rowan ernst an. „Ich kann nicht glauben, dass mein Bruder Selbstmord begangen hat. So ein Mensch war er nicht. Selbst wenn er", sie schluckte, „getan haben sollte, was man ihm zur Last legt, er hätte dafür die Konsequenzen getragen und sich nicht feige aus der Verantwortung gestohlen. Bitte finden Sie heraus, ob er sich wirklich selbst getötet hat. Bitte."

Rowan nickte. „Nach allem, was mein Informant bei der Polizei sagt, besteht nach der Obduktion daran leider kein Zweifel mehr."

Bill hatte ihr zwar nicht den Bericht des Rechtsmediziners zu lesen gegeben, aber er hatte ihr die wichtigen Details mitgeteilt. Sie hatten sich gestern Abend erneut im Guildford getroffen; das zweite Treffen, seit sie sich wieder begegnet waren. Vordergründig diente es dazu, den Fall zu diskutieren. Aber zumindest von ihrer Seite aus gab es noch einen anderen Grund. Bill wiederzusehen und sich der alten Vertrautheit zwischen ihnen hinzugeben, sich abends mit ihm zu treffen und bei einem Singleton über Gott und die Welt zu plaudern, fühlte sich an, als hätte sie endlich einen Anker gefunden in der ihr fremd gewordenen Heimat. Seit ihrer Rückkehr hatte sie das Gefühl gehabt, in der Luft zu hängen, über allem zu schweben und nirgends hinzugehören. Die Treffen mit Bill und auch die Telefonate mit ihm gaben ihr Orientierung und schlugen den Bogen zurück zu ihren Wurzeln. Zum ersten Mal seit ihrer Rückkehr hatte sie das Gefühl, dass sie auf dem Weg war, bei sich selbst anzukommen – auch wenn das noch eine Weile dauern würde.

„Ihr Bruder hat vor der Tat noch einen Abschiedswhisky getrunken", sagte sie aus dem Gedanken an die mit Bill genossenen Singletons heraus. „Wie es aussieht, hat er gewartet, bis seine Frau zum Einkaufen gefahren ist, und ist dann zur Tat geschritten. Es tut mir leid." Obwohl sie immer noch Zweifel hegte, dass er sich wirklich nur wenige Stunden nach dem Auftrag an sie umgebracht hatte.

Frank Pollack richtete sich auf. „Er hat einen Whisky getrunken?"

Sie nickte. „Nach meinen Informationen standen die Flasche und ein Glas noch neben ihm auf dem Tisch."

Mr Pollack schüttelte den Kopf. „Falls Finn sich nicht umgebracht haben sollte, dann war höchstwahrscheinlich noch jemand bei ihm." Er sah sie eindringlich an. „Finn hat seinen Singleton niemals allein getrunken. Er sagte immer, dass gerade dieser Whisky – einen anderen trank er sowieso nie – etwas so Besonderes ist, dass er zu schade wäre, um ihn allein zu genießen. Wenn er vor seinem Tod Singleton getrunken hat, dann entweder, weil er in dem Moment, bevor er sich selbst umgebracht hat, noch einmal den Geschmack seines Lieblingswhiskys genießen wollte." Frank Pollack fiel das Sprechen schwer. „Oder aber er war nicht allein. Dann muss ihn jemand besucht haben, den er gut kannte und schätzte. Singleton hat er nicht mit jedem getrunken."

„Haben Sie eine Ahnung, wer dafür infrage kommt?"

Pollack überlegte einen Moment. „Vielleicht einer seiner Freunde vom Regiment."

„Könnte er nicht mit seiner Frau getrunken haben, bevor sie zum Einkaufen fuhr, um sich von ihr zu verabschieden? Natürlich ohne ihr zu sagen, was er vorhat."

Pollack schüttelte den Kopf. „Jinny trinkt keinen Whisky. Sie hat ihn noch nie gemocht. Der ist ihr zu scharf."

Rowan überdachte das. Falls aber Elizabeth Pollack ihren Bruder richtig einschätzte, dass er sich niemals durch Selbstmord feige aus der Verantwortung gestohlen hätte ... Gut, das konnte durch schwesterliche Liebe getrübtes blindes Vertrauen sein. Die engsten Angehörigen sind oft die Personen, die einen Menschen am wenigsten kennen, besonders wenn der Betreffende sie vorsätzlich täuscht, wie es im Fall eines Hochverräters wohl der Fall gewesen wäre. Wie dem auch sei, wenn Mr Pollacks

Vermutung zutraf, dass Macrae unmittelbar vor seinem Tod nicht allein gewesen war, dann konnte die Person, die ihn zuletzt gesehen hatte, vielleicht weiterhelfen.

„Wissen Sie zufällig, warum der Captain an dem Tag überhaupt zu der Zeit zu Hause war? Hatte er Urlaub?"

Pollack schüttelte den Kopf. „Nein, Urlaub hatte er nicht. Das hätte er uns gesagt. Wahrscheinlich hatte er aus irgendeinem Grund dienstfrei."

„Mein Bruder war sehr gewissenhaft. Er hat oft Überstunden gemacht. Vielleicht hatte er ein paar von denen in einen freien Tag umgesetzt. – Oder er ist einfach zu Hause geblieben, um ... um ..." Tränen schimmerten in ihren Augen.

„Können Sie mir sagen, wer seine Freunde waren? Wer dafür infrage kommt, dass der Captain am Vormittag mit ihm einen Whisky getrunken hat?"

„Sam Murray, Alex Farrell und Steve Ross. Regimentskameraden. Sam ist aber vor drei Jahren bei einem Unfall gestorben. Und Steve ist meines Wissens seit einem halben Jahr in London. Wenn er an dem Tag mit jemandem angestoßen hat, dann wahrscheinlich mit Alex. Vielleicht auch noch mit Andrew Shaw. Das ist der Vorgesetzte, der ihn mit Jinny bekannt gemacht hat. Finn hat ihn zwar nie als seinen Freund bezeichnet, aber sie waren mehr als Vorgesetzter und Untergebener."

Rowan stand auf. „Ich werde all Ihren Hinweisen nachgehen. Haben Sie vielen Dank, Sie haben mir weitergeholfen. Ich werde Sie nicht unnötig stören, aber ich melde mich natürlich bei Ihnen, wenn ich den Fall abgeschlossen oder noch ein paar Fragen habe."

„Kommen Sie bitte jederzeit", sagte Elizabeth Pollack. „Wir werden Sie mit all unseren Kräften unterstützen."

Das Vertrauen, das aus ihrer Stimme sprach und sich in ihren Augen spiegelte, versetzte Rowan einen Stich. „Danke, Madam. Sir." Sie wandte sich zur Tür. „Bemühen

Sie sich nicht", wehrte sie ab, als Frank Pollack ebenfalls aufstand. „Ich finde allein raus. Ihnen alles Gute."

Sie schloss die Wohnzimmertür hinter sich und hörte Elizabeth Pollacks Schluchzen, noch ehe sie das Haus verlassen hatte. Es hatte aufgehört zu regnen. Sie ging zu ihrem Wagen, den sie am Anfang der Harrison Road vor Haus Nummer 5 geparkt hatte. Von dort aus hatte sie einen guten Blick auf den Eingang zum Friedhof. Deshalb sah sie den Mann in Militäruniform, der das Friedhofsgelände betrat, als sie ihren Wagen entriegeln wollte. Da das Militär bei der Trauerfeier durch Abwesenheit geglänzt hatte, handelte es sich bei dem Mann mit großer Wahrscheinlichkeit um einen von Macraes Freunden, entweder Steve Ross oder Alex Farrell. Falls er nicht ein anderes Grab besuchen wollte.

Sie spurtete über die Straße, ignorierte die Fußgängerampel und folgte dem Soldaten in gebührendem Abstand. Wie sie vermutet hatte, ging er zu Macraes Grab, nachdem er sich bei einem Gärtner erkundigt hatte, wo es zu finden war.

Die Trauergäste waren längst gegangen und die Totengräber hatten ihre Arbeit begonnen. Der Mann in Uniform blieb vor dem Grab stehen und blickte stumm in die Grube. Dem Rangabzeichen auf den Ärmeln nach war er Captain. Rowan überlegte, wie sie unverfänglich mit ihm ins Gespräch kommen konnte. Er durfte nicht misstrauisch werden und auf die Idee kommen, dass sie ihn aushorchen wollte. Sie musste ihn so ködern, dass er das Gefühl hatte, es wäre seine eigene Entscheidung, sich mit ihr zu unterhalten. Ihr Togakure-Training würde ihr dabei helfen. Neben ihren körperlichen Fähigkeiten war sie in Hsi Men Jitsu unterwiesen worden, einer Technik zur Beeinflussung des Geistes anderer Menschen. Als Methode zur Deeskalation war diese Fähigkeit unschätzbar wertvoll. Oder um potenzielle Informanten zu beeinflussen.

Sie sah sich um, ob jemand sie beobachtete, ehe sie

einen Zweig von einer Heidekrautpflanze neben einem Grabstein abbrach. Langsam ging sie zu Macraes Grab. Sie ignorierte den Soldaten, nickte aber den Totengräbern zu und warf den Zweig in die Grube, begleitet von dem stummen Versprechen, die Wahrheit herauszufinden. Egal wie die aussah.

Aus dem Augenwinkel sah sie, wie der Soldat sie verwundert anblickte. Vermutlich fragte er sich, in welchem Verhältnis sie zu Macrae gestanden hatte. Rowan sammelte ihre innere Kraft. Mimik, Körpersprache, subtile Gestik und ihre Ausstrahlung würden den Mann hoffentlich dazu veranlassen, in der von ihr gewünschten Weise zu reagieren. Nicht zum ersten Mal war sie dankbar für das harte Training, dem ihr Schwiegervater Yoshio sie jahrelang unterworfen hatte.

Sie setzte ein trauriges Gesicht auf und wandte sich ab, wobei sie tat, als nähme sie den Soldaten erst jetzt richtig wahr. Sie blieb neben ihm stehen und warf einen Blick zurück auf das Grab.

„Es ist einfach nicht fair. Die Guten sterben immer viel zu früh." Sie seufzte.

„Sie kannten ihn?"

Rowan spürte das Interesse des Mannes und nickte. „Ich habe hin und wieder ein paar Lieferungen für ihn erledigt. Er war immer sehr nett zu mir. Und großzügig."

Der Mann schloss für einen Moment die Augen. „Das war er in der Tat. Und ganz bestimmt hat er nichts von dem getan, was ..." Er unterbrach sich.

Rowan schüttelte den Kopf. „Da haben Sie völlig recht. So was traue ich jedem zu, aber nicht Captain Macrae. Im Leben nicht." Sie blickte wieder zum Grab. „Wenn ich heute Abend im Guildford Arms sitze, werde ich auf ihn trinken." Sie sah ihn an. „Waren Sie ein Freund von ihm? Dann kommen Sie doch auch. Dann trinken wir zusammen auf ihn."

Sie lächelte ihn an und strahlte aus, dass das eine hervorragende Idee wäre, ließ ihm aber keine Zeit zu antworten, sondern ging. Er blickte ihr nach, wie sie deutlich spürte. Es müsste mit dem Teufel zugehen, wenn der Mann nicht heute Abend im Guildford erscheinen würde.

Als sie den Friedhof verließ, stand der Tinker an der Ecke, der sich vorhin in der Nähe von Macraes Grab aufgehalten hatte. Jetzt erinnerte sie sich, wo sie ihm schon einmal begegnet war. Er hatte zusammen mit den anderen Schaulustigen vor Macraes Haus gestanden. Also war er wohl nicht nur zufällig hier.

Sie nickte ihm zu. „Trinken Sie ein Bier mit mir auf Captain Macrae? Und wenn Sie Aufträge annehmen, hätte ich anschließend einen für Sie."

Er sah sie an. Seine dunklen Augen waren in den Falten seines Gesichts kaum zu erkennen. Es dauerte eine ganze Weile, bis er antwortete. „Kommt auf den Auftrag an."

„Mein Rasen muss regelmäßig gemäht werden, wozu ich nie die Zeit finde. Und ich habe absolut nichts dagegen, wenn Sie eins Ihrer Pferde die Mäharbeit erledigen lassen. Solange Sie hinterher die Pferdeäpfel einsammeln." Sie wusste, dass er Pferde besaß, sie konnte sie an seiner Kleidung riechen.

Er lachte. Es klang dem Meckern einer Ziege unglaublich ähnlich. „Aye. Könnte mich interessieren. Nach dem Bier."

Rowan deutete die Slateford Road hinunter. Wenige Ecken entfernt befand sich ein Pub, The Gray's Mill, an dem sie auf ihrem Weg zum Friedhof vorbeigefahren war.

„Ich habe Sie bei Captain Macraes Haus gesehen an dem Tag, als er gestorben ist."

„Aye."

Die einsilbige Antwort zeigte Rowan, dass sie dem Mann jedes Wort würde aus der Nase ziehen müssen. Aber ihr Gefühl sagte ihr, dass er eine verdammt gute Informationsquelle sein könnte. Sie hoffte, dass ihn ein Bier etwas gesprächiger machen würde.

Andererseits was es immer schwierig, einen Tinker zum Reden zu bringen. Tinker – oder Scottish Travellers, wie sie politisch korrekt genannt wurden – waren eine eingeschworene Gemeinschaft, obwohl sie inzwischen aus verschiedenen Teilgruppen bestanden, darunter auch New Age Travellers, die mit den herkömmlichen Tinkers außer dem Nomadenleben nichts gemein hatten.

Seiner dunklen Haut und dem Körperbau nach zu urteilen gehörte Rowans Begleiter zu den echten Tinkers, die ihre Herkunft auf die Pikten zurückführten. Normalerweise hielten sie sich eher in den ländlichen Gebieten, besonders in den Highlands auf. Aber eine Stadt wie Edinburgh bot zumindest vorübergehend gute Verdienstmöglichkeiten für fahrende Handwerker, sofern sie ihr Metier verstanden.

Der Pub in der 101 Slateford Road klemmte zwischen einer Stahlwand und den geschlossenen roten Jalousien einer Speedy-Filiale. Fünf bogenförmige Fenstersegmente thronten über einer dunkelgrünen Brüstung und wurden von bordeauxroten Fensterstürzen gekrönt, auf denen in verblassten Metalllettern „The Gray's Mill" zu lesen war. Trotz des Wetters standen quadratische Glastische und Stühle aus Plastikflechtwerk auf dem Gehsteig. Drinnen brannte Licht.

Der Tinker ließ ihr mit einer angedeuteten Verbeugung den Vortritt und steuerte zielstrebig auf die Theke zu.

„Was möchten Sie trinken, Mister?"

„Guinness."

Sie bestellte zwei Pints Guinness und ging, nachdem es gezapft worden war, mit dem Tinker zu einem unbesetzten Tisch. Anschließend hob sie ihr Glas. „Auf Captain Finn Macrae."

„Auf den Captain." Er stieß mit ihr an und trank sein

Glas in einem Zug halb leer, ehe er es absetze und sich mit dem Handrücken über den Mund wischte.

„Der Captain war ein feiner Mensch“, versuchte sie vorsichtig das Terrain vorzubereiten.

Er nickte. „Aye.“

„Er hat einfach nicht verdient, was ihm da anhängt wird.“

Der Mann nickte wieder, diesmal nachdrücklicher. „Aye.“

„Sie haben für ihn gearbeitet. Sie wissen, was für ein Mensch er war.“ Das war zwar nur eine Vermutung, aber falls der Tinker nicht aus irgendeinem Grund persönlich mit Macrae befreundet gewesen war, konnte es für ihn nur einen Grund geben, dem Toten die letzte Ehre zu erweisen: ein gutes Verhältnis zu ihm als Arbeitgeber.

„Aye.“

„Aye“, stimmte sie ihm zu und trank ihr Guinness ebenfalls in einem Zug zur Hälfte aus, während er sein Glas vollständig leerte. Sie imitierte seine Geste, sich mit dem Handrücken den Mund abzuwischen. Aber auf eine Weise, die auf ihn wirken musste, als wäre das ihre normale Handlung nach einem so langen Zug, nicht als würde sie ihn nachäffen.

In seinen Augen glomm ein Funken Respekt.

Sie nickte zu seinem leeren Glas hin. „Noch eins?“

Er spitzte die Lippen. „Dazu sag ich nicht Nein.“

Sie nahm sein Glas, ging zur Theke und ließ zwei neue Guinness zapfen, trug sie an den Tisch und stieß mit dem Mann noch einmal an. Wieder sah sie Respekt in seinen Augen, als sie ihr erstes Glas in einem Zug leerte und das zweite vor sich hinstellte. Mit einem gestandenen Trinker würde sie trotzdem nicht lange mithalten. Deshalb würde sie an dem zweiten Pint nur nippen. Sie brauchte einen klaren Kopf und musste nachher noch Auto fahren.

„Was haben Sie für den Captain gearbeitet, Mister ...“

„Smith. John Smith."

Rowan grinste. Sie wäre jede Wette eingegangen, dass das nicht sein richtiger Name war. Falls sie sich nicht irrte und er tatsächlich ein geborener Tinker war, trug er höchstwahrscheinlich einen altehrwürdigen Clannamen.

„Rowan Lockhart", stellte sie sich vor. „Wie war das mit der Arbeit für den Captain?"

Er kniff die Augen zusammen. Sie spürte sein Misstrauen beinahe körperlich. „Haus und Garten", antwortete er schließlich. „Hab auch seine Messer geschliffen. Schön scharf."

Sie hielt so schnell ihr Messer in der Hand, dass er erschrocken zusammenzuckte. Kein Wunder, sie trug es in einer Armscheide. „Scharf genug?"

Er nahm es und fuhr vorsichtig mit dem Daumen darüber. Trotz seiner Vorsicht schnitt er sich und pfiff anerkennend durch die Zähne. Er betrachtete das Messer von allen Seiten, prüfte seine Balance und seine Verarbeitung, ehe er es ihr zurückreichte.

„Verdammt feine Klinge. Schärfstes Messer, das ich je in der Hand hatte."

Einer der besten Waffenschmiede Japans hatte das Kwaiken hergestellt. Es war einseitig geschliffen und leicht gebogen. Dieses Messer war speziell für Rowan angefertigt worden. Seine Klinge maß exakt dreieinhalb Zoll, ebenso wie der Griff aus Roteichenholz, und war damit perfekt auf die Länge ihres Unterarms abgestimmt; Rowan konnte das Messer tragen, ohne dass es sie störte. Das Kwaiken und sein Zwilling waren Doros Hochzeitsgeschenk für sie gewesen. Sie hatten ein Vermögen gekostet. Abgesehen von ihrem Wert hatte die Art des Geschenks ihr mehr als alle Worte gesagt. Doro verstand sie vollkommen. Es gab nichts, mit dem er ihr eine größere Freude hätte machen können als mit einer so hervorragenden Waffe.

Sie schob das Messer in die Armscheide zurück.

John Smith blickte sie mit einem seltsamen Ausdruck an. „Sie sind 'ne scharfe Lady."

„Lady?" Sie blickte ihn grimmig an. „Seien Sie froh, dass ich Respekt vor Ihrem Alter habe, Sir, sonst würde ich Ihnen dafür eine reinhauen."

Er lachte und nickte. „Schätze, du bist in Ordnung, lassie." Er leerte sein zweites Glas zur Hälfte.

Sie grinste und trank von ihrem Guinness. „Ich hoffe, der Captain hat Ihnen Ihren Lohn noch auszahlen können vor seinem Tod."

„Aye." Er nahm einen Schluck. „Zahlte immer im Voraus. Dafür war der Preis nicht mehr verhandelbar." Er verzog das Gesicht. „War aber noch nicht ganz fertig und wollte die Arbeit am Morgen beenden. Kam nicht mehr durch wegen der Polizei." Er grunzte. „Mein Werkzeug ist noch in seiner Garage. Keine Ahnung, wann ich das zurückkriege." Er trank einen langen Zug Guinness.

Rowan blickte ihn an. „Ich mache Ihnen einen Vorschlag, Mr Smitty."

Er grinste über die Verballhornung, die ihm zeigte, dass Rowan den Namen für falsch hielt.

„Ich besorge Ihnen Ihr Werkzeug, dafür beantworten Sie mir ein paar Fragen."

Er zögerte. „Käme auf die Fragen an. Und darauf, ob Sie mein Werkzeug wirklich besorgen können."

„Mein Wort drauf." Dafür würde sie Bill einspannen, der sich bestimmt nicht lumpen ließ. Sie zog eine Visitenkarte aus der Tasche und schob sie ihm hin. „Ich habe den Auftrag, die Unschuld des Captains zu beweisen; sofern er unschuldig ist. Deshalb würde ich gern wissen, ob Ihnen in der Zeit, in der Sie an seinem Haus gearbeitet haben, irgendwas Ungewöhnliches aufgefallen ist. Besonders, ob es zwischen ihm und seiner Frau mal Streit gegeben hat." Sie zuckte mit den Schultern. „Alles kann wichtig sein."

Er las sich die Karte durch und blickte Rowan danach

lange an. Schließlich nickte er. „Aye, lassie, weil du es bist. Und weil's für den Captain ist." Er beugte sich ein Stück vor. „War an dem Morgen da. Musste dann aber weg, Dichtungspappe besorgen. Als ich zurückkam, war die Polizei da und der Captain tot." Er leerte sein Glas.

„Noch eins?"

Er schüttelte den Kopf und wischte sich wieder mit dem Handrücken über den Mund. „Aye, er hat sich öfter mit seiner Frau gestritten. Lief wohl nicht rund in der Ehe. Hat sie mal angeschnauzt, dass er langsam den Eindruck bekommt, dass sie ihn nie geliebt hat und ihn nur geheiratet hat, um einen Mann mit Pension zu haben, der sie versorgt. War wirklich verdammt sauer, der Captain."

Falls Macraes Vermutung zutraf, konnte Rowan das gut verstehen. Wer ließ sich schon gern derart missbrauchen. Das musste sehr schmerzhaft für ihn gewesen sein. „Was hat sie geantwortet?"

Er schüttelte den Kopf. „Nichts. Hat ihn nur angesehen. Dann hat sie sich umgedreht und wollte raus aus dem Zimmer. Er hat sie festgehalten, sie geschüttelt und angeschrien, sie soll was sagen. Hat sie aber nicht. Hat nur angefangen zu weinen. Da hat er sie in die Arme genommen und abgeküsst, und alles schien wieder gut zu sein." Er verzog das Gesicht. „Frauentränen können selbst den härtesten Mann weich kriegen." Er zuckte mit den Schultern. „Danach haben sie so leise geredet, dass ich nix mehr hören konnte."

Das passte zu Macraes Verdacht, dass seine Frau ihn betrügen könnte. Zumindest könnte es seinen Anfangsverdacht begründet haben.

„An dem Morgen gab's wieder Streit", fuhr Smitty fort. „Schien so, als hätte sie ihn am Abend vorher nicht in ihr Bett gelassen. Er wollte wissen, was los ist. Keine Ahnung, was sie gesagt hat. Sie redet immer so leise, dass man sie nicht mal versteht, wenn sie wütend ist. Hatte auch an einer anderen Ecke des Hauses zu tun. Hab sie dann ein bisschen später wegfahren sehen. Und ein paar Minuten darauf hat ein Typ vom Militär den Captain besucht. Keine Ahnung, was die zu verhackstücken hatten, ich musste los, die Pappe besorgen. Wie gesagt, als ich zurückkam, was der Captain tot. Und ich konnte mein Werkzeug nicht mehr holen. Die Garage, in der ich es gelassen hatte, war zu. Und die Polizei hätte mich sowieso nicht aufs Grundstück gelassen, um es zu holen."

Das bestätigte Frank Pollacks Vermutung, dass Macrae jemanden zu Besuch gehabt hatte, mit dem er Singleton getrunken hatte. Oder: „Sie haben nicht zufällig an dem Morgen mit dem Captain Singleton getrunken?"

Smitty schüttelte den Kopf. „Naw, lassie. Der Captain war zwar in Ordnung, aber er und ich, das sind trotzdem verschiedene Welten. Gehöre nicht zu den Leuten, mit denen er was getrunken hätte. Hab nur für ihn gearbeitet."

„Kennen Sie den Militärtypen, der ihn besucht hat?"

Er schüttelte den Kopf. „War ein bisschen älter als der Captain. Rangabzeichen konnte ich nicht erkennen. Grauhaariger Typ, Adlergesicht."

Das war ein guter Hinweis. „Vielen Dank, Smitty. Sie haben mir weitergeholfen." Sie schob ihm eine Fünfzig-Pfund-Note hin. „Stellen Sie Ihr Pferd auf meinem Rasen ab, wann immer Sie Zeit haben. Wenn Sie es wieder abholen, habe ich Ihr Werkzeug. Vorausgesetzt, das ist nicht schon morgen. Ein bisschen Zeit müssen Sie mir schon geben."

„Kein Problem." Er steckte das Geld ein, tauchte den Finger in den letzten Tropfen Guinness, der noch im Glas war, und malte damit einen Dreizack auf den Tisch. „Hab mein Werkzeug damit gekennzeichnet. Alles, was nicht dieses Zeichen trägt, ist nicht meins." Er sah sie eine Weile an. „Stimmt schon, was du gesagt hast, lassie. Der Captain war ein feiner Mensch. Wenn ich sonst noch was tun kann, um seinen guten Namen zu retten, sag Bescheid. Ich und meine Leute haben unser Lager auf einer Wiese direkt am Cameron Wood." Er grinste. „Dafür, dass wir seine Schafe hüten, lässt der Bauer uns dort wohnen."

„Ich werd's finden, Smitty." Sie kannte die Gegend. Das schmale Waldstück, kümmerlicher Rest eines einst sehr viel größeren Waldes, lag jenseits der Umgehungsstraße A720 bei Straiton Mains.

Er lächelte verschmitzt. „Macmillan. John stimmt."

Sie grinste. „Alles klar – Smitty."

Er lachte, nickte ihr zu und verließ den Pub. Rowan sah ihm nach. Als er draußen am Fenster vorbeiging, kam ihr eine Idee. Sherlock Holmes hatte seine Baker Street Boys, die ihm Informationen verschafften und Beobachtungen anstellten. Die Cameron Wood Tinkers könnten, falls sie Smitty dazu überreden konnte, ähnliche Dienste für sie leisten, solange sie in der Stadt waren. Aber eins nach dem anderen.

Da sie spürte, dass ihre Glieder noch schwer vom Alkohol waren, beschloss sie, ihre Mittagspause vor Ort einzulegen. Sie kaufte ein paar Sandwiches und einen Kaffee und setzte sich wieder an ihren Tisch. Wenn sie mit dem Essen fertig wäre, hätte sich der Alkohol genug abgebaut, dass sie keinen Strafzettel riskierte, falls sie in eine Polizeikontrolle geriet. Auf diesem Gebiet sollte sie als Privatermittlerin nach Möglichkeit absolut sauber bleiben.

Sauber wie Rory Lennox. Seltsam, dass sie gerade jetzt an ihn denken musste. Er hatte sie letzte Nacht zum zweiten Mal aus dem Schlaf gerissen, seit er eingezogen war. Nicht weil er laut gefeiert hätte, sondern durch Schreie, denen Gepolter gefolgt war. Beim ersten Mal hatte sie an seine Tür geklopft, um sich zu vergewissern, dass alles in Ordnung war.

Er hatte ihr, nur mit seiner Boxershorts bekleidet, schwer atmend und schweißgebadet, die Tür einen Spalt breit geöffnet und versichert, dass er sich nur falsch herumgedreht hätte und aus dem Bett gefallen sei. Sie vermutete jedoch, dass er einen Albtraum gehabt hatte. Obwohl er die Tür nur einen Spalt geöffnet hatte, konnte sie ein paar hässliche Narben auf seiner Brust sehen, die von gezielten Verletzungen zeugten. Die Art und Anordnung ließen darauf schließen, dass es sich um Folternarben handelte.

Offenbar war er nicht aus dem Dienst als Söldner ausgeschieden, weil er „langsam zu alt" für den Job wurde, wie er behauptet hatte. Mitte dreißig und kerngesund konnte er den Job körperlich noch mindestens zehn Jahre ausüben, wenn nicht länger. Wahrscheinlich hatte er ein Trauma erlitten, das ihn gezwungen hatte auszusteigen und das ihm nicht nur ab und zu einen Albtraum bescherte, sondern ihn regelmäßig heimsuchte.

Sie war nur einmal in Ausübung ihres Jobs und auch nicht allzu schlimm angeschossen worden. Dennoch träumte sie manchmal davon, fühlte den Schmerz und die Kugeln wieder und wieder in ihren Körper einschlagen. Deshalb hatte sie das Gefühl, Lennox zu verstehen. Abgesehen von den Störungen durch die Albträume hatte er bislang Wort gehalten: Sie merkte kaum, dass er da war. Sie fragte sich, womit er seinen Lebensunterhalt verdiente. Oder verdienen wollte. Bis jetzt tat er nichts, das sie in irgendeiner Weise als Arbeit hätte identifizieren können. Sie konnte sich kaum vorstellen, dass er so viel Geld zurückgelegt hatte, dass er für den Rest seines Lebens nicht mehr zu arbeiten bräuchte. Aber das ging sie nichts an. Solange er seine Miete pünktlich zahlte, konnte er den ganzen Tag nichts anderes tun, als den lieben Gott einen guten Mann sein lassen.

Sie beendete ihre Mahlzeit und trank den Kaffee aus. Danach verließ sie den Pub und ging zu ihrem Auto zurück. Ihr Smartphone klingelte.

„Ms Lockhart, hier ist Mark Johnson vom City Hotel.

Ich sollte Ihnen Bescheid geben, wenn sich was mit Mrs Macrae tut. Sie hat gerade das Hotel verlassen und ein Taxi genommen. Ich hab zufällig mitbekommen, welche Adresse sie dem Fahrer genannt hat: 11D Polwarth Terrace."

Das war das Haus der Macraes, das immer noch versiegelt war, wie sie von Bill wusste.

„Vielen Dank, Mr Johnson. Halten Sie bitte weiter die Augen offen."

„Mach ich gern, Madam."

Was er umso lieber tat, da sie ihn großzügig schmierte. Eine Investition, die sich auszuzahlen begann. Die Polwarth Terrace lag am anderen Ende der Harrison Road und Macraes Haus nur ein paar Hundert Yards von der Einmündung entfernt. Das gab Rowan die Gelegenheit, lange vor Jin-Hee Macrae vor Ort zu sein.

Sie parkte kurz vor der Einmündung der East Castle Road, zog den Stadtplan aus dem Handschuhfach und tat, als würde sie ihn intensiv studieren. Ein parkendes Auto, dessen Fahrerin darin saß und die Straße beobachtete, fiel aufmerksamen Passanten auf. Wer einen Stadtplan studierte, lief höchstens Gefahr, dass jemand an die Scheibe klopfte und seine Hilfe beim Finden der angeblich gesuchten Straße anbot. Für diesen Fall hatte Rowan eine Straße parat, die am anderen Ende der Stadt lag und selbst Einheimischen relativ unbekannt war, sodass sie den potenziellen Helfer schnell wieder los wäre.

Außer ein paar Autos kam jedoch niemand vorbei. Rowan musste nicht allzu lange warten. Eine knappe Viertelstunde später fuhr ein Taxi vor, das aus der entgegengesetzten Richtung kam. Es hielt gegenüber von Macraes Haus. Ein Stück dahinter tauchte ein dunkelblauer Ford älterer Bauart auf, der seine Geschwindigkeit verringerte. Jin-Hee Macrae stieg aus dem Taxi, bezahlte den Fahrer und wartete, bis der Wagen abfuhr, ehe sie die Straße überquerte. Im selben Moment beschleunigte der dunkelblaue Ford und hielt genau auf Mrs Macrae zu. Rowan drückte auf die Hupe, um sie zu warnen, erreichte damit aber nur, dass Jin-Hee zögerte und zu ihr sah statt in die andere Richtung, aus der die Gefahr kam. Als sie das Motorengeräusch hörte und sich umdrehte, war es zu spät.

Der Wagen erwischte sie mit voller Wucht. Sie wurde hochgeschleudert und flog über den Ford hinweg. Als sie auf das Straßenpflaster knallte, schlug ihr Kopf mit einem viel zu lauten Knacken auf der Bordsteinkante auf und wurde scharf zur Seite geknickt. Der Fahrer beschleunigte seinen Wagen und raste an Rowan vorbei davon. Sie versuchte, einen Blick auf sein Gesicht zu erhaschen, aber er hatte einen Hut tief ins Gesicht gezogen und den Kragen seiner Jacke hochgeschlagen, sodass sie nichts erkennen konnte. Das Kennzeichen des Wagens war vorne wie hinten dermaßen mit Dreck verschmiert, dass die Nummer nicht zu erkennen war.

Rowan brauchte nur einen kurzen Blick auf Jin-Hees leblosen Körper zu werfen, um zu wissen, dass sie tot war. Trotzdem rief sie über die Freisprechanlage einen Krankenwagen, während sie ihr Auto wendete und dem Ford folgte. Der Ford war mit rasendem Tempo in die West Castle Road eingebogen. Als Rowan die Straße erreichte, war er bereits weit entfernt, fast am Ende der Straße.

Rowan fuhr ihm hinterher, so schnell sie konnte, und ignorierte alle Verkehrsvorschriften. Der Ford bog nach rechts auf den Merchiston Crescent ein. Doch als sie die Einmündung ebenfalls erreichte, sah sie den Wagen nicht mehr. Sie fluchte und fuhr den Crescent entlang. An der Ecke Spylaw Road fuhr sie langsamer für den Fall, dass er in die Straße abgebogen war, aber der Wagen war dort nirgends zu sehen. Da er von der Merchiston Avenue gekommen war, hatte er wohl den Weg über den Mardale Crescent am Campus genommen, der über die Blantyre

Terrace direkt zur Merchiston Avenue zurückführte. Doch als sie an der Ecke Blantyre/Merchiston ankam, war auch dort nichts mehr von dem Ford zu sehen. Er konnte nach links oder rechts abgebogen und von da aus in einer beliebigen anderen Straße verschwunden sein. Oder er war in die Spylaw gefahren und dort in die erstbeste Straße eingebogen, um Rowan abzuschütteln. Das bedeutete, dass er gegenwärtig überall sein könnte.

Da es wenig Sinn hatte, planlos herumzufahren in der Hoffnung, ihn irgendwo zufällig doch noch zu finden, fuhr sie über die Merchiston Avenue zurück zu Macraes Haus, um auf die Polizei zu warten und ihre Aussage zu machen. Der Fall hatte schlagartig eine neue Wendung genommen.

FÜNF

Bill blickte Row ernst an. Er war sofort zum Tatort geeilt, als sie ihn angerufen und ihm mitgeteilt hatte, dass Jin-Hee Macrae ermordet worden war.

„Du bist dir ganz sicher, dass der Wagen sie mit Absicht überfahren hat?"

Sie blickte ihn an, als hätte er etwas Dummes gesagt. „Erstens: Er hat das Taxi, mit dem sie gekommen ist, verfolgt. Darauf gebe ich dir Brief und Siegel. Zweitens: Er hat beschleunigt, als er sie aufs Korn genommen hat. Ein Unfall sieht anders aus. Drittens: Der Fahrer hatte sein Gesicht bewusst unkenntlich gemacht. Viertens: Beide Nummernschilder waren mehr als gründlich mit Dreck zugekleistert." Sie nickte. „Das war ein eiskalt geplanter Mord, wenn ich je einen gesehen habe."

„Was hattest du eigentlich hier zu suchen?" Das klang misstrauischer, als Bill es hatte sagen wollen.

„Ein kleines Vögelchen hat mir gezwitschert, dass Mrs Macrae hierher wollte. Da ich zufällig in der Nähe war, konnte ich mich auf die Lauer legen, um zu sehen, was sie hier will, da das Haus noch versiegelt ist, wie du mir erzählt hast. Deshalb habe ich alles hautnah mitbekommen."

„Was für ein Vögelchen?"

Sie rollte die Lippen nach innen, presste sie zusammen und machte eine Geste, als würde sie ihren Mund abschließen.

Er wackelte ungeduldig mit dem Kopf. „Komm schon, Row. Ich bin's."

„Okay, weil du es bist. Ich habe einen Angestellten des

City Hotels bestochen. Aber seinen Namen erfährst du von mir nicht. Er hat ihr das Taxi gerufen und dabei gehört, welche Adresse sie dem Fahrer genannt hat, worauf er mich umgehend benachrichtigt hat." Sie nickte zu dem Platz auf der Straße, wo Mrs Macraes Leiche immer noch lag und die Tatortermittler unter einem Zeltdach, das sie über ihr aufgestellt hatten, die Spuren sicherten. „Wenn du mich fragst, hat der Mörder sie ganz gezielt hierhergelockt. Andernfalls hätte er die Tat nicht so detailliert vorbereiten können. Wahrscheinlich hat er sie angerufen und herbestellt."

„Oder sie hat ihn herbestellt."

Row nickte. „Wäre auch möglich. In jedem Fall wirft das Fragen auf."

„Wer ein Interesse daran hat, sie aus dem Weg zu räumen."

„Das stützt meine Theorie, dass Macrae unschuldig ist. Entweder seine Frau hat mit dem wahren Verräter gemeinsame Sache gemacht oder sie hat rausgefunden, wer der Typ ist und ihm das unvorsichtigerweise mitgeteilt. In beiden Fällen sah er sie als ein Sicherheitsrisiko an und hat sie beseitigt." Rowan stieß Bill an. „Ich habe übrigens noch ein paar interessante Informationen an Land gezogen."

Er sah sie auffordernd an, als sie nicht weitersprach. „Schieß los."

„Nicht hier."

„Heute Abend im Guildford?"

Sie schüttelte den Kopf. „Ich treffe mich heute Abend mit einem Informanten, von dem ich hoffentlich noch ein paar wichtige Dinge erfahre. Morgen irgendwann. Dann habe ich mit etwas Glück einen ganzen Packen wichtiger Dinge für dich."

Bill war enttäuscht. Er hätte den Abend sehr gern mit ihr verbracht. Andererseits lag ihr Wiedersehen erst ein paar Tage zurück. Wenn er ständig Treffen vorschlug, könnte sie sich belästigt fühlen oder Lunte riechen, dass er sich nicht bloß zum Plaudern mit ihr treffen wollte, sondern Hintergedanken hatte, die in eine ganz andere Richtung gingen. Geduld!, ermahnte er sich zum unzähligsten Mal. Aber die aufzubringen, fiel ihm schwer. Seit er Row wieder begegnet war, fühlte er sich wie ein frisch verliebter Teenager, der in jeder freien Minute mit seiner Flamme zusammen sein wollte.

„Du musst morgen eh auf dem Revier vorbeikommen, um deine Aussage zu unterschreiben", sagte er. „Passt dir neun Uhr morgens?"

„Klar. Also um neun."

Er berührte ihren Arm. „Geht es dir gut, Row?"

Sie sah ihn verständnislos an. „Warum sollte es mir nicht gut gehen?"

„Man wird nicht alle Tage Zeuge eines Mordes. Und die Leiche sah auch nicht sehr schön aus."

Sie blickte ihn mit hochgezogenen Augenbrauen an. „Machst du dir etwa Sorgen um mich?"

Und ob er sich die machte.

Sie klopfte ihm auf die Schulter. „Hey, Bill, ich bin's: Row. Kein Zuckerpüppchen, das in Ohnmacht fällt, wenn es mal blutig wird. Bei Gelegenheit erzähle ich dir, was ich in den vergangenen Jahren so alles gesehen habe. Verglichen mit einigen Dingen ist eine Leiche mit aufgeschlagenem Kopf doch recht harmlos. Man sieht sich."

Sie ging zu ihrem Wagen, stieg ein und fuhr davon. Im Vorbeifahren winkte sie ihm zu. Er winkte zurück. Sie hatte recht. Ein Zuckerpüppchen war sie nie gewesen. Im Gegenteil. Er hatte oft das Gefühl gehabt, dass sie überhaupt kein Mädchen war, sondern ein Junge. Selbst als sie erwachsen geworden war und weibliche Formen angenommen hatte, war sie sein geschlechtsneutraler Kumpel geblieben. Bis zu jenem denkwürdigen Abend im College-Garten.

Er seufzte und wandte sich wieder seiner Arbeit zu.

Zunächst beauftragte er Sergeant Armstrong, in Erfahrung zu bringen, mit wem Jin-Hee Macrae in den Tagen seit dem Tod ihres Mannes und vor allem in der letzten Stunde telefoniert hatte. Er teilte Rows Einschätzung, dass sie gezielt hierhergelockt worden war, um ermordet zu werden. Wahrscheinlich hatte der Mörder einen Plan B gehabt, falls es mit dem Überfahren nicht geklappt hätte. Obwohl bei Macrae nichts darauf hindeutete, dass sein Tod kein Selbstmord gewesen war, warf der Mord an seiner Frau auch darauf ein anderes Licht.

Verdammt, er brauchte wieder uneingeschränkten Zugang zu dem Fall. Aber die Chefin hatte entschieden, dass die MP die Ermittlungen leitete, sofern es den Vorwurf des Verrats betraf. Leider ließen sich diese Ermittlungen von dem Selbstmord nicht trennen. Da man einen Toten nicht mehr anklagen konnte und der Rechtsmediziner keinen Hinweis auf Fremdverschulden gefunden hatte, gab es genau genommen gar keinen Fall Macrae mehr. In der Hinsicht waren ihm die Hände gebunden. Die MP ermittelte nur noch, wie groß der Schaden war, den Macrae angerichtet hatte, und ob er Komplizen gehabt hatte. Er bezweifelte allerdings, dass Major Gallagher ihn über das Ergebnis der Untersuchung informieren würde. Er musste sich seine Informationen anderweitig beschaffen. Zum Beispiel mit Rows Hilfe.

Jetzt galt es aber erst einmal, den Wagen zu finden, der als Mordwerkzeug hatte herhalten müssen und der bei der Tat garantiert nicht unbeschädigt geblieben war.

Rowan stiefelte unangemeldet in Alan Cunninghams Büro und setzte sich grußlos auf den Besucherstuhl. „Mrs Macrae ist vor anderthalb Stunden vor meinen Augen ermordet worden. Jemand hat sie absichtlich überfahren, nachdem er sie offensichtlich zu diesem Zweck gezielt zu ihrem Haus gelockt hat. Deshalb will ich jetzt endlich wissen, was Sie wissen. Also reden Sie, verdammt noch mal!"

Cunningham blickte sie betroffen an, fing sich aber schnell. „Ich wünsche Ihnen auch einen guten Tag, Ms Lockhart. Darf ich Ihre Worte so interpretieren, dass Sie mir die Pistole auf die Brust setzen wollen?"

„Ja, Mr Cunningham, ich setze Ihnen die Pistole auf die Brust. Und ich habe nicht die geringsten Skrupel, auch abzudrücken." Rowan gab sich keine Mühe, die Verärgerung aus ihrer Stimme herauszuhalten. „Entweder Sie reden oder ich betrachte unsere Vereinbarung als hinfällig."

„Das mit dem Abdrücken glaube ich Ihnen aufs Wort." Cunningham seufzte. „Ich will Sie wirklich nicht hintergehen, Ms Lockhart. Es ist nur mein Prinzip, über nichts zu reden, das ich nicht belegen kann oder zu belegen bereit bin. Und in diesem Fall trifft beides zu."

Rowan beugte sich vor. „Das hörte sich neulich aber noch ganz anders an. Da waren Sie ganz sicher, dass Ihre Indizien für Macraes Schuld erdrückend genug sind, um einen Artikel darüber zu schreiben."

Er nickte und seufzte erneut. „So sieht es immer noch aus. Und das habe ich auch nicht gemeint." Er griff zu seiner Kaffeetasse und stellte fest, dass sie leer war. Er stand auf, um sich neuen einzuschenken. „Kaffee?"

„Danke, ja. Ihr Kaffee ist wirklich gut." Das fand sie zwar absolut nicht, das Zeug schmeckte nach dem üblichen Bürokaffee. Aber Cunningham ein bisschen Honig ums Maul zu schmieren in einem Bereich, der ihn nicht sofort mit der Nase darauf stieß, dass sie ihn einzuwickeln versuchte, hielt sie für eine kluge Taktik. Besonders als Ausgleich für die Pistolenmündung, die sie ihm im Geiste immer noch auf die Brust drückte.

Er schenkte zwei Becher Kaffee ein und stellte einen vor sie hin, ehe er sich wieder hinter seinen Schreibtisch setzte. Während er in den Becher pustete, um den Kaffee abzukühlen, blickte er sie nachdenklich an. Rowan konnte beinahe sehen, wie es hinter seiner Stirn arbeitete und er mit sich rang, was er ihr sagen sollte. Schließlich tat er einen tiefen Atemzug.

„Einen Tag vor Captain Macraes Tod bekam ich einen anonymen Brief. Er enthielt ein Anschreiben, in dem der anonyme Absender behauptete, die beigefügten Beweise würden eindeutig belegen, dass Macrae geheime militärische Unterlagen einer ausländischen Macht – Nordkorea – zugespielt hätte. Bei den besagten Unterlagen handelt es sich um Benutzerprotokolle, die belegen, dass Macrae als geheim klassifizierte Daten aufgerufen hat, und zwar immer dann, wenn er zu Routineübungen oder Kursen in London war. Ich habe natürlich nachgeforscht. Das Material ist mit an Sicherheit grenzender Wahrscheinlichkeit authentisch."

„Darf ich es sehen?"

Cunningham schwieg.

Rowan deutete mit dem Zeigerfinger auf ihn und richtete den Daumen auf. „Meine Pistole sitzt immer noch auf Ihrer Brust, Mr Cunningham, und ich krümme gerade den Finger um den Abzug."

Er seufzte, stand auf und ging zu einem Schrank, in dem sich offenbar ein Safe befand. Rowan hörte, wie er eine Zahlenkombination in eine Tastatur eingab. Gleich darauf legte er einen großen Briefumschlag vor ihr auf den Tisch. Sie nahm den Stapel Papiere heraus, der sich darin befand. Es handelte sich, wie Cunningham gesagt hatte, um Ausdrucke von Benutzerprotokollen eines Rechners, der, falls die eingedruckten Embleme auf dem Papier keine Fälschung waren, im Londoner Army-Hauptquartier stand.

Einige Daten waren mit einem Leuchtmarker gekennzeichnet. Sie nannten in jeder Zeile das Datum, auf die Sekunde genau die Uhrzeit und zwei Identifikationsnummern. Ein anderes Blatt enthielt eine Kopie von Captain Macraes Sicherheitskarte. Die darauf ausgewiesene Kennnummer stimmte mit der ersten Nummer der markierten Zeilen auf den Protokollen überein. Ein weiteres Blatt enthielt die Aufschlüsselung der Dateien, die sich hinter den Nummern in der letzten Spalte der Protokolle verbargen: strategische Manöver im Falle eines Truppeneinsatzes auf fremdländischem Territorium und allgemeine Verteidigungspläne.

Weitere Blätter zeigten Kopien von Schriftstücken, auf denen einer der Verteidigungspläne Zeile für Zeile ins Koreanische übersetzt worden war. Rowan kannte sich gut genug mit asiatischen Schriften aus, um die Zeichen eindeutig als die koreanische Hangeul-Schrift identifizieren zu können. Die letzten Blätter enthielten kopierte Namenslisten auf dem Papier der 52nd Infantry Brigade, die belegten, dass Macrae jedes Mal zu der Zeit, als die Pläne mit seiner Kennung aufgerufen worden waren, zu Übungen oder anderen Zwecken nach London beordert worden war.

Wenn man den Schriftstücken wirklich trauen konnte, deutete tatsächlich alles darauf hin, dass Macrae Einsatz- und Verteidigungskonzepte an Nordkorea geliefert hatte. Rowan legte die Schriftstücke auf den Schreibtisch und trank einen Schluck Kaffee.

„Ich nehme an, dass Ihre Pistole jetzt nicht mehr auf meine Brust gerichtet ist." Cunningham blickte sie an.

Sie schüttelte den Kopf und trank einen weiteren Schluck.

„Bevor ich so etwas öffentlich mache, wollte ich mit Macrae reden und hören, was er dazu zu sagen hat. Als ich vor seinem Haus ankam, wimmelte es dort von Polizei und es hieß, er hätte Selbstmord begangen. Mein Kontakt bei der Polizei hat das später bestätigt. Daraufhin habe ich den Ihnen bekannten Artikel geschrieben. Denn Sie müssen zugeben, dass die vorhandenen Indizien tatsächlich keinen anderen Schluss zuließen als den, dass Macrae sein Land verraten hat und Selbstmord beging, bevor er dafür zur Rechenschaft gezogen werden konnte." Sein Tonfall klang entschuldigend, als müsste er seinen Artikel vor sich selbst rechtfertigen.

„Sie haben inzwischen Zweifel?"

Er wiegte den Kopf. „Sagen wir mal, ich betrachte den Fall nicht als abgeschlossen. Gerade auch nach dem, was Sie mir eben über Mrs Macraes Tod gesagt haben. Der Mord an ihr deutet darauf hin, dass es vielleicht noch jemanden im Hintergrund gibt, der mit der ganzen Sache zu tun hat. Und dass die Frau eine Mitwisserin war. Das war mir von vornherein klar, denn Macrae hätte wohl kaum diese Informationen ausgerechnet an Nordkorea geliefert, wenn nicht wegen seiner Frau."

Rowan schwieg und schlürfte ihren Kaffee. Cunningham nahm ebenfalls einen Schluck und blickte sie über den Rand seines Bechers unverwandt an.

Schließlich schüttelte sie den Kopf. „Irgendwas stimmt da nicht. Ich habe mich natürlich auch über Jin-Hee Macrae und ihre Familie schlaugemacht. Sie sind aus Nordkorea geflüchtet und haben, seit sie im Land sind, keinen Kontakt zu ihrem Heimatland gehalten. Selbst wenn wir davon ausgehen, dass das Teil der Tarnung war, bleibt immer noch die Tatsache, dass Captain Macrae nur ein kleines Licht in der Administration der 52nd war." Sie tippte auf die kopierten Listen. „Die Daten beweisen, dass Macrae immer nur dann an die Pläne herankam, wenn er von seinen Vorgesetzten nach London geschickt wurde. Ich kann mir nicht vorstellen, dass jemand – nehmen wir den großen Unbekannten, der Mrs Macrae ermordet hat – sich ein so kleines Licht wie den Captain aussuchen würde, der nur zweimal im Jahr Gelegenheit hat, an Informationen dieser Art ranzukommen. Das wäre viel zu ineffektiv und unsicher, weil ich als hypothetischer Auftraggeber nie im Voraus wüsste, ob überhaupt und, wenn ja, wann ich die nächsten Informationen bekäme. Ich würde mir als Quelle deshalb jemanden suchen, der ständig und routinemäßig Zugang zu den Plänen hätte, vor allem damit es nicht sofort auffällt, wenn er sich mit Dingen wie diesen beschäftigt." Sie tippte erneut auf die Listen.

„Vielleicht hatte der Auftraggeber einfach keine Wahl." Cunningham verschwand hinter dem Regal, kehrte mit der Kaffeekanne zurück und schenkte ihr und sich nach.

„Vielleicht. Aber Macrae müsste wirklich ein Idiot gewesen sein, wenn er solche Spuren hinterlassen hätte, denen sogar ein Blinder folgen könnte."

Cunningham nickte. „Andererseits ist gegen Idiotie noch kein Kraut gewachsen. Und wie Sie wissen, sind manche Verbrecher dümmer, als die Polizei erlaubt."

Sie wiegte den Kopf. „Warum sollte jemand, der den Verrat entdeckt hat, diese Informationen ausgerechnet einem Reporter zuspielen? Und dann nur einem einzigen, der auch noch in derselben Stadt tätig ist, in der Macrae wohnt? Ich habe nachgeforscht, Mr Cunningham. Das haben Sie sicherlich auch getan. In London wurde zunächst einmal nichts veröffentlicht. Dabei sollte ein solcher Skandal, gerade weil er das Army-Hauptquartier in London betrifft, doch dort von größerem Interesse sein als hier. Und an diese Übersetzung ins Koreanische – vorausgesetzt, sie ist echt – kann nur jemand vom Defence Intelligence Staff gelangen. Ich glaube kaum, dass ein Mitglied des militärischen Nachrichtendienstes solche brisanten Unterlagen an die Presse gibt. Er wäre seinen Job los, wenn das rauskäme, und hätte außerdem ein Verfahren am Hals, das sich gewaschen haben dürfte."

Cunningham nickte langsam. „Das deckt sich mit meinen Überlegungen. Und die MP hat schon bei mir auf der

Matte gestanden und wollte wissen, woher ich meine Informationen habe." Er verzog das Gesicht. „Ich habe mich mit einem anonymen Anrufer rausgeredet. Das scheint man mir geglaubt zu haben." Er deutete auf die Schriftstücke. „Ich habe ein paar Sätze des koreanischen Textes von einem Professor für asiatische Sprachen an der Universität rückübersetzen lassen. Der Text stimmt definitiv mit dem englischen Ursprungstext überein." Er deutete mit der Hand auf den Stapel mit den Listen. „Aber wenn wir alle Indizien als Gesamtheit betrachten, welchen Schluss lässt das zu? Immer vorausgesetzt, sie sind authentisch, wogegen bis jetzt nichts spricht."

Er wartete Rowans Antwort nicht ab, sondern zählte auf. „Diese Schriftstücke belegen, dass Captain Macrae während seines jeweiligen Aufenthalts im Army Hauptquartier als geheim klassifizierte Pläne aufgerufen hat. Die koreanischen Übersetzungen belegen, dass dieselben Pläne nach Korea gelangt sind. Macrae ist mit einer Koreanerin verheiratet. Genau bevor die MP zu ihm kommt, um ihn wegen dieses Verrats zu verhaften – was sie nicht vorgehabt hätten, wenn sie nicht Beweise für seine Taten oder zumindest starke Indizien in der Tasche gehabt hätten – begeht er Selbstmord. Ein paar Tage später – heute – wird seine Frau ermordet." Er legte seine Fingerspitzen aufeinander. „Ich ziehe daraus den Schluss, dass Macrae ein Verräter war, seine Frau seine Komplizin oder sogar die treibende Kraft hinter allem und dass jemand im Hintergrund – entweder ebenfalls ein Komplize, der Drahtzieher oder ein von den Koreanern angeheuerter Auftragskiller – die Frau mundtot gemacht hat." Erwartungsvoll blickte er Rowan an.

Sie nickte. „Es könnte tatsächlich so gewesen sein. Mir geben aber folgende Dinge zu denken. Macrae und seine Frau hatten schon recht bald nach der Heirat Eheprobleme." Sie tippte auf die Listen. „Das erste Herunterladen von Daten geschah aber zu einem Zeitpunkt, als nach meinen Informationen die Probleme bereits bestanden. Wenn wir als Motiv für den Verrat Liebe zu seiner Frau unterstellen, dürfte das eher unwahrscheinlich gewesen sein."

Cunningham zuckte mit den Schultern. „Er könnte sich zu dem Zeitpunkt bereits der Person im Hintergrund verpflichtet haben und aus der Nummer nicht mehr rausgekommen sein."

„Vielleicht. Aber das widerspricht dem, was ich bis jetzt über Macrae erfahren habe. Er gilt als absolut loyal. Falls man ihn zu erpressen versucht hätte, hätte er in dem Fall entweder seine Vorgesetzten informiert, wenn nicht sogar sofort das Verteidigungsministerium. Oder er hätte dafür gesorgt, dass er nicht mehr in einer Position ist, in der er Zugang zu solchen Daten hätte."

„Das ist reine Spekulation. Er war eben ein Spion. Deshalb musste er sich nach außen hin gut darstellen und einen auf redlich machen." Cunningham leerte seinen Becher zur Hälfte und stellte ihn zur Seite.

„Stimmt. Aber auch Sie haben Zweifel. Was meinten Sie vorhin, als Sie sagten, Sie könnten etwas an diesem Fall nicht belegen?"

Er schnitt eine Grimasse. „Sie haben einen scharfen Verstand, Ms Lockhart." Er seufzte. „Ja, mir sind inzwischen Zweifel gekommen. Ich bin am Anfang davon ausgegangen, dass der ‚Scotsman' nicht die einzige Zeitung gewesen ist, die der anonyme Informant angeschrieben hat. Nachdem ich festgestellt habe, dass das nicht der Fall war und ich tatsächlich der einzige Reporter bin, der so privilegiert war, eine schicke Mappe voller brisanter Informationen zu erhalten, da konnte ich mich des Gefühls nicht erwehren, dass man mich benutzt hat. So ungern ich das auch zugebe. Und nun frage ich mich natürlich, zu welchem Zweck."

Für Rowan war das offensichtlich. „Da fällt mir nur ein Grund ein."

„Ja, mir auch." Cunningham klang bitter und wütend

zugleich. „Möglicherweise hat man mich dazu benutzt, um der Öffentlichkeit Macrae ganz gezielt als Verräter zu präsentieren. Aber genau das ist der Punkt, den ich nicht beweisen kann, weil es nur ein Verdacht ist. Immerhin besteht die Möglichkeit, dass der Grund dafür ein ganz anderer ist. Deshalb wollte ich Ihnen noch nichts von all dem sagen." Er tippte auf die Listen. „Das hier ist immer noch eindeutig genug."

Das ließ sich nicht leugnen. Und wenn sie alle Umstände bedachte, schien der Fall Macrae tatsächlich so zu sein, wie es den Anschein hatte. Der Mann hatte sein Land verraten und Selbstmord begangen, wahrscheinlich nachdem ihn jemand am Morgen unmittelbar vor seinem Tod gewarnt hatte, dass gegen ihn ermittelt wurde. Aber ...

„Nehmen wir an, die Sache mit Macraes Verrat und Selbstmord verhält sich tatsächlich so. Warum wurde Ihnen dann dieses Material zugespielt? Damit Sie, Journalist, der Sie sind, der Versuchung nicht widerstehen können und einen Artikel daraus machen; so weit ist die Sache klar. Die Frage ist, was der Absender damit bezwecken wollte. Wie gesagt, dadurch, dass er Ihnen diese Dinge zugespielt hat, hat er sich selbst strafbar gemacht. Das riskiert niemand ohne gewichtigen Grund. Gerechtigkeit scheidet als Motiv aus. Dafür wäre die Öffentlichkeit nicht erforderlich gewesen."

Cunningham nickte. „Genau das ist der springende Punkt. Deshalb versuche ich seit Tagen herauszufinden, wer der anonyme Informant ist. Aber meine Kontakte beim Militär sind leider nicht in der Position, das ermitteln zu können. Und natürlich gibt mir das Militär keine Interviews in der Sache."

Rowan nickte und blickte ihn an, während sie überlegte, wie weit sie ihm trauen konnte. Oder sollte.

„Mr Cunningham, ich schlage Ihnen statt des bisherigen quid pro quo eine uneingeschränkte Allianz vor. Wenn alles klappt, treffe ich mich heute Abend mit einem Freund von Captain Macrae beim Militär, von dem ich hoffe, dass er ein bisschen mehr Licht ins Dunkel bringen kann. Vielleicht hat er die Möglichkeit, an genau die Informationen heranzukommen."

Er sah sie eine Weile stumm an. Rowan glaubte zu sehen, wie es in seinem Gehirn arbeitete, und er überlegte, welche Absichten sie mit ihrem Vorschlag verfolgte.

„Keine Hintergedanken, Mr Cunningham. Ich habe die Verpflichtung übernommen, die Sache aufzuklären. Das ist auch Ihr Wunsch. Wenn wir uns uneingeschränkt zusammentun, kommen wir erheblich weiter, als wenn jeder für sich allein arbeitet und wir einander nicht trauen. Nicht zu vergessen, dass so oder so am Ende für Sie eine Exklusivstory drin ist."

Er lächelte. „Sie wissen einen Mann zu überzeugen, Ms Lockhart."

„Oh ja." Sie zwinkerte ihm zu.

„Einverstanden."

„Ich brauche eine Kopie von einem Teil der Listen. Eins der Protokolle, ein Blatt mit einer Übersetzung, das mit Captain Macraes Identifikationskarten-Kopie und das mit dem Dateienschlüssel."

Cunningham zögerte nur kurz, ehe er die entsprechenden Blätter kopierte und sie ihr reichte.

„Den Briefumschlag würde ich auch gern mitnehmen und von meinem Freund bei der Polizei auf Fingerabdrücke untersuchen lassen. Ihre und meine sind darauf, außerdem die von etlichen Postbeamten, aber mit etwas Glück auch die von Ihrem Informanten oder sogar seine DNA am Klebestreifen."

Er reichte ihr den Umschlag. „Vertrauen gegen Vertrauen, Ms Lockhart. Ich verlasse mich auf Ihr Wort."

„Das haben Sie, Mr Cunningham. Und solange Sie mich nicht hintergehen, werden Sie es nicht bereuen."

Sie verabschiedete sich und zog mit ihrer Beute von dannen. Natürlich war ihr klar, dass die DNA-Analyse nichts bringen würde, solange es keine Vergleichsprobe gab. Außerdem war es fraglich, ob Bill die Genehmigung erhalten würde, sie durchführen zu lassen, da der Fall von der MP bearbeitet wurde und – in Anbetracht der Brisanz – wahrscheinlich auch vom Nachrichtendienst. Aber es war eine Chance.

Sie fuhr nach Hause. Kaum war sie nicht mehr von etwas Wichtigem abgelenkt, sah sie vor ihrem geistigen Auge Jin-Hee Macraes schlanken Körper gegen das Auto prallen, wie eine Puppe durch die Luft fliegen und zerbrochen auf dem Pflaster liegen. Ja, sie hatte schon Schlimmeres gesehen; bei jedem der fünf Erdbeben, die sie während ihrer Zeit in Japan erlebt hatte. Sie und ihre Familie – Doros Familie – hatten bei den Aufräumarbeiten geholfen, und ihr Security-Unternehmen hatte ehrenamtlich Patrouillen übernommen, um Plünderungen zu verhindern. Der Anblick von Toten, auch von hässlich zugerichteten Toten, war ihr so vertraut wie der Gestank, der den Tod begleitete. Doch all das waren Opfer der Natur gewesen.

Jin-Hee war vorsätzlich ermordet worden. Auch wenn sie des Verrats schuldig gewesen sein sollte, einen solchen Tod hatte sie nicht verdient. Ein Grund mehr für Rowan, die Hintergründe aufzudecken, damit der Täter zur Rechenschaft gezogen werden konnte. Sie hoffte, dass Cunninghams Vermutung sich nicht bewahrheitete und der Mörder ein von den Koreanern beauftragter Profikiller war, der das Land wahrscheinlich mit dem nächsten erreichbaren Flugzeug verließ.

Als sie ihren Wagen vor dem Haus abstellte, musste sie lachen. Zwei schwarzgescheckte Pferde – zweifellos Irish Cobs – standen in ihrem Garten und ließen sich das Gras samt Gänseblümchen und Löwenzahn schmecken, die dazwischen sprossen. An der Hauswand stand eine

Plastikwanne voll Wasser. Smitty hatte keine Zeit verloren, seinen Teil für die fünfzig Pfund zu tun, die sie ihm gegeben hatte. An der Haustür klebte ein mit Kaugummi befestigter Zettel. „Hole Mickey und Mouse und mein Werkzeug am Freitag ab. Smitty", las Rowan.

Sie lächelte. Der Mann war ihr sympathisch. Sie betrat das Haus und schloss als Erstes die Papiere im Safe ein. Anschließend zog sie ihre Trainingskleidung an und ging ins Dojo im Keller, um ihre täglichen Übungen zu absolvieren. Auch wenn sie viel zu tun hatte, versäumte sie es nie. Nicht nur, weil sie für ihre Arbeit fit sein musste, sondern auch, weil jede Fähigkeit verkümmert, wenn man sie nicht regelmäßig trainiert. Und sie hielt auf diese Weise ihre Verbindung zu Doro lebendig. Wenn sie trainierte, konnte sie fühlen, wie er im Geiste bei ihr war, konnte sie ihn als geistiges Abbild neben sich sehen und kämpfte er mit ihr als Schattengegner.

Das war eine überaus effektive Art des Trainings, gerade weil sie keinen echten Trainingspartner hatte. In der ersten Zeit nach ihrer Rückkehr hatte sie versucht, in den ungefähr dreißig Kampfkunstschulen der Stadt einen Trainer zu finden, zumindest aber jemanden, der ihr ebenbürtig war; erfolglos. Togakure-ryu – im Westen häufig Ninjutsu genannt – ist eine Kampfkunst, die einen Krieger nicht nur zu körperlichen Höchstleistungen befähigt, sondern auch den Geist in einer Weise schult, die viele andere Kampfkunstarten nicht erbringen können. Doch um sich weiterzuentwickeln, brauchte sie einen Gegner, keine Opfer.

Sie merkte, dass Lennox den Raum betrat und ihr eine Weile zusah, ehe er in eine andere Ecke ging und mit Aufwärmübungen begann. Als sie ihren ersten Durchgang beendet hatte, war er mit dem Aufwärmen fertig. Er stellte sich ihr gegenüber und forderte sie mit einer Verbeugung zum Kumite, zum Zweikampf, heraus. Sie nahm mit einer Verbeugung an.

Lennox ließ ihr keine Zeit, sich eine Taktik zu überlegen, sondern griff sie ohne Vorwarnung an. Doch sie war zuerst bei Doro, danach bei ihrem Schwiegervater Yoshio durch eine harte Schule gegangen, sodass sein Angriff ins Leere ging. Am Luftzug seiner Schläge und Tritte erkannte sie, dass er nicht vorhatte, sie zu schonen, und dass es wehtun würde, sollte es ihm gelingen, sie zu treffen. Ihre einzige Chance war, schneller zu sein als er und seinen Schlägen und Fußtritten auszuweichen. Denn egal wie viele Muskeln sie sich antrainierte, sie würde, was die schiere Kraft betraf, immer den Kürzeren ziehen gegenüber einem durchtrainierten Mann wie Lennox.

Er war verdammt gut und reagierte beinahe so schnell wie sie. Und auch ihm war bewusst, dass sie ihm kräftemäßig nicht das Wasser reichen konnte. Deshalb versuchte er, sie in eine Position zu manövrieren, wo er seine Kraft gegen sie einsetzen konnte.

Seine Schläge und Tritte prasselten so schnell auf sie ein, dass sie dadurch in eine Ecke gedrängt worden wäre, hätte sie die nicht abblocken und dadurch ihre Stellung halten können. Ein paar Mal gelang es ihm, ihr Tritte und Faustschläge zu verpassen, die garantiert blaue Flecke nach sich ziehen würden. Er packte ihr Handgelenk. Ein Fingerstich auf seinen Handrücken brach den Griff auf. Sie wand ihr Gelenk heraus und zielte mit der Faust auf seine Stirn. Er riss den Kopf zur Seite, wand sich unter dem Schlag hindurch, ging in die Knie und schlug mit der Handkante nach ihrer kurzen Rippe. Sie brachte sich mit einem Flicflac in Sicherheit und nutzte die Saltobewegung, um ihm die Fußspitze unters Kinn zu schlagen – ohne echte Kraft dahinter, sonst hätte sie ihn tödlich verletzt. Er geriet aus dem Gleichgewicht. Bevor er sich wieder gefangen hatte, landete sie einen gesprungenen Fußtritt gegen seine Brust.

Er stürzte rücklings zu Boden, rollte sich aber augenblicklich rückwärts ab und kam auf den Knien hoch. Mit gekreuzten Armen blockte er den Fersentritt ab, mit dem sie von oben auf seinen Kopf zielte, und drückte ihr Bein hoch. Wieder rettete sie mit einem Rückwärtssalto ihr Gleichgewicht.

Der Kampf ging gnadenlos weiter. Rowan musste zugeben, dass Lennox der beste Kämpfer war, den sie als Gegner gehabt hatte, seit sie Japan verlassen hatte. Sie brachte ihn erneut zu Fall, was ihn aber nicht aufhielt. Selbst als es ihr am Ende ihres Kampfes gelang, seinen Arm mit einem Schlag auf die besondere Stelle am Bizeps zeitweise zu lähmen, behinderte ihn das zwar, brachte ihn aber nicht dazu, aufzugeben.

Nach einer halben Stunde, in der sie beide bis an die Grenze ihrer Belastungsfähigkeit gegangen waren, erklärten sie den Kampf mit einer respektvollen Verbeugung für unentschieden.

„Sie sind verdammt gut, Ms Lockhart", sagte er bewundernd, während er sich mit einem Handtuch den Schweiß vom Gesicht wischte.

„Gleichfalls." Auch sie nahm sich ein Handtuch und freute sich auf die Dusche. Ihre Trainingskleidung war klatschnass. „Haben Sie einer Frau gar nicht zugetraut, wie?"

Er grinste flüchtig. „In meiner Einheit hatten wir auch ein paar Kameradinnen, die nicht schlecht waren. Aber keine war so gut wie Sie."

„Vielen Dank. Wenn Sie wollen, können wir öfter trainieren."

Er sah sie ein paar Sekunden ausdruckslos an. „Ist eine Überlegung wert." Er nickte ihr zu und verließ den Trainingsraum.

Auch sie ging nach oben und gönnte sich die ersehnte Dusche. Sie ließ das heiße Wasser über ihren Körper laufen und träumte mit geschlossenen Augen von Japan und

Doro. Bis sie merkte, dass sie das zum Weinen brachte. Das eiskalte Wasser, mit dem sie sich zurück in die schottische Realität katapultierte, ließ sie frösteln, half ihr aber, sich wieder auf ihren Fall zu konzentrieren. Sie hoffte inständig, dass der Soldat vom Friedhof tatsächlich nachher ins Guildford kam, und vor allem, dass er sich von ihr ausquetschen ließ.

Das Telefon klingelte, als sie sich gerade angezogen hatte.

„Rowan Lockhart, Privatermittlungen, Personenschutz und Securityberatung. Was kann ich für Sie tun?"

„Hier ist Michael MacGregor", meldete sich eine Männerstimme und machte eine Pause.

„Guten Tag, Mr MacGregor. Wie kann ich Ihnen behilflich sein?"

„Mein Name sagt Ihnen nichts?" Das klang überrascht.

„Ich bitte um Verzeihung, falls er mir etwas sagen sollte, aber nein, er ist mir nicht geläufig." Worauf wollte der Mann hinaus?

„Ich bin Sozius der Anwaltskanzlei Napier, Ogilvy & MacGregor. Wir sind auf der Suche nach einer zuverlässigen Detektei, die ab und zu Nachforschungen für uns durchführt. Ich würde gerne ein Treffen zu einem Erstgespräch mit Ihnen vereinbaren."

„Gern, Mr MacGregor." Das war Musik in ihren Ohren. Wenn es ihr gelang, eine renommierte Anwaltskanzlei als Dauerklienten zu gewinnen, lockerte das ihre Finanzmisere ein weiteres Stückchen. „Wann soll ich bei Ihnen vorbeikommen?"

„Ich würde lieber zu Ihnen kommen, wenn es Ihnen nichts ausmacht. Wann es Ihnen in den nächsten Tagen passt."

Sie zog ihren Terminkalender heran. „Passt Ihnen morgen Vormittag um elf? Das wäre der nächstmögliche Termin bei mir."

„Das passt mir ausgezeichnet. Bis morgen, Ms Lockhart."

„Bis morgen, Mr MacGregor." Sie legte auf und lauschte im Geist dem Gespräch nach. Die Art, wie er überrascht gewesen war, dass sie seinen Namen nicht kannte, klang nicht nach einem versnobten Anwalt, der wirklich glaubte, dass alle Welt ihn kennen müsste; zumal MacGregor in Edinburgh ein nicht gerade seltener Name war. Was auch immer. Sie würde es morgen erfahren.

Sie warf einen Blick zur Uhr. Halb sechs. Es war an der Zeit, sich für den Besuch im Guildford Arms fertig zu machen. Sie ging ins Schlafzimmer. Aus dem Obergeschoss hörte sie einen gedämpften Schrei, gefolgt von lautem Poltern. Lennox. Wahrscheinlich war er eingenickt oder hatte sich nach dem Training hingelegt und wieder einen Albtraum gehabt. Armer Kerl. Seine Albträume bestätigten ihren Verdacht, dass er den Dienst quittiert hatte, weil er irgendein schreckliches Erlebnis nicht verkraftet hatte.

Falls sein Gerede von seiner angeblich sauberen Akte keine Lüge gewesen war, handelte es sich dabei wahrscheinlich um etwas, das seinem Gewissen erheblich zu schaffen machte. Das erklärte auch sein Bedürfnis, zur Ruhe zu kommen. Allerdings wusste sie aus eigener Erfahrung nur allzu gut, dass man manche Dinge niemals vergessen und erst recht nicht vor sich selbst davonlaufen konnte.

Es klingelte an der Tür. Wer zum Teufel kam um diese Zeit unangemeldet vorbei? Als sie die Tür öffnete, standen zwei schwarze Jugendliche mit Sporttaschen in den Händen davor.

„Hi Ms Lockhart. Wie geht's Ihnen?"

„Yo, Ma'am. Alles klar?"

Die beiden Jungen strahlten sie an und schoben sich an ihr vorbei ins Haus.

„Eh, ja, hi“, stotterte Rowan. „Alles klar.“

Verdammt, gar nichts war klar. Sie hatte vergessen, dass heute Dienstag war und sie mit Sammy und seinem Bruder Tank eine Trainingsstunde vereinbart hatte. Mist. Sie war sich sicher, dass Macraes Freund vom Militär ins Guildford Arms kommen würde. Wahrscheinlich würde er zwischen sechs und sieben Uhr auftauchen, spätestens um acht. Wie lange würde er warten, wenn sie nicht schon vor ihm dort wäre? Wahrscheinlich nicht länger als eine halbe Stunde. Falls es ihm wichtig war, mit ihr auf Macrae anzustoßen, vielleicht auch eine Stunde, aber das war eher unwahrscheinlich. Wenn sie die Trainingsstunde absolvierte, käme sie mit größter Wahrscheinlich erst im Guildford an, wenn der Mann längst gegangen war. Und wenn sie Tank und Sammy nach Hause schickte – wieder mal – wäre sie die beiden als Schüler ebenfalls los, so wie schon etliche andere zuvor.

„Geht schon mal vor, Jungs, und zieht euch um. Ich komme gleich.“

Während die beiden Jungen mit ihren Sporttaschen in den Keller gingen, suchte sie fieberhaft nach einer Lösung für das Dilemma. Und hatte eine Idee.

Sie ging ins Obergeschoss und klopfte an Lennox' Tür. Drinnen erklang leise Musik. Rowan erkannte die Average White Band, eine schottische Soulgruppe, an ihrem Song „Living On Borrowed Time“. Interessant, dass Lennox ebenfalls Soulmusik mochte.

Er öffnete die Tür in Jeans und Unterhemd. Auf seinen linken Oberarm war eine züngelnde Kobra tätowiert, die ihre gefletschten Giftzähne zeigte, auf dem rechten sprang ein Tiger mit aufgerissenem Maul dem Betrachter aus einem Wappen entgegen, in dessen Spruchbanner „Snipers Special Forces – Tiger Wing“ stand. Lennox hatte also zu einer Scharfschützenabteilung gehört.

Bevor Rowan etwas sagen konnte, nickte er. „Schon klar.

Ich falle zu oft aus dem Bett und soll das woanders tun als in Ihrem Haus." Er tat einen tiefen Atemzug. „Geben Sie mir eine Woche Zeit, was Neues zu finden, dann bin ich weg."

Sie begriff im ersten Moment nicht, was er meinte. Als es ihr klar wurde, lächelte sie beruhigend. „Keine Sorge, Mr Lennox. Ich werde Sie ganz bestimmt nicht rauswerfen, weil Sie Albträume haben." Sie zog ihre Bluse und ihr Shirt aus der Hose und zeigte ihm eine Narbe, die sie an der Taille hatte. „Ich habe auch welche, wenn auch aus anderen Gründen. Und nicht so häufig und wahrscheinlich auch nicht so schlimm wie Sie. Falls Sie mal jemanden zum Reden brauchen, ich höre Ihnen jederzeit gerne zu. Bei einem guten Singleton Malt und", sie nickte zu dem tragbaren CD-Player, den sie hinter ihm in der Fensterbank stehen sah, „ebenso guter Soulmusik."

Er blickte sie so verblüfft an, dass sie beinahe gelacht hätte. „Es geht um was anderes. Ich wollte Sie fragen, ob Sie mir aushelfen können. Ich habe zwei Schüler im Dojo, die auf ihren Unterricht warten. Aber ausgerechnet heute Abend ist mir was Dringendes dazwischengekommen. Nachdem ich mich vorhin von Ihren Fähigkeiten überzeugen konnte, wollte ich Sie bitten, die anderthalb Stunden an meiner Stelle zu übernehmen – falls es in Ihre Pläne für heute Abend passt. Ich bezahle Sie selbstverständlich."

Er starrte sie an. „Sie wollen, dass ich den Unterricht für Sie übernehme?"

Sie nickte. „Wenn es zeitlich geht und Ihnen nichts ausmacht, wäre ich Ihnen wirklich sehr verbunden. Wenn nicht, finde ich schon eine andere Lösung. Ich bin so mit meinem aktuellen Fall beschäftigt, dass ich völlig vergessen habe, dass heute Unterricht ist."

„Kein Problem. Mache ich gern. Ich ziehe mir nur schnell was anderes an."

„Noch eins, Mr Lennox", sagte sie, bevor er die Tür schloss, und sah ihm in die Augen. „Sie müssen bestimmt nicht fürchten, dass ich Sie wegen irgendwelcher Petitessen rauswerfe. Erst recht nicht wegen Ihrer Albträume oder Ihrer Vergangenheit. Solange Sie die Miete pünktlich zahlen und die Wohnung nicht demolieren ..." Sie lächelte. „Uns beiden geht es in vielen Dingen ähnlich. Nehmen Sie irgendwann mein Angebot zu Singleton und Soul an, dann erzähle ich Ihnen mehr darüber." Sie nickte ihm zu, während er sie ausdruckslos ansah. „Bis gleich."

Sie ging in den Keller, wo Tank und Sammy im Dojo bereits mit den Aufwärmübungen begonnen hatten. Sie hielten inne, als Rowan eintrat. Ihre Gesichter wurden lang, als sie sahen, dass sie keine Trainingskleidung trug.

„Och nee, Ms Lockhart", stöhnte Tank. „Sagen Sie nicht, dass der Unterricht schon wieder ausfällt."

„Nein, Pech gehabt, Jungs, ihr kommt heute voll auf eure Kosten." Wie aufs Stichwort trat Lennox ein, gekleidet in einen frischen Trainingsanzug. Sie zeigte auf ihn. „Das ist Mr Lennox. Er wird mich heute vertreten und euch an meiner Stelle fertigmachen."

Sammy musterte Lennox von oben bis unten. „Ist der genauso hart wie Sie?"

„Und ob. Also glaubt nicht, ihr könntet euch bei ihm ausruhen. Habt ein schönes Training." Sie nickte in die Runde. „Danke", flüsterte sie Lennox im Vorbeigehen inbrünstig zu.

Er grinste kurz und klatschte in die Hände. „Dann wollen wir mal, Jungs. Wir fangen an mit hundert Liegestützen, gefolgt von hundert Sit-ups. – Hey! Liegestütze auf den Faustknöcheln, nicht auf den Handflächen. Sind wir Mädchen? Wir machen's richtig oder gar nicht."

Rowan grinste. Lennox behandelte die Jungs genauso, wie sie selbst mit ihnen umsprang. Der Mann wurde ihr immer sympathischer. Sie lief in ihr Schlafzimmer und überlegte, was sie anziehen sollte. Etwas, das ein Mann attraktiv fand, das aber nicht zu sexy wirkte. Schließlich kam der Soldat, um mit ihr auf seinen Freund anzustoßen, nicht um sich zu amüsieren. Trotzdem mochte sich die Sache in diese Richtung entwickeln. Also musste sie etwas wählen, was nicht zu streng wirkte.

Das dunkelblaue Kleid mit dem V-Ausschnitt, das ihre Figur betonte und einen praktischen Seitenschlitz besaß, der ihr genug Beinfreiheit gestattete, um Kerle mit unlauteren Absichten kräftig in den Arsch treten zu können. Die Dreiviertelärmel erlaubten zwar nicht, dass sie die Armscheide mit dem Kwaiken anlegte, aber das Messer passte hervorragend in die samtene Gürteltasche, die sie wie einen sporran – die Tasche, die man zum Kilt vor dem Unterleib trägt – umband. Dazu die blauen Ballerinas in der gleichen Farbe, rutschfest besohlt wie alle ihre Schuhe. Das Haar offen und ein bisschen Parfüm, das sollte genügen.

Rowan betrachtete sich im Spiegel des Kleiderschranks und fand, dass sie für ihre Zwecke perfekt aussah. Sie trug nicht gern Kleider, hatte aber gelernt, sie sich in ihrem Job zunutze zu machen. Sei es um potenzielle Klienten zu beeindrucken oder bei einem Personenschutzauftrag nicht gleich als Bodyguard ins Auge zu fallen.

Sie zog eine zum Kleid passende Bolerojacke über und fuhr zum Guildford Arms.

Als sie dort ankam, war es kurz nach sechs. Macraes Freund war noch nicht da. Sie ging an die Bar und bestellte einen Singleton.

Als die Barfrau ihr den über den Tresen schob, tauchte der Soldat an der Tür auf. Er trug Zivilkleidung, eine nicht zu elegante Tweedhose und ein Jackett zu einem dunkelblauen Hemd mit Krawatte. Zunächst glitt sein Blick über sie hinweg, da er offenbar nach der Frau suchte, die heute Morgen Jeans und Jeansjacke getragen hatte. Erst als sie ihm zuwinkte, erkannte er sie. Seine Augen wurden groß, sein Blick bewundernd, als er sich zu ihr an die Bar stellte.

„Ich hätte Sie fast nicht erkannt, Miss ..."

„Rowan Lockhart."

Er verbeugte sich leicht in einer Weise, die militärischen Drill verriet. „Alexander Farrell."

„Erfreut, Sie kennenzulernen, Mr Farrell. Oder soll ich Sie Captain nennen?"

Er schüttelte den Kopf. „Ich bin nicht im Dienst."

Sie lächelte. „Dann dürfen Sie Rowan zu mir sagen." Sie hob das Glas. „Auch einen Singleton?"

„Ja. Und Sie sind selbstverständlich eingeladen."

Sie lächelte dankbar, auch wenn sie sich in einer normalen Situation niemals hätte einladen lassen. Aber schließlich wollte sie Farrell zum Reden bringen. „Wenn Sie darauf bestehen, Mr Farrell."

„Alex bitte. Und ja, ich bestehe darauf." Er bestellte seinen Singleton und wirkte schon weniger angespannt als in dem Moment, in dem er das Guildford betreten hatte. Er hob sein Glas. „Auf Finn Macrae, den besten Mann und Freund, der je gelebt hat."

Rowan hob ebenfalls ihr Glas. „Auf Captain Macrae, einen wunderbaren Menschen, den ich viel zu wenig gekannt habe."

Sie stieß mit ihm an, und sie tranken gemeinsam. Farrell leerte sein Glas in einem Zug und bestellte ein zweites. Rowan beließ es bei einem Schluck.

„Wussten Sie, dass ich Captain Macrae zu verdanken habe, dass ich Singleton mag, Alex?"

„Nein. Er hat Sie überhaupt nie erwähnt. Was mich wundert." Er lächelte.

Sie lächelte geschmeichelt zurück. „Bestimmt wollte er seine Frau nicht eifersüchtig machen." Sie zuckte mit den Schultern. „Ich war ja auch nur flüchtig mit ihm bekannt.

Er hat mir den Singleton angeboten, als er mitbekommen hat, dass ich an dem Tag Geburtstag hatte." Sie hob das Glas, schwenkte die Flüssigkeit und betrachtete das Lichtspiel, das die Lampen über der Bar darin erzeugten. „Er sagte, der Singleton sei viel zu kostbar, um ihn jemals allein zu trinken, und ein Geburtstag wäre eine gute Gelegenheit, mit jemandem anzustoßen."

Farrell nickte. „Das klingt in der Tat sehr nach Finn. Er hat niemals allein Singleton getrunken. Aber er hat keine Gelegenheit ausgelassen, mit jemand anderem zu trinken. Allerdings nur mit Leuten, die ihm sympathisch waren." Er sah sie an. „Er muss Sie gemocht haben."

Sie nickte. „Das beruht auf Gegenseitigkeit. Obwohl ich zu den wenigen Gelegenheiten, bei denen ich ihm begegnet bin, gar nichts Privates mit ihm besprochen habe."

Farrell trank einen Schluck. „Das war auch nicht nötig. Finn hat Menschen schon immer gut einschätzen können. Ich erinnere mich noch ..."

Es folgte eine Geschichte über einen jungen Rekruten, den Macrae unter seine Fittiche genommen und gefördert hatte. Rowan hörte nur mit halbem Ohr zu, machte aber ein so interessiertes Gesicht, als hinge sie an Farrells Lippen, während sie überlegte, wie sie ihn unauffällig danach fragen könnte, wer der Soldat gewesen sein könnte, den Smitty ihr beschrieben hatte – Farrell jedenfalls sah ihm nicht ähnlich.

„Verdammt beschämend, dass offiziell keiner von uns zu seiner Beerdigung gehen konnte", beendete er seine Anekdote.

Ein perfektes Stichwort. Sie nickte. „Ich hatte zumindest erwartet, dass sein Freund – sein anderer Freund – gekommen wäre. Ein grauhaariger Mann mit Adlergesicht. Auch vom Militär. Ich habe ihn zwei- oder dreimal beim Captain gesehen."

Farrell nickte. „Klingt nach Major Shaw, unserem Vorgesetzten." Seine Augen funkelten für einen Moment wütend. „Seinetwegen durften wir nicht zur Beerdigung. Er hat heute Morgen eine Übung für die gesamte Brigade anberaumt, an der wir teilnehmen mussten. Unnötig zu erwähnen, dass sie erst beendet war, nachdem die Beerdigung vorüber war." Er blickte sie an. „Sie waren dort?"

Sie nickte. „Ich konnte aber nicht bis zum Ende der Zeremonie bleiben." Sie zuckte mit den Schultern. „Die Arbeit. Also bin ich hinterher noch mal zurückgekommen, um ihm meine Lieblingsblume ins Grab zu legen. Heidekraut. Ehrlich gesagt wollte ich das nicht unbedingt vor den Augen seiner Frau tun. Sie hätte es möglicherweise falsch aufgefasst."

„Das Heidekraut hätte ihm gefallen." Er sah sie an. „Das war nett von Ihnen, Rowan." Er stieß noch einmal mit ihr an.

„Wie haben Sie und der Captain sich eigentlich kennengelernt, Alex?", fragte sie. Wenn sie sich zu schnell vortastete oder gleich auf den Vorwurf des Verrats zu sprechen käme, der gegen Macrae im Raum stand, würde er wahrscheinlich misstrauisch werden und sich fragen, warum sie so sehr an diesen Dingen interessiert war.

Er nahm das unverfängliche Stichwort auf und erzählte, geriet von einem Thema zum anderen und kam ihr dabei ganz langsam ein wenig näher. Nach einer Weile sprach er nicht mehr ausschließlich von Macrae, sondern rückte sich selbst in den Mittelpunkt seiner Berichte. Erzählte von seiner Arbeit als Kommunikationsoffizier und IT-Spezialist. Rowan nahm jedes Wort auf und konzentrierte sich auf seine Körpersprache. Irgendwann legte sie ihm wie zufällig eine Hand auf den Arm. Von dem Moment an dauerte es nicht mehr lange, bis er vorschlug, dass sie sich doch in einem etwas privateren Umfeld weiter unterhalten könnten.

„Sehr gern", sagte Rowan und fuhr sich mit einer sinnlichen Geste durchs Haar. In einem privateren Umfeld würde er eher bereit sein zu reden, besonders wenn sie ihm erzählte, dass Jin-Hee Macrae ebenfalls tot war.

Bill hatte sich entschlossen, nicht unmittelbar nach der Arbeit nach Hause zu fahren, sondern noch einen Abstecher ins Guildford zu machen. Dort würde er über den Mord an Jin-Hee Macrae nachdenken können, ohne das Gefühl, ihm würde die Decke auf den Kopf fallen, wie er es in seiner Wohnung bekam. Früher war ihm nie die Decke auf den Kopf gefallen – erst, seit er Row wieder begegnet war und sich danach sehnte, mit ihr zusammen zu sein, so oft es nur ging. Seitdem kam ihm jede Minute, die er ohne sie verbringen musste, wie vergeudete Zeit vor, wenn er sich nicht mit Arbeit ablenken konnte.

Er parkte seinen Wagen auf der South St. Andrew und ging zu Fuß zur West Register Street. Er hatte das Guildford fast erreicht, als er ein Paar herauskommen sah. Die Art, wie die Frau sich bewegte, kam ihm bekannt vor. Doch erst als er sie lachen hörte, begriff er, dass er Row vor sich hatte – in einem Kleid. Er hatte sie noch nie in einem Kleid gesehen. Sie hasste Kleider und hatte sich schon als Kind mit Händen und Füßen dagegen gewehrt, dass man ihr eines anzog.

Er erinnerte sich noch gut an den Aufruhr am Tag ihrer gemeinsamen Einschulung, als ihre Mutter versucht hatte, sie gegen ihren Willen in einen Rock zu zwängen. Von Rows Protestgebrüll waren sämtliche Nachbarn aufgeschreckt worden, und der Rock hatte das Spektakel nicht überlebt. Row hatte ihn zerrissen. Auch in der Schule hatte sie sich geweigert, den zur Schuluniform gehörenden Rock anzuziehen. Keine Strafe hatte etwas genützt. Als sie in Unterhose im Klassenzimmer aufgetaucht war, nachdem sie unterwegs den ihr aufgezwungenen Rock ausgezogen und in einen Abwasserkanal geworfen hatte, gaben die Erwachsenen es auf, und Row durfte in Hosen zur Schule gehen. Den Spott der Jungs und erst recht der Mädchen hatte sie in der ihr eigenen Weise erstickt – mit den Fäusten. Anschließend hatte sie triumphierend in der Ecke gestanden, in die sie in so mancher Schulstunde verbannt worden war. Aber sie hatte gesiegt und sich durchgesetzt.

Und nun trug sie ein Kleid, als hätte sie nie etwas anderes angehabt, hing am Arm eines Mannes, und die Art, wie sie sich bewegte ... Bill folgte ihnen in sicherem Abstand und konnte nicht fassen, was er sah. Row und der Mann gingen die West Register Street in Richtung Register Place und schienen sich prächtig zu amüsieren. Der Kerl war wohl kaum der Informant, mit dem sie sich angeblich hatte treffen wollen. Und dass sie mit ihm im Guildford gewesen war – ihrem Guildford! –, empfand er als persönlichen Affront. Als der Typ ihre Hand tätschelte und sich zu ihr beugte, um sie zu küssen, reichte es ihm.

„Hey!"

Die beiden fuhren auseinander und wandten sich um. Bill musste sich beherrschen, um dem Kerl keinen Kinnhaken oder Schlimmeres zu verpassen.

„Hallo Bill." Row klang alles andere als begeistert, und der Blick, mit dem sie ihn bedachte, verhieß nichts Gutes.

„Was tust du hier, Row?" Keine besonders diplomatische Frage, aber sie war ihm spontan entschlüpft, weil er genau das wissen wollte.

„Ich wüsste nicht, was dich das angeht." Sie funkelte ihn kalt an, ehe sie sich mit einem liebenswürdigen Lächeln an den Mann wandte und Anstalten machte, sich wieder bei ihm einzuhaken. „Kommen Sie, Alex."

Bill fasste sie am Arm. „Row ..."

Sie riss sich los. „Verdammt, Bill, lass mich in Ruhe."

Der Mann – Alex – trat zurück und hob abwehrend die Hände. „Wir können unsere Unterhaltung ein anderes Mal fortsetzen, Rowan. Guten Abend." Er nickte ihr und Bill zu und hatte es eilig, wegzukommen.

„Wiedersehen, Alex", rief Row ihm nach, doch er verschwand bereits um die Ecke zum Register Place.

Bevor Bill etwas sagen konnte, hatte Row ihn gegen die Häuserwand gestoßen. „Was zum Teufel fällt dir eigentlich ein? Was sollte das, verdammt?" Ihre Augen funkelten und sie hatte die Brauen wütend zusammengezogen.

„Tut mir leid, aber für mich sah es so aus, als wolltest du ... als wollte er ..." Er suchte nach Worten.

„Was?"

„Als wollte er dich abschleppen und ..." Er schluckte.

„Ja, genau das war der Plan – bis du ihn zunichte gemacht hast! Herzlichen Dank auch!"

Sie klatschte mit der flachen Hand gegen die Mauer, dass Bill zusammenzuckte. Er hatte vergessen, wie heftig sie werden konnte, wenn sie wütend war.

Sie deutete in die Richtung, in der der Mann verschwunden war. „Das war ein Kamerad von Macrae. Und ich hatte ihn so weit, dass er bereit war zu plaudern. Ich hätte ihn nur noch ein bisschen umgarnen müssen, dann hätte er mir alles erzählt, was ich wissen will. Und dann tauchst du auf und spielst den Beschützer. Verdammt, Bill, ich kann immer noch allein auf mich aufpassen. Sogar noch viel besser als vor elf Jahren."

Daran zweifelte er nicht. Dafür war er froh, dass Row aus seiner Intervention nicht den richtigen Schluss zog. Aber allein der Gedanke, dass sie mit diesem Outfit einen Mann nur zu dem Zweck verführen wollte, damit sie Informationen von ihm bekam, drehte ihm den Magen um. Er hoffte, dass sie wenigstens nicht bis zum Äußersten gegangen wäre.

„Das hättest du vielleicht auch gebraucht, wenn du ihn im Regen hättest stehen lassen."

Sie sah ihn verständnislos an. „Wie kommst du denn darauf?"

„Du wolltest doch nicht wirklich ..."

Sie kniff die Augen zusammen, was ihm zeigte, dass er wieder was Falsches gesagt hatte. „Ich wüsste nicht, was dich das angeht. Auch wenn ich geschieden bin, habe ich immer noch ein Privatleben. Und wenn ich das Angenehme mit dem Nützlichen verbinden kann, habe ich damit nicht die geringsten Probleme."

Ein Fenster über ihnen wurde aufgerissen. „Ruhe da unten!", brüllte eine wütende Männerstimme. „Sonst mach ich euch Beine!"

„Schnauze da oben!", brüllte Row zurück. „Sonst komme ich rauf, Arschloch!"

Bill war sich bewusst, dass die Beschimpfung ihm galt. „Tut mir leid, Row. Tut mir echt leid. Ich mache es wieder gut."

„Ich wüsste nicht wie", fauchte sie und schien weit davon entfernt zu sein, sich wieder zu beruhigen. Doch schlagartig, als hätte sie einen Schalter umgelegt, war sie ruhig. „Wie?"

Sie sah ihn ausdruckslos an und erinnerte ihn in diesem Moment beinahe an Jin-Hee Macrae nach dem Tod ihres Mannes. Er blinzelte irritiert. Berührte ihren Arm. „Das sollten wir nicht hier besprechen." Er deutete auf das Fenster, aus dem der Mann gebrüllt hatte. Im Hausflur daneben war Licht eingeschaltet worden. Offenbar wollte der Mann sie tatsächlich persönlich zur Räson bringen. „Lass uns abhauen." Ein oft gebrauchter Satz aus gemeinsamen Kindertagen, in denen sie mindestens einmal an jedem Tag Grund gehabt hatten, vor irgendwem fluchtartig das Weite zu suchen.

„Aye", stimmte sie zu.

Wie früher fassten sie sich ohne nachzudenken an der Hand, rannten gemeinsam die Straße hinunter und bogen um die nächste Ecke. Bill fand es wunderbar, Rows Hand zu halten, und war enttäuscht, als sie seine losließ, kaum dass sie weit genug weg waren. Er ging schweigend neben ihr.

Nach einer Weile räusperte er sich. „Du siehst verdammt toll aus."

Sie warf ihm einen Blick zu, den er nicht deuten konnte. „Du solltest mich mal im Kimono sehen."

„Gern. Obwohl ich mir nicht vorstellen kann, dass du darin besser aussehen könntest als jetzt."

Sie sah ihn spöttisch an. „Bill Wallace, flirtest du gerade mit mir?"

„Nein!" Selbst in seinen eigenen Ohren klang sein Dementi alles andere als glaubhaft.

„Schade."

Er sah Row an und fragte sich, was er tun könnte, um die Situation noch zu retten. Er musste wohl kein sehr intelligentes Gesicht machen, denn sie lachte, knuffte ihn in die Seite, hakte sich bei ihm unter und ging an ihn gelehnt weiter. Er musste ebenfalls lachen und genoss, dass sie ihm so nahe war. Das fühlte sich eindeutig besser an, als nur ihre Hand zu halten. Viel zu schnell hatten sie ihr Auto erreicht, das in der South St. Andrew Street vor einem Souvenirladen namens „The Pride of Scotland" nicht allzu weit von seinem eigenen Wagen entfernt stand.

„Zu mir oder zu dir?"

Er freute sich, dass sie ihm nicht mehr böse war – und noch mehr darüber, dass sie den Rest des Abends mit ihm verbringen wollte. „Zu dir ist es näher."

Er wollte sehen, wie sie jetzt lebte. Zuletzt hatte sie in einer Studentenbude gehaust, klein, eng und ungemütlich. Jetzt besaß sie ein Haus. Davon abgesehen war der Weg zu seiner eigenen Wohnung am Muirhouse Parkway tatsächlich weiter, von wo aus es nur ein Steinwurf bis zum Ufer des Firth of Forth war. Er freute sich schon darauf, irgendwann einmal mit Row am Strand spazieren zu gehen.

„Dann sehen wir uns gleich dort." Sie stieg in ihren Wagen und fuhr los. Er ging zu seinem eigenen und folgte ihr.

Als er eine Viertelstunde später vor ihrem Haus parkte, wartete sie an der Tür zum Vorgarten auf ihn. Er stellte fest, dass im Obergeschoss Licht brannte, und sah die Silhouette eines Mannes hinter dem Vorhang. Sie wohnte mit jemandem zusammen. So ein Mist! Er ließ seinen Blick über den Rest des Hauses wandern.

„Hübsch", sagte er und musste noch einmal zum Fenster im ersten Stock blicken.

„Darum habe ich es gekauft."

Das Haus war wirklich schön. Aus Natursteinen gebaut, mit Efeu bewachsen und einem Garten rundherum. An der Hauswand prangte ein glänzendes Schild, das deutlich vom Gehweg aus zu sehen war: „Rowan Lockhart – Private Ermittlungen, Sicherheitskonzepte, Personenschutz". Sie musste in den vergangenen Jahren gut verdient haben, um sich ein solches Haus leisten zu können. Er wohnte zur Miete. Wozu sollte er auch ein Haus kaufen. Er hatte keine Familie und hatte auch nicht beabsichtigt, eine zu gründen – Row war die einzige Frau, mit der er sich ein Familienleben vorstellen konnte.

Ein lautes Schnauben rechts von ihm ließ ihn zusammenfahren. „Was ist das denn?", entfuhr es ihm, als er die beiden gescheckten Pferde auf dem Rasen sah.

Sie grinste. „Meine neuen, vollautomatischen Rasenmäher. Geräuscharm und absolut umweltfreundlich. Und sehr günstig im Unterhalt. Ich habe sie für ein paar Tage gemietet, bis sie das Gras abgefressen haben. Danach verschwinden sie wieder."

Bill schüttelte grinsend den Kopf. Solche unkonventionellen Ideen waren typisch für Row.

Sie ging voraus und schloss die Haustür auf. Unter der Klingel entdeckte er ein Messingschild: „Eingang Lennox hinter dem Haus", darunter einen Pfeil, der nach rechts auf den schmalen, mit quadratischen Steinplatten gepflasterten Weg zeigte, der um das Haus herumführte.

Row ließ Bill den Vortritt und führte ihn in ein riesiges Zimmer, das absolut nicht nach der Row aussah, die er von früher kannte. Sie streifte die Schuhe von den Füßen und stellte sie in ein Schuhregal neben der Tür, indem sie zwei Zehen in die Laschen der nebeneinander stehenden Schuhe hakte, sie dazwischen festklemmte, mit einer anmutigen Bewegung hochhob und auf dem Regal absetzte. Die Bewegungen wirkten wie die einer Tänzerin, besonders da sie dabei perfekt das Gleichgewicht hielt und sich auf dem Standbein zur Seite drehte, ohne den anderen Fuß vorher abzusetzen. Wie der Beginn einer Pirouette. Bills Blick hing an jeder von Rowans Bewegungen. Es dauerte etwas, bis er sich eingestehen konnte warum: Er fand das Bild, das sich ihm bot, unglaublich erotisch.

„Mach es dir bequem." Sie deutete auf die Couch. „Und fühl dich wie zu Hause."

Offenbar handelte es sich um Wohn- und Schlafraum gleichermaßen. Letzterer war mit einigen Paravents vom Rest des Zimmers abgetrennt, die in japanischem Stil mit Bambus- und Kiefernzweigen bemalt waren, auf denen Vögel saßen. Dahinter standen Schränke als Raumteiler, deren unansehnliche Rückwände die Paravents verdeckten. In einer Lücke zwischen einem Schrank und der Wand wuchs schwarzer Bambus in einem Kübel. Das Ganze war asymmetrisch aufgestellt. Nirgends gab es einen rechten Winkel.

Row verschwand durch eine Lücke zwischen zwei Schränken. Bill hörte, dass sie sich auszog, und drehte sich um, obwohl er sie von seinem Platz aus ohnehin nicht sehen konnte.

Doch er sah sie in einem Spiegel an der Wohnzimmerwand.

Sie war nackt und drehte dem Spiegel den Rücken zu. Er sah den durchtrainierten Körper einer Sportlerin mit einem großflächigen Tattoo, das von der linken Schulter quer über den Rücken bis zur rechten Hüfte lief und einen wütenden schlangenhaften Drachen in Rot, Schwarz und Grün darstellte, der mit jeder ihrer Bewegungen zum Leben erwachte. Bill starrte ihn fasziniert an und riss sich erst von dem Anblick los, als sie Jeans und ein T-Shirt darübergezogen hatte.

Hastig wandte er sich einem mit Tusche gemalten Rollbild zu, das neben dem Spiegel hing, als Row sich umdrehte und zurückkam. Sogar auf den Unterarmen trug sie Tattoos, zwei schwarze Schlangen, die sich um ihre Arme wanden und an ihnen emporzukriechen schienen. Das war definitiv nicht mehr dieselbe Row, die er gekannt hatte, die Tätowierungen albern fand und sich seit ihrer Kindheit standhaft geweigert hatte, sich Löcher für Ohrringe stechen zu lassen.

„Schönes Bild", sagte er, obwohl er es noch nicht einmal richtig angesehen hatte.

Sie lächelte. „Danke. Selbst gemalt."

Er sah genauer hin. Doch auch in dem Bild konnte er nichts von Row erkennen. Ein schwarzer Bambuszweig mit grünen Blättern, neben dem eine Distel und ein Büschel Heidekraut wuchsen. Beide standen am Ufer eines Teichs, in dem ein Wels und ein Lachs Seite an Seite schwammen. Er verstand zwar absolut nichts von Kunst, aber begriff die Symbolik des Bildes sofort. Distel, Heidekraut und Lachs – Schottland und Row. Bambus und Wels – Japan und Hidoro.

„Es ist wirklich sehr schön." Er räusperte sich, weil seine Stimme rau klang. „Ich wusste gar nicht, dass du malst."

„Habe ich früher auch nicht. In den vergangenen Jahren habe ich eine Menge gelernt. Setz dich doch."

Er nahm auf der Couch Platz. Row schaltete die Stereoanlage ein. Bill lächelte. Sie liebte immer noch den Soul und Dionne Warwicks Songs. Sie holte zwei Gläser und eine Flasche Singleton aus einem Schrank, stellte die Gläser auf den Tisch und schenke ein. Anschließend setzte sie sich neben Bill auf die Couch, zog die Beine hoch und nahm ihr Glas. „Cheers."

„Cheers."

Er zog ein Knie auf die Couch, stützte den Ellenbogen auf der Rückenlehne ab, den Kopf auf die Hand, und blickte Row an. Trotz der Veränderungen hatte er das Gefühl, als hätte es keine elf Jahre Trennung gegeben. Ein trügerisches Gefühl.

Von oben erklang ein Poltern. Er blickte zur Decke. „Ist da oben jemand?" Als wüsste er das nicht längst.

Sie nickte. „Rory Lennox. Mein Mieter. Er zahlt sozusagen die Hypothek für das Haus."

Mieter. Ein Fremder also. Bill atmete auf und hoffte, dass sie das nicht bemerkte. „Ich finde es schön, dass du wieder da bist. Dass mit der Scheidung natürlich nicht, das tut mir wirklich leid." Lügner! „Für dich. Euch. Aber dass du wieder da bist, darüber freue ich mich." Er machte eine ausholende Handbewegung. „So hättest du dein Zimmer früher nie eingerichtet. Und deine Meinung über Tattoos hat sich offenbar auch geändert", sagte er mit Blick auf ihre Unterarme. „Wie war es in Japan? Wenn du mir das erzählen magst."

Sie nickte, starrte ins Glas und trank einen Schluck. „Zehn Jahre sind eine lange Zeit. Ich hatte nicht vor, jemals zurückzukommen. Darum hatte ich mir mein Leben dort eingerichtet." Sie strich mit einem Finger über die schwarze Schlange auf ihrem linken Arm. „Das sind Ehrenzeichen und so was wie Rangabzeichen. Doros Familie praktiziert und lehrt seit Jahrhunderten einen speziellen Kampfstil, der früher ausschließlich an Familien- und Clanmitglieder weitergegeben wurde. Da die jüngeren aber immer weniger Interesse zeigen, ihn zu erlernen, sind sie dazu übergegangen, ihn auch handverlesene Familienfremde zu lehren. Nachdem ich zur Familie gehörte, habe ich ihn auch gelernt. Diese Schlange war das Zeichen, dass ich die erste Stufe der Meisterschaft erreicht hatte." Sie deutete auf die Schlange auf dem anderen Arm. „Diese bekam ich für die zweite Stufe der Meisterschaft. Und als ich es zur Großmeisterin geschafft hatte", in ihrer Stimme war deutlich zu hören, wie stolz sie darauf war, „bekam ich den Nobushi-Drachen auf dem Rücken. Das ist eine sehr hohe Ehre, besonders weil ich die erste und einzige gaijin bin, die seiner für würdig befunden wurde. Willst du mal sehen?"

Bevor er antworten konnte, drehte sie sich um und zog ihr T-Shirt am Rücken bis zum Hals hoch. Der Drache blickte ihn grimmig an und hatte die Krallen ausgefahren, als wollte er Bill in Stücke reißen. Bei näherer Betrachtung fand er jedoch, dass das Bild unter dem ersten Eindruck einen unbändigen Stolz ausstrahlte. Das passte zu Row.

Er entdeckte an der linken Taille eine fingerlange Narbe, die eindeutig von einer Schussverletzung stammte. Wie es aussah, war es nur eine Fleischwunde gewesen. Was war da passiert? Und welche Verletzungen mochte sie noch haben?

Er wagte es, mit den Fingern über den Drachen zu fahren. Rows Haut war glatt und fest. Er spürte die Muskelstränge darunter. Nun, da er ihr so nahe war, nahm er auch einen zarten Duft an ihr wahr, der wohl von einem Parfüm stammte. Noch eine Veränderung. Sie hatte früher nie Parfüm benutzt. Der Gedanke, dass sie es aufgetragen hatte, um diesen anderen Kerl zu verführen, machte ihn wahnsinnig. Er zog die Hand zurück.

„Muss ganz schön wehgetan haben."

„Hat es. Besonders, weil die Nobushis die Tätowierungen als zusätzliche Prüfung der Leidensfähigkeit und der Selbstbeherrschung betrachten. Sie nehmen sie nicht mit modernen, elektrischen Tätowiergeräten vor, sondern klopfen sie wie seit Jahrhunderten mit Bambusnadeln per Hand in die Haut."

„Autsch!"

„Amen." Sie zog das T-Shirt wieder über den Rücken und drehte sich um. „Da ich durch das harte Training und diese spezielle ‚Abschlussprüfung' unter Beweis gestellt hatte, dass ich der Nobushis, ihres Namens und ihrer altehrwürdigen Traditionen würdig bin, brachte mir das endlich die volle Anerkennung der Familie ein, besonders die meines Schwiegervaters. Und auch die ständige stumme Missbilligung meiner Schwiegermutter hörte schlagartig auf. Von daher hat sich die Tortur gelohnt." Ein Schatten huschte über ihr Gesicht.

„Bevor ich abgereist bin, hat mein Schwiegervater mit mir ein sehr ernstes Gespräch unter vier Augen geführt. Ich hatte befürchtet, dass er mir Vorwürfe machen würde wegen meiner Entscheidung zu gehen. Stattdessen hat er mich noch einmal – geehrt. Er sagte, dass ich aufgrund des Standes, den ich mir als Togakure-Kriegerin erworben habe, für immer ein Teil seiner Familie bleiben werde und er erwarte, dass ich mich auch in der Fremde", sie deutete mit beiden Zeigefingern nach unten, „also hier, meiner und damit seiner Familie stets als würdig erweise. Wer den Nobushi-Drachen trägt, ist Nobushi in Ewigkeit." Sie zuckte mit den Schultern. „Giri."

Bill schüttelte den Kopf. „Du bist keine Japanerin, Row."

Sie blickte zur Seite und schaute auf einen kleinen, etwa zwei Fuß hohen Tisch in der hinteren Ecke des Zimmers, dem er bis jetzt keine Beachtung geschenkt hatte. Darauf stand eine Holztafel, die mit japanischen Schriftzeichen bemalt war, davor eine mit Sand gefüllte Schale, in der Räucherstäbchen steckten, daneben rote Kerzen.

„Ich bin es zu einem Teil geworden. Japan hat mich geprägt und seine Spuren in mir hinterlassen. Vieles von dem, was ich dort gelernt habe, ist gut und weise. Ich werde es niemals aufgeben." Sie lächelte. „Und die Tattoos werde ich bis an mein Lebensende mit Stolz tragen."

Das war absolut nicht mehr dieselbe Row wie früher.

Sie wurde ernst. „Ich gehöre jetzt zu zwei Welten, Bill. Doro und auch mein Schwiegervater haben das verstanden. Jetzt muss ich meine Mitte zwischen beiden finden. Das wird dauern." Sie sah ihm in die Augen und lächelte ein wenig. „Dir wieder begegnet zu sein, hilft mir jedenfalls dabei, wie ich feststelle."

Er nahm sein Glas und lächelte. „Das ist schön. Darauf trinke ich. Cheers."

„Cheers." Row trank ebenfalls. „Macrae hatte unmittelbar vor seinem Tod Besuch."

Er sah sie irritiert an und brauchte einen Moment, um dem Themenwechsel folgen zu können. „Wie kommst du darauf?"

Sie nahm die Singleton-Flasche und hielt sie hoch, ehe sie ihm und sich nachschenkte, obwohl die Gläser noch nicht leer waren. „Ich habe mit seiner Schwester und seinem Schwager gesprochen. Der hat erwähnt, dass Macrae seinen Whisky üblicherweise nicht allein getrunken hat. Und dass er – wenn er sich nicht selbst umgebracht haben sollte, wovon zumindest die Schwester überzeugt ist – es auch in diesem Fall wohl nicht getan hat. Außerdem hat ein Zeuge ungefähr eine halbe Stunde vor dem Zeitpunkt des Todes einen Besucher kommen sehen. Wie ich inzwischen herausgefunden habe, war das wahrscheinlich sein Vorgesetzter, ein gewisser Major Andrew Shaw."

Bill empfand einen irrationalen Stolz auf Row, weil

sie in Erfahrung gebracht hatte, was weder ihm noch der Militärpolizei gelungen war. Auch wenn der Fall Macrae, soweit es den Vorwurf des Verrats betraf, von der MP bearbeitet wurde, hatte sich Major Gallagher schließlich doch als kooperativer Kollege entpuppt und hielt Bill auf dem Laufenden; zumindest was die Umstände von Macraes Tod betraf. Alles andere unterlag der Geheimhaltung. Obwohl die Sache als solche nach dem Artikel im „Scotsman" nicht mehr geheim zu halten war.

„Wer ist dieser Zeuge?"

Row winkte ab. „Ein Tinker. Der redet garantiert nicht mit der Polizei. Außerdem ist das Einzige, was er sagen kann, dass jemand, den er nicht kennt, Macrae am Morgen vor seinem Tod besucht hat."

Bill nickte nachdenklich. „Dann hat dieser Besucher ihn offensichtlich gewarnt, dass gegen ihn ermittelt wird."

„Vielleicht. Aber woher wusste er das? Ich kann mir nicht vorstellen, dass die MP Shaw auf die Nase gebunden hat, dass Macrae ein Verräter ist." Sie zuckte mit den Schultern. „Ich werde versuchen, den Mann zu interviewen. Ich hoffe, das bringt etwas Licht in die Sache."

Hoffentlich plante sie nicht, ihn auf dieselbe Weise zu interviewen wie diesen Alex.

„Ich hatte aufgrund der Singleton-Flasche auf dem Tisch zuerst den Verdacht, dass er sich für den Selbstmord Mut angetrunken hätte", sagte Bill. „Aber die Obduktion hat ergeben, dass sein Alkoholpegel nicht signifikant erhöht war. Er war zumindest nicht betrunken, als er sich umgebracht hat. Aber ..." Er zögerte.

Row blickte ihn fragend an. „Was?"

„Wir haben bei Macrae nur ein einziges Glas gefunden: das, aus dem er getrunken hat. Und in der Küche gab es nirgends ein zweites, weder in der Spüle noch in der Geschirrspülmaschine. Also hat er wohl doch allein getrunken. Und wenn einer sich umbringen will, befindet er sich ja durchaus in einer Ausnahmesituation. Da könnte man schon mal von der üblichen Routine abweichen."

Row hielt die Hand hoch und zählte an den Fingern ab. „Fakt ist, dass er unmittelbar vor seinem Tod Besuch hatte. Das hat ein Zeuge gesehen. Fakt ist, dass Macrae üblicherweise nicht allein Singleton getrunken hat. Sagen alle, die ihn kannten. Fakt ist, dass er nicht der Typ für Selbstmord war – zumindest wenn wir den Aussagen der Leute glauben, die ihn gut kennen, und das tue ich. Selbst wenn er den Verrat tatsächlich begangen hat, dafür zur Rechenschaft gezogen werden sollte und vorher von seinem Vorgesetzten darüber informiert worden ist, hätte er sich der Verantwortung gestellt und sich nicht feige aus dem Leben gestohlen. Oder er wäre geflohen. Zeit genug hätte er noch gehabt."

„Hochverrat ist kein Pappenstiel. Da kann man schon mal verzweifeln, wenn's schiefgeht."

Bill trank einen Schluck und stellte fest, dass das Glas schon wieder leer war. Er stellte es zur Seite und deckte es mit der Hand ab, als Row ihm nachschenken wollte. Besser er trank nicht noch mehr. Er hielt sowieso nichts davon, sich zu betrinken; nicht einmal, wenn man meinte, einen guten Grund dafür zu haben. Außerdem musste er noch nach Hause fahren. Davon abgesehen fand er, dass es an Blasphemie grenzte, den guten Singleton zu missbrauchen, um sich zu besaufen.

Row schüttelte den Kopf. „Wir leben nicht mehr im Mittelalter und auch nicht im letzten Jahrhundert. Die Todesstrafe ist abgeschafft. Das Schlimmste, was ihm hätte passieren können, wäre eine lebenslange Freiheitsstrafe gewesen. Ein guter Anwalt hätte die Anklage auf einfachen Verrat gedrückt, eventuell noch irgendeinen mildernden Umstand ausgegraben, und Macrae wäre irgendwann wieder freigekommen. Vielleicht auch im Rahmen einer Begnadigung. Nach allem, was ich bisher über ihn weiß, passt Selbstmord nicht ins Bild. Also ist zu vermuten, dass er mit seinem Besucher angestoßen hat – und dann frage ich mich: Warum habt ihr kein zweites Glas gefunden? Seine Frau wird es wohl kaum weggeräumt haben. Außerdem wurde sie ermordet. Und worauf weist das hin?" Sie legte den Kopf schräg und strich mit einer anmutigen Geste ihr Haar zurück.

Warum war Bill nie aufgefallen, wie schön Row war, bevor Hidoro sie ihm weggeschnappt hatte? Er versuchte, sich zusammenzunehmen und sich wieder auf den Fall zu konzentrieren. „Darauf, dass nicht nur seine Frau ermordet wurde, sondern er selbst vielleicht ebenfalls. Aber von wem? Von diesem Major Shaw, der sich vorher dabei hat beobachten lassen, wie er zu Macraes Haus spaziert ist? Außerdem deutet nichts auf Fremdverschulden hin. Das Obduktionsergebnis ist in dem Punkt eindeutig."

Sie runzelte nachdenklich die Stirn. „Trotzdem habe ich ein Grummeln im Bauch, das mir sagt, dass da irgendwas faul ist. Vielleicht irre ich mich, aber ich werde weiter nachforschen, bis ich alles rausgefunden habe, was es rauszufinden gibt. Ich hoffe, ich kann Captain Farrell noch mal an die Angel bekommen, um ihn auszuhorchen. Das ist der nette Mann, den du vorhin vertrieben hast." Sie blickte ihn strafend an. „Da du was gutzumachen hast, kannst du morgen mit mir eine Tatortbegehung in Macraes Haus machen."

„Ich fürchte nur, du wirst nicht mehr viel finden. Die MP hat alle Unterlagen aus dem Haus mitgenommen."

„Ich bin nicht unbedingt an Unterlagen interessiert. Wie die Wohnung eingerichtet ist und was darin existiert oder nicht, wird mir sehr viel über Macrae erzählen. Nachdem ich mein Protokoll morgen unterschrieben habe, passt dir das?"

Er schnitt eine Grimasse. „Die Zeit passt schon, aber

offiziell darf ich dich nicht an einen Tatort lassen, nicht bei einem Fall, der noch nicht abgeschlossen ist, wie du weißt. Aber ..."

„... weil ich es bin, machst du eine Ausnahme." Sie lächelte verschmitzt.

Er lächelte zurück und empfand eine Wärme in der Brust, die ihn für eine kostbare Weile glücklich machte. Schließlich räusperte er sich. „Row, wegen vorhin, es tut mir leid, dass ich da was missverstanden habe. Ich dachte wirklich, der Kerl wollte dir unerlaubt an die Wäsche."

Sie legte ihm die Hand auf den Arm. „Schon verziehen. Aber ernsthaft: Du musst mich nicht beschützen. Ich hatte in Japan mein eigenes Security-Unternehmen mit achtzehn Mitarbeitern. Wir haben Diplomaten und wichtige ausländische Kunden unserer Klienten geschützt." Sie grinste. „Glaub mir, Bill, jeder Mann, der mir unerlaubt an die Wäsche will, erlebt eine böse und sehr schmerzhafte Überraschung."

„Dann bin ich ja beruhigt." Er seufzte. „Wir haben übrigens den Wagen gefunden, mit dem Mrs Macrae überfahren wurde. Er war am Hafen auf dem Parkplatz am Ende des Sandpiper Drive abgestellt. Wie sich rausstellte, war er heute Morgen als gestohlen gemeldet worden. Offenbar ist er in der Nacht in Dalkeith in der Gibraltar Road aufgebrochen worden. Der Eigentümer hat nichts davon bemerkt. Er kam am Morgen aus dem Haus, und der Wagen war weg."

„Das wundert mich nicht. Wer würde schon sein eigenes Auto für einen Mord verwenden, den er am helllichten Tag mitten in der Stadt begehen will. Und wenn ich Fundort und Ort des Diebstahls bedenke, bin ich mir sehr sicher, dass der Mörder in der Nähe jedes anderen Ortes wohnt und arbeitet, nur nicht bei einem von denen."

Bill nickte. Was würden sie für ein wunderbares Ermittlerpaar abgeben. Von allem anderen ganz zu schweigen.

„Die Spuren, die wir bisher gefunden haben, deuten darauf hin, dass der Fahrer Handschuhe getragen hat. Bisher konnten wir nur Fingerabdrücke vom Eigentümer feststellen. Aber es sind noch nicht alle ausgewertet. Und die DNA-Analysen der Haare, die wir am Fahrersitz gefunden haben, steht auch noch aus." Er zuckte mit den Schultern. „Die nützen uns ohne Vergleichsprobe eines Verdächtigen sowieso nichts. Falls sie nicht sogar dem Eigentümer oder einem Mitglied seiner Familie gehören."

Row sah nachdenklich zu Boden. „Sie hat ihren Mörder gekannt. Sonst wäre sie kaum am Tag der Beerdigung ihres Mannes zu einem Treffen mit ihm gefahren. Also war er entweder mit ihr allein bekannt oder mit dem Captain oder mit beiden. Und er muss einen wichtigen Grund für ein Treffen genannt haben." Sie sah ihn an. „Über die Telefonverbindungen habt ihr noch nichts rausgefunden, nehme ich an."

Er nickte. „Wir wissen nur mit Sicherheit, dass der Anruf – falls sie mit einem Anruf aus dem Hotel gelockt wurde – nicht über die Hotelleitung vermittelt wurde. Eine schriftliche Nachricht ist ihr ebenfalls nicht zugestellt worden, jedenfalls nicht über die Rezeption. Davon abgesehen haben wir natürlich nicht an die große Glocke gehängt, in welchem Hotel wir sie untergebracht haben. Aber wir wissen bis jetzt nicht, wem sie selbst mitgeteilt hat, wo sie untergekommen ist. Und bisher haben wir noch nicht die Genehmigung, ihre Handydaten einzusehen."

Row winkte ab. „Den Mörder werden wir dadurch allenfalls finden, wenn er ein saudämlicher Idiot ist. Ich wette, er hat ein Prepaid-Handy benutzt. Aber das finden wir schon noch raus."

Wir. Er fand es schön, dass Row sie beide wieder als Team sah. Was ihn zu der Frage brachte, ob er nicht dieses besondere Verhältnis zwischen ihnen zerstören würde, wenn er ihr zeigte, was er wirklich fühlte.

Er stand auf, widerwillig, weil er gern noch länger geblieben wäre. Am liebsten die ganze Nacht, und sei es nur, um wie früher mit ihr zu reden, bis der Morgen graute. Aber nicht heute.

„Danke für den Singleton. Wir sehen uns morgen früh. Ich hause im Revier am Torphichen Place, Zimmer 22."

„Ich werde da sein. – Oh, hätte ich fast vergessen. Ich hab noch was für dich." Rowan ging hinaus und kam mit einem Umschlag zurück, der in einer durchsichtigen Plastiktüte steckte. „In diesem Umschlag hat der ‚Scotsman' die anonymen Hinweise erhalten, dass gegen Macrae wegen Verrats ermittelt wird. Es dürften zwar Fingerabdrücke von zu vielen Leuten drauf sein – unter anderem meine – aber vielleicht finden sich DNA-Spuren, die weiterhelfen, sobald es einen Verdächtigen gibt."

Er nahm den Umschlag. „Danke, Row."

Sie gab ihm einen Schlag auf die Schulter. „Wozu hat man Freunde?" Anschließend begleitete sie ihn zur Tür und ließ ihn hinaus. „Bis morgen, Bill. Und gute Nacht."

„Gute Nacht, Row."

Er winkte ihr aus dem Auto noch einmal zu und fuhr beschwingt nach Hause.

SECHS

Mittwoch, 29. August 2012

Rowan legte den Telefonhörer auf und war sehr zufrieden mit der Nachricht, die sie gerade aus London erhalten hatte. Sie sah auf die Uhr. Kurz nach acht. Helen, die Bedienung aus dem Guildford, war garantiert noch unterwegs, nachdem sie ihre Tochter zur Schule gebracht hatte. Sie würde sie also nicht persönlich erreichen. Sie rief trotzdem bei ihr an und sprach auf den Anrufbeantworter.

„Guten Morgen, Helen. Hier ist Rowan. Ich habe ihn. Dein Exmann hat sich unter dem Mädchennamen seiner Mutter – Harris – in London verkrochen, 42 Highbury Hill. Er arbeitet als Fahrer für die Spedition Selkirk Cargo. Und nach meinen Informationen verdient er mehr als gut genug, um für seine Tochter Unterhalt zu zahlen. Du kannst ihm also ruhigen Gewissens deinen Anwalt auf den Hals hetzen. Melde dich, wenn ich noch was für dich tun kann. Ich schicke dir meinen schriftlichen Bericht per Post. Kleiner Tipp: Delegiere meine Rechnung an deinen Anwalt. Er wird sich mein Honorar von deinem Exmann zurückholen. Bis bald!"

Ein weiterer Auftrag war erledigt und würde in ein paar Tagen knapp dreihundert Pfund aufs Konto spülen. Gestern war das Honorar von dem Anwalt gekommen, das sie in Rechnung gestellt hatte, nachdem sie seinen untergetauchten Zeugen aufgespürt und ihn am Montag durch nachdrückliche Überredung dazu gebracht hatte, doch vor Gericht zu erscheinen und seine Aussage zu machen. Alles in allem war schon jetzt abzusehen, dass ihr Auskommen in diesem Monat gesichert war.

Es klingelte an der Tür. Als sie öffnete, stand Lennox davor.

„Kommen Sie rein, Mr Lennox. Sie müssen aber nicht klingeln, wenn Sie zu mir wollen. Sie können gern die Zwischentür benutzen. Ich lasse sie meistens offen und benutze sie schließlich auch, wenn ich zu Ihnen will."

Auch wenn Lennox offensichtlich von seiner Vergangenheit geplagt wurde, sagte Rowans Intuition ihr, dass er nicht der Typ dafür war, plötzlich durchzudrehen und mit finsteren Mordabsichten und einer Axt über der Schulter durch die Verbindungstür in ihre Wohnung zu kommen. Und dass sie ihm gewachsen war, hatte ihr gestriges Training gezeigt.

Lennox griff in die Hosentasche und zog zwei Zwanzigpfundnoten heraus, die er ihr reichte. „Das ist die Bezahlung für den Unterricht, die die beiden Jungs mir gestern für Sie gegeben haben."

„Danke. Aber die gehört Ihnen. Sie haben unterrichtet, nicht ich. Ich sagte doch, dass ich Sie für Ihre Arbeit bezahle."

Er blickte sie eine Weile an. Dann steckte er einen Schein ein und hielt ihr den anderen zwischen Zeige- und Mittelfinger hin. „Wir teilen."

Sie lächelte und steckte den Schein ein. „In Ordnung. Haben die Jungs einen Wunsch geäußert, wann sie die nächste Stunde haben wollen?"

Er zögerte. „Nicht direkt. Ich habe ihnen angeboten, dass sie jederzeit kommen können und dass ich einspringe, falls Sie dann nicht da sind. Natürlich nur, wenn ich dann hier bin. Noch. Ich meine ..." Er zuckte mit den Schultern. „Also, wenn es Ihnen recht ist."

Rowan konnte seine Getriebenheit spüren. Und seine Einsamkeit. Sie machte ihr schmerzhaft bewusst, wie einsam sie selbst sich fühlte. Wie sehr sie sich wünschte, wie früher genau zu wissen, wohin sie gehörte. Die Angst, dass dieser Zustand nie oder erst in vielen Jahren enden würde, hatte sich bereits zu ihrem ständigen Begleiter entwickelt. Lennox empfand mit Sicherheit ähnlich.

„Das ist mir sogar sehr recht. Vielen Dank für Ihre Unterstützung, Mr Lennox."

Er zuckte mit den Schultern. „Keine Ursache. Kommt mir sehr entgegen." Er wandte sich zum Gehen, blieb aber stehen und sah sie an, als wollte er noch etwas sagen.

Rowan konnte es sich zusammenreimen: „Sie haben schon mal eine Wohnung verloren. Wegen der Albträume."

Er zögerte. „Aye." Ein Schulterzucken. „Die Nachbarn hatten Angst, ich könnte eines Tages durchdrehen und ihre kleinen Kinder abstechen oder ihre Frauen vergewaltigen oder irgendwas in der Art. Haben beim Vermieter Druck gemacht. Also hat er mich vor die Tür gesetzt." Er sah ihr in die Augen. „Sie haben überhaupt keine Angst vor mir."

„Dazu haben Sie mir bis jetzt nicht den geringsten Anlass gegeben. Ich habe Achtung vor Ihnen. Nicht zuletzt vor Ihrem Können als Kämpfer. Aber keine Angst."

Er sah sie wieder eine Weile an. „Sie sind echt in Ordnung, Ms Lockhart."

Sie hielt ihm die Hand hin. „Rowan."

Er ergriff sie und drückte sie fest. „Ich würde gern bei Lockhart bleiben. Habe gewisse Prinzipien. An dem Tag, an dem ich dich Rowan nenne, solltest du mir eine reinhauen oder dich ausziehen. Dann habe ich entweder den Respekt vor dir verloren oder ich will mit dir ins Bett."

Sie lachte. „Oder beides?"

Er schüttelte den Kopf. „Ich gehe nie mit einer Frau ins Bett, die ich nicht respektiere."

„Unter den Umständen klingt Lockhart wie ein tolles Kompliment. Danke – Lennox."

„Aye." Er ließ ihre Hand los, nickte ihr zu und ging, wobei er von ihrem Angebot Gebrauch machte und die Zwischentür als Ausgang benutzte.

Sie sah ihm nach und stellte wieder einmal fest, dass er ihr sympathisch war. Albträume oder nicht, sie hätte jemand Schlimmeres als Mieter bekommen können.

Das Schlagen der Wanduhr in der Küche zeigte ihr, dass es halb neun war und somit Zeit, zu Bill zu fahren, um ihre Aussage zu unterzeichnen. Und um anschließend endlich einen Blick in Macraes Haus zu werfen.

Bill empfing sie in seinem Büro und lächelte ihr entgegen, als sie eintrat. Er strahlte so sehr, wie er gestrahlt hatte, als er sie in der Menge vor Macraes Haus entdeckt und sich über das Wiedersehen gefreut hatte. Für sie war es ein Wunder, dass er ihr nach all den Jahren immer noch so vertraut war, als wäre sie nie weg gewesen.

„Hiya."

„Hiya. Setz dich, Row." Er deutete auf einen Stuhl, der vor seinem Schreibtisch stand. „Alles klar?"

„Klar. Ich habe bis halb elf Zeit. Dann muss ich zurück ins Büro. Treffen mit einem potenziellen neuen Dauerklienten."

„Ich drücke dir die Daumen." Er reichte ihr einen Computerausdruck. „Ich habe deine Aussage schon getippt. Wenn alles stimmt, brauchst du nur noch zu unterschreiben."

Sie las sich den Text durch. Bill hatte ihn in der ihm eigenen Art genauso aufgeschrieben, wie Rowan ihre Aussage gemacht hatte. Weder hatte er eine Vermutung hinzugefügt noch aus dem, was Rowan gesagt hatte, einen Schluss gezogen. Er hatte auch nichts vergessen. Sie unterschrieb und reichte ihm das Protokoll zurück.

Sie ließ ihren Blick durch sein Büro wandern. Bevor

sie Doro kennengelernt hatte, hatten Bill und sie alles gemeinsam gemacht. Wahrscheinlich hätte sie auch mit Bill zusammen hier ihr Berufsleben begonnen. Doch dann hatte Doro nicht nur den größten Teil ihrer Zeit in Anspruch genommen, sie hatte wegen ihrer Liebe zu ihm ihr ganzes Leben umgekrempelt. Rowan musste schmunzeln, als sie sich vorstellte, wie sie sich mit Bill ein Büro teilte, wie sie sich Schriftstücke hin- und herschoben und Fälle diskutierten, wie sie es gestern Abend getan hatten. Eine schöne Vorstellung.

Er räusperte sich und fuhr sich zweimal mit der Hand von vorn nach hinten durch seine Locken, die ihm so gut standen. Er musste wirklich wählerisch sein, wenn es ihm mit seinem guten Aussehen bis heute nicht gelungen war, eine Frau zu finden.

„Spuck's aus, Bill."

Er sah sie verblüfft an, ehe er leise lachte. „Du kennst mich zu gut, Row. Wenn nicht du es wärst, würde es mir eine Heidenangst machen, dass ich so leicht durchschaubar bin." Er grinste und wurde danach ernst. „Ich will dich nicht erschrecken, Row, aber ..."

Sie rollte mit den Augen. „Worum geht es?"

„Um deinen Mieter. Rory Lennox. Ich habe ihn überprüft."

Rowan runzelte verärgert die Stirn. Nachdem Bill sich gestern ungefragt und unerlaubt eingemischt hatte, als sie Farrell an der Angel gehabt hatte, mischte er sich jetzt schon wieder in etwas ein, das ihn überhaupt nichts anging. „Und das hast du aus welchem Grund getan? Auf die Antwort bin ich jetzt sehr gespannt."

Er wurde rot, was ihr zeigte, dass er sich sehr wohl bewusst war, dass er eine Grenze überschritten hatte. „Ich wollte nur rausfinden, ob du dir nicht einen Mietnomaden ins Haus geholt hast."

Sie spürte, dass er log. Und das tat weh. „Ich bin gerade

schwer versucht, dir eine zu knallen. Wenn du schon so einen Scheiß abziehst, dann hab wenigstens den Mut, zu deinen Motiven zu stehen und lüg mich nicht obendrein auch noch an."

Er errötete noch tiefer. „Tut mir leid, Row, ich ..." Er zuckte mit den Schultern. Die Geste wirkte hilflos. „Ich sorge mich um dich. Du hast so viel durchgemacht und bist noch nicht wieder richtig hier angekommen. Ich will nicht, dass du verletzt wirst. Egal wie oder durch wen."

Sie starrte ihn an. Kaum zu glauben, aber er sorgte sich wirklich; in einer Weise, wie er sich früher nie um sie gesorgt hatte. Oder hatte er das nur nicht gezeigt? Hatte sie es nicht bemerkt?

„Lennox war Söldner."

„Ja. – Und? Das ist nichts Neues. Hat er mir erzählt, bevor er den Mietvertrag unterschrieben hat. Damit ich genau weiß, woran ich mit ihm bin."

Bill runzelte die Stirn. „Hat er dir auch hiervon erzählt?" Er reichte ihr einen dreiseitigen, eng beschriebenen Ausdruck. Darauf befand sich die Kopie eines Untersuchungsberichtes des US Army Criminal Investigation Commands, der sich mit illegalen Schutzgeldzahlungen der in Afghanistan stationierten US-Streitkräfte beschäftigte.

„Woher hast du das?"

„Zunächst habe ich Lennox' Namen gegoogelt und herausgefunden, in welcher Einheit er gedient hat. Dadurch habe ich erfahren, dass die Einheit nicht mehr existiert, und einen Bekannten angerufen, der für die ‚Washington Post' arbeitet. Der Name Rory Lennox sagte ihm nichts, aber der Name Snipers Special Forces eine ganze Menge. Er faxte mir eine gute Stunde später den Bericht." Bill deutete auf das Blatt in ihrer Hand. „Keine Ahnung, wie er an den herangekommen ist. Ich fand ihn aber sehr aufschlussreich."

Rowan begann zu lesen. Dem Bericht zufolge hatten die US-Streitkräfte in Afghanistan eine Söldnertruppe angeheuert, um ihre Versorgungskonvois zu schützen. Der Name der Truppe war „Snipers Special Forces". Dieser Bericht behandelte einen Vorfall, an dem deren Untergruppe „Tiger Wing" beteiligt gewesen war – Lennox' Abteilung. Die ursprünglich aus fünfzig Söldnern bestehende Gruppe war mit dem Geleitschutz für die Versorgungstransporte zu einem im tiefsten Hinterland stationierten Camp abgestellt worden, das besonders stark von den Taliban drangsaliert worden war. Wie es aussah, hatte der Camp Commander eines Tages den Tiger Wing damit beauftragt, ihm dieses Problem vom Hals zu schaffen und dafür kräftig aus der Army-Kasse bezahlt.

Die Söldner hatte die Taliban zunächst mit ihren eigenen Waffen geschlagen und sie in Hinterhalte gelockt, um sie zu eliminieren. Bis es diesen eines Tages gelungen war, den Spieß umzudrehen. Sie hatten einen Teil der „Tigers" auf der Stelle getötet, aber ein paar gefangen genommen und gefoltert. Trotzdem war es den Söldnern unter großen Opfern gelungen zu entkommen und die Hochburg der Taliban in der Gegend zu zerstören, in der sich laut unbestätigten Berichten auch viele Frauen und Kinder aufgehalten hatten. Die sieben überlebenden Söldner wurden von der Regierung und in der internationalen Berichterstattung wegen der mutmaßlichen Tötung unschuldiger Zivilisten scharf verurteilt.

Ein kopiertes Foto auf der dritten Seite zeigte eine siebenköpfige Gruppe von Männern, die abgemagert und teilweise übel zugerichtet aussahen. Einer von ihnen war Lennox, obwohl er durch den Schmutz und das Blut, das ihm im Gesicht klebte, schwer zu erkennen war. Der Bericht endete mit der Feststellung, dass wegen des Vorwurfs der Tötung von Zivilisten weder gegen die Söldner noch gegen den verantwortlichen Camp Commander

Anklage erhoben wurde, da dieser Vorwurf durch keinerlei Beweise gestützt werden konnte.

Jedenfalls erklärte der Bericht Lennox' Albträume zur Genüge – und gleichzeitig warf er die Frage auf, ob er gelogen hatte, als er behauptete, immer darauf geachtet zu haben, niemals Unschuldige zu töten.

In einem Punkt hatte er recht behalten: Seine Vergangenheit hatte ihn gerade eingeholt und wäre für Rowan eine nicht unbedingt angenehme Überraschung gewesen, wenn er ihr nicht von vornherein reinen Wein eingeschenkt hätte. Ihre Achtung vor seiner Courage war soeben gestiegen. Und ob er tatsächlich Unschuldige getötet hatte – dem Artikel nach gab es dafür zumindest keine Beweise, nur Mutmaßungen –, blieb bis zum Beweis reine Spekulation, die nach Lennox' eigener Aussage nicht zutraf.

Rowan knüllte den Bericht zusammen und warf ihn in den Papierkorb. Sie sah Bill streng an. „Das geht mich nichts an. Und dich erst recht nicht. Oder wird er von irgendeiner Polizei gesucht? Hat er ein Verfahren am Hals?"

„Nein, das habe ich überprüft. Seine Akte ist sauber."

„Dann verstehe ich erst recht nicht, warum du mir den Wisch gezeigt hast. Verdammt, Bill, du benimmst dich, als wärst du ein konservativer Vater, der sich um die Tugend seiner Teenagertochter sorgt und deshalb hinter jedem Mann herschnüffelt, der nur in ihre Nähe kommt."

Er wurde wieder rot. „Jetzt übertreibst du aber."

„Du hast dich verändert, Bill. Klar, das haben wir beide. Elf Jahre sind eine lange Zeit. Aber mein Freund Billy Braveheart hätte mir und meinem Urteilsvermögen vertraut – nein, er hätte gewusst, dass ich auf mich aufpassen kann. Vor allem hätte er meine Privatsphäre respektiert und wäre nie auf den Gedanken gekommen dazwischenzugehen, wenn er mich mit einem Mann aus dem Guildford hätte kommen sehen. Mein Freund Bill von früher wäre seiner eigenen Wege gegangen und hätte mich am nächsten Tag allenfalls gefragt, ob ich Spaß gehabt hätte. Und er hätte es ganz bestimmt nicht für nötig gehalten, einen Mieter in meinem Haus polizeilich zu überprüfen, und obendrein auch noch versucht, mich über seine Motive dafür zu belügen." Sie beugte sich ein Stück vor. „Um es mal ganz klar auszudrücken, Bill: Du respektierst meine Unabhängigkeit nicht mehr, und damit respektierst du mich nicht mehr in dem Maße, wie es ein Freund tun sollte. Und das mag ich gar nicht." Sie stand auf und ging zur Tür. „Wir treffen uns bei Macraes Haus. Bring bitte die Tatortfotos mit."

Bill lehnte sich zurück, nachdem Row die Tür seines Büros vernehmlich geschlossen hatte, und fuhr sich mit beiden Händen über das Gesicht. Verdammt, er machte schon wieder alles falsch. Er konnte von Glück sagen, dass sie ihn nicht beschuldigt hatte, sich wie ein eifersüchtiger Idiot aufzuführen. Aber mit jedem Tag, der verging, wuchs seine Angst, sie erneut zu verlieren.

Sie lebte schon seit über einem Jahr wieder in Edinburgh. Er hatte keine Ahnung, wen sie in dieser Zeit alles kennengelernt hatte, mit wem sie befreundet war. Aus einer dieser Bekanntschaften konnte sich aus heiterem Himmel eine Liebe entwickeln – mit ein wenig Pech sogar eine so heftige wie damals bei Hidoro. Allein der Gedanke drehte ihm den Magen um.

Trotzdem, nein: gerade deswegen musste er seine Eifersucht an die kurze Leine legen. Er hatte nur zwei Möglichkeiten, wenn er bei Row eine Chance haben wollte. Entweder er gestand ihr, was er für sie empfand, und zeigte ihr, was sie ihm bedeutete – ohne eifersüchtige Übergriffe in ihr Leben. Aber dafür war es einfach noch zu früh, solange sie die Trennung von Hidoro nicht verkraftet hatte. Oder er behandelte sie wie den Kumpel von früher, ließ ihr die Zeit, die sie brauchte, und riskierte, dass sie sich, wenn sie so weit war, wieder in einen anderen Mann verliebte, bevor er die ersten Anzeichen dafür bemerkte und um sie kämpfen konnte. Eine entsetzliche Vorstellung. Und doch war das die einzige Möglichkeit. Wenn er überhaupt eine Chance bei ihr haben wollte, musste er dieses Risiko eingehen.

Er stand auf, holte die ausgedruckten Tatortfotos aus der Macrae-Akte und machte sich auf den Weg zur Polwarth Terrace.

Row wartete bereits vor dem Haus auf ihn. An ihrem Gesichtsausdruck konnte er nicht ablesen, ob sie noch wütend auf ihn war. Bill packte den Stier bei den Hörnern.

„Es tut mir leid, dass ich mich in deine Angelegenheiten gemischt habe, Row. Als – zugegeben lahme – Entschuldigung kann ich nur vorbringen, dass ich den Umgang mit einer Frau wie dir tatsächlich nicht mehr gewohnt bin. Seit du weg warst, habe ich nur noch Frauen kennengelernt, die einen Mann, der ihnen an die Wäsche will, kaum abzuwehren wüssten. Und die erst recht keinen Söldner als Mieter haben wollten. Du hast recht. Ich bin entschieden zu weit gegangen. In beiden Fällen.“ Er hob die Hände. „Ich verspreche hoch und heilig, dass so was nie wieder vorkommt.“

Sie lächelte. „Entschuldigung angenommen. Und nach der langen Abstinenz müssen wir uns wirklich erst einmal wieder aneinander gewöhnen. Also Schwamm drüber.“

Er atmete so erleichtert auf, dass sie lachte. Wenigstens in diesem Punkt hatte sie sich nicht verändert. So schnell sie heftig werden konnte, so schnell war sie auch wieder versöhnt; sofern man sie nicht richtig in Rage gebracht hatte. Und sie war absolut nicht nachtragend. Nicht nur darin unterschied sie sich wohltuend von anderen Frauen, die nach einem solchen Streit tagelang schmollten, um ihn zu bestrafen, und ihm Wochen später noch Vorwürfe wegen der längst vergangenen Sache machten, wenn er durch etwas ganz anderes ihren Unmut erneut erregte. Gott, wie sehr hatte er Row vermisst!

Sie knuffte ihn in die Seite. „Lass uns an die Arbeit gehen. Gib mir bitte mal die Fotos. Ich möchte sie der Reihe nach mit der Realität vergleichen."

Er reichte ihr den Stapel, ging voran und schloss die Haustür auf, nachdem er das Polizeisiegel abgerissen hatte. „Du kannst die Fotos behalten, wenn du willst. Sind Kopien. Ist zwar gegen die Vorschrift, aber weil du es bist ..."

„Danke, Bill. Wobei du natürlich darauf hoffst, dass du als Erster erfährst, wenn mir etwas auffällt, was du noch nicht bemerkt hast." Sie grinste. „Wie früher."

Er grinste ebenfalls. „Aye, wie früher." Er hielt ihr die Tür auf.

Row trat ein und sah sich in der Diele um. Er öffnete die Tür zum Wohnzimmer. Sie blieb in der Tür stehen und sah ins Zimmer. Der Tatort war noch nicht gereinigt worden. Es roch nach altem Blut und dem Urin, den Macraes Blase im Moment seines Todes freigegeben hatte. Solange die Untersuchungen des Falls nicht abgeschlossen waren, durfte der Tatort nicht verändert werden. Zwar gab es, was den Tod Macraes betraf, nichts mehr zu ermitteln, aber die MP hatte darauf bestanden, dass alles noch unverändert belassen wurde.

Row schien weder der Gestank zu stören noch das Blut,

das immer noch am Sessel, an der Wand dahinter und auf dem Boden klebte. Sie sah abwechselnd auf die Fotos und den Raum. Ging ein Stück hinein und starrte den blutverschmierten Sessel an, als könnte er ihr verraten, was hier passiert war. Sie trat an den Sessel heran und betrachtete ihn und die Tatortfotos, auf denen die Leiche und ihre Details abgebildet waren, minutenlang. Besonders lange schaute sie auf das Foto vom Beistelltisch neben dem Sessel. Auf dem Bild war die fast leere Flasche Singleton zu sehen, die darauf stand. Daneben ein Glas. Row blickte auf den Tisch. Sie ging in die Knie und brachte ihre Augen auf eine Höhe mit der Tischplatte. Auch auf dem Tisch gab es Blutspritzer. Auf dem Foto war zu sehen, dass auch die Flasche und das Glas ein paar Spritzer aufwiesen.

Row deutete auf die Spritzer auf dem Tisch. „Siehst du das?"

Bill trat näher, blickte auf den Tisch und nickte. „Dort, wo die Flasche und Macraes Glas gestanden haben, ist kein Blut hingespritzt."

„Ja. Und hier auch nicht." Sie deutete auf eine Stelle seitwärts des Platzes, an dem dicke Blutstropfen vier unregelmäßige Linien gebildet hatten, als sie auf das Holz getroffen waren. Die beiden äußeren Linien reichten weiter als die beiden inneren. „Hier könnte ein zweites Glas gestanden haben. Der Abstand zwischen den äußeren Linien ist breit genug dafür. Und es wäre schon ein extremer Zufall, dass ausgerechnet die beiden mittleren Linien kürzer sind als die beiden äußeren."

„Stimmt. Aber solche Zufälle gibt es." Verdammt, das hätte ihm auch auffallen müssen.

„Das wohl. Aber da wir wissen, dass Macrae unmittelbar vor seinem Tod Besuch hatte, wäre zumindest denkbar, dass hier ein zweites Glas gestanden hat."

„Richtig. Und mein Anfangsverdacht, dass Macrae sich vor seinem Selbstmord Mut angetrunken hat, stimmte nicht. Dafür war der Alkoholpegel in seinem Blut mit 0,5 Promille zu gering. Das heißt, dass er, je nachdem, wie viel er vertragen hat, nur einen oder zwei Drinks hatte. Aber trotzdem hat die Obduktion keinen Hinweis auf Fremdeinwirkung ergeben. Die Schmauchspuren an seiner rechten Hand beweisen, dass er die Pistole abgefeuert hat. Abstand und Winkel, in dem sie neben seiner Hand und dem Sessel lag, passen auch dazu. Und da das Motiv feststeht – die Vermeidung einer Anklage wegen des Hochverrats – sieht die MP keinen Grund, noch weitere Nachforschungen anzustellen. Die sind jetzt nur noch damit beschäftigt, das ganze Ausmaß des Verrats zu ermitteln und Macraes Kontakte aufzudecken, über die er die Informationen weitergeleitet hat."

„Kein Abschiedsbrief", stellte Row fest.

„Nein. Aber wie du weißt, hinterlässt nicht jeder Selbstmörder einen."

Sie zog die Augenbrauen hoch und tippte auf ein Foto, das die Tatwaffe in Großaufnahme zeigte. „Hast du schon mal von einem Selbstmörder gehört, der einen Schalldämpfer benutzt? Ich nicht. Wer sich umbringen will, ist so sehr mit der Ausführung seines Entschlusses beschäftigt, dass ihm scheißegal ist, ob irgendjemand den Schuss hören kann. Wenn der gehört wird, ist sowieso alles vorbei. Also wozu ein Schalldämpfer? Der macht die Waffe schwerer handhabbar, wenn man sich das Gehirn wegpusten will."

Das war ihm auch aufgefallen. Andererseits befinden sich Selbstmörder in einem emotionalen Ausnahmezustand, in dem sie die unsinnigsten Dinge tun, bevor sie zur Tat schreiten, die nicht immer mit dem Verstand nachzuvollziehen sind.

Row betrachtete die Szene erneut. „Wenn hier ein zweites Glas gestanden hat, warum hat jemand – wahrscheinlich der, der daraus getrunken hat – es weggeräumt? Um zu vertuschen, dass Macrae zum Zeitpunkt seines Todes oder unmittelbar vorher nicht allein gewesen ist. Warum sollte jemand das tun, wenn er keinen Dreck am Stecken hat? Irgendwas stimmt hier nicht, Bill." Sie sah ihm eindringlich in die Augen. „Das musst du doch auch sehen. Halten wir uns an die Fakten. Macrae wird des Verrats beschuldigt. Er bekommt unmittelbar vor seinem Tod Besuch von einem Mann, der vermutlich sein Vorgesetzter ist. Zumindest Macrae hat vor Eintritt seines Todes einen Whisky getrunken, wie der Alkoholgehalt in seinem Blut beweist. Aber dieses Spritzmuster", sie deutete auf die vier Linien aus Blutströpfchen auf dem Tisch, „lässt den Schluss zu, dass hier ein zweites Glas gestanden hat, sein Besucher also auch was getrunken hat. Und Fakt ist: Das Glas, aus dem der Besucher getrunken hat, ist verschwunden."

„Er könnte auch mit seiner Frau getrunken haben."

Row schüttelte den Kopf. „Wenn er sich selbst getötet hat und die beiden vorher zusammen Singleton getrunken haben – warum hätte sie ihr Glas abwaschen sollen, nachdem sie ihn gefunden hat? Außerdem hat Macraes Schwager gesagt, dass sie keinen Whisky mochte. Und als sie nach Hause gekommen ist und ihren Mann erschossen vorgefunden hat, hatte sie garantiert anderes im Kopf, als das Glas des potenziellen Mörders abzuwaschen und es wegzustellen." Sie schüttelte den Kopf. „Mrs Macrae hat das zweite Glas nicht verschwinden lassen."

Dem musste Bill zustimmen.

„Außerdem hat mein Zeuge gesehen, dass sie weggefahren ist, bevor der Besucher vom Militär kam, der höchstwahrscheinlich sein Vorgesetzter Major Shaw war. Das Glas ist aber eindeutig entfernt worden, als Macrae bereits tot war", fuhr Row fort, „und zwar von seinem Besucher. Der war also definitiv zum Zeitpunkt des Eintretens von Macraes Tod noch da. Nehmen wir an, sein Vorgesetzter hätte ihn gewarnt, dass gegen ihn wegen Verrats ermittelt wird. Und dann sieht er zu, wie Macrae sich umbringt?" Sie schüttelte den Kopf.

„Es würde aber erklären, warum er sein Glas entfernt hat. Wir hätten es untersucht und die Ergebnisse der MP mitgeteilt. Also auch eine Kopie von den davon abgenommenen Fingerabdrücken gemacht. Die hätten sie mit den Datenbanken der Militärangehörigen abgeglichen und wären auf ihn gekommen. Dann hätte er erklären müssen, warum seine Fingerabdrücke auf einem Glas am Tatort gefunden wurden. Wenn er Macrae vor den Ermittlungen gewarnt hat, hätte er deshalb Schwierigkeiten bekommen."

Sie schüttelte energisch den Kopf. „Dazu hätte man ihm erst mal nachweisen müssen, dass er ihn gewarnt hat. Eine plausible Begründung, warum er am Todestag bei Macrae gewesen ist, wäre ihm garantiert eingefallen. Aber gut, das wäre ein Grund, warum er das Glas entfernt haben könnte, ohne dass er Macrae gleich ermordet haben muss. Mir stellt sich aber eine andere Frage: Wenn Major Shaw ihn wegen der Anschuldigungen gewarnt hat, woher wusste er davon? Ich glaube kaum, dass die MP ihm Bescheid gegeben hat. Die konnten schließlich nicht wissen, ob Macrae – vorausgesetzt, die Anschuldigungen stimmen – ein Einzeltäter war. Und selbst wenn Shaw informiert worden wäre", sie sah ihm in Augen, „würdest du einen deiner Mitarbeiter warnen, dass wegen Hochverrats gegen ihn ermittelt wird?"

Bill schüttelte den Kopf. „Nur wenn ich mir absolut sicher wäre, dass er unschuldig ist, weil ich ihn so gut kenne, dass ich eine solche Tat bei ihm hundertprozentig – na, neunundneunzigprozentig – ausschließen kann."

Row nickte nachdrücklich. „Und wenn du ihn warnst, weil du von seiner Unschuld überzeugt bist, würdest du dann danebensitzen und zusehen, wie er sich erschießt? Noch dazu, wo er dazu überhaupt keinen Grund hätte, wenn er, wie du vermuten würdest, unschuldig wäre?"

Bill stieß langsam die Luft aus. „Nein."

„Siehst du, was ich meine? Und dann wird auch noch seine Frau ermordet." Sie schüttelte den Kopf. „Da stimmt was hinten und vorne nicht. Entweder uns fehlen noch ein paar wichtige Informationen, die alles schlüssig erklären, oder Macrae hat weder den Verrat noch Selbstmord begangen."

„Lass uns mal die Schlafzimmer der beiden in Augenschein nehmen", sagte Bill. „Du wolltest doch wissen, ob die sich erst kürzlich getrennt eingerichtet haben." Er deutete zur Treppe, die ins Obergeschoss führte.

Row ging voran, warf in Macraes Schlafzimmer nur einen kurzen Blick auf den Boden und stellte fest: „Die hatten von Anfang an getrennte Zimmer. Sonst wären hier im Teppich Vertiefungen an der Stelle, wo früher das zweite Bett gestanden hat."

Sie blickte sich noch einmal intensiv um, ehe sie kommentarlos in das Nebenzimmer ging, das Jin-Hee Macrae gehört hatte. Diesmal blickte Bill sofort auf den Boden und stellte fest, dass auch hier keine Vertiefungen im Teppich darauf hindeuteten, dass das Bett oder andere Möbel erst kürzlich umgestellt worden waren.

„Macrae hat keinen Verrat begangen. Jedenfalls nicht wegen seiner Frau. Und sie ist ebenfalls keine Verräterin", sagte Row.

Bill versuchte zu erkennen, woraus sie diesen Schluss zog, fand aber keinen Hinweis darauf. „Was macht dich so sicher?"

Row umfasste das Zimmer mit einer Handbewegung. „Sieh genau hin."

Das hatte er längst getan. Mehrfach.

„Was siehst du, Bill? Vielmehr: Was siehst du nicht?"

Er blickte sich noch einmal aufmerksam um. Er sah ein normal eingerichtetes Schlafzimmer mit einem Sekretär, einem Sessel, zwei Stühlen und einem Tisch in einer Ecke, über dem ein auf Stoff gedrucktes Bild verschiedene asiatische Männer- und Frauenfiguren darstellte. Auf dem Tisch stand eine Statuette eines bärtigen, in eine rote Robe gekleideten alten Mannes mit einem knorrigen Wanderstab in der Hand. Links daneben waren drei rote Kerzen aufgestellt, rechts eine Schale mit inzwischen verschrumpelten Früchten und kandierten Ingwerstreifen. Der Fäulnisprozess hatte eingesetzt und verbreitete seinen typischen Geruch. Vor der Statuette thronte ein Räuchergefäß.

„Das einzig Ungewöhnliche – für unsere Begriffe – ist dieser Tisch." Er deutete darauf.

„Das ist ein Altar, der zur schamanistischen Religion gehört. Die ist in Korea nicht mehr allzu häufig vertreten. Aber ihre Anhänger sind den Naturgeistern wie diesen hier zutiefst verbunden." Sie deutete auf die Statue und die auf dem Stoffbild gemalten Figuren und blickte Bill auffordernd an.

Er schüttelte den Kopf. „Religiosität ist kein Beweis oder auch nur Indiz dafür, dass jemand nicht zum Verräter wird."

Row nickte. „Aber in Nordkorea herrscht die Diktatur. Jemand, der für das Regime arbeitet, würde sich niemals zu einer Religion bekennen, die von eben diesem Regime als rückständig verachtet wird. Regimetreue haben das Regime und seine Maximen als ‚Religion'. Wenn Mrs Macrae die Verräterin wäre, hätte sie diesen Altar nicht aufgestellt und würde ihn erst recht nicht aktiv benutzen." Sie deutete auf das Obst in der Schale und die Asche im Räuchergefäß. „Opfergaben", erklärte sie auf Bills fragenden Blick hin. „Stattdessen hätte sie zwar nicht gerade ein Bild des Diktators irgendwo hängen oder in der Schublade liegen – das wäre zu offensichtlich –, aber nichts in ihrem Zimmer, das auf den ersten Blick eine Verbindung zu ihrem Herkunftsland herstellen würde. Erst recht nicht diesen Altar."

Jetzt, da sie das sagte, fiel ihm das ebenfalls auf. Das heißt, aufgefallen war es ihm schon vorher. Er hatte nur nicht den richtigen Schluss daraus gezogen.

„Mrs Macrae können wir also als Verräterin und Spionin mit großer Wahrscheinlichkeit ausschließen."

Bill schüttelte den Kopf. „Was ist, wenn sie den Altar auch nur als Tarnung benutzt hat, damit ihr Mann keinen Verdacht schöpft?"

Sie grinste. „Was haben wir auf dem Police College über Terroristen und Spione gelernt? Dass sie sich so stark anpassen und sogar patriotisch geben, dass sie in unserem Fall wohl schottischer wären als wir Schotten selbst. Wenn Mrs Macrae eine Spionin wäre, hätte sie niemals den Altar aufgestellt. Wenn du mich fragst, hat sie sich schon vor Jahren emotional von ihrem Herkunftsland gelöst, nur nicht von ihrer Religion."

Warum hatte er das nicht selbst gesehen? Nicht nur deshalb war er froh, Row an seiner Seite zu haben. Auch wenn er sich momentan wie ein Anfänger vorkam. Andererseits kannte Row sich mit asiatischen Mentalitäten und Traditionen aus, er nicht.

„Nachdem wir Mrs Macrae als potenzielle Verräterin ausgeschlossen haben, ist damit auch der Ansatz hinfällig, dass sie den Captain zu dem Verrat verführt oder erpresst haben könnte. Und auf ein anderes Motiv, das plausibel wäre, bin ich bis jetzt nicht gestoßen. Du?" Row blickte ihn fragend an.

„Wie wäre es mit Geld? Jeder Mensch ist käuflich, wenn die Summe hoch genug ist."

Sie schaute sich noch einmal intensiv um, ehe sie den Kopf schüttelte. „Ich stimme dir zwar zu, dass jeder Mensch seinen Preis hat, aber nicht jedes Menschen Preis bemisst sich in Pfund und Pence."

Sie sah sich erneut um. Ging mit halb geschlossenen Augen ein paar Schritte im Zimmer hin und her und sog die Atmosphäre in sich ein. Bill sah ihr fasziniert zu und wünschte sich einmal mehr, er hätte sie als Partnerin im Polizeidienst an seiner Seite. Vielleicht konnte er sie ja irgendwann überreden, zum CID zu wechseln.

„Eine Idee, was für Motive Macrae dann gehabt haben könnte?“, fragte er.

Sie nickte. „Bei einem Mann wie Macrae kommen nur zwei infrage. Das eine ist Überzeugung. Aber ich kann mir nicht vorstellen, aus welchem Grund er sich mit der Ideologie eines Staates, in dem eine Militärdiktatur herrscht, solidarisch erklären sollte, wenn nicht wegen seiner Frau. Das zweite ist Erpressung. Falls er einen dunklen Punkt in seiner Vergangenheit haben sollte, könnte man ihn damit unter Druck gesetzt haben. Das müsste dann aber schon ein extrem dunkler Fleck sein. Oder man hat das Leben einer ihm nahestehenden Person bedroht.“ Sie blickte Bill an. „Habt ihr irgendwelche Hinweise auf eines von beiden gefunden?“

Er schüttelte den Kopf. „Allerdings hat die MP etliche Unterlagen mitgenommen. Falls darin etwas ist, das deine Theorie stützt, kommen wir da so schnell nicht mehr ran.“

Row seufzte. „Ich werde mir also Captain Farrell noch mal zur Brust nehmen.“

Der Gedanke gefiel Bill absolut nicht. Vor allem nicht der, auf welche Weise sie sich den Mann zur Brust zu nehmen gedachte. Er fühlte sich versucht, es ihr auszureden, wusste aber nur allzu gut, dass er mit dem Versuch das Gegenteil erreichen würde. Darüber hinaus würde sie verdammt sauer auf ihn sein – schon wieder.

„Könntest du ein Treffen mit dem Ermittler von der MP arrangieren?“

Er nickte. „Das wird sich machen lassen. Ich bezweifle aber, dass er mit dir redet. Zumindest wird er keine Informationen rausrücken. Du bist schließlich Privatermittlerin.“

Sie grinste. „Das lass nur meine Sorge sein, Bill. Ich kann sehr überzeugend sein, wie du weißt."

Und ob er das wusste.

„Ich müsste mir noch die Garage ansehen", sagte sie.

„Wozu das denn?"

„Der Handwerker hat sein Werkzeug noch dort und braucht es dringend, weil er sonst seine anderen Aufträge nicht erfüllen kann." Sie hob die Hand, bevor er protestieren konnte. „Ich weiß, noch nicht freigegebener Tatort, von dem nichts entfernt werden darf. Aber die Garage hat mit der Tat nichts zu tun und das Werkzeug erst recht nicht."

Das musste er zugeben. „In Ordnung. Weil du es bist."

Sie gingen in die Garage. Sie lag auf der Rückseite des Hauses. Ungefähr zwei Yards trennten sie von der Mauer zum Nachbargrundstück, vor der eine Ginsterhecke so hoch wuchs, dass sie verhinderte, dass durch das schmale Fensterfries allzu viel Tageslicht ins Innere fiel. Bill schaltete die Deckenlampe ein. Row fand das Werkzeug schnell in einem Werkzeugkasten, auf den eine Art Dreizack gemalt war. Danach verließen sie das Haus. Row lud das Werkzeug in den Kofferraum ihres Wagens.

„Ich hätte heute Nachmittag oder morgen Vormittag Zeit für ein Treffen mit dem MP-Ermittler. Oder wann immer es ihm recht ist, Hauptsache bald. Ich werde in der Zwischenzeit Macraes Vorgesetztem und seinen Schwiegereltern auf den Zahn fühlen." Sie sah auf die Uhr. „Ich muss mich sputen, der nächste Termin steht an. Cheerio, Bill!"

„Cheerio, Row."

Sie fuhr davon. Er sah ihr nach, bis sie um die Ecke verschwunden war, ehe er zum Revier zurückfuhr. Zwar gab es immer noch keine echten Beweise dafür, dass Macrae weder Verrat noch Selbstmord begangen hatte, und die Indizien, die dagegen sprachen, konnten ganz harmlose Erklärungen haben, aber es gab definitiv Ungereimtheiten.

Und genau wie Row würden die ihn so lange jucken, bis er sie zweifelsfrei geklärt hatte.

Als Rowan zu Hause ankam, hatte sie noch zwanzig Minuten Zeit bis zu ihrem Termin mit Michael MacGregor. Sie nutzte die Zeit, um Farrell anzurufen, mit dem sie zum Glück noch vor Bills Intervention die Handynummern getauscht hatte.

Sie lächelte. Bill, der Weiße Ritter. Er hatte schon früher den Hang gehabt, die „Damen in Not" zu retten. Und ja, sie glaubte ihm, dass er in den vergangenen elf Jahren einfach vergessen hatte, dass sie weder eine Dame war noch gerettet werden musste. Wenn er damit nicht gerade ihre Pläne mit Farrell durchkreuzt hätte, hätte sie das amüsant gefunden. Bei nächster Gelegenheit würden sie gemeinsam darüber lachen.

„Hallo?", meldete sich Farrell.

„Hallo Alex, hier ist Rowan." Sie ließ ihre Stimme schmeichelnd klingen. „Ich wollte fragen, ob ich noch eine zweite Chance bekomme. Und ich verspreche Ihnen hoch und heilig, dass diesmal kein Sandkastenkumpel auftaucht und sich einbildet, den Beschützer spielen zu müssen. Ich habe ihm gestern die Leviten gelesen und ihm sehr nachdrücklich klargemacht, dass ich allein auf mich aufpassen kann. Der taucht so schnell nicht wieder auf."

Farrell musste lachen. „Das glaube ich gern."

Sie hörte seiner Stimme an, dass dem noch ein „Aber" folgen würde. Farrell würde ablehnen.

„Aber ..."

„Bitte, Alex. Wir hatten doch so einen schönen Abend."

„Den hatten wir. Aber ich will ehrlich sein. Im Nachhinein hatte ich den Eindruck, dass es Finns Andenken nicht gerecht geworden wäre, wenn wir den schönen Abend in geplanter Weise fortgesetzt hätten. Was ich damit sagen will ..." Er räusperte sich.

Rowan fragte sich nicht zum ersten Mal, warum so viele Männer sich räusperten, wenn sie verlegen waren. „Ich verstehe Sie vollkommen, Alex. In Anbetracht Ihrer Vorbehalte will ich offen zu Ihnen sein. Ich bin Privatermittlerin und versuche die Wahrheit über Finn Macraes Tod herauszufinden."

„Sie sind was?" Das klang beinahe schockiert.

„Privatermittlerin. Wie ich gestern schon sagte, bin ich wie Sie der Überzeugung, dass er keinen Verrat begangen hat. Wenn Sie wirklich sein Freund sind, dann helfen Sie mir dabei, seinen Namen reinzuwaschen. Wann haben Sie Mittagspause? Wenn es Ihnen recht ist, können wir uns kurz treffen."

Inhaltsvolles Schweigen, das seine Antwort vorwegnahm. „Ich ... ich werde es mir überlegen. Ich rufe Sie an, wenn ich mich entschieden habe. Auf Wiederhören, Rowan." Er unterbrach die Verbindung.

Das hörte sich nicht so an, als wäre er bereit, sich noch mal mit ihr zu treffen. Rowan konnte sich nicht darauf verlassen, dass sie von ihm Hilfe oder weitere Informationen bekam. Und offenbar hatte sie ihn auch nicht so nachhaltig beeindruckt, dass er sie unbedingt wiedersehen wollte. Sie war noch nie der Typ gewesen, der kokettierte, sich aufdonnerte und Männer verführte. In ihrer Jugend hatte sie sich dafür manchen Spott von anderen Mädchen gefallen lassen müssen, die schon mit fünfzehn einen festen Freund hatten, während sie es erst zwei Jahre später zu ihrem ersten One-Night-Stand gebracht hatte, der nicht annähernd so toll gewesen war, wie die Mädchen immer behaupteten. Auch bei ihren weiteren Versuchen – sehr wenigen weiteren Versuchen – hatte sie keine besseren Erfahrungen gemacht. Bis sie Doro begegnet war. Zwischen ihnen hatte einfach alles gestimmt. Und der Sex mit ihm war für sie beide jedes Mal der Himmel auf Erden gewesen.

Wie gerne wäre sie zu ihm zurückgegangen. Doch diese Tür war für immer geschlossen. Sie hatte sich zunächst entschieden, vorübergehend in die Zentrale ihrer Firma nach Tokio zu ziehen, bis Yamagata wieder sicher wäre. Zumindest halbwegs sicher. Doch Doro hatte das zum Anlass genommen, sich seinerseits für eine Scheidung zu entscheiden.

Sie verstand ihn. Sehr gut sogar. Sie hatte ihre Wahl getroffen, sie musste damit leben. Eine Revision gab es nicht. Eine zweite Chance auch nicht. Nicht für einen Nobushi. Und Rowan war Nobushi geworden. In ihrem Herzen und in einem Teil ihrer Seele. Hätte sie einen Rückzieher gemacht, hätte sie dadurch gezeigt, dass sie ihre Entscheidung nicht sorgfältig genug getroffen hatte und nicht voll und ganz dahinterstand. Dass die Entscheidung ein Irrtum gewesen wäre. Diese Art von Irrtümern unterlief einer Togakure-Großmeisterin aber nicht.

Sie hatte sich für das Leben, für die Sicherheit entschieden, weil sie sich Doro verpflichtet fühlte, aber nicht Japan oder gar seinem Kaiser, und hatte Doro dadurch verloren. Seitdem fühlte sie sich, als hätte man ihr einen Teil ihrer Seele entrissen. Sie wäre jederzeit bereit gewesen, für Doro zu sterben – aber nicht für Japan. Das machte es aber keinen Deut leichter, mit den Konsequenzen klarzukommen. Wenigstens hatte er ihre Entscheidung respektiert und sie ihr nicht zum Vorwurf gemacht. Deshalb konnten sie noch immer Freunde sein, die sich aus der Ferne liebten.

Sie schob die fruchtlose Grübelei beiseite und konzentrierte sich wieder auf den Fall.

Sie war sich des Risikos durchaus bewusst, das sie eingegangen war, indem sie Farrell ihre wahren Ziele offenbart hatte. Sie war überzeugt, dass jemand vom Militär in der ganzen Sache mit drinhing. Theoretisch könnte es Farrell sein. Oder er hatte zufällig Kontakt zu demjenigen. Eine harmlose Bemerkung in dessen Gegenwart darüber, dass eine Privatermittlerin sich Macraes Fall noch genauer ansah als die Polizei, mochte den Täter zu dem Schluss bringen, dass besagte Ermittlerin eine Gefahr für ihn darstellte. Falls dem so wäre, würde ihn das aus seiner Deckung locken und zum Handeln zwingen. Und deshalb würde sie, sobald Anwalt MacGregor nachher gegangen war, versuchen, eine Audienz bei Major Shaw zu erhalten und kräftig auf den Busch klopfen. Sie war gespannt, welches Ungeziefer sie dadurch aufscheuchen würde.

Sie hörte das Glockenspiel, als die Eingangstür geöffnet wurde. Wenn sie im Haus war, legte sie den Hebel am Schloss der Haustür um, damit jeder hereinkonnte, ohne zu klingeln. Rowan stand auf, als Michael MacGregor ins Büro trat. Für einen flüchtigen Augenblick hatte sie den Eindruck, dass Hugh Grant hereinspaziert kam. Die Ähnlichkeit war verblüffend, wenn auch in erster Linie wegen MacGregors Frisur. Der Sitz seines Anzuges zeigte ihr, dass er maßgeschneidert war, was dafür sprach, dass er gut verdiente. Kein Wunder. Napier, Ogilvy & MacGregor waren eine alteingesessene Kanzlei mit einer jahrhundertealten Tradition. Aus diesem Grund hatte Rowan sich umgezogen, als sie nach Hause gekommen war, und trug einen dunkelgrünen Hosenanzug und eine champagnerfarbene Bluse.

„Bitte nehmen Sie Platz, Mr MacGregor. Möchten Sie einen Tee?"

Er setzte sich. „Danke, gern." Er warf einen Blick auf das Teegeschirr, das Rowan ihm hinstellte, nahm die Teeschale in die Hand und drehte sie hin und her, als begutachte er eine Antiquität. „Hochwertige Qualität."

„Selbstverständlich." Rowan wartete, bis er die Schale auf den Tisch zurückgestellt hatte, ehe sie ihm Tee eingoss. „Sencha aus Kagoshima. Sie werden feststellen, dass der Vulkanboden, auf dem er gewachsen ist, ihm einen einzigartigen Geschmack verleiht. Solange man seinen Geschmack nicht mit Milch und Zucker verschandelt. Möchten Sie Milch oder Zucker?“

MacGregor lachte. „Nach diesem diskreten Hinweis auf britische Barbarei verzichte ich.“ Er hielt seine Nase über den Tee. „Riecht gut.“ Da er noch zu heiß zum Trinken war, stellte er ihn zurück und blickte sich aufmerksam um. Besonders lange blieb sein Blick an Rowans Abschlussdiplom vom Police College hängen.

„Was kann ich für Sie tun, Mr MacGregor?“

„Ich habe mich über Sie erkundigt, Ms Lockhart. Sie haben einen sehr guten Ruf in Ihrer Branche, obwohl Sie Ihre Detektei erst seit einem knappen Jahr betreiben.“

„Darauf lege ich großen Wert, Sir. Ebenso auf meine guten Beziehungen zur Polizei und Justiz.“

Er nickte. „Sie hatten in Japan ein eigenständiges Sicherheitsunternehmen und haben für Diplomaten gearbeitet. Sogar das Kaiserhaus hat mal Ihre Dienste in Anspruch genommen. Ihr Unternehmen hatte unter Ihrer Leitung einen exzellenten Ruf.“

„Den hat es noch.“

Er ging nicht weiter darauf ein. „Und dann haben Sie hier völlig neu angefangen.“

„So ist es.“

Er wartete offensichtlich auf eine Erklärung. Rowan hatte nicht vor, sie ihm zu geben. Nicht nur, weil ihn das überhaupt nichts anging, sondern weil sein Interesse an ihren persönlichen Gegebenheiten sie misstrauisch machte. Die Art, wie er sich umsah, die Mühe, die er sich gemacht hatte, um sie zu überprüfen und herauszufinden, wer ihre Klienten gewesen waren, ging weit über das normale Interesse und die Möglichkeiten eines normalen Auftraggebers hinaus, selbst wenn sie ihm zugutehielt, dass er Anwalt war. Wenn sie dazu noch sein Alter und sein Aussehen berücksichtigte ...

„Wie geht es meiner Schwester Eileen?"

Er sah sie verblüfft an, ehe er verlegen lachte. „Wie sind Sie darauf gekommen, dass ich Eileens Verlobter – künftiger Verlobter bin?"

Sie grinste. „Ich bin professionelle Ermittlerin, Mr MacGregor."

„Michael. Da wir bald eine Familie sind, können wir uns doch duzen."

Sie ging nicht darauf ein. „Klienten, die meine Dienste in Anspruch nehmen wollen, führen im Vorfeld keine Inquisition durch. Sie haben nur ihr Anliegen im Sinn und wie ich ihnen dabei helfen kann. Wenn sie mir schon ein Kompliment über meinen guten Ruf machen, dann nur als einleitende Begründung, warum sie sich für mich und niemand anderen entschieden haben. Dazu kommt, dass meine Familie, die seit elf Jahren nichts von mir wissen will, plötzlich extrem eifrig bestrebt ist, mich auf Eileens Verlobung zu schleifen. Daraus habe ich geschlossen, dass ihr Zukünftiger gesellschaftlich in einem Maße angesehen ist, dass man nach außen hin die Fassade einer perfekten Familie aufbauen muss. Das sind wir nicht, aber das sollte dich nicht kümmern. Du willst schließlich Eileen heiraten, nicht mich."

Er lächelte. „Du gefällst mir."

Sie hob abwehrend die Hände. „Du willst Eileen heiraten, nicht mich", wiederholte sie.

„So habe ich das nicht gemeint."

Sie grinste. „Ich weiß. Reden wir also Klartext. Was willst du?"

Er nickte. „Klartext klingt gut. Seit ich – zufällig und erst vor Kurzem, wie ich betonen möchte – mitbekommen habe, dass Eileen eine ältere Schwester hat, die eine furchtbare Peinlichkeit darstellen muss, weil man sie totzuschweigen versuchte und ihr Name nicht mal auf der Einladungsliste auftaucht, stand für mich fest, dass ich diese Person kennenlernen muss."

„Und diese Entdeckung hast du – lass mich nachdenken – vor ziemlich genau neun bis zehn Tagen gemacht."

Er stieß überrascht die Luft aus. „Woher weißt du das? Ich gehe nicht davon aus, dass Eileen mit dir gesprochen hat. Als ich dich angerufen habe, um unser Treffen zu vereinbaren, kanntest du nicht mal meinen Namen."

Sie lächelte. „Stimmt. Ich erhielt die Einladung zu eurer Verlobung vor sechs Tagen, handschriftlich und persönlich von meiner Schwester verfasst – ohne darin deinen Namen zu nennen. Daraus habe ich geschlossen, dass die offiziellen gedruckten und abgezählten Einladungen alle schon verschickt worden sind und ich ursprünglich nicht auf der Gästeliste stand. Also musste etwas vorgefallen sein, das sie dazu veranlasst hat, mich nachträglich einzuladen. Der Brief kam, wie gesagt, vor sechs Tagen. Einen Tag hat die Post gebraucht, um ihn zu liefern, einen Tag brauchte meine Familie, um die Situation zu besprechen, und einen Tag brauchte Eileen eventuell noch, um sich zu einem Entschluss durchzuringen; so gut kenne ich meine Schwester immerhin noch. Macht also zusammen neun Tage, eventuell zehn, falls sie den Brief erst einen Tag später eingeworfen hat."

Michael schüttelte den Kopf. „Du bist wirklich gut. Und du hast recht. Eileen verplapperte sich vor neun Tagen. Vielmehr zeigte sie mir alte Familienfotos. Auf einem davon sind sie und ein etwas älteres Mädchen, das ihr sehr ähnlich sieht, als Siegerinnen bei einem Gesangswettbewerb abgebildet. Als ich fragte, wer das sei, druckste sie herum und gab erst auf mein intensives Drängen zu, dass das ihre ältere Schwester Rowan ist. Die Art, wie sie es zu vermeiden versuchte, mehr über dich zu erzählen, machte mich misstrauisch."

Rowan schnitt eine Grimasse. „Wenigstens hat sie mich nicht für tot erklärt. Da ich in Edinburgh wohne, hätte diese Lüge zu schnell auffliegen können, andernfalls hätte sie das garantiert getan."

Er nickte. „Den Eindruck hatte ich auch. Sie wurde ziemlich blass, als ich ihr sagte, dass ich mich freuen würde, dich auf unserer Verlobung kennenzulernen."

Rowan grinste. „Was dich noch misstrauischer machte und dich veranlasste, mich vorab persönlich unter die Lupe zu nehmen."

Er legte einen Finger gegen die Teeschale und stellte fest, dass ihm der Tee immer noch zu heiß war. „Stimmt. Ich will und werde Eileen heiraten, weil ich sie liebe, selbst wenn sie Jack the Ripper als Bruder hätte. Aber vielleicht kannst du nachvollziehen, dass man manchmal in familiären Angelegenheiten gewisse Dinge berücksichtigen muss."

Rowan schnaubte. „Ich war auch mal in einer ähnlichen Situation. Ich habe einen Mann geheiratet, den ich liebe, obwohl er meiner Familie hinten und vorn nicht passte, weil er Japaner ist." Sie beugte sich vor und sah ihm in die Augen. „Ich habe dieser Liebe wegen alles aufgegeben, und ich habe es bis heute keine einzige Sekunde bereut. Wenn du meine Schwester nicht so sehr liebst, dass du bereit bist, für sie alles aufzugeben, oder noch schlimmer, dass du deine Zustimmung zu ihr von dem Eindruck abhängig machst, den du von mir hast, dann solltest du dir das mit der Verlobung vielleicht noch mal überlegen."

Er lachte verlegen, schüttelte aber den Kopf. „Auf mein Verhältnis zu Eileen hat mein Eindruck von dir ganz sicher keinen Einfluss." Er sah ihr in die Augen. „Mein Vater ist Richter, meine Mutter Staatsanwältin. Natürlich kann man nichts für die Taten oder einen schlechten Ruf von angeheirateten Verwandten. Aber ich bin es mir und auch meinen Eltern schuldig, abzuklären, ob es jemanden in Eileens Verwandtschaft gibt, der zu einem Problem werden könnte. In deinem Job wirst du sicher begreifen, dass so etwas meine Eltern erpressbar machen würde."

„Vollkommen." Rowan lehnte sich zurück. „Du kannst beruhigt sein und deinen Eltern mitteilen, dass der Grund für meine familiäre Ermordung durch Schweigen einfach nur darin begründet liegt, dass ich schon vor meiner Geburt das schwarze Schaf war und diesen Ruf seither konsequent ausgebaut habe."

Er warf den Kopf zurück und lachte. Rowan stimmte zögernd ein. Michael war ihr sympathisch.

„Ganz ehrlich, Rowan, ich kann das nicht verstehen. Muss ich auch nicht unbedingt. Ich mag dich. Und ich würde mich wirklich freuen, wenn du zu unserer Verlobung kommen würdest." Erwartungsvoll sah er sie an.

„Nein."

Er wartete, dass sie das erklären würde. Sie schwieg.

Er nickte schließlich. „Schade. Aber wenn du deine Meinung änderst, komm einfach vorbei." Er holte eine Visitenkarte aus der Tasche. „Die Feier findet im Haus meiner Eltern statt." Er schrieb die Adresse auf die Rückseite der Karte und schob sie ihr hin.

Sie nahm die Karte, warf einen Blick darauf, legte sie zur Seite und zögerte kurz, ehe sie ihm eine von ihren reichte. „Falls du wirklich mal eine Privatermittlerin brauchst oder einen Bodyguard für einen Mandanten."

Er grinste. „Ich hatte auf so ein Angebot spekuliert. Unsere Kanzlei sucht tatsächlich einen fähigen Ermittler, seit unser bisheriger Fachmann sich letzten Monat zur Ruhe gesetzt hat. Wenn du also einverstanden bist, nehme ich dich in den Freelancer-Pool unserer Kanzlei auf."

„Einverstanden." Sie wäre eine Idiotin, wenn sie das Angebot abgelehnt hätte.

Er sah sie ernst an. „Ganz gleich, was deine Familie

dazu meint, ich freue mich, demnächst mit dir verschwägert zu sein."

„Gleichfalls."

Er trank den Tee, der endlich genug abgekühlt war. „Wirklich sehr gut. Danke." Er stand auf. „Soll ich Eileen von dir grüßen?"

„Nein." Sie schnitt eine Grimasse. „Und wenn du es dir mit mir nicht verscherzen willst, solltest du jeden Gedanken daran, den Vermittler zwischen uns zu spielen, in die Wüste schicken und dort verrecken lassen. Ich reagiere äußerst allergisch darauf, wenn man sich in meine Privatangelegenheiten mischt."

Er zuckte mit den Schultern. „Wie du willst."

Rowan lächelte, begleitete ihn zur Tür und verneigte sich in japanischer Manier. „Sayonara, Schwager." Sanft schloss sie die Tür, noch ehe er „Wiedersehen, Rowan" zu Ende gesprochen hatte.

Sie schüttelte den Kopf. Das Leben ging manchmal seltsame Wege. Demnächst war sie also mit einem Anwalt, einem Richter und einer Staatsanwältin verschwägert. In ihrem Beruf war das ein nicht zu unterschätzender Vorteil. Sie schaltete am Telefon die Rufumleitung auf ihr Handy ein, nahm ihre Jacke und machte sich auf den Weg zum Castle, um eine Audienz bei Major Shaw zu bekommen.

Smittys Beschreibung des Besuchers, den er bei Macrae am Morgen vor dessen Tod gesehen hatte, traf auf Major Andrew Shaw perfekt zu. Die Nase ähnelte einem Schnabel, und auch die Brauen standen wie Balken über den tiefliegenden Augen. Dazu die fliehende Stirn – ein Adler. Auch der scharfe Blick, mit dem er Rowan musterte, nachdem sie sich einen Termin bei ihm erkämpft hatte, passte in dieses Bild.

Shaw starrte sie an. „Also, Ms Lockhart, ich habe Sie nur empfangen, weil Sie behauptet haben, Informationen über Captain Macraes Tod zu besitzen. Sollte das nur ein Vorwand gewesen sein, lasse ich Sie sofort aus dem Gebäude entfernen."

„Das ist die Wahrheit, Major. Ich weiß, dass Sie unmittelbar vor dem Tod des Captains bei ihm waren und mit ihm Singleton getrunken haben."

Er kniff die Augen zusammen. „Und das wollen Sie woher wissen?"

„Ein Zeuge hat Sie gesehen." Er leugnete nicht, also konnte sie das als Fakt verbuchen.

Er fixierte sie in einer Weise, die garantiert so manchen Rekruten und auch gestandenen Soldaten eingeschüchtert hätte. Rowan beeindruckte er nicht. Ihr Schwiegervater Yoshio hatte sie jahrelang so angesehen.

„Und? Finn Macrae war nicht nur mein Untergebener, er war auch ein Freund, den ich öfter besucht habe."

„Am Vormittag? Und ausgerechnet am Vormittag seines Todes? Das ist, wie Sie zugeben werden, ein reichlich ungewöhnlicher Zufall."

Wieder der starrte Blick. „Zufälle gibt es. Sie sagten, Sie hätten Informationen. Reden Sie oder gehen Sie."

„Wussten Sie von Macraes angeblichem Verrat?"

Er stand auf. „Sie gehen."

Rowan blieb sitzen. „Ich glaube nicht daran, dass er ein Spion war. Er hatte kein Motiv. Und somit hatte er auch kein Motiv, sich umzubringen, weil er, wie die MP glaubt, auf die Weise vermeiden wollte, wegen des Verrats zur Rechenschaft gezogen zu werden. Wenn er wirklich Ihr Freund war, helfen Sie mir, die Wahrheit rauszufinden und seine Unschuld zu beweisen."

„Das ist Aufgabe der Militärpolizei."

„Und auch meine Aufgabe, Major. Seine Schwester hat mich damit beauftragt. Und Captain Macrae selbst hat mir einen Tag vor seinem Tod den Auftrag erteilt herauszufinden, ob seine Frau ihn betrügt."

Shaws einzige Regung bestand in einem kaum wahrnehmbaren Zucken der Augenbrauen. Rowan konzentrierte sich auf das, was sie von seinen Gefühlen wahrnehmen konnte. Da er nicht die Fähigkeit besaß, seine Ausstrahlung in besonderem Maße zu kontrollieren, spürte sie, dass er wütend war – und unsicher.

„Ich weiß nicht, ob Sie schon erfahren haben, dass Mrs Macrae gestern nach der Beerdigung ermordet wurde."

Shaw setzte sich. „Jin-Hee ist tot?"

Für ein paar Sekunden zeigte sein Gesicht Betroffenheit, ehe er wieder seine strenge Maske aufsetzte und Rowan kalt musterte. In jedem Fall war Jin-Hee ihm nicht gleichgültig gewesen.

„Ich war Zeugin. Man hat sie gezielt zu ihrem Haus gelockt und auf der Straße davor überfahren. Es sieht oberflächlich so aus, als hätte Captain Macrae wegen seiner Frau oder mit ihr gemeinsam Verrat begangen und sich umgebracht, als er erfahren hat, dass gegen ihn ermittelt wird. Die Hintermänner oder Mittelsmänner haben anschließend auch seine Frau ermordet, damit sie nicht reden kann. So lautet die Theorie der Polizei. Ich war aber heute Morgen in Macraes Haus. Und was ich da gesehen habe, bringt mich zu zwei Schlussfolgerungen. Erstens: Er war zum Zeitpunkt seines Todes nicht allein. Es gibt Indizien dafür, dass jemand die Spuren seiner eigenen Anwesenheit beseitigt hat."

Shaw starrte sie an und zuckte mit keiner Wimper.

„Zweitens deutet alles darauf hin, dass auch Mrs Macrae keine Geheimnisse ausgerechnet an Nordkorea verraten hat. Wieder ein Grund weniger für einen Selbstmord."

„Woher wissen Sie, dass es Nordkorea war?"

Rowan lächelte. „Ich bin Privatermittlerin, Major. Ich weiß sogar noch eine Menge mehr. Zum Beispiel, dass Sie Jin-Hee mit dem Captain bekannt gemacht haben. Sie kannten sie also schon vorher." Rowan beugte sich vor. „Ich muss Ihnen nicht erklären, wie das Ganze wirkt."

Shaw schwieg. Rowan sah ihn ruhig an.

„Dafür haben Sie nicht den geringsten Beweis", brach er schließlich das Schweigen. „Hätten Sie einen, würden Sie damit zur Polizei gehen."

„Das habe ich schon getan, Major. Es ist nur eine Frage der Zeit, bis die Sie dazu befragt. Falls Sie also nichts mit Macraes Tod zu tun haben, warum haben Sie ihn am Morgen seines Todes besucht?"

„Das geht Sie nichts an." Er drückte auf einen Knopf an seinem Telefon. Sekunden später trat der Soldat ein, der sie auch schon zu Shaws Büro begleitet hatte. „Sergeant Jameson, geleiten Sie die Dame hinaus."

Rowan blickte sich um. „Welche Dame?"

Sergeant Jamesons Mundwinkel zuckten, als müsse er sich ein Grinsen verkneifen. Shaw fand das nicht witzig. Er stand auf und funkelte Rowan von oben herab kalt an.

„Sie sollten sich besser nicht in Dinge mischen, die Sie nichts angehen, Ms Lockhart. So etwas hat oft unangenehme Folgen."

Er wandte sich zum Fenster und blickte demonstrativ hinaus. Über seine Schulter hinweg konnte sie den Platz vor dem Tor zur Garnison sehen, durch das sie gekommen war.

„Es geht mir nur darum, die Wahrheit herauszufinden, Major Shaw. Damit möchte ich niemandem auf die Füße treten, aber manchmal lässt sich das nicht vermeiden. Falls Sie Ihre Meinung ändern und mir doch noch was zu sagen haben, ich stehe im Telefonbuch."

Sie ging grußlos zur Tür und an dem Soldaten vorbei,

der sich beeilte, ihr zu folgen. Sie blickte ihn von der Seite an, als er zu ihr aufgeschlossen hatte. „Kannten Sie Captain Macrae?"

„Ja, Madam."

„Glauben Sie, dass er ein Verräter war?"

„Dazu darf ich nichts sagen, Madam."

„Weil Shaw Ihnen einen Maulkorb verpasst hat? Er kann Ihnen nicht verbieten, eine persönliche Meinung zu äußern. Nach meinen bisherigen Ermittlungen deutet eine Menge darauf hin, dass der Captain unschuldig ist."

Er sah sie kurz an, bevor er wieder geradeaus blickte. „Madam, keiner von uns glaubt an die Schuld des Captains. Dass ausgerechnet er Verrat begangen haben soll, ist einfach unvorstellbar. Mehr kann ich dazu nicht sagen." Er tat einen tiefen Atemzug. „Nur noch so viel, Madam. Falls es Ihnen gelingt, die Unschuld des Captains zu beweisen, sind Sie die Heldin der gesamten 52nd Infantry Brigade bis ans Ende Ihrer Tage."

„Ich werde mir Mühe geben. Um des Captains guten Namens willen, nicht um eine Heldin zu sein."

Sie bedankte sich bei ihm, als er sich am Tor des New Barracks Blocks von ihr verabschiedete, in dem die Administration der 52nd untergebracht war.

Obwohl Shaw in der von ihr erwarteten Weise zugeknöpft gewesen war, hatte er ihr doch mehr verraten, als ihm bewusst war. Die einzige intensivere Gefühlsregung hatte er gezeigt, als sie ihm von Jin-Hees Tod berichtet hatte. Sein anschließendes Misstrauen gab ihr zu denken. In jedem Fall zeigte es ihr ebenso wie seine Drohung, dass ihre Taktik, ihm auf den Zahn zu fühlen, Wirkung gezeigt hatte. Shaw hatte etwas zu verbergen. Und sie würde sich etwas einfallen lassen müssen, um an ihn heranzukommen, wenn er sich mal nicht auf militärischem Boden befand, wo er Hausrecht hatte.

Aber dazu später. Ihr Magen knurrte. Da sie keine Lust

hatte, sich selbst etwas zu kochen, und sie sich auf dem Grundstück des Edinburgh Castles befand, kehrte sie im Redcoat Café ein, das in einem urigen Gebäudekomplex aus Natursteinen untergebracht war. Zwar war es um diese Zeit von Touristen übervölkert, aber sie konnte einen Zweiertisch ergattern, der gerade frei geworden war. Nach einem kurzen Blick auf die Speisekarte gönnte sie sich einen Highland Beef Pie mit Gemüse und Kartoffelpüree, dazu einen Becher Kaffee.

Ein lauter Knall in unmittelbarer Nähe ließ die Touristen zusammenfahren und einige von ihnen erschrocken aufspringen. Rowan blickte auf ihre Uhr und stellte fest, dass sie exakt ein Uhr anzeigte. Genau das hatte auch die soeben abgefeuerte Mittagskanone signalisiert, die direkt neben dem Redcoat stand. Erst als die Bedienung den Gästen freundlich erklärte, dass die Mittagskanone harmlos sei und nicht der Auftakt eines terroristischen Angriffs, beruhigten sich die Leute.

Während sie auf ihr Essen wartete, beobachtete Rowan die Touristen und lauschte ihren Gesprächen. Sofern sie sich nicht über persönliche Dinge unterhielten, drehten sich ihre Gespräche um die Planung der weiteren Besichtigungstour. Edinburgh Castle gehörte zum Pflichtprogramm, ebenso wie die National Galleries, das Parlamentsgebäude, das Scotch Whisky Heritage Centre und die Royal Mile, die vom Schloss zum Holyrood Palace führt. Und natürlich ein Spaziergang auf Arthur's Seat.

Letzteren hatten Rowan wenige Tage nach ihrer Rückkehr aus Japan unternommen. Sie hatte versucht, den fantastischen Ausblick, den man von oben über die Stadt, den Firth of Forth und das Land bis hin zu den Spitzen der Highlands hatte, dazu zu benutzen, mit ihrer Heimat wieder ein wenig vertrauter zu werden. Es verging keine Woche, in der sie nicht mindestens einmal dort oben stand und den Anblick ihrer Stadt in sich aufsog, bei Sonnenschein, Regen, Nebel und Schnee. Sie hatte bereits öfter mit dem Gedanken gespielt, Edinburgh zu erkunden wie eine Touristin. Aber schon der erste Versuch war gescheitert. Die Stadt war ihr zu vertraut. Und doch noch nicht vertraut genug, dass sie sich hier wieder so heimisch gefühlt hätte wie früher, bevor Japan ihr unter die Haut gekrochen war.

Nach dem Essen fuhr sie zum „(un)Familiar“ in der Candlemaker Row, einem Laden, der Devotionalien verkaufte, sowohl für Pagans – die Anhänger der alten Religion – als auch für Buddhisten, Juden und Christen. Rowan hatte ihn zu ihrem Lieferanten für Räucherstäbchen erkoren, weil diejenigen, die dort geführt wurden, eine gute Qualität hatten. Sie kaufte drei Packungen Tibetan Healing Incence, wovon sie aus Erfahrung wusste, dass ihr Duft unter anderem gegen Stress und Schlaflosigkeit half und eine beruhigende Wirkung hatte. Genau das richtige Geschenk für einen Trauerbesuch bei Jin-Hees Mutter. Rowans Nachforschungen hatten ergeben, dass Jin-Hees Vater vor drei Jahren gestorben war, nur wenige Monate nach seiner Einbürgerung. Sie würde ihr behutsam auf den Zahn fühlen und ihren Besuch zum Anlass nehmen, der Frau ihr Mitgefühl für ihren Verlust auszusprechen. Da Rowan Zeugin gewesen war, wäre sie wie die meisten Hinterbliebenen froh, aus erster Hand zu erfahren, was sich wirklich abgespielt hatte, statt nur vage Berichte von der Polizei zu bekommen. Rowan ließ die Räucherstäbchen in weißes Geschenkpapier einpacken – in weiten Teilen Asiens die Farbe der Trauer – und fuhr in die St. Leonard’s Street.

Jin-Hees Mutter hatte eine Wohnung direkt über einem Zeitschriftenladen im Haus 141. Auf dem Türschild stand der Name Yoon. Rowan klingelte. Nach einer Weile hörte sie leise Schritte, die sich in einem schleppenden Rhythmus näherten. Sekunden später wurde die Tür von der älteren Asiatin geöffnet, die auf der Beerdigung neben Jin-Hee gestanden hatte. Man sah ihr an, dass sie geweint hatte.

„Mrs Yoon?"

Die Frau nickte.

„Mein Name ist Rowan Lockhart. Ich war dabei, als Ihre Tochter starb. Ich bin gekommen, Ihnen mein tief empfundenes Mitgefühl auszusprechen." Sie verneigte sich, wobei sie ihre Hände auf die Oberschenkel legte.

Mrs Yoon verbeugte sich ebenfalls. Rowan spürte, dass sie sich durch die asiatische Art der Verbeugung etwas sicherer fühlte. Sie reichte ihr das Päckchen mit den Räucherstäbchen mit beiden Händen und einer erneuten Verbeugung.

„Eine bescheidene Gabe, um Ihre Tochter zu ehren."

Mrs Yoon nahm das Geschenk entgegen und auch sie verbeugte sich noch einmal. „Ich danke Ihnen vielmals. Bitte treten Sie ein." Ihr Englisch besaß einen deutlichen Akzent, war aber fehlerfrei.

Rowan folgte der Einladung und tat gewohnheitsgemäß das, was sie beim Betreten eines japanischen Hauses tat: Sie zog die Schuhe aus. Mrs Yoon beeilte sich, ihr Filzpantoffeln zu bringen, die in größerer Zahl für Gäste auf einem Schuhregal neben der Tür standen. Rowan schlüpfte hinein und folgte ihrer Einladung, ins Wohnzimmer zu gehen. Die Wohnung war winzig. Rowan schätzte sie auf insgesamt kaum mehr als fünf mal sechs Yards.

Wie sie erwartet hatte, stand auf einem Tisch ein Bild von Jin-Hee mit einem sandgefüllten Gefäß davor, in dem bereits Räucherstäbchen brannten. Mrs Yoon bot ihr einen Stuhl an und holte eine Teeschale aus der Küche, in die sie Rowan von dem Tee einschenkte, der in einer bauchigen Kanne auf dem Tisch stand. Rowan wartete höflich, bis Mrs Yoon einen Schluck trank, ehe sie das ebenfalls tat. Sie wunderte sich, dass die Frau allein war und keine Freunde oder Bekannten bei ihr waren, um sie in dieser schweren Zeit zu unterstützen.

Anschließend wickelte Mrs Yoon die Räucherstäbchen

aus und verneigte sich erneut. „Ich danke vielmals für Ihre Gabe. Sie erfreut mich ebenso wie Ihr freundliches Kommen." Sie öffnete ein Päckchen und entnahm ihm ein paar Räucherstäbchen. „Erweisen Sie mir die Güte, mit mir zusammen meine Tochter zu ehren?"

„Sehr gern."

Mrs Yoon reichte Rowan ein Stäbchen und zündete es ebenso an wie eins für sich. Sie ging zu dem kleinen Altar, den sie für Jin-Hee errichtet hatte und ließ Rowan den Vortritt. Rowan drückte das Stäbchen mit beiden Händen gegen ihre Stirn, verneigte sich, steckte es in den Sand des Räuchergefäßes und verneigte sich erneut, ehe sie sich hinkniete und die Stirn zum Boden beugte. Mrs Yoon tat es ihr nach. Eine Weile knieten sie beide vor dem Altar. Mrs Yoon sprach ein koreanisches Gebet, Rowan wünschte der Seele der Toten stumm eine glückliche Wiedergeburt in ein gutes Leben.

Als Mrs Yoon sich erhob, tat Rowan das ebenfalls und nahm wieder mit Mrs Yoon am Tisch Platz.

„Sie sagten, Sie waren dabei, als meine Tochter den Tod fand. Hat sie leiden müssen?"

„Nein. Sie hat den Wagen nicht bemerkt, der sie überfahren hat, und sie war sofort tot. Sie hat nicht gelitten."

Tränen traten in die Augen der älteren Frau. Sie schluchzte.

„Es tut mir so leid, Mrs Yoon. Ich habe Ihre Tochter zwar nicht gekannt, aber ich hatte beruflich mit ihrem Mann zu tun, Captain Macrae." Die reine Wahrheit. „Ich habe in der Zeitung gelesen, wessen man ihn beschuldigt." Sie schüttelte den Kopf. „Ich kann das nicht glauben. Und dann habe ich auch noch gehört, wie die Polizei gesagt hat, dass Ihre Tochter ihn angestiftet haben soll. Das glaube ich genauso wenig."

Der Köder war ausgeworfen. Mrs Yoon weinte einige Momente stumm. Schließlich schüttelte sie langsam den

Kopf, als wäre er ungeheuer schwer. „Meine Jin-Hee hätte niemals etwas getan, das dem Regime nützt." Ihre Stimme war kaum mehr als ein Flüstern. „Wir sind aus Nordkorea geflohen, nachdem sie meinen Sohn ermordet haben. Und meinen Mann haben sie auch auf dem Gewissen."

Rowan runzelte die Stirn. Nach ihren Informationen war Jin-Hees Vater mit nach Edinburgh gekommen und eingebürgert worden.

„Sie warfen den beiden vor, gegen das Regime agitiert zu haben. Aber das ist nicht wahr. Sie haben sie ins Gefängnis gesteckt. Jahrelang. Mein Sohn ist dort gestorben. Und mein Mann kam schwer krank und verkrüppelt heraus. Er ist vor drei Jahren an den Folgen der Verletzungen gestorben, die man ihm dort zugefügt hat."

„Das tut mir leid, Mrs Yoon."

Sie neigte leicht den Kopf. „Wenigstens starb er als Brite, wie er es sich gewünscht hat." Sie blickte Rowan traurig an. „Großbritannien hat uns so viel gegeben, Freiheit, Zuflucht und eine neue Heimat. Niemals – nie, niemals hätte Jin-Hee dieses Land an die Feinde verraten, die ihren Vater und ihren Bruder auf dem Gewissen haben. Und sie hätte sich sofort von Finn scheiden lassen, wenn sie den Verdacht gehabt hätte, dass er so etwas tun könnte." Sie weinte wieder.

Rowan schenkte ihr Tee nach und trank einen Schluck aus ihrer eigenen Tasse. „Ich hatte den Eindruck, dass die beiden sich sehr geliebt haben."

Mrs Yoon seufzte tief. „Eine Ehe ist manchmal kompliziert."

„Oh ja", stimmte Rowan ihr inbrünstig zu. „Besonders wenn man mit einem Ausländer verheiratet ist." Sie lächelte und berichtete von dem, was sie in Japan erlebt hatte. Nachdem sie geendet hatte, schien Mrs Yoon den Eindruck gewonnen zu haben, dass sie jemandem gegenübersaß, der sie verstand, und wurde redseliger.

„Am Anfang war es zwischen Jin-Hee und Finn die große Liebe. Andrew – Major Shaw, Finns Vorgesetzter – hat sie miteinander bekannt gemacht. Andrew hat uns sehr geholfen, als wir damals von Korea hierherkamen und nicht wussten, wo wir unterkommen sollten, und uns hier noch gar nicht zurechtfanden. Der Mann von der Flüchtlingsorganisation, die uns betreut hat, ist sein Cousin. Andrew hat sich sehr um uns gekümmert."

Das war eine interessante Information. So wie sie Shaw erlebt hatte, machte der nicht den Eindruck, als würde er sich selbstlos um Flüchtlinge kümmern. Doch die Art, wie betroffen er auf die Nachricht von Jin-Hees Tod reagiert hatte, ließ Rowan vermuten, dass Macraes Frau ihm nicht völlig gleichgültig gewesen war und er sie zumindest gemocht hatte. Ihr stellte sich die Frage, wie sehr.

Mrs Yoon seufzte wieder. „Jin-Hee war so glücklich, als sie Finn geheiratet hat. Zum ersten Mal seit vielen Jahren habe ich sie glücklich gesehen. Sie konnte sogar wieder lachen." Sie blickte in Gedanken versunken vor sich hin.

„Alex – Captain Farrell – hat mir erzählt, dass sie in letzter Zeit häufiger gestritten hätten", sagte Row und versuchte damit den Eindruck zu erwecken, als würde sie Alex Farrell gut kennen. Er hatte ihr zwar nichts dergleichen berichtet, aber das musste sie Jin-Hees Mutter nicht auf die Nase binden.

„Bedauerlicherweise gab es Differenzen", sagte Mrs Yoon. „Andrew hat ein paar Monate nach der Hochzeit erfahren, dass Finn Jin-Hee betrügt. Nachdem Captain Farrell, der ursprünglich als Trauzeuge vorgesehen war, am Tag der Hochzeit für einen erkrankten Kameraden in der Garnison hatte einspringen müssen, war Andrew Trauzeuge geworden. Deshalb sah er es als seine Pflicht an, meine Tochter darüber zu informieren."

„Ich nehme an, Ihre Tochter hat ihren Mann damit konfrontiert."

Mrs Yoon schüttelte den Kopf. „Das wäre nicht schicklich gewesen." Sie machte eine entschuldigende Geste. „In unserer Familie halten wir die Tradition in Ehren. Wenn der Mann eine Affäre hat, spricht die Frau ihn nicht darauf an. Dadurch würde er sein Gesicht verlieren. Sie lässt sich auch nicht deswegen scheiden, wie es hierzulande nur allzu schnell gemacht wird."

„Ihre Tochter hat sich emotional zurückgezogen", schloss Rowan aus dem, was Smitty berichtet hatte.

„So ist es."

Und Macrae hatte daraus den Schluss gezogen, dass seine Frau sich zurückzog, weil sie selbst eine Affäre hätte. Das passte. Aber würde ein Mann, der fremdging, seiner Frau eine Detektivin auf den Hals hetzen, wenn er sie verdächtigte, dasselbe zu tun? Nicht ausgeschlossen, aber eher ungewöhnlich. Rowan kannte inzwischen genug Ehepartner beiderlei Geschlechts, die den anderen hintergingen. Ihr war noch keiner begegnet, den es allzu sehr gestört hätte, wenn der betrogene Partner ebenfalls eine Affäre begann. Außerdem wurden Beweise, wie sie eine Privatermittlerin erbringen konnte, in der Regel als Belastungsmaterial für die Scheidung gebraucht. Das Risiko, dass das eigene Fehlverhalten bei solchen Ermittlungen ans Licht kam, war vielen zu groß.

Nach allem, was Rowan bisher über Macrae erfahren hatte, schien er ihr nicht der bigotte Typ gewesen zu sein. Außerdem kam es ihr unwahrscheinlich vor, dass er nur wenige Monate nach der Hochzeit mit der Frau, die er liebte – vorausgesetzt, Mrs Yoons Einschätzung der Situation war korrekt –, eine Affäre begonnen haben sollte. Klar, es gab nahezu nichts, was theoretisch nicht möglich war, wenn es um Gefühle ging. Aber es blieb unwahrscheinlich.

Mrs Yoon blickte Rowan misstrauisch an. „Waren Sie die Frau, mit der Finn eine Affäre hatte?"

„Himmel, nein." Sie schüttelte den Kopf und lächelte. „Ich bin erst vor einem Jahr aus Japan zurückgekommen und habe den Captain erst kürzlich kennengelernt."

Mrs Yoon verneigte sich leicht. „Bitte verzeihen Sie mir. Aber wenn das eigene Kind unglücklich ist ..."

Rowan nickte verständnisvoll. „Dann sucht man verzweifelt nach einer Erklärung und einem Schuldigen dafür."

Zumindest wenn man sein Kind liebte, glaubte Rowan. Kinder waren für sie nie ein Thema gewesen. Doro hatte es zwar mal angesprochen, aber deutlich ihre Ressentiments, ihre Unsicherheit gespürt und die Entscheidung auf unbestimmte Zeit verschoben. „Wenn du so weit bist, werde ich es merken." Danach hatte er nie wieder darüber gesprochen. Und sie war nie so weit gewesen. Auch jetzt wäre sie es nicht, selbst wenn sie noch mit ihm zusammen wäre. – Verdammt, konnte sie nicht mal einen Tag nicht bei jedem zweiten Stichwort an Doro denken? So kam sie nie über ihn hinweg. Und erst recht nicht über ihre Schuldgefühle. Vielleicht sollte sie sich in eine Affäre stürzen, um sich abzulenken. Doch das würde sie nicht tun, denn kein Mann hatte es verdient, von ihr als emotionales Pflaster benutzt zu werden.

Jedenfalls war Mrs Yoons Aussage, dass Macrae seine Frau betrogen haben könnte, ein weiteres Indiz dafür, dass er nicht ihretwegen sein Land verraten hatte. Vorausgesetzt, der Vorwurf des Verrats stimmte ebenso wie der Betrugsverdacht. Wer seine Frau betrog, liebte sie nicht und würde nie aus Liebe zu ihr Verrat begehen. Wer sie des Betrugs verdächtigte, würde kaum wegen einer Ehebrecherin sein Land verraten.

Auch wenn sie noch nichts beweisen konnte, wiesen für Rowan mehr Indizien denn je darauf hin, dass Macrae unschuldig war.

Jin-Hee kam als Kandidatin dafür nun aber auch nicht

mehr infrage. Wie ihre Mutter vorhin gesagt hatte, würde eine Frau, deren Bruder und Vater das nordkoreanische Regime auf dem Gewissen hatte, kaum für dieses Regime spionieren. Der Fall wurde immer seltsamer.

Immerhin hatte Mrs Yoon ihr bestätigt, dass Major Shaw eine größere Rolle im Leben der Macraes gespielt hatte als nur die des Vorgesetzten. Welchen Grund könnte er gehabt haben, Jin-Hee vom angeblichen Fremdgehen ihres Mannes zu berichten? Wenn sie bis zu dem Zeitpunkt, an dem Shaw es ihr erzählt hatte, nichts davon gewusst hatte, musste Macraes Vorgesetztem klar gewesen sein, was er damit zerstörte. Gerade in Anbetracht ihrer bisherigen negativen Lebenserfahrungen musste jemand schon verdammt gefühlskalt sein, um ihr das Glück zu nehmen, das sie endlich gefunden hatte. Und Shaw gab sich zwar große Mühe, als harter, eiskalter Knochen zu wirken, aber das war er nicht unbedingt. Warum also hatte er seine Pflicht als Trauzeuge so genau genommen?

Sie musste intensiver nachforschen und sich Shaw privat greifen. Wahrscheinlich würde er sich weigern, mit ihr zu reden, aber einen Versuch war es wert.

Sie blieb noch eine Weile bei Mrs Yoon, erfuhr von ihr aber nichts mehr, was für den Fall wichtig hätte sein können. Rowan verabschiedete sich, nachdem sie der Frau erneut ihr Mitgefühl ausgesprochen hatte, und fuhr nach Hause. Sie musste den Fall noch einmal völlig neu durchdenken. Vor allem wollte sie die Tatortfotos, die Bill ihr überlassen hatte, unter die Lupe nehmen – im wahrsten Sinne des Wortes.

SIEBEN

Als Rowan kurz nach sieben ins Guildford kam, war Bill bereits da. Er stand am Tresen und war in eine angeregte Unterhaltung mit einem Mann vertieft. Dessen kurzer Haarschnitt und seine aufrechte Haltung deuteten auf Militär hin. Vermutlich der Mann von der Militärpolizei.

Bill bemerkte sie und lächelte ihr entgegen. „Hiya, Row."

„Hiya, Bill."

Er deutete auf seinen Begleiter. „Das ist Major Gallagher von der Royal Military Police. Er leitet die Ermittlungen im Fall Macrae."

„Mister Gallagher", betonte der Mann und nickte ihr zu. „Ich bin absolut privat hier. Offiziell darf ich das nämlich gar nicht sein. Das heißt, hier sein darf ich schon, aber nicht über den Macrae-Fall mit Ihnen oder sonst wem reden."

Rowan grinste. „Rowan Lockhart. Privat oder offiziell, ich freue mich, dass Sie gekommen sind."

Sie bestellte einen Singleton und schob der Barkeeperin – heute nicht Helen – das Geld über den Tresen. Bill deutete zu einem freien Tisch am Fenster. Sie nahmen ihre Gläser und setzten sich.

„Unwahrscheinlich sonniges Wetter, das Sie hier haben", meinte Gallagher.

„Das bleibt nicht mehr lange so", sagte Bill. „Spätestens nächste Woche kriegen wir kräftigen Wind. Der Herbst kommt bald."

Sie plauderten eine Weile und tranken ihren Whisky, während Gallagher Rowan zwischendurch immer wieder dezent musterte.

„Inspector Wallace sagte, dass Sie mir gern ein paar

Fragen stellen würden. Fragen Sie. Auch wenn ich wahrscheinlich nicht alles beantworten werde."

Wahrscheinlich würde er versuchen, so wenig wie möglich zu sagen. Aber sie würde ihm die Informationen, die sie brauchte, schon irgendwie entlocken. „Seit wann weiß das Militär von dem angeblichen Verrat?"

Gallagher schürzte die Lippen. „Kein Kommentar."

Sie schnitt eine Grimasse. „Wurde Major Shaw darüber informiert, dass gegen Captain Macrae wegen Verrats ermittelt werden sollte oder bereits wurde?"

„Darüber ist mir nichts bekannt."

„Sie haben schon mit Shaw gesprochen?"

Gallagher nickte.

„Was hat er gesagt, weshalb er Macrae unmittelbar vor dessen Tod besucht hat?"

Gallagher trank einen Schluck von seinem Guinness. „Um eine private Angelegenheit mit ihm zu besprechen, die er nicht in der Garnison ansprechen wollte, eben weil sie privat ist. Mehr wollte er nicht sagen. Er versicherte aber, dass das nichts gewesen wäre, was Macrae zum Selbstmord veranlasst haben könnte. Allerdings war Shaw zu einer Zeit bei ihm, als er definitiv im Dienst war und in der Garnison hätte sein müssen." Er zuckte mit den Schultern. „Ich kann ihn leider nicht zwingen, mehr zu sagen. Er hat nun mal das Recht zu schweigen."

Das hatte Gallagher leider auch. „Wissen Sie, wer die Informationen über den angeblichen Verrat der Presse zugespielt hat?"

„Nein." Gallagher schüttelte vehement den Kopf. „Und glauben Sie mir, um das rauszufinden, würde ich beinahe einen Pakt mit dem Teufel eingehen. Dieser Reporter vom ‚Scotsman' behauptet – unter der Voraussetzung, dass das die Wahrheit ist –, dass er einen anonymen Tipp erhalten hat. Das Gegenteil kann ihm niemand beweisen." Das klang ausgesprochen frustriert.

Rowan trank einen Schluck Whisky. „Mir stellt sich folgende Frage, Major ..."

„Mister", korrigierte Gallagher nachdrücklich. „Wie lautet die Frage?"

„Nach den mir vorliegenden Beweisen soll Macrae seit ungefähr zwei Jahren sensible Daten abgefischt haben, und zwar jedes Mal, wenn er im Londoner Army-Hauptquartier war. Das muss doch jemandem aufgefallen sein. Ich meine, selbst wenn Macrae die entsprechende Sicherheitsfreigabe hatte, wovon ich ausgehe, muss doch mal jemand nachgefragt haben, zu welchem Zweck er solche Daten aufruft."

Gallagher kniff die Augen zusammen. „Woher wissen Sie das alles?"

„Ich sagte doch, ich habe Beweise."

„Woher?"

Rowan zuckte mit den Achseln. „Kein Kommentar."

„Komm schon, Row", sagte Bill. Sie funkelte ihn an, worauf er abwehrend die Hände hob. „Schon gut."

„Auf jeden Fall würde ich diese Beweise sehr gern sehen", sagte Gallagher.

„Die habe ich bei mir zu Hause. Wir können hinfahren und unsere Unterhaltung dort fortsetzen."

Gallagher stand auf. „Das wäre mir recht."

Rowan trank ihren Whisky aus und stand ebenfalls auf. „32B Blackford Avenue. Ich erwarte euch dort."

Sie trug ihr leeres Glas zur Theke und verließ das Guildford. Auf dem Weg nach Hause überlegte sie, wie sie Gallagher am besten zum Reden bringen konnte. Er hatte den Köder mit den Beweisen geschluckt. Alles Weitere dürfte nicht allzu schwierig werden.

Genau wie Bill war Gallagher verblüfft, als er die beiden Pferde im Garten sah. Offenbar mochte er Pferde, denn er tätschelte beiden den Hals, ehe er Rowan ins Haus folgte und in einem der Besuchersessel in ihrem Büro Platz nahm. Wie Michael MacGregor musterte er ihr Diplom intensiv und blickte sich aufmerksam um.

„Mögen Sie auch einen Singleton?"

„Lieber ein Bier, wenn Sie haben."

„Ich schaue mal nach." Rowan hatte keines im Haus, da sie nur selten Bier trank. Deshalb spurtete sie in den ersten Stock und klopfte an Lennox' Tür. Er öffnete beinahe sofort. Wieder einmal trug er nur Jeans und Unterhemd. Im Hintergrund spielte die Avarage White Band „Welcome To The Real World". Sie fragte sich, was er eigentlich den ganzen Tag tat außer ab und zu trainieren. Aber das ging sie nichts an.

„Entschuldige die Störung. Hast du zufällig ein Bier? Ich habe einen Besucher, der gern eins hätte, aber ich hab keins da."

Er nickte, ging zur Couch und holte ein Sixpack Guinness, in dem sich noch drei Dosen befanden. Rowan sah, dass er noch zwei weitere Sixpacks neben der Couch stehen hatte. Er reichte ihr die ganze Packung.

„Danke. Kriegst du morgen zurück. Mit Zinsen."

Er lächelte flüchtig, nickte und schloss die Tür, ehe sie noch etwas sagen konnte. Nicht dass sie noch etwas hätte sagen wollen, aber offenbar war Lennox heute nicht in der Laune zu reden, sondern eher in der Stimmung zu saufen. Aber auch das ging sie nichts an.

Sie kehrte mit ihrer Beute in ihr Büro zurück und holte den Singleton und Gläser. Sie überließ es Bill einzuschenken, während sie die Dokumente aus dem Safe holte, die sie von Cunningham bekommen hatte. Sie reichte sie Gallagher, der nur einen flüchtigen Blick darauf warf, ehe er Rowan lauernd ansah.

„Woher haben Sie das?“

„Ich bin Privatermittlerin. Solche Dinge aufzustöbern, ist mein Job. Wie Sie sehen, handelt es sich um Kopien. Ich habe keine Ahnung, wie der, der sie ursprünglich beschafft hat, an die Originale herangekommen ist. Laut Aufdruck darauf stammen sie aus dem Army-Hauptquartier in London. Und nein, ich habe keine Ahnung, wer diese Kopien angefertigt hat. Die Daten auf diesen Blättern zeigen jedenfalls, dass mit Macraes Kennkarte und seiner Ident-Nummer Dateien aufgerufen wurden, die offenbar Operations- und Verteidigungspläne beinhalten, wie dieser Auszug aus einer koreanischen Übersetzung wohl belegt.“

Gallagher nickte. „Das ist korrekt. Und es handelt sich bei diesen Unterlagen – wo immer Sie die herhaben – um dieselben, die uns vorliegen.“

„Und deshalb meine Frage vorhin, ob es in zwei Jahren niemandem aufgefallen ist, dass Macrae angeblich diese Art von Dateien aufgerufen hat, wann immer er im Army-Hauptquartier war. Muss man sich nicht legitimieren, wenn man im HQ irgendwelche Daten sichten will?“

„Das schon. Aber wer eine entsprechende Sicherheitsfreigabe hat – und Captain Macrae hatte die aufgrund seiner Position als Mitglied des Kommandostabes der 52nd –, muss niemandem darüber Rechenschaft ablegen. Nur wenn er Zugang zu Dateien beantragt, für die er eine Sondergenehmigung bräuchte. Und wenn er nicht bei einer unserer Routineüberprüfungen auffällt ...“ Gallagher räusperte sich. „Da Macrae nicht oft im HQ war, hat sich wohl niemand was dabei gedacht.“

„Was mich wieder zu meiner anderen Frage zurückbringt, seit wann das Militär gegen ihn ermittelt und vor allem, seit wann genau Sie von dem Verrat wissen.“

Gallagher schwieg. Der Mann war ein schwieriger Fall und nicht leicht zu überzeugen. Aber Rowan war weit davon entfernt aufzugeben.

„Wenn ich alle bisher bekannten Fakten kenne, sehe ich vielleicht ein Muster, das Ihnen noch nicht aufgefallen ist, weil Sie sich nur auf einen Teil der Spuren konzentriert haben."

Bill nickte Gallagher zu. „Kann ich bestätigen. Row hat auf dem Gebiet schon auf dem Police College alle in die Tasche gesteckt."

Gallagher zögerte. Schließlich gab er nach. „Aber strikt unter dem Siegel der Verschwiegenheit. Und ich war auch niemals hier." Er sah Rowan und Bill ernst an.

„Selbstverständlich", versprach sie.

Bill nickte.

Gallagher holte tief Luft. „Also, Fakt ist, dass es bis drei Tage vor Macraes Tod keinerlei Verdachtsmomente oder Hinweise gab. Weder auf einen Verrat durch Macrae noch durch jemand anderen. Dann sind diese Dokumente im HQ aufgetaucht." Er deutete auf die Kopien, die Rowan ihm gegeben hatte. „Sie lagen in der Post für den General, den Chief of Defence. Ohne Absender, ohne Briefmarke oder Poststempel, jemand hat sie direkt in die Hauspost gegeben. Bis jetzt konnte nicht rausgefunden werden, wer das war." Gallagher trank einen Schluck Guinness. „Da aber diese koreanischen Übersetzungen eindeutig sind, wurden wir von der Royal Military Police geschickt; meine Abteilung ist für Midlothian zuständig. Wir sollten Captain Macrae in Gewahrsam nehmen und ihn zu den Vorwürfen befragen." Er blickte Rowan und Bill an. „Ich nehme an, Sie können sich denken, dass auch der Defence Intelligence Staff aufgescheucht ist und ermittelt. Über dessen Ergebnisse bin ich aber nicht informiert."

Rowan nippte an ihrem Singleton und genoss die Wärme, die er in ihrem Körper entfaltete, ebenso wie die leicht fruchtige Süße seines Geschmacks. Weich wie der schottische Nebel. Seit sie zurück war, hatte sie sich höchstens zweimal die Woche ein Glas gegönnt. Seit sie Bill wieder begegnet war, trank sie öfter Singleton – vor allem mit ihm zusammen. Schließlich war er „ihr“ Getränk, ebenso ein Helfer bei Problemlösungen wie der Schlüssel zu philosophischen Diskussionen.

„Hätte der DIS Sie informiert, wenn es Ergebnisse gegeben hätte?“, fragte sie Gallagher.

„Davon gehe ich aus. Meine Leute und ich sind immer noch damit beschäftigt, Macraes Unterlagen zu prüfen. Finanzen, E-Mails, Telefonverbindungen, Korrespondenz und so weiter.“

„Und?“ Rowan beugte sich gespannt vor.

Gallagher seufzte und trank einen Schluck. „Nichts.“ Er schüttelte den Kopf. „Bisher gibt es nicht den geringsten Hinweis auf irgendeine Unregelmäßigkeit. Es gibt kein geheimes Konto, weder im Inland noch im Ausland. Zumindest konnten wir bis jetzt keins finden. Es gibt keine geheimen oder gelöschten Mails, die einen Kontakt zu Nordkorea oder einem anderen Land belegen. Ebenso gibt es keinen Kontakt zu Leuten, die entsprechende Verbindungen haben oder haben könnten. Und glauben Sie mir, die dafür zuständigen Spezialisten in meinem Team verstehen ihr Handwerk. Es gibt keine ungewöhnlich hohen oder nicht belegte Einzahlungen auf sein Konto oder das seiner Frau, keine teuren Anschaffungen, die den Rahmen ihres Einkommens sprengen, auch keine ominöse Erbschaft oder einen Lotteriegewinn. Keiner von beiden hat ausländische Freunde oder Urlaub im Ausland gemacht. Macraes Auslandsaufenthalte fanden ausschließlich im Rahmen von Truppenstationierungen statt und liegen lange zurück. Außerdem war er nie in Ostasien stationiert. Und seine Frau hat das Land, seit sie vor acht Jahren mit ihren Eltern eingereist ist, überhaupt nicht mehr verlassen.“

Rowan stand auf und ging zu dem Whiteboard, das fast die ganze Breite der linken Wand einnahm. Sie schob den unbeschriebenen oberen Teil hoch. Auf dem Board darunter kamen Notizen in verschiedenen Farben zum Vorschein, die sie zum Macrae-Fall angelegt hatte. Auf der einen Seite die Belastungsfakten, auf der anderen Seite die entlastenden Punkte. Auf diese Seite schrieb sie die von Gallagher genannten Informationen. Sowohl er als auch Bill traten interessiert näher und lasen, was sie bereits notiert hatte.

„Sie haben ein Menge Fakten gesammelt", stellte Gallagher fest. „Darunter einige, die uns bisher unbekannt waren. Macraes Eheprobleme zum Beispiel. Davon hat uns keiner seiner Kameraden was gesagt."

„Vermutlich wussten sie davon nichts. Außer vielleicht seine engsten Freunde wie Captain Farrell und Major Shaw. Der hat es definitiv gewusst. Ich glaube aber kaum, dass Macrae das an die große Glocke gehängt hat."

Rowan legte den Stift zur Seite, trat zurück, verschränkte die Hände hinter dem Kopf und starrte lange und gründlich auf das Schaubild. Schließlich sah sie Bill und Gallagher an.

„Ich glaube, es hat überhaupt keinen Verrat gegeben. Das soll nur alle Welt glauben, weil auf dem Hintergrund dieses Verdachts ein Selbstmord Macraes und die Hinrichtung seiner Frau vollkommen plausibel wirken. Weil sich dann jeder auf den Verrat konzentriert und nicht auf den Gedanken kommt, nach einem anderen Motiv für einen Doppelmord zu suchen. Oder auch nur für den Mord an Macrae – vielleicht musste seine Frau sterben, damit das Bild stimmig bleibt."

„Moment mal." Bill schüttelte den Kopf. „Es gibt den gesicherten Spuren und der Obduktion nach keinen einzigen Beweis dafür, dass Macrae ermordet wurde. Wie sollte der hypothetische Mörder das hingekriegt haben, ohne die geringste Spur zu hinterlassen?"

„Das würde mich auch interessieren." Gallaghers Ton

machte deutlich, dass er einen Mord für ausgeschlossen hielt.

Rowan drückte Bill in den Sessel. „Du bist Macrae, ich bin dein Mörder. Wir gehen davon aus, dass er seinen letzten Besucher gut gekannt und ihm vertraut hat, sonst hätte er keinen Singleton mit ihm getrunken."

Gallagher hob die Hände. „Augenblick. Das würde bedeuten, dass Major Shaw der Mörder ist. Er ist nach Ihren Ermittlungen der Letzte, der bei Macrae gesehen wurde. Wenn wir denn von Mord ausgehen wollen."

Rowan schüttelte den Kopf. „Vielleicht war es Shaw, er muss es aber nicht gewesen sein. Er war zwar der Letzte, der gesehen wurde, der Zeuge hatte den Schauplatz aber längst verlassen, als Macrae starb. Das heißt, dass nach Shaw und bevor Mrs Macrae vom Einkaufen zurückkehrte, theoretisch noch jemand gekommen sein könnte, für dessen Anwesenheit es bloß keinen Zeugen gibt."

„Und dem wir sowieso nichts nachweisen können, weil es keinen Anhaltspunkt für Mord gibt." Gallagher nickte ihr zu. „Sie wollten uns zeigen, wie der Täter den Mord begehen und ihn als Selbstmord tarnen kann."

Rowan brachte sich wieder in Position. „Gut. Macrae trinkt also mit mir, seinem Mörder, gemütlich einen Singleton. Nach einer Weile entschuldige ich mich, um auf die Toilette zu gehen. Der Sessel, in dem Macrae gesessen hat, steht mit dem Rücken zur Diele, von der aus man auch zum Gäste-WC kommt." Sie ging an Bill vorbei zur Tür und drehte seinen Kopf nach vorn, als er ihr nachblicken wollte. „Du hast keinen Grund, dich nach mir umzudrehen, denn ich bin ja ein vertrauter Freund. Ich klappere mit der Tür zum WC, sodass du glaubst, ich bin auf dem Klo. Dann schleiche ich mich von hinten an dich ran." Sie machte einen leisen Schritt zu Bills Sessel und tippte ihm auf den Kopf.

Er fuhr zusammen. „Verdammt, Row! Ich hab dich tatsächlich nicht gehört."

Sie nickte. „Macrae hat seinen Mörder mit Sicherheit ebenso wenig gehört. Vielleicht lief auch Musik, die der Mörder hinterher ausgeschaltet hat. Jedenfalls betäube ich meinen Freund Macrae mit Knüppel auf Kopf", sie gab ihm einen Klaps auf den Hinterkopf, „oder irgendeiner anderen rabiaten Methode. Ein Pistolengriff oder Schlagring tut es auch." Sie tippte Bill auf die Schulter. „Du bist bewusstlos."

Bill sackte zusammen und simulierte Bewusstlosigkeit. Sie spielten nicht zum ersten Mal einen Fall auf diese Weise durch. Rowan stellte fest, dass sie die Vertrautheit der Situation genoss.

„Ich weiß, wo Macrae seine Waffe aufbewahrt und hole sie. Ich ziehe mir natürlich Handschuhe an, bevor ich das Ding anfasse. Und dann geht alles ganz einfach. Ich schraube den Schalldämpfer auf, denn der Schuss darf in der Nachbarschaft oder von Fußgängern vor dem Haus nicht gehört werden, weil ich sonst nicht mehr unbemerkt verschwinden könnte."

Sie nahm einen Kugelschreiber vom Schreibtisch, drückte ihn Bill in die schlaffe Hand und führte diese mit dem Kugelschreiber zu seinem Mund. „Ich schiebe den Lauf in Macraes Mund, und zwar in einem Winkel, dass der Schuss jede möglicherweise durch meinen Betäubungsschlag verursachte Kopfwunde zerstören wird, lege Macraes Finger um den Abzug und helfe dem Bewusstlosen abzudrücken. Anschließend lasse ich das Glas verschwinden, aus dem ich getrunken habe, wasche es aus und stelle es in den Schrank zurück, in den es gehört. Ich vergewissere mich, dass niemand mich sieht und schleiche mich aus dem Haus." Sie zuckte mit den Schultern. „Vielleicht habe ich mich für den Fall, dass mich doch jemand sehen sollte, vorher so verkleidet, dass niemand mich erkennen kann."

Sie klopfte Bill auf die Schulter, der wieder zum Leben erwachte.

„Klingt plausibel", meinte er. „Und es würde auch erklären, warum alles nach einem Selbstmord aussieht."

Gallagher nickte langsam. „Plausibel ja. Aber erstens gibt es dafür keine Beweise ..."

„Noch nicht", unterbrach sie ihn.

„... und zweitens fehlt das Motiv. Warum sollte jemand Macrae umbringen? Und, falls Ihre Theorie stimmt, sich über mindestens zwei Jahre hinweg eine immense Mühe machen, Macrae als Verräter in Szene zu setzen?"

„Aus ..." Sie zuckte mit den Schultern. „Aus persönlichen Gründen, vermutlich. Sie wissen doch, Major – Mr Gallagher –, dass es für Mord nur sechs Grundmotive gibt: Hass, Eifersucht, Habgier, Rache, Verdeckung einer Straftat und den Schutz eines geliebten Menschen. Habgier scheidet aus. Da sich jemand außerdem die Mühe gemacht hat, die ganze Aktion von langer Hand sorgfältig zu planen, können wir auch die Verdeckung einer Straftat ausschließen."

„Es sei denn, eine vor längerer Zeit begangene Straftat drohte, erst jetzt durch Macrae aufgedeckt zu werden", wandte Bill ein.

Gallagher schüttelte den Kopf. „Das halte ich für relativ unwahrscheinlich. Nach allem, was ich über Macrae inzwischen erfahren habe, hätte er jeden Verdacht sofort gemeldet. Dagegen spricht auch, dass mit der Inszenierung des Verrats schon vor zwei Jahren begonnen wurde." Er umfasste die Dokumente mit einer Handbewegung.

Rowan nickte. „Schutz eines geliebten Menschen scheidet auch aus, denn dann hätte sich der Täter höchstwahrscheinlich mit dem Mord an Macrae begnügt. Außerdem war Macrae nach meinen bisherigen Ermittlungen nicht der Typ, jemanden derart zu bedrohen, dass der sich dadurch gezwungen sehen könnte, den Captain umzubringen. Bleiben nur noch Hass, Eifersucht und Rache. Oder auch alles zusammen. Und damit niemand auf die Idee kommt, dass Macrae ermordet wurde, vielleicht auch, um seinen guten Namen gründlich posthum in den Dreck zu ziehen, wurde der angebliche Verrat inszeniert. Was wieder auf Hass oder Rache oder beides schließen lässt."

Gallagher überdachte das. „Es könnte tatsächlich so gewesen sein." Er nickte langsam. „Aber es gibt nicht den geringsten Beweis dafür."

Rowan seufzte. „Nur allzu wahr. Wir haben bloß Indizien. Aber die sind zumindest deutlich. Oder kennt die MP irgendeinen dunklen Punkt in Macraes Leben, mit dem man ihn zu einem Verrat hätte erpressen können?"

Gallagher schüttelte den Kopf.

„Alles deutet sehr stark darauf hin, dass Macrae keinen Verrat begangen hat. Also hatte er auch keinen Grund, sich umzubringen. Das einzige Indiz für seinen angeblichen Verrat sind diese Dokumente", Rowan deutete auf die Kopien auf dem Schreibtisch, „die aus dem Nichts aufgetaucht sind, von denen niemand weiß, woher sie gekommen sind und die dem ‚Scotsman' und keiner anderen Zeitung zugespielt wurden. Warum eigentlich? Korrigieren Sie mich, wenn ich mich irre, Mr Gallagher, aber ohne die wüssten Sie heute noch nichts von dem angeblichen Verrat, oder?" Sie sah ihm in die Augen. „Und ich glaube, ich muss Ihnen nicht erklären, dass man Kennkarten klonen und sich in Server mit falschen Ident-Nummern und abgefischtem Passwort einloggen kann. Das System, das nicht irgendwann von einem Hacker geknackt werden kann, muss erst noch erfunden werden. Das gilt erst recht für jemanden, der innerhalb des angegriffenen Systems sitzt und es nicht von außen versuchen muss. Und dass die Presse über eine so brisante Sache informiert wird, wodurch Macrae in aller Öffentlichkeit als Verräter dasteht, ergibt nur Sinn, wenn jemand ganz bewusst seinen Namen in den Dreck ziehen wollte. Auch dafür fallen mir nur zwei Gründe ein: persönliche Rache und Hass."

Rowan setzte sich und trank einen Schluck.

Gallagher betrachtete noch einmal intensiv ihre Notizen, ehe er langsam nickte. „Ich glaube, Ihre Schlussfolgerungen sind richtig."

„Aber die Sache steht und fällt mit der Frage, ob überhaupt ein Verrat begangen wurde oder nicht", brachte Bill es auf den Punkt. Er blickte Gallagher an.

Der zuckte mit den Schultern. „Mit dieser Frage beschäftigt sich der DIS, vielleicht inzwischen auch der MI5. Da ich aber nur ein kleines Licht bei der Militärpolizei bin und nicht die entsprechende Sicherheitsfreigabe habe, mit der die mir das Ergebnis ihrer Ermittlungen mitteilen würden, werde ich garantiert nicht erfahren, was sie rausgefunden haben. Allenfalls erfahre ich irgendwann, vielleicht in einigen Monaten, vielleicht in ein paar Jahren, dass sich rausgestellt hat, dass die Anschuldigungen gegen Macrae falsch waren. Und ohne diese Information bleibt alles Spekulation."

Eine Weile schwiegen sie alle.

Bill hatte recht. Die Information, ob überhaupt ein Verrat stattgefunden hatte, war der Dreh- und Angelpunkt des ganzen Falls. Jemanden vom DIS oder gar vom MI5 zum Reden zu bringen, war nahezu aussichtslos. Doch es gab noch jemanden, der wissen musste, ob britische Verteidigungspläne an Nordkorea verkauft worden waren: die Nordkoreaner. Und Rowan kannte jemanden, der ihr helfen konnte, das herauszufinden. Sie griff zum Telefon.

„Wen rufst du an?", wollte Bill wissen.

„Jemanden zu H... – in Japan, der mir einen Gefallen schuldet und der überaus froh sein wird, diese Schuld loszuwerden."

„Japan? Wie spät haben die es denn da?"

Sie warf einen Blick auf die Uhr. „Vier Uhr dreiundzwanzig. Japan ist uns acht Stunden voraus. Und keine Sorge. Der gute Mann steht immer um vier Uhr auf."

„Moshi moshi", meldete sich ihr Kontakt.

„Ohayo gozaimasu, Yamada-san. Nobushi Azarni desu", nannte sie ihren japanischen Namen.

Azarni – Distelblume. Der Name, den Doro ihr gegeben hatte und mit dem jeder in der Familie sie angeredet hatte. Und auch außerhalb der Familie hatte sie schnell begonnen, sich mit diesem Namen vorzustellen, da Rowan für viele Japaner schwer auszusprechen und ebenso schwer zu merken war. Außerdem öffnete ein japanischer Vorname ihr im schriftlichen Verkehr mit potenziellen Klienten so manche Tür, die ihr verschlossen geblieben wäre, hätten die Leute durch den englischen Namen sofort gewusst, dass sie es mit einer gaijin zu tun hatten.

Sie tauschte ein paar Höflichkeiten mit Yamada Tomoko aus, wie es die Sitte gebot. Er hatte es zwar nie zugegeben, aber Rowan wusste, dass er zum japanischen Geheimdienst gehörte – und er wusste, dass sie es wusste. Er hatte sie überprüft, als ihr Unternehmen damals den Personenschutz des Königs von Nogoma übernommen hatte, ein neu gegründeter Zwergstaat in Zentralafrika, der über enorme Bodenschätze verfügte. Das japanische Kaiserhaus hatte König Sayidur eingeladen; offiziell um ihm zur Gründung seines Staates zu gratulieren und dadurch zu demonstrieren, dass Japan seinen Status anerkannte. Inoffiziell hatte man gehofft, bei dieser Gelegenheit mit ihm einen lukrativen Handelsvertrag für Nogomas Bodenschätze abzuschließen. Sayidur hatte jedoch den unverzeihlichen Fauxpas begangen, den japanischen Sicherheitskräften zu misstrauen, und darauf bestanden, dass für die japanische Seite seiner Sicherheit ein Unternehmen beauftragt wurde, das nicht von Japanern geleitet wurde und auch nicht ausschließlich japanische Mitarbeiter beschäftigte. Rowans Unternehmen war das Einzige, auf das diese Bedingungen zutrafen. Sie wurde engagiert und hatte deshalb mit Yamada zusammengearbeitet.

Yamada hatte einen potenziellen Attentäter übersehen

und ihn als unbedenklich eingestuft, wodurch dieser Zugang zu König Sayidur gehabt hätte. Rowan hatte ihn bemerkt und Yamada darauf aufmerksam gemacht, statt den Attentäter selbst zu stellen. Andernfalls hätte Yamada seinen Job, vor allem aber sein Gesicht verloren. Dafür schuldete er ihr immer noch einen Gefallen, und den forderte sie jetzt ein.

„Yamada-san, ich benötige eine Information über Nordkorea“, sagte sie, als er die signifikante Pause nach der letzten Belanglosigkeit einlegte, die signalisierte, dass sie zur Sache kommen dürfe. „Es geht um die Ehre eines Mannes, der des Verrats beschuldigt wird.“

Yamada zögerte nur kurz. „Welche Information brauchen Sie?“

„Ich muss wissen, ob in den letzten zwei Jahren geheime Operations- oder Verteidigungspläne aus Großbritannien bei den Koreanern aufgetaucht sind.“ Wenn das jemand wusste, dann der japanische Geheimdienst, dessen vordringliche Aufgabe die Beschaffung von Informationen über Nordkorea und China war. Sie angelte sich die Liste mit den Daten, die Macrae angeblich abgerufen hatte, und nannte Yamada die entsprechenden Zeiträume sowie ein paar unverfängliche Zeilen aus der koreanischen Übersetzung.

Sie hörte, wie Yamada sich Notizen machte. „Ich prüfe das und melde mich“, versprach er.

Sie tauschten noch ein paar weitere Höflichkeiten aus und beendeten das Gespräch.

„Wie darf ich dein zufriedenes Gesicht interpretieren?“ Bill sah sie auffordernd an.

Sie deutete auf das Telefon. „Mein Kontakt in Japan wird für mich rausfinden, ob Nordkorea tatsächlich diese Pläne erhalten hat.“

„Ich wage nicht mir vorzustellen, was für eine Art Kontakt Ihr Kontakt ist. Ich glaube kaum, dass irgendwer in

Nordkorea, der an der entsprechenden Stelle sitzt, so eine geheime Information eben mal so in die Welt posaunt." Gallagher klang ungläubig.

Sie grinste. „Ganz sicher nicht. Aber mein Kontakt hat versprochen, dass er die Information beschafft, und dann tut er das auch. Mehr sage ich dazu nicht. Nur so viel: Egal wie seine Antwort lautet, sie wird hundertprozentig korrekt sein. Und wenn wir die haben, können wir weiter an unserem Puzzle arbeiten." Sie wandte sich an Bill. „Kannst du eure Leute noch mal auf die Spuren ansetzen und den Rechtsmediziner nerven? Vielleicht gibt es doch Anzeichen, die auf Mord hindeuten könnten."

Er schüttelte den Kopf. „Der erschlägt mich, weil ich ihm damit unterstelle, dass er nicht gründlich genug gearbeitet hat. Aber ich werde ihm deine theoretische Mordmethode vorstelle und ihn um seine Meinung bitten."

Gallagher betrachtete Rowan nachdenklich. „Sie legen sich verdammt ins Zeug für einen Mann, den Sie nicht mal kannten. Nach allem, was ich über Privatermittler weiß – das meiste stammt zugegebenermaßen aus Kriminalromanen –, verbeißen die sich nicht derartig in einen Fall, der eigentlich klar zu sein scheint."

Sie nickte. „Das ist der springende Punkt. Der Fall scheint eben nur klar zu sein, aber dieser Schein kann trügen. Von den beiden Todesfällen abgesehen, von denen einer nachweislich ein Mord ist, geht es hier um den guten Namen eines Menschen. Um Macraes Ehre. Wenn ich akzeptiere, dass Macrae Selbstmord begangen hat und Sie nichts finden, das seine Unschuld beweist, dann bleibt der Name Macrae für immer mit dem Makel des Hochverrats behaftet. Falls ich aber recht habe und auch Macrae ermordet wurde, dann käme der Mörder mit einem Doppelmord ungestraft davon. Wenn ich den Fall abschließe, dann will ich auch wirklich sicher sein, dass ich alles herausgefunden habe, was es herauszufinden gab." Sie zuckte mit den Schultern. „Ich kann nun mal nicht anders."

Bill lächelte wohlwollend, und Gallagher blickte sie bewundernd an. Rowan fühlte, dass sie errötete. „Was ist mit Mrs Macraes Anruferliste?", fragte sie Bill.

Er nickte. „Wie du vermutet hast. Sie erhielt unmittelbar vor ihrer Ermordung einen Anruf von einem Prepaid-Handy, mit dem sie höchstwahrscheinlich zu ihrem Haus gelockt wurde. Der Mörder, der vermutlich auch der Anrufer war, muss vor dem Hotel auf sie gewartet haben und ihrem Taxi gefolgt sein."

Rowan blickte in ihren Whisky. Das Licht der Deckenlampe malte goldene Reflexe auf die Oberfläche. „Sie muss ihn gekannt haben. Sie hätte sich wohl kaum unmittelbar nach der Beerdigung mit einem Fremden getroffen."

„Es sei denn, der hätte sich als Polizeibeamter ausgegeben und sie hinbestellt", wandte Bill ein.

Sie schüttelte den Kopf. „Das halte ich vor dem Hintergrund aller anderen Indizien aber eher für unwahrscheinlich."

„Außerdem machte sie mir einen ziemlich gleichgültigen Eindruck. Ich glaube nicht, dass der Tod ihres Mannes sie nachhaltig erschüttert hat."

Rowan lächelte. Für Bill war es ganz natürlich, dass ein Mensch seine Gefühle offen zeigte, besonders wenn es sich um so starke Emotionen wie Trauer um den Verlust eines Angehörigen handelte. Das galt erst recht, wenn der Trauernde eine Frau war. In vielen asiatischen Kulturen ging man mit solchen Dingen anders um.

„Da irrst du dich, Bill. Ich war auf der Beerdigung. Zwar hat Jin-Hee Macrae sich nach außen nichts anmerken lassen, aber innerlich war sie vollkommen aufgelöst. Wenn ein Fremder sie in diesem Zustand hätte sehen wollen, hätte sie ihn höflich auf einen anderen Tag vertröstet. Ich bin sicher, dass sie den Anrufer gekannt hat." Sie nickte zum Whiteboard hin. „Alles deutet darauf hin, dass der Mord an Macrae etwas Persönliches war. Und möglicherweise auch der an seiner Frau."

Gallagher leerte sein Glas und lehnte Rowans Angebot, es nachzufüllen, mit einer Handbewegung ab. „Bliebe die Frage zu klären, welches Motiv dahinterstecken könnte. Nach allem, was ich bisher über Captain Macrae erfahren habe, hatte er keine Feinde."

„Ein einziger Feind genügt", betonte Rowan. „Und wenn der genug Hass im Bauch hat, geht er auch über mehr als eine Leiche, um das Objekt seines Hasses zu vernichten."

„Vor zwei Jahren soll Macrae zum ersten Mal Informationen entwendet haben", sagte Bill. „Wenn die Login-Daten stimmen, hat Macrae sich den Täter nicht erst kürzlich zum Feind gemacht. Die Sache, um die es geht, könnte also schon länger zurückliegen – aber nicht wesentlich länger als die zwei Jahre."

Rowan warf einen Blick auf die Termine, an denen Macrae angeblich die Dokumente aufgerufen hatte. „Da die Veranstaltungen, für die er in London war, offenbar nur jedes halbe Jahr stattgefunden haben, würde ich sagen, die Sache hat sich nicht vor Januar 2010 ereignet. Der Täter muss außerdem in London im Army-Hauptquartier gewesen sein, am selben Tag, höchstens aber einen Tag vor dem Auftauchen der Dokumente in der Hauspost. Natürlich hätte er sie jemandem mitgeben können, damit der sie deponiert. Aber dann hätte es einen Mitwisser gegeben, durch den man die Spur der Dokumente bis zu ihm hätte zurückverfolgen können."

Gallagher nickte. „Vorausgesetzt, Ihre Theorie stimmt – und ich gebe zu, dass einiges dafür spricht –, weist alles auf Major Shaw hin. Er war der Letzte, der am Morgen von Macraes Tod bei ihm im Haus gesehen wurde."

Rowan nickte. Aber Shaw hatte betroffen reagiert, als sie ihm von Jin-Hees Tod berichtet hatte. Vielleicht war das aber auch nur die Angst davor, dass Rowan als Zeugin des Vorfalls etwas herausfinden könnte, das ihn mit dem Mord in Verbindung brachte.

„Mr Gallagher", sagte sie, „Sie habe doch bestimmt Möglichkeiten, um Shaws Alibis für die fraglichen Zeiten zu überprüfen."

Er nickte. „Und ob. Und glauben Sie mir, das werde ich gleich morgen früh als Erstes tun." Er sah Bill an. „Wenn Sie und Ihr Team mir Hinweise dafür liefern könnten, dass es sich doch um einen Mord gehandelt hat, wäre das natürlich optimal."

Bill nickte. „Wir tun unser Bestes. Zumindest bei dem an Mrs Macrae hätten wir Chancen, wenn Sie uns eine DNA-Probe von Shaw besorgen könnten. Wir haben im Tatfahrzeug Haare an der Kopfstütze auf dem Fahrersitz gefunden, die nicht vom Eigentümer stammen und deshalb möglicherweise dem Mörder gehören könnten." Er zuckte mit den Schultern. „Theoretisch natürlich auch jemand anderem, der mal im Fahrzeug gesessen hat – ein Mechaniker aus der Werkstatt oder ein Freund, dem er den Wagen geliehen hat. Selbst wenn wir Shaw den Mord an Finn Macrae nicht beweisen können, bekäme er für den an dessen Frau lebenslänglich. Und länger als lebenslänglich wird eh niemand eingesperrt. Also wäre mir in dem Fall egal, ob ich ihm auch den zweiten Mord nachweisen kann."

„Ich kümmere mich darum." Gallagher stand auf. „Es war mir ein Vergnügen, Sie bei der Arbeit zu erleben, Ms Lockhart. Sie verstehen Ihr Handwerk."

„Vielen Dank."

Gallagher reichte ihr eine Visitenkarte. „Rufen Sie mich an, wenn Sie etwas rausfinden."

Rowan gab ihm ebenfalls eine. „Danke, gleichfalls."

Sie begleitete die beiden Männer zur Tür und verabschiedete sie. Bill warf ihr einen Blick zu, den sie nicht deuten konnte, aber Rowan beachtete ihn nicht. Sie war in Gedanken bei den Informationen, die sie von Gallagher erhalten hatte. Als sie wieder allein war, sah sich zum dritten Mal mit der Lupe jedes einzelne der Tatortfotos an, die Bill ihr überlassen hatte, aber sie entdeckte nichts Neues. Kurz nach Mitternacht machte sie Schluss und ging ins Bett.

ACHT

Donnerstag, 30. August 2012

Rowan fuhr aus dem Schlaf hoch, als es über ihr krachte, polterte und klirrte, gefolgt von einem schrecklichen Schrei. Gott im Himmel, was für eine gequälte Seele musste in Lennox stecken, dass er derart schrie?

Sie warf einen Blick auf die Uhr. Drei Uhr morgens. Sie drehte sich auf die andere Seite. Oben ging das Poltern und Klirren weiter. Offenbar hatte Lennox keinen seiner gewöhnlichen Albträume, sondern – wahrscheinlich durch zu viel Alkohol – einen Horrortrip. Oder was auch immer. In jedem Fall sollte sie ihn stoppen, bevor er das halbe Haus auseinandernahm.

Seufzend stand sie auf, ging nach oben und öffnete seine Tür, als er auf ihr mehrfaches Klopfen und das Rufen seines Namens nicht reagierte. Sie duckte sich gerade rechtzeitig, um einer leeren Flasche auszuweichen, die er nach ihr warf. Die Flasche knallte gegen die Wand hinter ihr und zerbrach, ihre Splitter flogen nach allen Seiten.

„Hey, Lennox, ich bin es! Beruhige dich, Mann."

„Ha' ab, v'dammt!" Er griff nach dem nächsten Wurfgeschoss, einer vollen Dose Guinness.

Er war vollkommen betrunken. Bevor er die Dose werfen konnte, war Rowan bei ihm, hebelte sie ihm aus der Hand und ignorierte, dass er splitterfasernackt war. Obwohl seine Reaktionsfähigkeit eingeschränkt war, reagierte er dennoch mit seinen antrainierten Reflexen und schlug zu. Rowan wich dem Schlag ebenso aus wie dem nächsten, danach blockierte sie seine Arme von hinten mit einem Doppelnelson. Er wehrte sich nach Leibeskräften, aber ihm fehlte durch den Alkohol die Koordination.

„La' m' los!" Er schrie unartikuliert.

Rowan erkannte, dass es nur noch eine Maßnahme gab, Lennox wieder halbwegs zu Verstand zu bringen. Sie nahm ihn in den Polizeigriff. Immerhin drang der Schmerz durch sein benebeltes Gehirn und verhinderte, dass er weiter um sich schlug. Sie bugsierte ihn ins Bad, ignorierte seine kaum verständlichen Proteste, schob ihn in die Duschkabine und drehte das kalte Wasser voll auf. Er brüllte, als der Strahl ihn traf, und schlug noch ein paar Mal halbherzig um sich, bis er schließlich ruhiger wurde. Er stützte die Hände gegen die Wand, hielt den Kopf in den eisigen Strahl, ließ sich das Wasser über den Körper laufen und japste vor Kälte.

Rowan ließ ihn allein und sammelte die Glasscherben im Flur auf. Am Etikett erkannte sie, dass es sich um eine kleine Schnapsflasche mit einem halben Pint Fassungsvermögen gehandelt hatte. Sie warf die Scherben in den Abfalleiner in der Küche und besah sich den Schaden, den Lennox im Wohnzimmer angerichtet hatte. Das Klirren, das sie gehört hatte, stammte von einer zerbrochenen Leselampe, das Poltern von umgeworfenen Möbelstücken. Ein Stuhl hatte die rüde Behandlung nicht überstanden und ein Bein eingebüßt.

Sie seufzte. Grundsätzlich war es Lennox' Sache, dass er von Albträumen geplagt wurde und sie mit Alkohol zu betäuben versuchte. Sie stellte fest, dass von den beiden Sixpacks nur noch drei Dosen übrig waren – Lennox hatte in wenigen Stunden mindestens drei Liter Guinness ausgesoffen. Es war eine reife Leistung, dass er überhaupt noch aufrecht stehen konnte.

Sie fragte sich, zu was er in einem solchen Zustand fähig war. Wären Rowans Reflexe weniger gut trainiert gewesen, hätte er sie wahrscheinlich mit der Flasche getroffen.

Der Wurf hätte ausgereicht, um sie ernsthaft zu verletzen. Konnte sie es sich leisten, ihn weiterhin unter ihrem Dach zu haben? Wollte sie das? Der Mann war definitiv gefährlich. Bei einem seiner Besäufnisse konnte es durchaus passieren, dass er den Bezug zur Realität verlor und in ihr einen Feind sah, den er töten musste. Das Beste wäre, Lennox zu ihrer eigenen Sicherheit auf die Straße zu setzen.

Und was dann? Sie hatte seine Sehnsucht gespürt, nicht nur nach Ruhe, sondern auch nach Akzeptanz. Deshalb hatte er ihr von Anfang an gesagt, dass er Söldner gewesen war. Wahrscheinlich brauchte er gerade wegen dem, was in Afghanistan geschehen war, die Bestätigung, dass nicht alle Welt in ihm ein mordlüsternes Monster sah, das sich an Unschuldigen vergriff. Aber sie war, verdammt noch mal, keine Therapeutin und nicht dafür zuständig, dass er seine Dämonen loswurde.

Das Wasser in der Dusche wurde abgestellt. Fünf Minuten später kam Lennox herein, die Augen blutunterlaufen und mit dunklen Ringen umrandet. Immerhin hatte er sich ein Handtuch um die Hüften gebunden. Er blickte sie zerknirscht an.

Rowan ließ ihm keine Zeit, etwas zu sagen. „Wenn du noch mal was nach mir wirfst, begnüge ich mich nicht nur damit, dir eine kalte Dusche zu verpassen, dann mach ich dich fertig, kapiert? Und anschließend schmeiß ich dich raus."

Er nickte.

„Kaffee oder Akupunktur?"

Er blickte sie verwirrt an. „Was?"

Sie grinste. „Willst du mit literweise Kaffee versuchen, wieder halbwegs nüchtern zu werden, oder mit Akupunktur vollständig?"

Er fuhr sich über die Haarstoppeln. „Bin m' nich' sicher, obbich nüchtan wer'n will." Er schüttelte den Kopf in dem vergeblichen Versuch, etwas klarer zu werden.

Rowan nickte. „Aber klar willst du das. Weil du weißt, dass Saufen die Sache nur noch verschlimmert. Von dem Kater, den du danach hast, reden wir mal gar nicht. Falls du dich für Akupunktur entscheidest, geht der Kelch an dir vorüber. Obwohl du ihn dir redlich verdient hast."

Er errötete und schluckte. „Also ... Aku'tur dann."

„Ich hole die Nadeln."

Wieder einmal war sie dankbar für ihre Togakure-Ausbildung, in der sie auch gelernt hatte, manche Krankheiten und sogar größere Verletzungen selbst zu behandeln. Oder die Wirkung übermäßigen Alkoholgenusses zu kurieren. Akupunktur, Akupressur und Reiki waren äußerst nützliche Fähigkeiten.

Als sie wieder in Lennox' Wohnung kam, hatte er seine Boxershorts angezogen.

„Ich wusst' nich', welche Körperteile frei blei'm müss'n", entschuldigte er, dass er nicht noch mehr Kleidung trug.

„Kein Problem." Ihr wurde bewusst, dass sie sich nicht die Mühe gemacht hatte, etwas anzuziehen und nichts weiter trug als Slip und T-Shirt, worin sie geschlafen hatte. „Setz dich. Am besten aufs Bett, nachdem der Stuhl nicht mehr lebt. Ich muss ein paar Nadeln hinten im Nacken setzen."

Er ging ins Schlafzimmer und setzte sich auf das Bett, das vollkommen zerwühlt war. Das Laken war feucht von Schweiß. Rowan kniete sich hinter ihn.

„Nur als Warnung, Lennox: Ich bin es, die dich gleich stechen wird. Kein Feind, der dich erdolchen will."

Er räusperte sich. „Schon klar. Ich ..."

„Du musst dich nicht entschuldigen."

„Tut mir trotzdem leid." Er räusperte sich erneut. „Ich, hm, habe unsere Vereinbarung gebrochen." Langsam sprach er wieder deutlicher.

„Hm." Sie zog die erste Nadel aus dem Set, tastete seinen Schädel entlang, bis sie die Stelle hatte, die sie brauchte. „Achtung, Stich."

Er zuckte nicht mal zusammen. „Ich hab die Einrichtung demoliert."

„Habe ich bemerkt. Nächster Stich."

„Ich würde gern sagen, dass das nicht wieder vorkommt, aber dafür kann ich nicht garantieren. Außerdem ist eine gebrochene Vereinbarung eine gebrochene Vereinbarung. Wie könntest du mir noch trauen?"

Sie hielt vor dem nächsten Stich inne, beugte sich seitlich vor und sah ihm in die Augen, als er den Kopf wandte. „Seit ich dich kenne, bekomme ich immer mehr das Gefühl, dass du es regelrecht darauf anlegst, rausgeworfen zu werden. Ja, du hast unsere Vereinbarung gebrochen. Aber du hast es nicht mit Absicht getan. Ich sehe die Narben an deinem Körper, und ich verstehe genug von Medizin, um zu wissen, wie schmerzhaft die dazugehörigen Verletzungen gewesen sein müssen. Und ich sehe, dass du sie dir garantiert nicht selbst zugefügt hast. Den Rest kann ich mir ungefähr denken. Nach so einem Trauma braucht man verdammt lange, um wieder zu sich zu finden. Und um sich in seiner Heimat wieder zuhause zu fühlen. Ich bin seit gut einem Jahr wieder hier und fühle mich immer noch fremd. Du bist erst ein paar Wochen wieder im Land und wahrscheinlich noch völlig orientierungslos. – Stich."

Während sie die Nadeln setzte, erzählte sie von Japan und davon, wie schwierig die Rückkehr für sie gewesen war. „Und aus dieser Erfahrung, Lennox, weiß ich ungefähr, was du brauchst. – Fertig." Sie schloss die Nadelbox.

Er drehte sich zu ihr um. „Und was ist das deiner Meinung nach?"

Sie sah ihm in die Augen. „Akzeptanz. Und Sicherheit. Einen Ort, an dem du bleiben und, wie du neulich schon sagtest, an dem du zur Ruhe kommen kannst. Eine schützende Höhle, wenn du so willst, von der du weißt, dass du nicht aus ihr vertrieben wirst und um die du nicht kämpfen musst. Diese Art von Sicherheit eben."

Er sagte eine Weile nichts, sondern sah sie ausdruckslos an. „Was genau heißt das?"

Sie stellte fest, dass seine Augen grau waren, ohne einen Hauch von Blau darin. Sie grinste. „Dass ich dir jede durch dein Randalieren verursachte Reparatur auf die Miete aufschlage. Und wenn du zu oft randalierst, erhebe ich einen Sonderzuschlag zum Ausgleich meiner gestörten Nachtruhe."

Er starrte sie an. „Heißt das, ich ... ich kann bleiben?"

Sie nickte und stand auf. Er tat es ihr nach und begann, das feuchte Bettzeug abzuziehen. „Du gehst ein verdammtes Risiko ein, Lockhart. Und ich glaube, das würdest du nicht tun, wenn du wüsstest, was mir zur Last gelegt wird. Mir und meinen Kameraden."

„Erzähl es mir, wenn du magst." Sie half ihm mit dem Bettzeug.

Er zögerte keine Sekunde, sondern berichtete ihr, was sie aus dem Untersuchungsbericht bereits erfahren hatte, den Bill ihr gezeigt hatte. Inzwischen war das Bett neu bezogen und sie hatten sich ins Wohnzimmer gesetzt. Lennox trank Milch aus der Flasche und bot auch Rowan etwas an. Sie lehnte ab.

„Was sie mit uns getan haben, hast du gesehen." Er deutete an sich herab. Noch immer trug er nur seine Boxershorts. „Aber ich schwöre bei Gott, dass in der Festung, die wir zerstört haben, niemals auch nur ein einziges Kind oder eine einzige Frau gewesen ist. Nie!" Er schüttelte nachdrücklich den Kopf. „Aber die Taliban haben Frauen und Kinder präsentiert, die angeblich entkommen waren. Die waren so eingeschüchtert, dass sie alles gesagt haben, was man von ihnen verlangte. Das war aber so offensichtlich, dass man dem keinen allzu großen Glauben geschenkt hat. Deshalb ließ man uns ungeschoren vom Haken." Er zuckte mit den Schultern. „Wegen der ganzen Sache wurden die Snipers Special Forces offiziell aufgelöst. Aber natürlich arbeiten sie unter einem neuen Namen weiter. Ich hab mich entschieden, ganz auszusteigen und wieder nach Hause zu gehen. Und da bin ich."

Er trank den Rest Milch und stellte die Flasche auf den Tisch. Rowan hörte an seiner Sprache, die klar und flüssig wie sonst war, dass die Nadeln ihre Wirkung getan hatten und er wieder weitgehend nüchtern war.

„Die Nadeln können wieder raus. Dreh dich um."

Er sah sie an. „Du glaubst mir?"

„Sicher. Da ich dir schon vor deiner Beichte zugesagt habe, dass du bleiben kannst, hast du keinen Grund zu lügen."

„Doch. Denn ich kann mir nicht denken, dass du einen Kindermörder unter deinem Dach haben willst."

Sie grinste und schüttelte den Kopf. „Lennox, Lennox. Du legst es wirklich darauf an, dass ich dich rauswerfe. Ich glaube, ich kann Menschen ganz gut einschätzen. Du hast zwar eine ziemliche Bürde zu tragen, hast dich wer weiß wie viele Jahre lang dafür bezahlen lassen, im Auftrag anderer Leute Menschen zu töten, aber ich spüre bei dir nicht ...", sie suchte nach Worten, „diesen Hauch von Kälte, der skrupellose Leute umgibt. Irgendwie kaufe ich dir nicht ab, dass du ein schlechter Mensch bist."

Sie fasste ihn an den Schultern und drehte ihn so, dass er ihr den Rücken zuwandte, entfernte die Nadeln und stand auf. „Du kannst jetzt beruhigt wieder schlafen gehen."

Er warf einen Blick durch die offene Schlafzimmertür auf das Bett und zögerte.

„Wenn du willst, bleibe ich", bot Rowan ihm spontan an. „Es hilft, wenn man weiß, dass man nicht allein ist."

Er sah sie an. „Warum tust du das?"

Das fragte sie sich auch. „Ganz ehrlich: Ich habe keine Ahnung. Wahrscheinlich, weil ich verrückt bin." Sie schnitt eine Grimasse. „Noch wahrscheinlicher ist aber, weil ich mich mindestens so einsam fühle wie du. Auch wenn ich mir große Mühe gebe, dass das niemand merkt."

Er seufzte tief. „Danke, Lockhart." Er löschte das Licht im Wohnzimmer, ging ins Schlafzimmer und schloss die Tür, nachdem Rowan eingetreten war.

„Kannst dich zu mir legen", bot er an, als sie sich in den Sessel setzen wollte, der neben dem Bett stand. „Wenn du willst. Ich hab keine unlauteren Absichten. Wenn ich Sex will, bezahle ich dafür. Von allem anderen lasse ich die Finger. Und Kameradinnen sind für mich sowieso absolut tabu."

„Interessante Philosophie." Das zeigt Rowan noch deutlicher als alles, was sie bisher mit ihm erlebt hatte, dass er in mehr als einer Hinsicht Probleme hatte. „Ich bin also eine Kameradin."

„Aye." Er räusperte sich. „Nur Kameraden halten so zu jemandem, wie du es gerade tust."

Als sie sich zu ihm legte, musste sie sich nicht mehr fragen, was sie hier eigentlich tat. Sie wollte endlich wieder einmal die Wärme eines anderen Menschen neben sich spüren, sich der Illusion hingeben, dass ihr Leben vollkommen in Ordnung wäre. „Gute Nacht, Lennox."

„Nacht, Lockhart." Er knipste die Nachttischlampe aus.

Da er die Jalousie nicht geschlossen hatte, fiel Mondlicht ins Zimmer. Rowan sah, wie es sich in seinen Augen spiegelte, als er sie noch eine Weile ansah, ehe er die Augen schloss. Wenig später war er eingeschlafen. Kurz darauf schlief auch Rowan tief und fest.

Als sie Stunden später erwachte, stand Lennox unter der Dusche, wie sie am Laufen des Wassers hörte. Ein Blick auf die Uhr zeigte ihr, dass es schon nach neun war. Sie strich mit der Hand gedankenverloren über die Matratze, ehe sie aus dem Bett kletterte, und hinterließ einen Zettel auf dem Kopfkissen: „Wenn du Lust auf japanisches Frühstück und starken Kaffee hast, komm nach unten. In einer halben Stunde ist alles fertig."

Gespannt betrat Bill das Kriminallabor, in dem Don Cohen von der Tatortermittlung ihn erwartete. Don hatte ihn gebeten zu kommen, weil er etwas entdeckt hatte, das er Bill zeigen wollte.

„Morgen, Don."

„Morgen, Bill. Wir haben die Fotos genauestens unter die Lupe genommen, wie du gebeten hast. Die wären zwar erst später an der Reihe gewesen, aber dein Hinweis war wichtig und richtig, wie sich herausgestellt hat."

Die Tatortermittlung hatte sich zunächst mit dem Sessel beschäftigt, in dem Macrae gesessen hatte, mit seiner Kleidung und dem Fußboden in unmittelbarer Umgebung des Sessels. Normalerweise wurde die Untersuchung der Asservate in der Reihenfolge ihrer Nähe zum Tatort von innen nach außen abgearbeitet. Nach und nach wurde alles, was sich in dem Raum befand, in dem die Tat geschehen war, akribisch untersucht – selbst in einem Fall wie diesem, bei dem die Spuren auf Selbstmord deuteten. Schon manches Mal in der Vergangenheit waren dadurch Spuren gefunden worden, die einen scheinbar offensichtlichen Selbstmord widerlegt hatten.

Don rief eine Datei auf und projizierte das Bild auf einen an der Wand hängenden großen Bildschirm. Darauf war das vergrößerte Foto zu sehen, das die Blutspritzer auf dem Beistelltisch zeigte. Macraes Glas und die Singletonflasche standen noch darauf. Don zoomte das Bild heran und deutete auf das Glas.

„Hier sehen wir deutlich, wie das Spritzmuster durch

das Glas unterbrochen wird. Wenn ich das Glas jetzt entferne“, er tippte etwas ein, und das Glas verschwand aus dem Bild, „bleibt das Muster signifikant unterbrochen, sodass kein Zweifel daran bestehen kann, dass dort ein Glas gestanden hat. Und hier sehen wir die Simulation.“

Don tippte etwas auf dem Keyboard. Der Bildschirm zoomte aus dem Bereich heraus und zeigte eine animierte Männerfigur, die Macrae darstellte, wie er im Sessel saß, sich den Lauf der schallgedämpften Pistole in den Mund steckte und abdrückte. In Zeitlupe flogen die Blutspritzer durch die Gegend.

„Durch den Schusswinkel hat sich natürlich das meiste Blut nach hinten verteilt und nur wenig zur Seite. Noch weniger schräg nach vorn. Deshalb hat der Beistelltisch relativ wenig abbekommen. Aber interessant ist das hier ...“ Don zoomte in der Simulation den Tisch heran und besonders den Teil, an dem Row das fehlende Glas vermutete. Die Blutstropfen flogen darauf zu und setzten sich in Zeitlupe darauf ab. Bill beugte sich gespannt vor, als er sah, dass dort, wo sich auf dem Tatortfoto keine Spritzer befanden, in der Simulation welche niederfielen, wenn auch nur sehr wenig.

„Einmal ist keinmal“, meinte Don, „deshalb haben wir die Simulation mehrfach wiederholt. Und selbst unter Berücksichtigung der Tatsache, dass gerade bei einem solchen Szenario sich die Flugbahn einzelner Blutstropfen nicht exakt berechnen lässt – Stichwort Chaostheorie –, ergibt sich folgendes Muster.“ Er projizierte sämtliche Simulationen übereinander.

„Mechty me!“, entfuhr es Bill.

„Amen“, stimmte Don ihm zu.

In der Simulation war durch die vielen verschiedenen Linien aller Versuche sehr deutlich zu erkennen, dass dort, wo Row vermutet hatte, tatsächlich ein Glas gestanden haben musste. Don projizierte ein Glas gleicher Größe wie das von Macrae in die nun sichtbare Lücke, und es passte wie angegossen. Dort hatte ohne jeden Zweifel ein Glas gestanden, das jemand erst nach dem Tod des Captains entfernt hatte.

Bills Handy klingelte. Der Anruf kam von Dr. Nathan Campbell, dem leitenden Rechtsmediziner. Campbell war erst vor einem halben Jahr zum Leiter der Gerichtsmedizin ernannt worden und hielt in regelmäßigen Abständen Vorlesungen in Forensischer Medizin an der Universität. Er besaß einen hervorragenden Ruf.

„Inspector Wallace, Sie baten um Rückruf. Was kann ich für Sie tun?"

„Sie haben den Leichnam von Finn Macrae obduziert, Doktor. Verzeihen Sie meine Frage, mit der ich Ihnen keinesfalls zu nahe treten will, aber ..."

„Gibt es Zweifel daran, dass Macrae Selbstmord begangen hat?", unterbrach Campbell ihn. „Nein, keine begründeten, andernfalls ich die in meinem Bericht erwähnt und die Leiche niemals zur Bestattung freigegeben hätte."

„Das ist mir bewusst, Doktor. Wenn Sie sagen, dass Sie keine begründeten Zweifel gehabt haben – hatten Sie vielleicht Zweifel, die sich nicht ausreichend begründen ließen? Eine Privatermittlerin, die an dem Fall arbeitet, ist von Mord überzeugt und hat folgende Theorie aufgestellt, wie der hypothetische Täter ihn bewerkstelligt haben könnte, ohne dass Ihnen ein entsprechender Verdacht gekommen ist." Bill erläuterte ihm Rows Theorie.

„Ihre Detektivin scheint mir verdammt kompetent zu sein", sagte Campbell, nachdem Bill geendet hatte. „Der Tote hatte tatsächlich kleinere Verletzungen im Mund, winzige Verletzungen an der Innenseite der Lippen und Haarrisse im Schmelz der Schneidezähne. Wenn wir annehmen, dass die Theorie der Privatermittlerin stimmt, könnten die darauf hindeuten, dass jemand Macrae den Mund nicht gerade sanft geöffnet hat, wenn auch nicht unbedingt gewaltsam, um den Lauf der Pistole reinzuschieben. Ein Beweis ist das trotzdem nicht. Viele Selbstmörder, besonders Männer, gehen in den letzten Sekunden ihres Lebens ziemlich rabiat mit sich um. Ich habe solche Verletzungen schon häufiger bei Leuten gesehen, die sich durch einen Schuss durch den Mund ins Gehirn getötet haben. Wenn auch nicht übermäßig oft."

„Aber ist ein Mord, der dieser Theorie entspricht, ausgeschlossen?"

„Nein, ist er nicht. Nur gibt es auch dafür keinen Beweis, es sei denn, der Täter hätte mit dem hypothetischen Schlag auf den Kopf eine stark blutende Wunde verursacht. In dem Fall müssten die Leute von der Kriminaltechnik entsprechende Blutspuren an der Kleidung und dem Fundort des Opfers finden. Falls der Schlag ihm den Schädel gebrochen hätte, ließe sich das nur nachweisen, wenn wir alle Fragmente des Schädels vom Restfleisch befreien und in der Hoffnung wieder zusammensetzen, irgendwo eine Bruchstelle zu finden, die nicht durch den Austritt der Kugel verursacht wurde. Und das ist zwar nicht ausgeschlossen, aber bei der Arbeit, die die Kugel geleistet hat, höchst unwahrscheinlich. Eine neun Millimeter Parabellum lässt nicht viel übrig. Ganz abgesehen davon, dass der Mann bereits beerdigt ist und kein Richter aufgrund dieser vagen Theorie eine Exhumierung gestatten würde. Also, wie es aussieht, hat der Mörder – vorausgesetzt es war Mord – ein nahezu perfektes Verbrechen begangen."

„Das heißt, dass wir ihm ohne sein Geständnis nichts beweisen können, wenn wir nicht noch andere Spuren finden."

„So sieht es aus. Kann ich sonst noch was für Sie tun, Inspector?"

„Nein. Haben Sie vielen Dank, Doktor. Sie haben mir schon weitergeholfen." Er unterbrach die Verbindung

„Don, kannst du mir von der Simulation einen Ausdruck machen?"

„Klar. Ist aber nur eine Simulation und als solche vor Gericht nicht beweiskräftig. Zumindest würde ein guter Anwalt diese Grafik als Argument aushebeln."

„Aber die Geschworenen würden sie akzeptieren", war Bill überzeugt. „Zumindest werden sie das glauben, was sie darauf sehen." Doch bevor irgendwelche Geschworenen sich mit dem Fall beschäftigten, mussten sie erst einmal den mutmaßlichen Täter dingfest machen. „Sag mal, Don, habt ihr an der Kleidung des Toten oder am Sessel oder sonst wo irgendwelche Blutspuren gefunden, die nicht zum Hirnschuss passten?"

„Nicht dass ich wüsste." Don reichte Bill den Ausdruck und rief im Computer die Berichte über die entsprechenden Untersuchungen auf. Er scrollte durch die Seiten und überflog den Text. „Nein, alles im grünen Bereich. Nichts Auffälliges." Er blickte Bill von der Seite an. „Verrenn dich nicht, Bill. Auch wenn es so aussieht, dass jemand nach dem Tod des Opfers ganz gezielt ein Glas beseitigt hat, muss das noch lange nichts heißen. Vielleicht wollte derjenige, der mit Macrae getrunken hat, bloß keine Scherereien haben."

„Das glaubst du doch selbst nicht." Bill steckte die Ausdrucke ein.

Don grinste. „Nicht wirklich. Aber ich glaube grundsätzlich sowieso nur das, was ich beweisen kann." Er klopfte Bill auf die Schulter. „Wir habe noch nicht alle Asservate ausgewertet. Vielleicht finden wir noch was, das deine Theorie stützt."

„Ist nicht meine Theorie. Aber ich finde, sie ergibt Sinn."

Bill nickte Don zu und verließ das Labor. Er beschloss, Row die Bilder der Simulation zu zeigen. Natürlich hätte er sie auch scannen und ihr mailen können. Aber er wollte ohnehin noch einmal zum Tatort und die Gelegenheit nutzen, vorher bei ihr vorbeizufahren. Er hoffte, dass sie noch zu Hause und nicht schon unterwegs war – und freute sich wie ein verknallter Teenager darauf, sie zu sehen.

Rows Wagen stand vor dem Haus, also war sie da. Die beiden „vollautomatischen Rasenmäher" waren fleißig grasend bei der Arbeit. An der Haustür teilte ein Schild Besuchern mit, dass das Detektivbüro geöffnet war. Er merkte, dass er lächelte, als er eintrat und das Bimmeln der Türglocke ihn ankündigte.

„Row?"

„In der Küche!"

Er folgte ihrer Stimme und blieb abrupt auf der Schwelle stehen bei dem Anblick, der sich ihm bot. Row saß mit einem Mann am Frühstückstisch, der Jeans und T-Shirt trug und barfuß war; ebenso wie sie. Zwischen beiden spürte er eine Vertrautheit, die auf Bill wie ein Schlag in den Magen wirkte.

„Morgen Bill. Setz dich. Magst du mit uns frühstücken?" Sie deutete auf den Mann. „Das ist Lennox. Lennox, Bill Wallace, mein ältester und gleichzeitig mein bester Freund."

„Angenehm." Lennox nickte ihm zu.

„Gleichfalls", brachte Bill hervor, bevor er murmelte: „Morgen allerseits!"

Verdammt, das durfte nicht wahr sein! Row und dieser schmierige Ex-Söldner hatten offenbar die Nacht zusammen verbracht. Wie nahe waren sich die beiden bereits? Liebte Row den Kerl? Liebte er sie? Hatte er jetzt überhaupt noch eine Chance bei ihr? – Bitte, Gott, bitte nimm sie mir nicht noch mal weg!

Er lächelte mühsam und setzte sich. „Ich hatte zwar schon ein Frühstück, aber ein zweites kann nicht schaden, danke.“ Er blickte auf das, was auf dem Tisch stand, während Row ihm Teller, Suppentasse und Besteck holte. „Das ist ein, na ja, etwas ungewöhnliches Frühstück.“

„Japanisch. Bis auf den Kaffee. Oder möchtest du lieber Tee?“

„Kaffee. In Japan isst man auch zum Frühstück Reis und Suppe und – Fisch? Und was ist das?“ Er deutete auf einen Teller, auf dem viereckige brötchenartige Gebilde lagen.

„Reiskuchen. Die werden dir schmecken. Und ja, der Rest ist ein absolut normales Frühstück für japanische Verhältnisse. Zumindest soweit es die Dinge betrifft, die man hier bekommen kann. Nori in vernünftiger Qualität und Umeboshi habe ich hier noch nicht gefunden. Und um Tsukemono selbst zu machen, habe ich zu wenig Zeit. Nur die Zeit zum Backen der Reiskuchen nehme ich mir ab und zu. Die esse ich einfach zu gern.“

Was immer das andere genannte Zeugs war, es klang so exotisch, dass er auch ohne Kostprobe sicher war, dass es ihm wahrscheinlich nicht schmecken würde. Er vermutete zwar, dass ihm nichts von dem schmecken würde, was er hier sah, aber da er neuen Erfahrungen grundsätzlich aufgeschlossen gegenüberstand, probierte er, was Row ihm vorsetzte. Er musste zugeben, dass es zwar ungewöhnlich, aber gut schmeckte. Und die Reiskuchen waren tatsächlich lecker.

Während er das Frühstück und Rows Anwesenheit genoss, beobachtete er unauffällig die Signale, die zwischen ihr und Lennox ausgetauscht wurden. Er nahm eine gewissen Vertrautheit wahr, aber nichts, was darauf schließen ließ, dass die beiden etwas miteinander hatten. Trotzdem war er froh, als Lennox sich verabschiedete, nachdem er fertig war.

„Nochmals danke, Lockhart. Für alles.“

„Jederzeit wieder, Lennox."

„Und gib mir die Rechnung für den Stuhl."

„Worauf du wetten kannst." Sie grinste.

Lennox nickte ihr und Bill zu und verließ die Küche.

Bill atmete auf und konnte sich gerade noch verkneifen zu fragen, was sich zwischen ihr und Lennox abgespielt hatte. Lockhart, Lennox – das klang doch nicht besonders vertraut.

„Was führt dich zu so früher Stunde her, Bill?"

„Frühe Stunde?" Er warf einen anzüglichen Blick auf die Uhr. „Es ist fast zehn. Muss eine lange Nacht gewesen sein."

„Das war sie in der Tat. Aber nicht so, wie du denkst."

Er räusperte sich. „Was denke ich denn?"

„Dass Lennox und ich heißen Sex hatten." Sie zwinkerte ihm zu, ehe sie abwinkte. „Hatten wir nicht."

Danke, Gott, danke! Er atmete erleichtert auf.

Rowan gähnte und blickte ihn anschließend erwartungsvoll an. Er schob ihr den Umschlag mit den Ausdrucken hin, den er auf den Tisch gelegt hatte. „Das wird dich freuen."

Sie nahm die Bilder von Dons Simulation heraus und blätterte sie durch. „Ich hab's doch gewusst!"

Das klang so triumphierend und erfreut, dass Bill lächelte. „Und unser Rechtsmediziner hat Spuren gefunden, die deine Mordtheorie stützen, die sich Macrae aber leider rein theoretisch auch selbst zugefügt haben könnte. Falls nicht noch weitere Beweise auftauchen, können wir dem Täter ohne Geständnis nichts beweisen. Hast du inzwischen noch was rausgefunden? Hat sich dein japanischer Kontakt schon gemeldet?"

Sie schüttelte den Kopf. „Der hat die Informationen, ob Nordkorea britische Verteidigungspläne besitzt, nicht schon griffbereit auf dem Schreibtisch liegen. Er muss Leute kontaktieren und sich umhören und wird sich wahrscheinlich nicht vor morgen melden. Ich werde mich heute noch mal hinter Mrs Macraes Mutter klemmen und versuchen, Captain Farrell an die Angel zu kriegen. Ich hoffe, dass einer von ihnen eine Ahnung hat, wer ein persönliches Motiv haben könnte, Macrae und seine Frau umzubringen."

Bill kaute auf einer zusammengerollten Scheibe Räucherlachs, die mit Reis gefüllt war, und fand, dass das recht gut schmeckte, auch wenn er es nie als Frühstücksessen gewählt hätte. Und die Suppe war angenehm würzig.

„Isst du so was immer zum Frühstück? Ist nicht übel. Schmeckt sogar richtig gut."

Sie nickte und lächelte. „Freut mich, dass es dir schmeckt. Ich habe mich in den letzten Jahren so sehr daran gewöhnt, dass ich mir traditionelles schottisches Frühstück gar nicht mehr vorstellen kann. Und das hier liegt auch viel besser im Magen." Sie nahm ihren Kaffeebecher und lehnte sich zurück. „Hast du irgendwas in Macraes Leben entdeckt, das vor ungefähr zwei Jahren passierte und ein Motiv liefern könnte? Waren er und seine Frau vielleicht schuldhaft in einen Unfall verwickelt, bei dem jemand gestorben ist?"

Er schüttelte den Kopf. „Haben wir schon überprüft. Und auch alle möglichen anderen Dinge, die vielleicht aktenkundig sein könnten. Nichts gefunden. Das einzig ‚ungewöhnliche' Ereignis, das in die Zeit fällt, ist, dass Macrae und seine Frau geheiratet haben."

Row blickte ihn nachdenklich an. „Möglicherweise könnte darin ein Motiv liegen – wäre zumindest denkbar."

„Du meinst, es könnte einen abgewiesenen Liebhaber geben, der sich rächen will?" Bill schüttelte den Kopf. „Das wäre eine wirklich extreme Form von Rache. Ich meine, die ganze Inszenierung mit dem Verrat. Immer vorausgesetzt, es hat wirklich keiner stattgefunden."

Sie zuckte mit den Schultern. „Die keineswegs abwegig ist. Erinnere dich an unsere Trainingsfälle auf dem College. Darunter war einer, bei dem eine Frau ein ganzes Jahr Zeit aufgewendet hat, um falsche Spuren zu legen, sodass ihr Selbstmord am Ende wie ein Mord aussah. Den hat sie ihrem Ex-Lover in die Schuhe geschoben, nur um sich dafür zu rächen, dass er eine andere geheiratet hat."

Bill trank seinen Kaffee und nickte. „Das könnte sein. Aber dann würde der Kreis der Verdächtigen reichlich groß."

Sie streckte die Beine unter dem Tisch aus und berührte mit den Zehen versehentlich eine Stelle seines Beines, wo die Hose hochgerutscht war. Ihre Haut war warm und weich. Die Berührung riss ihn aus seiner Konzentration. Er fühlte sie, genoss sie – und bemerkte, dass nicht nur sein Kopf darauf reagierte, sondern sich auch unterhalb seiner Gürtellinie spürbar etwas regte. Mühsam zwang er sich, wieder an den Fall zu denken.

„Nicht zwangsläufig."

Er brauchte einen Moment, um zu begreifen, dass Rowan auf seine vorherige Bemerkung antwortete.

„Wir wissen, dass der Täter beim Militär sitzen muss. Da kommen nicht allzu viele infrage. Unter anderem Major Shaw, der Jin-Hee schon vor Macrae gekannt hat. Wen es noch gibt, bringe ich aus ihrer Mutter schon raus. Ich denke, sie wird mein Angebot, ihr bei den Vorbereitungen für die Beerdigung zu helfen, nicht ablehnen."

Bill schüttelte den Kopf. „Frauen und ihre Tücken."

Sie lachte. „Was denn für Tücken? Ich bin nur ein mitfühlender und hilfsbereiter Mensch."

„Zweifellos. Darum mag ich dich so sehr."

Sie machte ein betrübtes Gesicht und seufzte. „Und ich habe mir immer eingebildet, du magst mich, weil ich so interessant bin und es mit mir niemals langweilig wird."

Er lachte. „Oh ja, deswegen auch. Besonders wenn Mr MacCallum mit dem Besen hinter uns her ist, weil du nicht nur eine Cola in seinem Laden geklaut hast, sondern auch noch eine Stange Zigaretten mitgehen lassen musstest."

Sie stimmte in sein Lachen ein und gab ihm unter dem Tisch einen leichten Tritt. „Ja, das war lustig. Immerhin waren wir so anständig, später zurückzukommen und alles zu bezahlen."

Aber vorher hatten sie noch ausgiebig in dem Genuss geschwelgt, etwas Verbotenes getan zu haben, was der Cola und den Zigaretten trotz fürchterlicher Hustenanfälle einen besonders köstlichen Geschmack verliehen hatte. Später hatte das Klauen zumindest in Mr MacCallums Laden keinen Spaß mehr gemacht, denn der alte Mann wusste nach dem vierten oder fünften „Raubüberfall", dass sie später zurückkommen und alles auf den Penny bezahlen würden. Deshalb ließ er sie gewähren und verfolgte sie nicht mehr mit dem Besen, was der ganzen Aktion ihren Reiz genommen hatte.

Row stand auf und begann den Tisch abzuräumen. Er half ihr und belud die Geschirrspülmaschine, während sie die Reste des Essens in den Kühlschrank stellte. Wie oft hatten sie so etwas schon gemeinsam getan, in der Wohnung ihrer Eltern oder bei seinen Eltern, später im Collegewohnheim. Eine vertraute Situation. Und doch war alles anders.

Sie verließen gemeinsam das Haus. Row schloss ab, tätschelte im Vorbeigehen die beiden Pferde und winkte Bill zu, als er in sein Auto stieg. Er winkte zurück und machte sich auf den Weg zur Polwarth Terrace. Er wusste selbst nicht, was er dort eigentlich zu finden hoffte; schließlich hatte Dons Team schon längst alles registriert und vieles in die Asservatenkammer geschafft. Aber er würde sich noch einmal umsehen. Vielleicht brachte der Aufenthalt am Tatort seine grauen Zellen auf Trab. Falls nicht, blieb immer noch die profane Ermittlungsarbeit.

Mrs Yoon zeigte sich so entzückt über Rowans Angebot, ihr bei den Formalitäten für die Beerdigung ihrer Tochter zu helfen, wie es der Anstand in ihrer Situation erlaubte. Sie hatte keine Verwandten in der Stadt oder überhaupt in Großbritannien und offenbar auch keinen großen Bekanntenkreis. Seit dem Tod ihres Mannes war Jin-Hee ihr einziger Halt, ihre einzige Verbindung zur Gesellschaft gewesen. Davon abgesehen beschränkten sich ihre Kontakte auf die Kunden, die sie als Klavierstimmerin betreute. Aber zu denen hatte sie keine privaten Beziehungen.

Sie nahm die Gelegenheit, mit Rowan über Jin-Hee sprechen zu können, dankbar an. Sie berichtete, was für eine gute Tochter sie gewesen war und was für eine gute Musikerin. Jin-Hee hätte es zu einer erfolgreichen Solokarriere bringen können, wenn sie nicht so öffentlichkeitsscheu gewesen wäre.

Rowan hörte geduldig zu, tröstete Mrs Yoon, wenn ihr die Tränen kamen, und erfuhr in den nächsten zwei Stunden nahezu alles über die Tote. Als sie das Foto auf dem Altar zum Anlass nahm, Jin-Hees Schönheit anzusprechen und dass sie bestimmt viele Verehrer gehabt hatte, lenkte das das Gespräch in die gewünschte Richtung.

Als Erstes erfuhr sie, dass Major Shaw sich am Anfang nur für die Familie eingesetzt hatte, weil sein Cousin ihn darum gebeten hatte, der die Flüchtlingsorganisation leitete, von der die Familie zunächst betreut worden war. Ja, Andrew sei durchaus angetan gewesen von Jin-Hee, aber auch Alex Farrell und Sergeant Matt Jameson, das Mitglied von Andrews Brigade, das Rowan nach ihrem Besuch bei Shaw hinausgebracht hatte. Besonders Jameson hatte sich um Jin-Hee bemüht, aber sie war zurückhaltend gewesen, obwohl sie ein paar Mal mit ihm ausgegangen war. Dann hatte er sich schlagartig zurückgezogen, ohne dass Mrs Yoon einen Grund erkennen konnte.

Auch mit Shaw und Farrell war Jin-Hee ab und zu ausgegangen, hatte Konzerte besucht und das internationale Jazzfestival, das Book Festival und das Edinburgh Military Tattoo – die berühmte Militärparade. Eigentlich hatte Jin-Hee das Militär gehasst, weil es ihr Angst machte. Vor allem Soldaten in Uniform. Dass sie mit Soldaten ausgegangen war, lag in erster Linie an ihrer guten Erziehung. Major Shaw hatte sich bemüht, der Familie die Einbürgerung unter anderem zu erleichtern, indem er sie seinen Freunden vorstellte. Es wäre unter diesen Umständen extrem unhöflich gewesen, wenn Jin-Hee die Einladungen abgelehnt hätte. Außerdem hatte sie gerade durch diese Kontakte gelernt, dass eine Soldatenuniform nicht zwangsläufig Gefahr bedeutete.

Wahrscheinlich hatte sie sich überhaupt nur deshalb in Finn Macrae verlieben können, den Mrs Yoon trotz seines Berufs als einfühlsamen Mann beschrieb. Sie wusste nicht genau zu sagen, was ihre Tochter an ihm gefunden hatte, nur dass er sie zunächst glücklich gemacht hatte und sie bei ihm aufgeblüht war – sie war überzeugt gewesen, die große Liebe gefunden zu haben. Als sie erfuhr, dass er sie betrog, war für sie eine Welt zusammengebrochen. Dennoch hatte sie an der Ehe festgehalten in der Hoffnung, dass er zu ihr zurückkehrte. Nein, weder Jin-Hee noch ihre Mutter hatten eine Ahnung, wer die andere Frau gewesen sein könnte.

Aber Jin-Hee hatte sich bittere Vorwürfe gemacht und sich die Schuld an der Affäre ihres Mannes gegeben. Wenn es ihr gelungen wäre, Finn so zufriedenzustellen, wie er es gebraucht hatte, hätte er sich niemals einer anderen Frau zugewandt, glaubte sie. Unmittelbar nach seinem Tod hatte sie sogar vermutet, Finn könnte sich wegen ihrer Unzulänglichkeiten als Ehefrau umgebracht haben. Der entsetzliche Vorwurf des Hochverrats gegen ihn war für Jin-Hee deshalb in diesem Punkt eine traurige Erleichterung gewesen.

Rowan hatte genug erfahren. Sie versprach, Mrs Yoon

weiterhin zu unterstützen, wenn sie Hilfe brauchte, und sie am Tag der Beerdigung, die für Samstag früh angesetzt war, zum Friedhof zu fahren. Mrs Yoon nahm das Angebot dankbar an.

Nachdem sie die trauernde Frau verlassen hatte, kaufte sie in einem Laden das versprochene Sixpack Guinness für Lennox und eines für sich, falls wieder mal jemand bei ihr sein sollte, der ein Bier trinken wollte. Anschließend fuhr sie zum Castle. Sergeant Jameson war laut Mrs Yoon ein weiterer Kandidat, der etwas über die Zusammenhänge wissen könnte. Sie hatte Glück. Wie gestern schob er Wache am Tor der Garnison und trat ihr mit entschiedenen Schritten entgegen.

„Madam, ich habe ausdrückliche Anweisung von Major Shaw, Sie unter keinen Umständen vorzulassen. Ich muss Sie bitten zu gehen."

Rowan schenkte ihm ein liebenswürdiges Lächeln. „Mal abgesehen davon, dass der Major am Kanthaken der MP zappelt und mehr als genug damit zu tun hat, deren Fragen zufriedenstellend zu beantworten, wollte ich sowieso zu Ihnen."

Er kniff die Augen zusammen. „Woher wissen Sie das mit dem Major?"

Sie spitzte die Lippen. „Ich bin Ermittlerin, Sergeant. Ich weiß so manches. Davon abgesehen soll ich Sie von Mrs Yoon grüßen. Mrs Macraes Mutter. Sie wissen, dass Mrs Macrae ermordet wurde?"

Er nickte. „Das hat sich inzwischen in der Garnison herumgesprochen. Angeblich wurde sie im Auftrag der Hintermänner eliminiert, die den Captain mit dem Verrat beauftragt hatten. Sie soll mit dringesteckt haben." Er blickte sich um, um sich zu vergewissern, dass niemand sie belauschen konnte. „Haben Sie schon etwas darüber herausgefunden?"

„Noch nichts, was ich beweisen könnte. Aber ich bin

überzeugt, dass Captain Macrae unschuldig ist. Wie gesagt, beweisen kann ich das noch nicht. Darum brauche ich Ihre Hilfe. Mrs Yoon sagte, dass Sie ein paar Mal mit Jin-Hee ausgegangen sind und sich von einem Tag auf den anderen zurückgezogen haben. Warum?"

Er schüttelte den Kopf. „Das ist privat. Ich kann mir nicht vorstellen, dass das etwas mit dem Vorwurf gegen den Captain zu tun haben könnte."

Sie wiegte den Kopf. „Möglicherweise doch. Es deutet zunehmend alles darauf hin, dass er erstens keinen Verrat und zweitens keinen Selbstmord begangen hat und dass drittens das Motiv für den Mord an ihm und seiner Frau etwas sehr Persönliches war. Etwas, das seinen Ursprung wahrscheinlich in der Zeit vor zwei, maximal zweieinhalb Jahren hat. Das einzige einschneidende Ereignis in dieser Zeit, das ich bisher ermitteln konnte, ist ihre Heirat. Falls es noch etwas anderes gibt, das sich in dem Zeitraum ereignet hat und jemanden veranlassen könnte, über Jahre hinweg einen Mord vorzubereiten, ist es mir noch nicht bekannt." Erwartungsvoll sah sie ihn an.

Er dachte eine Weile nach, ehe er den Kopf schüttelte. „Nein, Madam, da gibt es nichts, womit ich Ihnen weiterhelfen könnte. Aber der Captain ist – war mein vorgesetzter Offizier, nicht mein Freund. Ich bin über seine persönlichen Verhältnisse nicht informiert."

„Wie war das damals mit Ihrem Abbruch der Beziehung zu Jin-Hee?"

Er blickte sich erneut um, ehe er mit gesenkter Stimme antwortete. „Man hat mir von höherer Stelle nahegelegt, den Kontakt zu ihr abzubrechen. Ich werde Ihnen keinen Namen nennen, Madam. Aber ich wollte keinen Ärger, und da ich nicht in sie verliebt war, habe ich mich zurückgezogen."

Interessant. Das passte zu Shaw. „War Major Shaw die höhere Stelle?"

Jameson straffte sich. „Das werde ich weder bestätigen noch dementieren."

„Jemand anderes?"

„Das werde ich weder dementieren noch bestätigen." Er bemerkte, dass jemand die Garnison verließ und wurde dienstlich. „Ich muss darauf bestehen, dass Sie gehen, Madam."

Rowan lächelte, als sie erkannte, dass Farrell auf sie zukam.

„Ist etwas nicht in Ordnung, Sergeant?", fragte er Jameson.

Jameson stand stramm und blickte stur geradeaus. „Nein, Sir, alles bestens. Die Dame wollte gerade gehen."

„Mit Ihnen zusammen, Alex, falls Sie Zeit haben. Da Major Shaw mir offenbar Hausverbot erteilt hat, wollte man mich nicht zu Ihnen vorlassen."

Sie warf einen bezeichnenden Blick zu dem Fenster, hinter dem sich Shaws Büro befand. Es war gekippt und Rowan konnte einen Schatten sehen, der sich vom Fenster wegbewegte. Wie viel von dem, was Jameson gesagt hatte, konnte der Lauscher gehört haben?

„Ich habe im Moment keine Zeit. Ich bin im Dienst", wehrte Farrell ihren Vorschlag ab, nachdem er ebenfalls hochgeblickt und den Schatten gesehen hatte.

„Macht nichts. Wir können uns gerne nach Ihrem Dienst treffen. Sie wollen doch auch, dass der Name Ihres Freundes reingewaschen wird. Und ich habe begründete Verdachtsmomente, die ihn nicht nur vom Vorwurf des Verrats entlasten, sondern auch eine Spur zu Mrs Macraes Mörder weisen."

Farrell zögerte. „Also gut, Rowan", gab er nach. „Weil es um Finn geht. Wenn Sie Zeit haben, können wir uns heute Abend im Guildford Arms treffen? Ich könnte um halb acht."

Sie lächelte. „Ich werde da sein. Bis heute Abend also."

Sie ging zu ihrem Wagen zurück und fuhr nach Hause, um die Informationen, die sie bekommen hatte, in ihr Puzzle einzuarbeiten. Langsam begann alles ein schlüssiges Bild zu ergeben.

Rowan verzichtete für ihr Treffen mit Farrell diesmal auf verführerische Kleidung. Da Farrell wusste, dass sie nicht an ihm interessiert war, sondern nur an Informationen, trug sie eine Jeans, ein schmuckloses Top und ihre Jeansjacke. Wieder parkte sie ihren Wagen in der South St. Andrew und ging den Rest des Weges zum Guildford zu Fuß. Als sie die Ecke West Register Street und Register Place erreicht hatte und in die schmale Gasse einbog, die am Café Royal und The Voodoo Rooms vorbeiführte, stellte sie fest, dass zwei Männer ihr folgten, die vor der Tür des Cafés herumgelungert hatten. Als sie noch ein paar Schritte gemacht hatte, kamen ihr zwei weitere von der unteren Ecke West Register Street und West Register Street Lane vor ihr entgegen. Die Kapuzen ihrer dunklen Sweatshirts hatten sie tief ins Gesicht gezogen, sodass man sie nicht erkennen konnte. Als Rowan an ihnen vorbeigehen wollte, stellten sie sich ihr in den Weg. Sie trat einen Schritt von der Hauswand weg und blieb stehen.

Die Männer blieben ebenfalls stehen. „So ganz allein in einer dunklen Gasse. Ziemlich gefährlich, Süße."

Rowan atmete ruhig und konzentrierte sich. „In der Tat. Ich kann ziemlich unangenehm werden, wenn man mich belästigt. Also rate ich euch, ganz friedlich eurer Wege zu gehen und mich in Ruhe zu lassen."

Die Kerle lachten. Rowan ließ sie nicht aus den Augen. Der Zweite von links machte einen Schritt auf sie zu. „Na, komm schon, Süße. Wir wollen doch nur ein bisschen Spaß mit dir haben."

Er griff nach ihr. Sie brach ihm das Handgelenk. Der Mann brüllte auf. Ein Fußtritt in den Unterleib schleuderte ihn zu Boden. Der Mann zu ihrer Linken holte aus. Sie setzte ihren Fuß auf seinen, ein Faustschlag vor die Brust stieß ihn nach hinten. Er verlor das Gleichgewicht und fiel rückwärts zu Boden. Sein Fußgelenk hielt der Belastung nicht stand und brach. Der Mann schrie vor Schmerz. Der dritte Kapuzenmann versuchte, sie von hinten zu packen. Sie ging in die Knie, trat ihm knapp über dem Boden die Beine weg und rammte seinen Kopf aufs Pflaster.

Nummer vier hatte ein Messer gezogen und stach nach ihr. Doch Rowan hockte nicht mehr dort, wo sie eine Sekunde zuvor gewesen war. Sie wirbelte seitwärts, blockierte seinen Messerarm und setzte einen Hebel an, der ihm den Ellenbogen brach, bevor sie ihn gegen die Wand schleuderte, an der er zu Boden sackte. Sie bemerkte, dass ein weiterer Mann an der Ecke aufgetaucht war. Er lehnte gemütlich mit der Schulter an der Wand und sah dem Schauspiel zu.

Sie griff zum Smartphone. „Ihr Typen habt drei Sekunden Zeit zu verschwinden, bis ich 112 gewählt habe. Eins ..."

Die Drohung wirkte Wunder. Ungeachtet ihrer Schmerzen rappelten die Männer sich hoch, stützen sich gegenseitig und humpelten davon, so schnell sie konnten. Rowan atmete auf und strich ihre Kleidung glatt. Sie verzichtete auf den Anruf beim Polizeinotruf. Bis die Polizei hier wäre, waren die Typen höchstwahrscheinlich längst über alle Berge. Außerdem hatte sie keine Lust, den Abend auf einer Wache zu verbringen, bis alles protokolliert wäre. Sie würde morgen oder noch heute Abend Bill anrufen und ihm berichten, was passiert war. Er konnte seine Leute die Krankenhäuser nach einem gebrochenen Handgelenk, einem gebrochenen Fußgelenk, einem gebrochenem Ellenbogen und ein paar Rippenbrüchen fahnden lassen.

Sie blickte zur Seite, als sie jemanden klatschen hörte, und erkannte Lennox, der noch immer an die Wand gelehnt stand und grinste.

Sie schnitt eine Grimasse. „Vielen Dank für deine Hilfe, Lennox." Was zum Teufel machte er hier?

Er kam näher und blieb eine Armeslänge vor ihr stehen. „Meine Hilfe hast du doch nicht gebraucht. Ich wollte dich nicht beleidigen, indem ich mich ungefragt in deinen Kampf einmische. Wäre es erforderlich gewesen, hätte ich eingegriffen. Aber du hast das verdammt gut allein hinbekommen." Er nickte anerkennend. „Jemanden wie dich hat man gern an seiner Seite, wenn es mal hart auf hart kommt."

„Danke. Und auch danke dafür, dass du dich nicht eingemischt hast." Sie grinste. „Hättest du es getan, hätte ich dich wahrscheinlich angeschnauzt, dass ich ganz gut ohne Hilfe zurechtkomme."

„Habe ich mir gedacht. Dafür bist du genau der Typ."

Rowan war sich nicht sicher, ob das ein Kompliment war.

„Bist schwer in Ordnung, Lockhart."

Sie gingen die Gasse hinunter. Lennox räusperte sich. „Wegen gestern Nacht. Ich ..."

„Gestern Nacht?", unterbrach sie ihn und machte ein verständnisloses Gesicht. „Was war denn gestern Nacht? Etwas, das ich wissen sollte?"

„Eh, nein. Nichts."

Sie klopfte ihm lächelnd auf die Schulter. „Na dann."

Er nickte. „Man sieht sich, Lockhart."

„Bis dann, Lennox."

Er steckte die Hände in die Hosentaschen und setzte seinen Weg die Gasse entlang fort. Obwohl es sie nichts anging, fragte sie sich, wohin er wohl wollte. Für einen

Spaziergang lag ihr Haus zu weit entfernt. Ihr Ermittlerverstand ging alle Lokalitäten durch, die sein Ziel sein könnten. Es gab keine. Bis auf eine Sauna in dem Durchgang, der wieder auf die West Register Street führte. Vermutlich war die Sauna jedoch nur eine Tarnung für etwas ganz anderes. Bordelle waren illegal und firmierten deshalb unter dem Begriff „Sauna", ohne damit tatsächlich besonders viel gemein zu haben. Aber so wurden sie stillschweigend geduldet, solange die Polizei keinen Grund fand, sich eins von ihnen näher anzusehen. Und vor dem Hintergrund dessen, was er ihr letzte Nacht erzählt hatte ... Aber es ging sie nichts an, was er in seiner Freizeit trieb. Als er um die Ecke bog, setzte sie ihren Weg zum Guildford Arms fort.

Der Angriff hatte ihr gezeigt, dass jemand verdammt nervös zu werden begann. Die Männer hatten sie nicht als Zufallsopfer ausgewählt, sondern gezielt auf sie gewartet. Dafür gab es nur eine Erklärung. Sie war mit ihren Ermittlungen im Macrae-Fall irgendwem gewaltig im Weg, denn einen anderen Fall, der jemanden dazu veranlassen könnte, sie nachhaltig abzuschrecken, hatte sie im Moment nicht. Ohne ihre Kenntnisse in Selbstverteidigung wäre die Sache übel ausgegangen. Vier normalsportliche Gegner ohne Kampferfahrung konnte sie handhaben, ab fünf wurde es kritisch. Sie hatte eine harte Schule durchlaufen, in der sie sich immer wieder gegen mehrere wirklich versierte und durchtrainierte Angreifer hatte zur Wehr setzen müssen. Deshalb wusste sie genau, wo ihre Grenzen lagen.

Sie stellte fest, dass der Gedanke sie beruhigte, dass Lennox da gewesen war und eingegriffen hätte, wenn sie es nicht allein geschafft hätte. Augenblicklich rief sie sich zur Ordnung. Sie war Togakure-Großmeisterin. Der Tag, an dem sie sich darauf verließ, dass jemand ihr half, war der Tag, an dem sie ihren Biss und ihre Integrität als Kriegerin verlor. Und das konnte tödliche Folgen haben.

Trotzdem musste sie zugeben, dass im Ernstfall nicht nur Lennox sie gern an seiner Seite hätte, sondern sie ihn ebenfalls. Was immer er in seiner Vergangenheit getan hatte, sie hatte das Gefühl, sich auf ihn verlassen zu können. Und das zu wissen, war gut.

Sie betrat das Guildford. Farrell stand an der Bar und blickte im selben Moment auf, als Rowan eintrat. Seine Augen wurden groß.

„Hallo Alex."

„Hallo Rowan. Sie sehen – pardon – etwas derangiert aus."

Sie strich sich mit den Fingern das Haar glatt und grinste. „Sie sollten mal die vier Typen sehen. Die dürften auf dem Weg ins nächste Krankenhaus ziemlich fluchen."

Er blickte sie ungläubig an. „Sie wollen mir doch nicht ernsthaft erzählen, dass Sie allein mit vier Männern fertiggeworden sind."

„Fällt Ihnen das so schwer zu glauben, Alex? Falls ich es noch nicht erwähnt habe, ich betreibe nicht nur eine Detektei, sondern auch eine Kampfkunstschule."

Er nickte langsam. „Respekt." Interessiert musterte er sie von oben bis unten. „Jetzt weiß ich, was mich vorgestern an Ihnen gestört hat. Das Kleid passte nicht zu Ihnen. Es stand Ihnen zwar ausgezeichnet, aber Sie wirkten darin ..." Er suchte nach Worten.

„Deplatziert." Rowan grinste. Sie bestellte einen Singleton. „Auf Captain Macrae und darauf, dass seine Unschuld bewiesen werden kann."

Farrell stieß mit seinem Bier mit ihr an.

„Sagen Sie, Alex, haben Sie irgendwem von unserem Treffen heute Abend erzählt?"

Er wischte sich über den Mund. „Bevor ich auch nur ein weiteres Wort sage, Rowan, will ich wissen, für wen Sie arbeiten."

Sie deutete mit einer Kopfbewegung auf einen der Zweiertische am Fenster, der gerade frei geworden war, trug ihr Glas hinüber und setzte sich. Farrell folgte ihr.

„Für Captain Macrae. Und nein, ich will Sie nicht verarschen und ich lüge auch nicht." Sie erzählte ihm, wie sie zu dem Auftrag gekommen war.

Farrell nickte, als sie geendet hatte. „Das sieht Finn ähnlich. Wenn er Jin-Hee verdächtigte, ein Verhältnis zu haben, hätte er sich das ihr gegenüber niemals anmerken lassen, sondern sich Gewissheit verschafft und sie anschließend mit den Beweisen konfrontiert. Oder nichts gesagt." Er nahm einen langen Zug aus seinem Glas.

„Sie kennen die beiden gut, Alex. Glauben Sie, dass Jin-Hee tatsächlich ein Verhältnis hatte?"

Er blickte in sein Glas, drehte es in den Händen und zuckte mit den Schultern. „Ich weiß es nicht. Es wäre möglich. Sie ist immer sehr zurückhaltend. Auch ihm gegenüber, darüber hat er sich oft beklagt. Vielleicht ist das nur Ausdruck ihrer Erziehung. Oder die Folge eines Traumas – sie und ihre Eltern sind vor Jahren als Flüchtlinge ins Land gekommen. Major Shaw, unser Vorgesetzter, hat sich damals sehr dafür eingesetzt, dass sie eingebürgert wurden. Er ist mit der Familie gut bekannt." Farrell trank einen weiteren Schluck Bier. „Wenn ich mich recht erinnere, hat er Jin-Hee und Finn auf einem Empfang einander vorgestellt. Zwischen den beiden hat es sofort gefunkt. Na ja, Finn hatte schon immer ein Faible für asiatische Frauen. Und Jin-Hee ist – war eine Schönheit."

Rowan nickte. „Sie haben meine Frage nicht beantwortet, Alex. Haben Sie jemandem von unserem Treffen erzählt? Die vier Typen haben mir nämlich gezielt aufgelauert. Sie müssen also von jemandem geschickt worden sein, der von unserem Treffen wusste."

Er wiegte den Kopf, ehe er nickte. „Major Shaw hat uns heute Mittag vom Fenster seines Büros miteinander reden sehen und mich zur Rede gestellt, was ich mit Ihnen zu schaffen hätte. Ich habe ihm natürlich die Wahrheit gesagt. Und", er blickte zerknirscht drein, „ich habe ihm auch gesagt, dass ich mit Ihnen heute Abend hier verabredet bin. Er wollte mir das verbieten. Aber Vorgesetzter oder nicht, er kann mir nicht vorschreiben, mit wem ich mich in meiner Freizeit treffe. Und Sergeant Jameson hat das natürlich auch mitbekommen. Er stand ja direkt neben uns."

Shaw – Jameson – Farrell. Sie musste den ganzen Fall noch einmal völlig neu überdenken.

Farrell sah ihr in die Augen. „Mal ganz im Ernst, Rowan. Wenn Ihr Freund uns vorgestern nicht gestört hätte, wie weit wären Sie bereit gewesen zu gehen, um Ihr Ziel zu erreichen?"

Sie erwiderte seinen Blick. „So weit, wie es erforderlich gewesen wäre." Allerdings hätte sie dafür gesorgt, dass das, woran er seinem Gesichtsausdruck nach zu urteilen dachte, nicht erforderlich gewesen wäre. Doch sie ließ ihn in dem Glauben, dass sie notfalls auch mit ihm ins Bett gegangen wäre.

Er schüttelte den Kopf. „Und das für einen Mann, den Sie nicht mal kannten."

Sie nickte. „Captain Macrae hat mir einen Auftrag erteilt und im Voraus bezahlt. Seine Schwester hat mich außerdem beauftragt, die Wahrheit über die gegen ihn erhobenen Vorwürfe herauszufinden. Ich habe beide Aufträge angenommen. Damit habe ich mich verpflichtet, alles in meiner Macht Stehende zu tun, sie bestmöglich zu erfüllen." Sie lächelte. „Ich versichere Ihnen, wir hätten beide Spaß gehabt. Schließlich sind Sie ein attraktiver Mann, der mir völlig unabhängig von dem Fall sehr sympathisch ist."

Er lachte leise und schüttelte den Kopf. „Ich danke Ihnen von Herzen, Rowan, denn Sie haben mir eine Lektion erteilt. Ohne es zu wollen, aber ich werde sie nicht vergessen."

„Darüber, wie verführbar man ist, wenn man sich einsam fühlt oder nur mal wieder Bestätigung braucht? Und wie schnell man in einer solchen Situation bereit ist, auch mal alle Fünfe gerade sein zu lassen?“

Er sah sie einen Moment verblüfft an, ehe er nickte. „Ich werde ab jetzt sehr wachsam gegenüber schönen Frauen sein, die sich mit mir verabreden.“

Sie lachte. Er stimmte mit ein, dann leerte er sein Glas. „Also, wie kann ich Ihnen helfen, um Finns Unschuld zu beweisen?“

„Erzählen Sie mir von Major Shaw. Die Indizien, die ich gesammelt habe, lassen ihn sehr verdächtig erscheinen. Und jetzt auch noch der gezielte Angriff auf mich, nachdem er von unserem Treffen erfahren hat ...“ Sie schüttelte den Kopf. „Jin-Hees Mutter hat mir erzählt, dass Shaw auch an ihrer Tochter interessiert war. Stimmt das?“

Farrell nickte. „Ich glaube, er hatte sich sogar Chancen bei ihr ausgerechnet. Er war jedenfalls nach der Hochzeit der beiden wochenlang stinksauer und hat alle schikaniert, die er konnte.“ Er sah sie an. „Glauben Sie, dass er Finn den Verrat wegen Jin-Hee angehängt hat?“

Sie wiegte den Kopf. „Das kommt darauf an, wie sehr er den Captain dafür gehasst hat, dass der ihm Jin-Hee ‚weggenommen‘ hat. Und sie dafür, dass sie sich für den Captain entschieden hat und nicht für ihn.“ Rowan beugte sich ein Stück näher zu Farrell. „Sagen Sie, Alex, Sie können nicht zufällig rausfinden, ob Shaw zur selben Zeit wie der Captain im Army-Hauptquartier in London war? Und ob er vielleicht irgendwelche Passwörter oder Login-Daten von ihm kennt?“

„Die kennt er natürlich.“ Farrell nickte nachdrücklich. „Er kennt von allen Offizieren, die ihm direkt unterstellt sind, alle relevanten Passwörter. Für den Fall, dass mal eins gebraucht wird, der Betreffende aber im Koma liegt oder aus anderen Gründen nicht danach gefragt werden kann.“ Er fuhr sich mit der Hand über das Gesicht. „Mein

Gott, das wäre wirklich teuflisch." Er dachte nach. „Ich bin mir zwar nicht hundertprozentig sicher, ob das jedes Mal der Fall war, aber mindestens bei zwei Gelegenheiten, als Finn in London war, ist auch Shaw dort gewesen. Aber das kann ich noch mal überprüfen."

„Das wäre großartig, Alex. Ich wäre Ihnen zutiefst dankbar." Sie legte ihre Hand auf seine. „Vor allem wäre Finn Macrae Ihnen zutiefst dankbar."

Er lächelte und kam ihrer Aufforderung nach, ihr noch ein bisschen von Shaw zu erzählen.

„Wie war das eigentlich mit Sergeant Jameson?", wollte Rowan wissen, als Farrell ihr alles über Shaw berichtet hatte. „Mrs Yoon sagte, er wäre sehr an Jin-Hee interessiert gewesen, bis er sich plötzlich zurückgezogen hat. Er behauptet, ein Vorgesetzter hätte ihn dazu quasi genötigt." Sie blickte ihn fragend an.

Farrell zuckte mit den Schultern. „Davon ist mir nichts bekannt. Jameson wäre damit aber garantiert nicht hausieren gegangen. Allerdings", er nickte, „passt auch das zu Shaw."

Das sah Rowan genauso.

„Was hatten eigentlich Jin-Hee und Captain Macrae gemeinsam?"

Farrell verzog das Gesicht. „Musik. Sie konnten sich buchstäblich stundenlang über nichts anderes unterhalten."

Er erzählte noch eine Weile, und als Rowan sich eine halbe Stunde später von ihm verabschiedete, hatte er ihr ein ziemlich klares Bild geliefert, das ihr neue Ermittlungsansätze gab.

Sie rief Bill an und berichtete ihm von dem Angriff auf sie. Er war erleichtert, als sie ihm versicherte, dass ihr nichts passiert war, und versprach, sofort eine Fahndung nach ihren Angreifern einzuleiten. Wenn er sie fand und ausquetschte, würden sie deren Auftraggeber ein gewaltiges Stück näherkommen.

NEUN

Freitag, 31. August 2012

Smitty hatte zwar nicht gesagt, wann er vorbeikommen und seine Pferde abholen würde, aber Rowan rechnete am Vormittag mit ihm. Mickey und Mouse hatten ganze Arbeit geleistet und den Rasen vor und hinter dem Haus vorbildlich getrimmt. So gut, dass sie froh war, dass ihr Garten nur aus Rasen und ein paar Heckenrosen entlang der Mauer bestand. Blumen und kleine Büsche hätten die Pferde gleich mit abgemäht.

Das Telefon klingelte. Eine unterdrückte Rufnummer.

„Konnichi wa, Nobushi-san. Yamada desu."

Rowan setzte sich kerzengerade auf. „Konnichi wa, Yamada-san. Ogenki desu ka?", erkundigte sie sich nach seinem Befinden.

„Domo, genki desu." Es gehe ihm gut, bestätigte er.

Sie tauschten die üblichen Höflichkeitsfloskeln aus, dann kam Yamada zur Sache.

„Nobushi-san, bezüglich Ihrer Anfrage kann ich Ihnen versichern, dass die betreffenden Informationen an der von Ihnen vermuteten Stelle nicht vorliegen und niemals vorgelegen haben."

Rowan musste nicht fragen, ob er sich in dem Punkt sicher war. Wäre dem nicht so, hätte er sie nicht angerufen. „Domo arigato gozaimasu, Yamada-san. Ich danke Ihnen sehr. Und ich wünsche Ihnen für die Zukunft nur das Beste." Mit diesen Worten signalisierte sie ihm, dass seine Ehrenschuld bei ihr beglichen war. Falls sie jemals wieder auf seine Hilfe würde zurückgreifen müssen, wäre sie ihm anschließend etwas schuldig, bis zu dem Tag, an dem sie die Schuld abtragen könnte. Und diese Art von Ehrenschuld würde sie ungern mit sich herumtragen; erst recht nicht gegenüber einem Mitarbeiter des japanischen Geheimdienstes.

Sie beendete das Gespräch und blickte auf das Whiteboard, dessen Notizen ein immer dichteres Bild ergaben. Sie hatte die Informationen aufgeschrieben, die sie gestern von Farrell erhalten hatte. Nachdem dank Yamada nun feststand, dass Macrae gar keinen Verrat begangen hatte – sie notierte mit rotem Stift „kein Verrat!" auf dem Board –, konnte der Doppelmord nur in einem persönlichen Motiv begründet liegen. In Verbindung mit dem, was sie bereits wusste, stand außer Zweifel, dass sowohl Shaw als auch Jameson und sogar Farrell ein Motiv und theoretisch auch die Gelegenheit zum Mord gehabt hätten, da sie noch keine Gelegenheit gehabt hatte, deren Alibis zu prüfen. Gegenwärtig konnte sie keinen der drei ausschließen.

Allerdings hing sehr viel davon ab, wie weit Jameson und Farrell ihr die Wahrheit gesagt hatten. Shaw hatte dagegen gar nichts gesagt. Das konnte viel oder nichts bedeuten. Falls Farrell die Wahrheit gesagt hatte, hätte er selbst das schwächste Motiv und Shaw das stärkste. Falls er gelogen hatte, war er möglicherweise der Mörder; andernfalls hätte er keinen Grund gehabt zu lügen. Sie brauchte Beweise. So oder so, es fehlten immer noch zu viele Teile des Puzzles. Und der Mörder würde wohl kaum so dumm sein, sich zu verraten. Zumindest nicht noch mehr, als er es bereits getan hatte, indem er ihr die Schläger auf den Hals hetzte.

Eine Bewegung im Vorgarten ließ sie aufblicken. Smitty ging über den Rasen und hatte damit begonnen, wie versprochen die Pferdeäpfel einzusammeln. Bei ihm war ein jüngerer Mann, wahrscheinlich sein Sohn, der ihm sehr ähnlich sah. Rowan trat nach draußen. „Hallo Smitty. Kommen Sie rein, wenn Sie fertig sind. Ich habe Ihr Werkzeug und ein Guinness."

Er grinste. „Ich mag Leute, die zu ihrem Wort stehen." Er deutete auf den jüngeren Mann, der eine Narbe im Gesicht hatte, die von der Schläfe über die halbe Wange lief und garantiert von einem Messer stammte. „Das ist Johnny, mein Ältester."

Johnny nickte ihr zu und schaufelte weiter Pferdeäpfel in einen alten Leinensack. Smitty folgte ihr ins Büro, wo sie ihm feierlich seine Werkzeugkiste überreichte. Er nahm sie mit einem erfreuten Lächeln entgegen und tätschelte sie liebevoll.

„Bist schwer in Ordnung, lassie. Danke."

„Ich hätte noch eine Frage, Smitty." Sie deutete auf den Besuchersessel, holte eine Dose Guinness aus dem Schrank und reichte sie ihm. Er nahm sie und setzte sich, ehe er sie öffnete und einen langen Zug trank. Danach sah er Rowan erwartungsvoll an.

„Als wir uns über Ihr Werkzeug unterhalten haben, sagten Sie, dass die Garagentür geschlossen war, als Sie am Tag des Todes vom Captain von Ihren Besorgungen zurückkamen."

„Aye."

„Daraus schließe ich, dass Sie die offen gelassen hatten, als Sie gegangen sind."

„Richtig." Smitty nahm noch einen Zug aus der Dose und wischte sich mit dem Handrücken über den Mund. „Liegt ja auf der Rückseite vom Haus. Kann man von der Straße aus nicht sehen. Die Garage sollte offen sein, für die Lady, wenn sie zurückkam." Er blickte sie an. „Ist das wichtig?"

Sie wiegte den Kopf. „Könnte sein. Bevor Sie weggefahren sind, um die Dichtungspappe zu holen, ist Ihnen da was aufgefallen? Vielleicht irgendjemand, der sich auffällig oder betont unauffällig in der Nähe herumgetrieben hat?"

Er schüttelte den Kopf. „Naw, lassie. Ich hab auch nicht

darauf geachtet. Wenn ich arbeite, dann arbeite ich. Zwar nicht immer besonders schnell", er grinste und zwinkerte ihr zu, „aber ich arbeite."

Sie lächelte. „Ich verstehe."

Er trank den Rest seines Guinness in einem Zug, wischte sich mit dem Handrücken über den Mund und stellte die leere Dose auf den Schreibtisch. „Hat das mit der Garagentür was zu bedeuten?"

Sie nickte. „Es bedeutet, dass jemand einen Grund hatte, die Tür zu schließen."

Die Frage war, warum. Weil er nicht wollte, dass jemand ihn sah; so weit klar. Aber die Nachbarn hatten Smitty den ganzen Morgen im Garten und am Haus gesehen. Einen Mann, der die Garagenauffahrt hinaufging und in der Garage verschwand, hätte niemand beachtet und ihn entweder für Smitty oder einen seiner Assistenten gehalten. Was also hatte der Mörder in der Garage getan, das niemand sehen durfte? Besonders mit Blick darauf, dass die Auffahrt zur Garage zu beiden Seiten mit einer mannshohen Hecken bepflanzt war. Vom Nachbargrundstück aus war das Innere der Garage nur einsehbar, wenn man dort im ersten Stock am Fenster stand.

Rowan schloss die Augen und rief sich ins Gedächtnis, was sie in der Garage gesehen hatte, als sie mit Bill dort gewesen war. Sie erinnerte nichts, was von besonderem Interesse hätte sein können. Im Gegenteil, die Garage war spartanisch eingerichtet. In einer Ecke stand ein Spind, in dem höchstwahrscheinlich Besen und Schneeschieber sowie Gartengeräte aufbewahrt wurden. An der anderen Seite neben dem Tor befand sich ein Wasseranschluss mit Schlauch für die Bewässerung des Rasens. Macraes Auto stand auf der Straße, wie Smitty gesagt hatte. Blieb nur noch ...

Sie öffnete die Augen und blickte den Tinker an. „Wir müssen mal in Ihren Werkzeugkasten sehen."

Smitty zögerte. Rowan spürte, dass ihm der Vorschlag nicht gefiel, weil er fürchtete, dass sie darin etwas finden könnte, das ihn in Schwierigkeiten brachte.

„Für den Captain, Smitty."

„Aye", stimmte er nach kurzem Zögern zu, zog den Kasten heran und öffnete ihn.

Rowan nahm eine Taschenlampe, zog sich Einweghandschuhe an und besah sich ein Werkzeug nach dem anderen. Seit ihrer Ausbildungszeit zur Polizistin hatte sie immer Einweghandschuhe griffbereit: im Büro, im Auto und einen Satz in der Tasche jeder Jacke und jedes Mantels.

Sie musste nicht lange suchen. Der Knauf eines großen Schraubenziehers hatte mit der Zeit eine Vielzahl an Kerben abbekommen. Jemand hatte ihn abgewischt, aber in den Scharten am abgerundeten Ende fand Rowan getrocknetes Blut. Sie seufzte. „Smitty, ich fürchte, wir müssen die Polizei benachrichtigen."

Er sprang auf. „Moment mal, lassie! Du willst mich doch nicht etwa beschuldigen, mit dem Tod vom Captain was zu tun zu haben!"

Sie schüttelte den Kopf. „Ganz bestimmt nicht." Sie deutete auf den Schraubenzieher. „Aber mit diesem Ding wurde er ausgeknockt, bevor man ihn erschossen hat. Oder", sie deutete auf das Blut am Knauf, „haben Sie den jemand anderem über den Schädel gezogen?"

Er schüttelte den Kopf.

„Dann haben Sie auch nichts von der Polizei zu befürchten."

„Ha! Für die reicht es doch schon aus, dass ich Traveller bin, um für jede Gaunerei gut zu sein."

Womit er vollkommen recht hatte. Die Tinker galten immer noch als Diebe und Betrüger und gerieten unweigerlich als Erste in Verdacht, wenn es um Einbrüche und ähnliche Delikte ging. Nicht immer zu Unrecht, denn es gab tatsächlich Leute unter ihnen, die es mit dem Gesetz nicht allzu genau nahmen. Aber die gab es in jeder Bevölkerungsgruppe.

„Keine Sorge, Smitty. Ich kenne den Ermittlungsleiter sehr gut. Der ist in Ordnung." Sie griff zum Telefon, rief Bill an und bat ihn, schnellstens zu kommen, da sie nun einen Beweis für den Mord habe.

Allerdings war der Schraubenzieher, vielmehr die Tatsache, dass der Mörder ihn aus der Werkzeugkiste genommen hatte, kein Grund für das geschlossene Garagentor. Genau genommen gab es keinen Grund, es zu schließen, sah man von der sprichwörtlichen Macht der Gewohnheit ab. Der Mensch ist ein Gewohnheitstier. Wer immer sein eigenes Garagentor schließt, wenn er die Garage verlässt, tut das automatisch auch, wenn er sich in einer anderen Garage befindet. Besonders wenn er gedanklich auf etwas anderes konzentriert ist; zum Beispiel etwas so Gravierendes wie einen geplanten oder bereits ausgeführten Mord.

Sie reichte Smitty zum Trost eine weitere Dose Guinness und nahm sich ebenfalls eine. Schluckweise schlürfte sie das Bier, während sie kombinierte. Shaw könnte der Mörder gewesen sein, denn er war noch im Haus gewesen, als Smitty gegangen war, um die Dichtungspappe zu besorgen. Ebenso gut könnte aber nach ihm noch jemand anderes gekommen sein, der sich den Schraubenzieher geholt hatte.

Ein anderer Täter, der nach Shaw gekommen war, hätte aber keinen Grund gehabt, das Glas zu beseitigen, aus dem Shaw getrunken hatte – es hätte ihm ja nichts Besseres passieren können, als dass ein Glas mit einer fremden DNA am Tatort gefunden wurde. Es sei denn, der zweite Besucher hätte ebenfalls mit Macrae Singleton getrunken. In dem Fall hätte Macrae Shaws Glas selbst in die Küche gebracht oder sogar abgewaschen, bevor er dem neuen Gast ein neues Glas hingestellt hätte. Einem Einbrecher oder völlig Fremden, der sich durch die Garage in sein

Haus geschlichen hatte, hätte er wohl kaum etwas zu trinken angeboten. Also hatte er seinen Mörder in jedem Fall gekannt.

Doch dessen wollte sie sich vollkommen sicher sein. Farrell hatte ihr erzählt, dass Macrae keine Gelegenheit ausließ, mit jemandem Singleton zu trinken. Smitty dagegen hatte behauptet, dass der Captain nie mit ihm getrunken hätte, weil sie nicht derselben Gesellschaftsschicht angehörten. Ein Widerspruch?

Sie rief bei den Pollacks an. Macraes Schwester nahm den Anruf entgegen und erkundigte sich atemlos, ob Rowan etwas herausgefunden habe.

„Möglicherweise, Madam. Es hat sich ein starkes Indiz ergeben, dass Ihr Bruder ermordet wurde."

Elizabeth Pollack fing an zu weinen. „Ich wusste, dass er sich nicht umgebracht hat. Ich wusste es. Wissen Sie, wer es gewesen ist?"

„Noch nicht, Madam. Aber ich habe eine Frage, die nur Sie oder Ihr Mann mir beantworten können."

„Fragen Sie."

„Ihr Bruder hat vor seinem Tod mit jemandem Singleton getrunken."

„Und der hat ihn ermordet?" Mrs Pollacks Stimme zitterte.

„Wahrscheinlich ja. Ich habe inzwischen sich widersprechende Aussagen darüber, mit wem der Captain bevorzugt Whisky trank. Der einen zufolge ließ er keine Gelegenheit aus und trank mit jedem, wenn es sich ergab."

Smitty schüttelte den Kopf.

„Der anderen nach trank er nur mit wenigen, handverlesenen Leuten."

„Letzteres", bestätigte Mrs Pollack. „Sein Singleton ist – war ihm immer etwas Besonderes. Er hat ihn nie einfach nur um des Trinkens willen getrunken, sondern nur mit Freunden oder sehr guten Bekannten. Ein neuer Bekannter musste sich bei ihm das Privileg erst verdienen, zum Whisky eingeladen zu werden."

Das schränkte den Kreis der Verdächtigen erheblich ein.

„Oh Gott, Ms Lockhart, soll das heißen, dass der Mörder einer seiner ... seiner Freunde ist?"

Davon war Rowan inzwischen überzeugt. „Oder jemand, den er erst kürzlich für wert befunden hat, mit ihm Singleton zu trinken. Das finde ich heraus. Haben Sie vielen Dank, Mrs Pollack."

Sie legte auf. Das Bimmeln des Glockenspiels an der Tür kündigte einen Besucher an. Einen Moment später stand Bill im Büro.

„Hiya Bill. Das ist Mr Macmillan, der für Captain Macrae die Hausreparaturen und Gartenarbeit erledigt hat, unter anderem auch am Tag seines Todes. Und das hier haben wir in seinem Werkzeug gefunden." Sie deutete auf den Schraubenzieher in der Kiste.

Bill nickte Smitty zu und besah sich den Schraubenzieher genau, ohne ihn anzufassen. Er warf Smitty einen kurzen Blick zu.

„Naw, Sir, ich hab den Captain nicht umgebracht."

„Hab ich auch nicht behauptet, Mr Macmillan. Sie wären reichlich dämlich, wenn Sie der Mörder wären, vom Tatort flüchten, aber das Tatwerkzeug – oder einen Teil davon – zurücklassen, damit wir es finden."

Smitty kniff die Augen zusammen. „Bei euch Bullen – ah, Polizisten – weiß man nie."

Bill grinste. „Ich hole einen Asservatenbeutel."

Er verließ das Haus und kehrte gleich darauf mit einem Beutel zurück. Bevor er den Schraubenzieher eintütete, machte er mit dem Smartphone verschiedene Fotos von ihm in der Werkzeugbox. Anschließend nahm er im zweiten Besuchersessel Platz.

„Dir ist klar, dass wir ein Problem haben, Row?"

„Du meinst, weil ich die Werkzeugkiste mitgenommen

habe?" Sie schüttelte den Kopf. „Zu dem Zeitpunkt deutete doch noch alles auf Selbstmord hin. Es gab nicht das geringste Anzeichen für Mord. Erst recht nicht dafür, dass eine Werkzeugkiste etwas damit zu tun haben könnte, die weitab vom Schuss in der Garage stand und Macrae nicht mal gehörte." Sie deutete auf den Schraubenzieher. „Ohne das Ding gäbe es jetzt noch nicht mal ein Indiz dafür. Außerdem ist der Tatort doch inzwischen wieder freigegeben, oder?"

Bill nickte. „Seit heute Morgen."

„Na also. Da niemand außer uns beiden weiß, dass ich die Kiste schon am Mittwoch mitgenommen und nicht erst heute Morgen geholt habe, sehe ich kein Problem."

Er seufzte. „So gesehen hast du recht. Das Problem ist lediglich meine Wahrheitsliebe."

Sie winkte ab. „Deine Wahrheitsliebe in allen Ehren, aber wem schadet es, wenn du das Entfernen der Box offiziell um zwei Tage verschiebst? Niemandem. Und wem schadet es, wenn du bei der Wahrheit bleibst? Sicherlich dir, eventuell mir und vielleicht auch Mr Macmillan. Und das nur um einer Wahrheit willen, die niemandem schadet?"

„Das Argument kenne ich doch noch von früher." Er winkte ab. „Aber wo du recht hast, hast du recht." Er hielt den Asservatenbeutel hoch. „Ich lasse das Ding schnellstens untersuchen. Vielleicht finden wir mit etwas Glück Spuren daran, die den Täter überführen. – Wir haben übrigens die Typen gefunden, die dich angegriffen haben."

Rowan blickte Smitty an. „Würden Sie uns eine Weile entschuldigen, Smitty?"

Er nickte und ging nach draußen, um weitere Pferdeäpfel einzusammeln, sichtlich froh, der Gegenwart eines Polizisten entfliehen zu können.

Rowan wandte sich an Bill. „Was ist mit den Typen?"

„Sie hatten sich mit einem Taxi ins Western General

bringen lassen. Die Storys, die sie den Ärzten darüber aufgetischt haben, wodurch sie verletzt worden sind, waren derart hanebüchen und widersprüchlich, dass die die Polizei gerufen haben." Er grinste. „Mann, die hast du wirklich nach Strich und Faden vermöbelt. Der eine Kerl sah aus, als wäre er mit einem Dampfhammer bearbeitet worden."

Sie grinste. „Nur mit Händen und Füßen. Lass mich raten. Als ihr sie ausgequetscht habt, haben sie behauptet, ein Unbekannter hätte sie angeheuert."

Er nickte. „Das ist der einzige Teil, in dem ihre Storys übereinstimmen, weshalb ich geneigt bin, das zu glauben. Auch die Beschreibungen stimmen weitgehend überein. Schlank, mittelgroß, schmales Gesicht, trug eine Schirmmütze und legte großen Wert darauf, dass sein Gesicht nicht allzu gut zu sehen war."

Rowan nickte. „Habe ich mir gedacht." Allerdings hatte sie gehofft, dass die Beschreibung etwas genauer gewesen wäre. Sie deutete auf ihr Whiteboard. „Wir haben zwei weitere Verdächtige. Ein Sergeant Matt Jameson und Farrell. Wie ich dir gestern Abend schon sagte, haben die Schläger gezielt auf mich gewartet. Und es gab nur drei Leute, die wussten, dass, wann und wo ich mich mit Farrell treffen wollte: er selbst, Shaw und Jameson. Und die Beschreibung des unbekannten Auftraggebers trifft ebenfalls auf alle drei zu. Bis auf die Größe. Jameson hat Gardemaß. Aber er könnte sich absichtlich etwas kleiner gemacht haben."

Bill las ihre neuen Aufzeichnungen sorgfältig durch und auch noch mal die, die er bereits kannte. Schließlich nickte er. „Nachdem der Verrat nun definitiv vom Tisch ist, stimme ich dir zu, dass alle drei ein Motiv haben, falls tatsächlich jeder von ihnen in Mrs Macrae verliebt gewesen ist." Er tippte auf das Wort „Lüge", das sie in die Mitte zwischen den neuen Informationen geschrieben und mit einem dicken Fragezeichen versehen hatte. „Genau das ist die entscheidende Frage: Was von dem, was Farrell und Jameson dir erzählt haben, ist Wahrheit und was nicht?"

Sie nickte. „Ich denke, das werde ich wissen, wenn ich ihre Alibis überprüft habe. Dafür werde ich Major Gallagher einspannen. Ich muss ihn sowieso anrufen, um ihm wie versprochen mitzuteilen, dass es keinen Verrat gegeben hat." Sie betrachtete eine Weile ihre Notizen.

Bill stand auf und griff nach dem Werkzeugkasten. „Ich bin gespannt, was die Untersuchung ergibt. Du sagst mir Bescheid, wenn du was von Gallagher erfährst?"

„Logisch. Ist doch Ehrensache."

Rowan begleitete ihn nach draußen.

Smitty hielt ihn fest, als er sah, dass Bill seinen Werkzeugkasten mitnahm. „Hey, den brauche ich! Bin froh, dass ich ihn zurückhabe."

„Tut mir leid, Mr Macmillan. Der Kasten muss erst genau auf Spuren untersucht werden. Aber ich verspreche Ihnen, dass Sie ihn so schnell wie möglich zurückbekommen."

Smitty brummte missmutig. „Sie können mir viel erzählen. Jetzt weiß ich wieder, warum ich Polizei nicht mag."

Bill grinste. „Dafür mag ich jeden anständigen Traveller." Er zwinkerte ihm zu und verabschiedete sich.

Rowan spürte seine Aufregung, wie sehr er hoffte, dass der Schraubenzieher ihnen zum Durchbruch verhelfen könnte. Sie war davon überzeugt – wenn sich Spuren des Täters daran fanden. Doch da der bislang fast keinen Fehler begangen hatte, blieb abzuwarten, was ihnen der Werkzeugkoffer wirklich brachte.

Smitty seufzte und starrte seinem Werkzeugkoffer nach, den Bill zu seinem Auto trug.

„Ich leihe Ihnen mein Werkzeug, Smitty. Ich brauche es nur selten."

„Nicht nötig, lassie." Er zuckte mit den Schultern. „Hab noch ein Ersatz-Set. Aber das da ist mein bestes."

„Geben Sie mir Ihre Telefonnummer. Ich sage Ihnen

Bescheid, wenn Ihr Werkzeug wieder freigegeben ist. Dann können Sie es bei mir abholen."

Er nickte. „Hoffe, dass ihr den Kerl kriegt, der den Captain auf dem Gewissen hat."

„Da bin ich zuversichtlich. Noch eine Frage, Smitty. Wann hat Ihnen der Captain den Auftrag für die Arbeiten am Haus erteilt?"

„Drei Tage vorher. Also Montag vor seinem Tod. War zufällig in der Gegend. Hab für jemand anderen den Garten aufgeräumt. Da bin ich am Abend nach der Arbeit bei ihm vorbei und hab gefragt, ob ich mal wieder was für ihn tun könnte. Hat er gesagt, ja, am Dach wär' was undicht. Hat mir den Schaden gezeigt und gefragt, was ich dafür nehme. Dann hab ich ihm den Preis genannt, er hat gehandelt, wir sind uns einig geworden. Hat gleich bar bezahlt und gesagt, ich soll's erledigen, wenn ich Zeit dazu habe, solange es noch in derselben Woche ist Hab gesagt, ich werd mich drum kümmern und mich Donnerstag an die Arbeit gemacht."

„Ohne ihm noch mal vorher Bescheid zu sagen, dass Sie Donnerstag kommen?"

Er schüttelte den Kopf. „War nicht nötig. Ich musste ja nicht ins Haus, und er hat sich immer drauf verlassen, dass ich zu meinem Wort stehe."

Das bedeutete, dass der Täter nicht gewusst hatte, dass Smitty an dem Morgen dort sein würde. Schlagartig begriff sie, dass der Plan des Täters ganz anders ausgesehen hatte. Sie wusste zwar noch nicht genau wie, aber er hatte nicht damit gerechnet, dass Smitty zur geplanten Tatzeit vor Ort sein würde. Deshalb hatte er improvisieren müssen. Mit Sicherheit war dabei nicht alles so gelaufen, wie es hätte laufen sollen. Und mit ein bisschen Glück gab es deshalb weitere Spuren. Sie musste sie nur finden.

„Vielen Dank, Smitty. Sie haben mir sehr geholfen. Ich melde mich."

Der Tinker nickte ihr zu und verließ das Haus. Sein Sohn hatte inzwischen die restlichen Pferdeäpfel eingesammelt. Eines der Pferde hatte er als zweites Zugpferd vor den Leiterwagen gespannt, mit dem er und sein Vater gekommen waren, das andere hatte er hinter dem Wagen angebunden. Smitty stieg auf den Bock und winkte Rowan zu. Sie winkte zurück und ging wieder ins Büro.

Sie betrachtete ihre Notizen am Whiteboard und fügte den gefundenen Schraubenzieher als vorbereitende Tatwaffe hinzu. Wieder betrachtete sie das Bild, spielte in Gedanken alle Eventualitäten durch, alle möglichen Erklärungen und alle Variablen. Sie kam immer wieder zu demselben Ergebnis: Sie brauchte endlich Beweise.

Sie rief Major Gallagher an. „Ich habe zwei gute Nachrichten und eine schlechte für Sie, Major."

„Schießen Sie los."

„Gute Nachricht Nummer eins: Mein Kontakt in Japan hat mir mitgeteilt, dass Nordkorea keinen aktuellen britischen Operations- oder Verteidigungsplan besitzt."

„Da sind Sie sich ganz sicher?"

„Hundertprozentig." Immerhin hatte Yamada eine Ehrenschuld abzutragen gehabt. Ihr eine falsche Information zu geben oder sie mit der Behauptung abzuspeisen, dass er nichts hätte herausfinden können, hätte ihn seine Ehre gekostet, selbst wenn Rowan das niemals erfahren hätte.

„Aber was ist mit der koreanischen Übersetzung der Pläne?", fragte Gallagher.

„Liegt Ihnen eine vollständige Übersetzung vor oder haben Sie nur diese paar Seiten bekommen, die man auch der Presse zugespielt hat?"

Gallagher zögerte einen Moment mit der Antwort. „Nur diese paar Seiten."

„Die sind gefälscht. Mit Sicherheit hat sich der Täter jemanden gesucht, der Koreanisch spricht, hat ihm irgendeine plausible Story für den Inhalt des Textes aufgetischt, den er übersetzt haben wollte, und ihn dafür bezahlt, dass er diese paar Seiten übersetzt. Ich an seiner Stelle würde als Argument anführen, dass ich ein authentisches Accessoire für die Dreharbeiten zu einem Spionagefilm bräuchte. Kein Übersetzer käme mehr auf den Gedanken, dass er einen Auszug aus einem echten Verteidigungsplan übersetzt. Und natürlich nehme ich dazu niemanden, der in meiner Nähe wohnt oder arbeitet oder zu dem ich jemals Kontakt gehabt habe. Und schon ist die Spur zum Übersetzer kaum noch aufzuspüren. Ich vermute, er sitzt in London oder einer der umliegenden Städte."

Sie hörte, wie Gallagher die Luft ausstieß. „Das ergibt Sinn. Welches ist die zweite gute Nachricht?"

„Es ist ein starkes Indiz dafür aufgetaucht, dass Macrae tatsächlich ermordet wurde." Sie berichtete ihm von dem Schraubenzieher. „Die schlechte Nachricht ist, dass es trotz aller Indizien immer noch keine Beweise gibt, die den Mörder mit den Taten in Verbindung bringen. Dafür gibt es zwei weitere Verdächtige." Sie berichtete ihm, was sie herausgefunden hatte. „Ich nehme nicht an, dass Major Shaw sein Schweigen über den Grund seines Besuchs bei Macrae inzwischen gebrochen hat?"

„Leider nein. Da bis jetzt offiziell nicht bestätigt ist, dass Captain Macrae ermordet wurde, habe ich nicht mal eine Handhabe, gegen ihn zu ermitteln. Oder gegen jemand anderen – wir haben nichts, das einen nach juristischen Definitionen begründeten Verdacht auf jemanden wirft. Ich habe übrigens überprüft, ob Shaw zur selben Zeit wie Macrae zu den jeweiligen Schulungen in London war. Das war er zwar jedes Mal, aber das waren auch ein Dutzend weiterer Soldaten der Zweiundfünfzigsten."

„War darunter auch Sergeant Jameson oder Captain Farrell?"

„Moment bitte, ich sehe nach."

Rowan hörte das Klicken der Keys auf einer Tastatur.

„Nein, keiner von beiden war zur selben Zeit dort. Außerdem hat ein Sergeant nicht die erforderliche Sicherheitsfreigabe, um an die entsprechenden Daten zu kommen." Er räusperte sich, ehe er fortfuhr: „Dafür haben wir etwas anderes rausgefunden. Die Datenliste, die angeblich nachweist, dass Macrae zu den angegebenen Zeiten im Hauptquartier Daten heruntergeladen hat, ist mit an Sicherheit grenzender Wahrscheinlichkeit gefälscht. Jemand hat die Liste manipuliert. Ich habe gerade vom DIS erfahren, dass man die Daten mit den Aufzeichnungen der Überwachungskameras abgeglichen hat. Macrae hat kein einziges Mal zu den fraglichen Zeiten den Serverraum betreten, von dem aus die Files abgerufen worden sein sollen. Deshalb ist auch niemandem aufgefallen, dass er geheime Pläne kopiert hat – weil er das niemals getan hat."

„Ich hab's gewusst!"

„Ja, Sie hatten recht. Und ich gratuliere Ihnen zu Ihrer hervorragenden Arbeit und Ihrer Intuition. Der Fall stellt sich nun für uns ganz anders dar. Aber", Gallagher seufzte, „so ungern ich das auch sage, wir stecken fest. Trotz der Hinweise auf einen Mord. Und trotz der Tatsache, dass überhaupt keine militärischen Geheimnisse verraten wurden. Die wird übrigens nicht offiziell bestätigt werden, bis der MI5 alles überprüft hat. Und das kann dauern. Denn theoretisch könnten die Belegdaten echt und die Kameraaufzeichnungen gefälscht sein. Auf dem Hintergrund dessen, was Sie mir gerade mitgeteilt haben, glaube ich das zwar nicht, aber wir dürfen diese Möglichkeit nicht ungeprüft ausschließen."

Rowan überdachte das. „Major Gallagher, können Sie rausfinden, wo sich Shaw aufgehalten hat, als Mrs Macrae ermordet wurde? Dienstagnachmittag gegen zwei Uhr."

„Schon geschehen; der Vollständigkeit halber. Er hat die

Garnison um ein Uhr dreiundzwanzig verlassen und ist erst um zwei Uhr einundfünfzig zurückgekehrt. Angeblich hatte er wichtige Unterlagen zu Hause liegen lassen und wollte sie holen. Das Gegenteil können wir ihm nicht beweisen. Das Zeitfenster passt sowohl zu seinen Angaben als auch zur Durchführung des Mordes an Mrs Macrae."

„Major, wie weit reichen Ihre Befugnisse? Dürften Sie an einer, sagen wir mal: Undercover-Operation teilnehmen?"

Gallagher zögerte. „Sofern sie legal ist, könnte ich das tun. Was haben Sie vor?"

„Ich will den Täter aus der Reserve locken. Ich habe auch schon eine Idee, wie. Aber geben Sie mir noch ein bisschen Zeit. Ich melde mich wieder."

Rowan beendete das Gespräch und betrachtete wieder ihre Notizen. Der Täter war so verdammt clever bei allem vorgegangen. Also musste sie ebenso raffiniert zu Werke gehen, um ihn in die Falle zu locken. Sie lief vor dem Whiteboard auf und ab und dachte nach. Und langsam begann ein Plan in ihrem Kopf Gestalt anzunehmen.

Bill fühlte sich abwechselnd aufgeregt und frustriert, als er gegen sechs Uhr zu Row fuhr, nachdem er sich telefonisch vergewissert hatte, dass sie zu Hause war. Sie hatte ihre Tür noch nicht abgeschlossen, und so konnte er eintreten, ohne zu klingeln. Er ging in ihr Büro, weil dort Licht brannte. Row saß hinter dem Schreibtisch, hatte die Hände hinter dem Kopf verschränkt, die Füße auf den Tisch gelegt und starrte auf das Whiteboard.

„Hiya", begrüßte er sie.

Sie wurde sich erst Sekunden später richtig bewusst,

dass er da war. Dann schenkte sie ihm ein freudiges Lächeln, das ihm warm ums Herz werden ließ.

„Hiya. Setz dich, Bill. Was gibt es Neues?"

„Die DNA-Analyse vom Blut am Schraubenzieher ist noch nicht abgeschlossen. Du weißt ja, dass so was mindestens zwölf Stunden braucht. Aber an dem Ding wurde eine Tweedfaser sichergestellt. Eigentlich mehr ein Fussel, doch wenn wir eine Vergleichsprobe hätten, könnten wir die eindeutig zuordnen. Tweed besteht aus reiner Wolle, und jedes Schaf hat eine ebenso einmalige DNA wie jeder Mensch. Wenn wir also das Kleidungsstück finden, das zu dieser Faser gehört, haben wir möglicherweise den Täter." Er seufzte. „Oder auch nicht. Schließlich kann das hypothetische Kleidungsstück ein Stofflappen sein, mit dem Mr Macmillan sein Werkzeug gereinigt hat."

„Theoretisch. Aber hoffen wir mal, dass es kein Lappen war."

Bill blickte Row an und ertappte sich dabei, dass er darauf vertraute, dass sie eine Idee hatte. Seit sie ihn am Nachmittag angerufen und ihm mitgeteilt hatte, was sie von Major Gallagher erfahren hatte, hatte er wie damals auf dem Police College das sichere Gefühl, dass sie nur noch wenige Schritte von der Lösung des Falls entfernt waren.

Sie runzelte die Stirn und kniff die Augen zusammen. Bill kannte diese Mimik. Sie ging immer einer Kamikaze-Aktion voraus, die alles auf eine Karte setzte, alles riskierte, aber in neun von zehn Fällen die Loaning C Left Gang triumphieren und die Loaning C Right Gang alt aussehen ließ. Und die wenigen Fälle, in denen sie hatten Federn lassen müssen, gingen fast immer auf das Konto der Erwachsenen, nicht auf das der Gegner.

„Du planst was. Spuck's aus."

„Das Problem sind die fehlenden Beweise."

„Wem sagst du das?"

„Kannst du ein Team für die Überwachung und zum Eingreifen bereitstellen?“

Er schüttete den Kopf. „Ohne Beweise, die eine direkte Spur zum mutmaßlichen Täter ergeben, bekomme ich das niemals genehmigt.“

„Die meisten Spuren deuten auf Major Shaw hin. Aber in einer Weise, die, wie du schon sagtest, keine Ermittlungen gegen ihn rechtfertigen, weil es lediglich Indizien sind, die auch dem Zufall geschuldet sein könnten.“ Sie sah ihm in die Augen. „Ohne ein Geständnis kommen wir nicht weiter. Oder höchstens Wochen später. Oder Monate. Viel Zeit, um alle Spuren zu verwischen, die vielleicht noch da sind.“

Er nickte. „Was hast du vor?“

Sie deutete auf das Whiteboard. „Die Videoaufzeichnungen im Army-Hauptquartier oder die Belegdaten wurden manipuliert. Dafür braucht man gewisse, aber nicht unbedingt außergewöhnliche Kenntnisse der entsprechenden Technik.“ Sie ging zum Board und deutete auf eine Notiz. „Shaw hat die entsprechenden Kenntnisse – habe vorhin noch mal Major Gallagher angerufen, um mir das bestätigen zu lassen – und er war jedes Mal zur selben Zeit wie Macrae im HQ.“ Sie tippte auf eine andere Notiz. „Farrell war zwar nie mit Macrae zusammen im HQ, aber er ist IT-Spezialist und verfügt als solcher über die Kenntnisse, die Computer und Server so zu programmieren, dass sie die Manipulation zeitversetzt ausführen; nämlich erst dann, wenn er schon tage- oder sogar wochenlang nicht mehr im HQ war.“ Sie sah Bill in die Augen. „Einer von beiden ist der Täter.“

„Dem wir aber immer noch nichts beweisen können“, erinnerte er sie.

„Und darum werde ich ihm das erforderliche Geständnis entlocken.“

Er musste lachen. „So, wie du das sagst, hört sich das

wahnsinnig leicht an. Wie willst du das machen? Vor allem, wie willst du überhaupt an Shaw rankommen? Farrell lässt sich vielleicht noch mal von dir um den Finger wickeln. Aber Shaw?"

Sie lächelte wie eine Sphinx. „Dem werde ich, ebenso wie Farrell, ein Angebot machen, dem er nicht widerstehen kann. Ich werde sie beide hierher locken und mit dem konfrontieren, was ich rausgefunden habe. Ich brauche für das Manöver aber offizielle Rückendeckung. Vielmehr die Eingreiftruppe bei Fuß."

Er schüttelte den Kopf. „Keine Chance. Bei der dürftigen Indizienlage wird mir die Chefin das niemals genehmigen. Abgesehen davon ist sie vorhin fürs Wochenende nach London gefahren. Und da die MP erst handeln wird, wenn sie Beweise hat ..." Er schüttelte den Kopf. „Natürlich helfe ich dir, Row, aber ..."

Sie winkte ab und setzte ein Lächeln auf, in dem sich ein Hauch von Boshaftigkeit zeigte.

Bill seufzte. „Wird mir gefallen, was du gerade planst?"

„Oh, sogar sehr. Ich gedenke, einen Umstand auszunutzen, der sich erst kürzlich ergeben hat."

Bevor er fragen konnte, was sie damit meinte, holte sie eine Visitenkarte aus einer Schreibtischschublade. Sie tippte eine darauf stehende Nummer in ihr Smartphone ein.

„Konban wa, giri no kyodai. Guten Abend, Schwager in spe. Ich brauche deine Hilfe. Genauer gesagt, die deiner Eltern. Es wäre gut, wenn du mir und Inspector Wallace vom CID eine Audienz bei ihnen verschaffen könntest. Am besten in der nächsten Stunde oder so. Es ist dringend, denn es geht um zwei Mordfälle."

Schwager in spe? Was hatte Bill verpasst?

Row nickte. „Prima! Vielen Dank, Michael. Wir sind in einer halben Stunde da."

Sie unterbrach die Verbindung und grinste Bill an. „Wir

haben einen Termin bei Richter und Staatsanwältin MacGregor. 38A Coillesdene Avenue. Komm, wir müssen los." Sie stand auf.

„Richter Gavin und Staatsanwältin Janet MacGregor? Was hast du denn mit denen zu tun?"

Sie zuckte mit den Schultern. „Keine Ahnung, wie die mit Vornamen heißen. Und ich habe gar nichts mit ihnen zu tun. Jedenfalls bis jetzt nicht. Eileen verlobt sich demnächst mit ihrem Sohn Michael. Der hat mich neulich besucht, und wir haben uns der gegenseitigen beruflichen Hilfe versichert. Mehr oder weniger. Ich dachte mir, ich probiere mal aus, was sein Wort wert ist."

38A Coillesdene Avenue Ecke Coillesdene Terrace entpuppte sich als ein Haus mit ausgebautem Dachgeschoss auf einem ausgedehnten Eckgrundstück, dessen Eingang, eine rostrot gestrichene Tür, direkt auf die Straßenecke wies. Als Row klingelte, öffnete ein Mann, der eine verblüffende Ähnlichkeit mit Hugh Grant besaß, wie Bill fand.

„Hi Michael."

„Hallo Rowan." Er blickte Bill an.

„Das ist Bill Wallace vom CID."

Michael MacGregor nickte ihm zu. „Kommt rein. Ich war zufällig hier, als du angerufen hast, Rowan. Deshalb konnte ich alles sofort abklären. Du hast es ja ganz schön spannend gemacht."

Er führte sie ins Wohnzimmer, wo seine Eltern bei einem Glas Wein zusammensaßen. Gavin MacGregor war eine ältere und ein wenig fülligere Ausgabe seines Sohnes. Seine Frau Janet war dagegen gertenschlank, und man sah ihr an, dass sie Sport trieb. Michael MacGregor stellte ihnen Row und Bill vor.

„Bitte, nehmen Sie Platz", forderte Richter MacGregor sie auf.

Bill hatte im Rahmen seiner Arbeit schon mit ihm zu tun gehabt, ebenso mit Staatsanwältin Janet MacGregor. Er hatte sie in keiner guten Erinnerung. Bei ihrer bisher einzigen Begegnung hatte sie ihn zusammengefaltet, weil sie aufgrund mangelnder Beweise, die er beim besten Willen nicht rechtzeitig hatte beschaffen können, einen Vergewaltiger laufen lassen musste, der prompt eine weitere Frau angegriffen hatte. Unglücklicherweise war ihr der Fall Jin-Hee Macrae übertragen worden. Sie hatte ihn unmittelbar nach der Übernahme angerufen und ihn instruiert, erst alle Untersuchungen abzuschließen, ehe er ihr die vollständige Fallakte übergab. Anhand derer würde sie entscheiden, ob und gegen wen Anklage erhoben wurde. Er hätte es vorgezogen, ihr keinen Tag früher wieder zu begegnen, als er musste.

„Guten Abend, Madam. Sir."

Falls die Staatsanwältin ihm noch grollte, ließ sie es sich nicht anmerken. Bill setze sich zögernd in einen Sessel, während Row ungeniert Platz nahm und von den Eltern MacGregor intensiv gemustert wurde.

„Die Ähnlichkeit mit Eileen ist verblüffend", fand Janet MacGregor.

Row verzog das Gesicht. „Was die ganze Familie sehr bedauert. Am liebsten hätten sie mich schwarzhaarig, rotäugig und mit Krallen statt Fingernägeln. Damit sie sich glaubhaft versichern könnten, dass ich keinen einzigen Tropfen Lockhart-Blut in mir habe."

Bill verkniff sich das Lachen. Michael MacGregor war nicht so zurückhaltend und prustete los.

„Komm schon, Rowan, so schlimm ist deine Familie doch nicht."

„Wir haben zumindest unsere Differenzen."

Der Richter lachte, ebenso seine Frau. „Das kommt in den besten Familien vor", sagte er. „Also, Michael hat erzählt, es geht um zwei Mordfälle." Er blickte von Row zu Bill.

„Der Macrae-Fall. Wie weit ist der Fall bekannt?" Row blickte von einem zum anderen.

„Ich habe den Mord an Jin-Hee Macrae auf dem Tisch." Janet MacGregor nickte Bill zu. „Gibt es dazu etwas Neues?"

„Allenfalls indirekt", antwortete Row an seiner Stelle. Sie berichtete, was sie herausgefunden hatte. „Das Problem sind die fehlenden Beweise", schloss sie. „Die Spuren deuten zwar alle in eine Richtung, aber sie genügen nicht, den Täter zu überführen. Sie reichen gegenwärtig nicht mal für einen begründeten offiziellen Verdacht. Und ich betone: offiziell. Wir sind uns zwar sicher, dass Bill und sein Team oder Major Gallagher und seine Leute irgendwann die entsprechenden Beweise finden werden, wenn sie lange genug graben. Aber bis dahin vergeht Zeit, die der Mörder nutzen wird, alle Spuren zu verwischen. Und so raffiniert, wie er zu Werke gegangen ist – er hat bisher nur einen einzigen echten Fehler begangen –, steht zu befürchten, dass er dann ungeschoren davonkommt. Also werde ich ihm eine Falle stellen und ihn dazu bringen, sich zu verraten. Und zwar heute noch, bevor es zu spät ist und er alle Beweise beseitigt hat. Oder er auf den Gedanken kommt, noch jemanden umzubringen. Aber dafür brauchen wir offizielle Rückendeckung. Und da ich mir nicht sicher bin, ob ein Richter oder ein Staatsanwalt für die Genehmigung dieser Rückendeckung zuständig ist, habe ich eben um eine Audienz bei beiden gebeten."

Michael MacGregor blickte sie misstrauisch an. „Du hast doch nicht etwa was Gesetzeswidriges vor?"

Row setzte jenes unschuldige Gesicht auf, das jeden

überzeugte bis auf Bill. „Natürlich nicht! Ich habe einen Ruf zu verlieren. Außerdem", sie warf ihrem künftigen Schwager einen verschmitzten Blick zu, „hat mich neulich erst jemand aufgesucht, um sich zu vergewissern, dass er demnächst nicht mit einer Frau verschwägert ist, die seine Familie kompromittieren könnte."

Janet MacGregor lachte, während Michael rot wurde. Sie kam auf Row zu, ergriff ihre Hände und drückte sie fest. „Lassen wir die Förmlichkeiten, Rowan. Du gefällst mir. Nenn mich Janet. Also, was genau habt ihr vor, und was können wir für euch tun?"

Der Richter nickte, beugte sich zu ihr hinüber und reichte ihr die Hand. „Gavin."

Bill traute seinen Ohren nicht. Es war allgemein bekannt, dass die MacGregors sehr zurückhaltend waren. Und Row hatte es in weniger als zwanzig Minuten fertiggebracht, sie für sich einzunehmen. Seine Row – er fühlte seine Brust wieder einmal eng werden.

Sie beugte sich ein Stück vor. „Ich will dem Täter gegenüber so tun, als hätten wir unwiderlegbare Beweise für seine Täterschaft. Und hoffen, dass er den Köder schluckt und sich dadurch verrät."

„Und du glaubst, das funktioniert?" Janet MacGregor klang skeptisch.

Row lächelte. „Da bin ich zuversichtlich. Ihr ahnt gar nicht, welche umwerfende Wirkung der Satz ‚Ich weiß, was du letzten Sommer getan hast!' auf jemanden hat, der Dreck am Stecken oder was Wichtiges zu verlieren hat. Aber das Ganze müsste natürlich überwacht werden, damit das Geständnis, das ich ihm entlocken will, für eine spätere Verwendung bei Gericht aufgezeichnet werden kann. Wenn wir das in Eigenregie ohne behördliche Anordnung tun, wird jeder Anwalt diesen Beweis anfechten beziehungsweise werden die von vornherein gar nicht erst für den Prozess zugelassen."

„Und deshalb brauche ich eine offizielle Erlaubnis", warf Bill ein. „Die wird mir Chief Superintendent Murdoch aber aufgrund der gegenwärtigen Beweislage nicht geben, weil eben die noch zu dürftig ist. Außerdem ist Freitag und die Chefin übers Wochenende in London."

„Aber da du, Janet, den Fall Jin-Hee Macrae ohnehin bearbeitest, hättest du die Befugnis, entsprechende Anweisungen an die Ermittlungsbehörde zu erteilen", ergänzte Row.

Janet MacGregor nickte. „Im Prinzip schon." Sie sah ihren Mann an.

„Das, hm, Manöver, das ihr vorhabt – gibt es Risiken?", fragte der Richter. „Ich möchte nicht, dass unsere zukünftige Schwiegertochter plötzlich ohne Schwester dasteht."

„Ja, die gibt es", gab Row unumwunden zu. „Aber ich kann verdammt gut auf mich aufpassen."

„Und ich werde auch dabei sein." Das klang vehementer, als Bill es zu sagen beabsichtigt hatte.

Die MacGregors zögerten immer noch.

„Wenn es nicht funktioniert, ist niemandem damit geschadet. Außer dem Steuerzahler, der für die Kosten der Überwachung letztendlich aufkommen muss. Aber wenn es klappt, wovon ich überzeugt bin, haben wir einen Doppelmörder im Netz, der andernfalls vielleicht ungestraft davonkäme." Row blickte die MacGregors eindringlich an. „Allein der Gedanke an diese Möglichkeit geht mir derart gegen den Strich, dass ich das einfach nicht zulassen kann."

„In Ordnung." Janet MacGregor nickte. „Inspector Wallace, ich ermächtige Sie hiermit offiziell zu jeder legalen Maßnahme, um den mutmaßlichen Mörder der Macraes zu überführen. Ich werde Ihren Chief Superintendent am Montag darüber informieren."

„Vielen Dank, Madam."

Gavin MacGregor nickte Bill zu. „Schön, dass es noch engagierte Polizisten in unserer Stadt gibt."

Bill fühlte, dass er rot wurde. „Danke, Sir."

Row stand auf. „Dann machen wir uns an die Vorbereitungen. Vielen Dank, Janet, Gavin. Und dir auch, Michael."

„Ich bringe euch zur Tür", bot Michael an. „Ich darf doch davon ausgehen, dass wir uns morgen sehen?", fragte er Row, als er ihnen die Tür öffnete.

Sie verzog das Gesicht. „Darauf würde ich an deiner Stelle nicht wetten. Ich schulde dir zwar einen Gefallen – aber nicht den, dass ich morgen komme", kam sie seiner Forderung zuvor. „Jin-Hee Macrae wird morgen früh beerdigt, und ich habe ihrer Mutter versprochen, sie zu begleiten."

Er zuckte mit den Schultern. „Vielleicht hast du später ja noch Lust zu kommen. Und ich möchte auf jeden Fall auf dem Laufenden gehalten werden, wie die Sache ausgegangen ist. Viel Glück, ihr zwei."

Bill wartete, bis sie das Grundstück verlassen hatten. „Was ist morgen?"

„Eileens Verlobung mit Michael."

Er sah sie von der Seite an. „Warum willst du nicht hingehen?"

Sie schwieg, entriegelte den Wagen und wartete, bis Bill eingestiegen war, ehe sie losfuhr. Er glaubte schon, dass sie gar nicht antworten würde. Doch ein paar Minuten später brach sie das Schweigen.

„Ich habe es dir nie geschrieben, weil ich daran nicht erinnert werden wollte. Aber seit dem Tag, an dem ich mit Doro nach Japan geflogen bin, hat meine Familie getan, als gäbe es mich nicht mehr. Sie haben mir in den zehn Jahren keinen einzigen Brief geschrieben. Sie sind nicht mal zur Hochzeit gekommen."

„Das bin ich auch nicht."

Sie zuckte mit den Schultern. „Du stecktest mitten in einem Fall und hast keinen Urlaub bekommen. Das war was anderes."

In Wahrheit hatte er den Fall als Ausrede vorgeschoben, um nicht mit ansehen zu müssen, wie die Frau, die er liebte, einen anderen Mann heiratete. Von wegen „Braveheart".

„Das tut mir so leid, Row." Ebenso wie sein eigenes Verhalten. Er war ein solcher Idiot gewesen.

„Sie haben mich sogar Michaels Familie gegenüber totgeschwiegen. Erst als er durch einen dummen Zufall auf meine Existenz gestoßen ist und sich gewundert hat, warum ich nicht auf der Gästeliste für die Verlobung stehe, wurde ich eilends noch nachträglich eingeladen. Aber nicht, weil man mich bei der Feier dabeihaben will, sondern um vor den MacGregors den Schein zu wahren."

Er nickte. „Unter diesen Umständen würde ich auch nicht hingehen. Bei den MacGregors scheinst du aber seit vorhin einen Stein im Brett zu haben."

Sie lächelte. „Und den gedenke ich genau dort zu lassen. Etwas Besseres als gute Beziehungen zu einem Anwalt und einem Richter und einer Staatsanwältin kann mir als Privatermittlerin nicht passieren."

Sie hielten vor Rows Haus und stiegen aus.

„Was genau hast du vor, Row? Und was brauchst du von mir?"

„Alles, was du brauchst, um ein Geständnis aufzuzeichnen, ohne dass der Täter es mitbekommt. Ich werde unseren Mörder hierher locken."

„Und wenn das nicht klappt?"

„Das klappt. Vertrau mir." Row schloss die Tür auf und bedeutete Bill, ins Büro zu gehen. Sie selbst ging zur Verbindungstür am Ende des Flurs und öffnete sie. „Lennox!"

„Aye?", ertönte es von oben.

„Hast du Zeit? Ich könnte deine Hilfe gebrauchen."

Bill hörte den Mann die Treppe herunterkommen. Sekunden später kam er mit Row ins Büro. Er lief barfuß und trug nur Jeans und T-Shirt. Dann war dieser Aufzug gestern Morgen wohl tatsächlich kein Indiz dafür, dass er und Row die Nacht zusammen verbracht hatten. Aber diese Vertrautheit zwischen den beiden ... Lennox nickte Bill zu. Bill nickte zurück und hoffte, dass man ihm seine Reserviertheit nicht anmerkte.

„Was kann ich für dich tun, Lockhart?"

„Uns helfen, einen Doppelmörder dingfest zu machen. Ich brauche jemanden mit Kampferfahrung als Rückendeckung. Und wir müssten in deiner Wohnung für heute Abend eine Einsatzzentrale einrichten, wenn du damit einverstanden bist."

„Natürlich." Lennox grinste.

Bill hatte Don Cohen und Sergeant Annie Armstrong aus dem wohlverdienten Feierabend geholt, während Row dasselbe mit Major Gallagher getan hatte. Knapp zwei Stunden später hatten sie Lennox' Wohnung zur Kommandozentrale umfunktioniert. Gallagher hatte noch jemanden zur Unterstützung mitgebracht.

Row rief Captain Farrell an und schaltete das Gespräch auf den Lautsprecher, damit alle mithören konnten. „Guten Abend, Alex. Ich habe eine Bitte an Sie. Ich brauche die private Telefonnummer von Major Shaw. Könnten Sie mir die geben?"

„Ich weiß nicht, Rowan. Darf ich fragen, wozu Sie die brauchen?"

„Shaw ist der Mörder, Alex. Ich werde ihn überführen. Aber dazu muss ich ihn persönlich mit den Beweisen konfrontieren, die ich gesammelt habe." Sie zögerte. „Ich könnte dabei Ihre Hilfe gebrauchen. Können Sie zu mir kommen? Jetzt gleich? 32B Blackford Avenue."

Farrell war einen Moment lang still, ehe er entschied: „Ja, das geht. Ich kann in zwanzig Minuten bei Ihnen sein. Und Shaws Nummer ist 4447872."

„Vielen Dank, Alex. Bis gleich." Dann legte sie auf.

Gallagher blickte sie zweifelnd an. „Sie glauben wirklich, dass Ihr Plan klappt?"

Row lächelte. „Man muss den Leuten nur den richtigen Köder hinwerfen. Und das werde ich jetzt mit Major Shaw tun."

„Und wenn er nicht zu erreichen ist?", wandte Bill ein.

„Er ist", war Gallagher überzeugt. „Denn er hat von mir die explizite Anweisung, ständig erreichbar zu sein, bis der Fall abgeschlossen ist. Außerdem habe ich mich vergewissert, dass er zu Hause ist, bevor ich hergekommen bin. Und für den Notfall habe ich seine Mobilnummer." Er nickte Row zu. „Ich bin gespannt, wie Sie ihn dazu bewegen wollen, hierher zu kommen."

Sie grinste. „Ein guter Bluff zur rechten Zeit wirkt Wunder." Sie wählte Shaws Nummer. Der Major meldete sich bereits nach dem zweiten Freizeichen.

„Guten Abend, Major Shaw. Hier ist Rowan Lockhart."

„Woher haben Sie diese Nummer? Sie steht nicht im Telefonbuch."

„Wie Sie wissen, bin ich Privatermittlerin. Eine Telefonnummer rauszufinden ist für mich kein Problem."

„Was wollen Sie?"

„Ihnen sagen, dass Sie verloren haben, Major. Ich habe die Beweise für Ihre Schuld. Sie haben Captain Macrae und seine Frau ermordet. Und Sie sind auch der wahre Verräter. Morgen übergebe ich alles der Polizei und der Presse."

Einen Moment herrschte Schweigen. „Was soll das?"

„Das sagte ich gerade. Ich habe Sie nur angerufen, um Sie über den Stand der Dinge zu informieren. Zu welchem Zweck, das sollten Sie sich eigentlich denken können."

Er stieß einen undefinierbaren Laut aus, der zornig klang. „Ich habe nichts getan, das Sie beweisen könnten."

Row zuckte mit den Schultern. „Wenn Sie meinen. Dann wird es Sie sicherlich nicht stören, wenn die Polizei morgen vor Ihrer Tür steht und Sie verhaftet und die Presse einen dicken Artikel über den Soldaten bringt, der nicht nur seinem Kameraden und angeblichen Freund einen Hochverrat angehängt, sondern ihn und seine Frau auch noch ermordet hat."

„Was wollen Sie?" Das klang richtig wütend. „Wollen Sie mich erpressen? Wollen Sie Geld für Ihr Schweigen?"

Row grinste in die Runde und reckte den Daumen hoch. „Ich will, dass Sie zur Rechenschaft gezogen werden. So oder so. Bei Macrae wurde ein Selbstmord vorgetäuscht, damit jeder glauben sollte, dass er sich umgebracht hätte, weil er für den Verrat zur Rechenschaft gezogen werden sollte. Da ich im Gegensatz zu Ihnen zumindest noch einen Funken Ehre im Leib habe, informiere ich Sie, um Ihnen die Gelegenheit zu geben, das zu tun, was Sie bei Captain Macrae vorgetäuscht haben. Die Beweise sind eindeutig. Ihr Geständnis ist nicht erforderlich für die Rehabilitation des Captains. Morgen früh um acht Uhr gehen die Beweise zur Polizei. Ihre Entscheidung, ob Sie dann noch leben."

Row wartete seine Antwort nicht ab, sondern legte auf.

Gallagher stieß pfeifend die Luft aus. „Starker Tobak, den Sie ihm um die Ohren geblasen haben. Aber ob er deshalb gleich herkommt?"

Row grinste. „Was würden Sie an seiner Stelle tun, wenn jemand Sie anruft und droht, Beweise für zwei von Ihnen begangene Morde und einen Hochverrat in ein paar Stunden an Polizei und Presse zu liefern?"

Gallagher nickte bedächtig. „Ich würde schleunigst die Person aufsuchen und alles in meiner Macht Stehende tun, um sie nachhaltig davon abzubringen. Selbst wenn ich unschuldig wäre. Dann sogar erst recht, weil ich fürchten müsste, dass durch eine falsche Anschuldigung besonders im Hinblick auf Hochverrat mein guter Ruf für alle Zeiten ruiniert wäre."

„Moment", bat Bill. „Wir wissen doch, dass es gar keinen Verrat gegeben hat."

Row lächelte zufrieden. „Stimmt. Aber unser Mörder weiß nicht, dass wir das wissen."

Gallagher lachte und schüttelte den Kopf. „Ms Lockhart, ich bin froh, dass Sie auf unserer Seite stehen. Ein gefährliches Spiel, das Sie da spielen."

„Und die einzige Möglichkeit, die Aussicht auf Erfolg hat." Sie stand auf. „Gentlemen, Lady", sie nickte Annie Armstrong zu, „ich schlage vor, dass wir unsere Plätze einnehmen, damit das Drama beginnen kann. Lennox, für dich wird die Sache leider etwas unbequem."

Der Ex-Söldner winkte ab. „Kein Problem. Ich bin Schlimmeres gewohnt, als zusammengekauert in einer Ecke zu hocken."

Sie klopfte Lennox auf die Schulter.

„Dir ist klar, dass er versuchen wird, dich zu töten, Row." Bill blickte sie besorgt an.

Sie lächelte. „Das ist der Plan. Denn falls er nicht gesteht, können wir ihn immer noch für den Mordversuch an mir drankriegen."

„Verdammt, Row, das ist ..." Er schüttelte den Kopf.

„Leben und Tod sind eins, Bill. Zwei Seiten derselben Münze. Sollte heute mein Tag sein zu sterben, dann ist es dafür ein verdammt guter Tag."

„Hokahey", stimmte Lennox ihr mit dem indianischen Wort zu, das die Übersetzung dieses Sprichwortes bildete, und grinste. Bill warf ihm einen vernichtenden Blick zu.

„Ich spekuliere aber darauf, dass ihr Jungs mich vor dem Schlimmsten bewahrt, falls mir das nicht selbst gelingen sollte."

Lennox nickte nur.

„Worauf du wetten kannst", versicherte Bill.

Row lächelte. „Na, dann wollen wir mal." Sie ging mit Lennox ins Wohnzimmer. Bill folgte Gallagher widerstrebend ins Obergeschoss, ein stummes Gebet auf den Lippen, dass alles gut gehen möge.

Rowan stellte fest, dass Farrell hochgradig angespannt war, als er zehn Minuten später an der Tür klingelte.

„Kommen Sie rein, Alex. Und haben Sie vielen Dank, dass Sie gekommen sind." Sie führte ihn ins Wohnzimmer.

Er blickte sich um. „Nett haben Sie es hier."

„Vielen Dank. Nehmen Sie Platz. Ich würde Ihnen unter normalen Umständen etwas zu trinken anbieten, aber wenn Shaw gleich kommt, soll er auf keinen Fall merken, dass er nicht mit mir allein ist."

Farrell setzte sich in einen Sessel. „Was haben Sie vor? Und wie kann ich Ihnen dabei helfen? Sie sagten am Telefon, Sie hätten Beweise, dass Major Shaw der Schuldige ist." Erwartungsvoll sah er sie an.

Sie schüttelte den Kopf. „Nicht direkt. Ich habe eine Menge Indizien, die auf ihn und nur auf ihn als Täter hinweisen. Aber die reichen nicht aus, dass die Polizei ihm daraus einen Strick drehen könnte. Ich brauche sein Geständnis. Und ich habe ihn hierher gelockt, um es zu bekommen." Sie blickte auf die Uhr. „Er müsste in ein paar Minuten hier sein. Viertelstunde höchstens. Je nachdem, wie lange er braucht, um sich zu entscheiden, was er tun soll. Aber er wird kommen."

Farrell kniff die Augen zusammen. „Sind Sie verkabelt?"

Rowan lachte. „Alex, Sie sehen offenbar zu viele schlechte Krimis. Ich habe die Polizeiausbildung durchlaufen und kann Ihnen daher sagen, dass die Polizei eine solche Maßnahme nur bei einem stark begründeten Verdacht anordnen würde." Sie seufzte. „Aber genau das ist der springende Punkt. Es gibt für die Polizei nicht genug Verdachtsmomente gegen Major Shaw, sonst hätte die MP ihn schon längst einkassiert und er würde nicht immer noch frei herumlaufen." Sie schüttelte den Kopf. „Deshalb müssen wir ihn auf die herkömmliche Weise überführen. Und dafür brauche ich Sie, Alex. Als Zeugen. Ich werde ihm das Geständnis entlocken. Wenn ich mit ihm allein wäre, stünde hinterher Aussage gegen Aussage und er könnte alles leugnen. Aber wenn wir beide bezeugen können, was er gesagt hat, nützt ihm vor Gericht alles Leugnen nichts mehr. Er darf nur nicht sehen, dass Sie da sind, bis er gestanden hat. Wo haben Sie Ihren Wagen geparkt? Hoffentlich nicht vorm Haus?"

Er schüttelte den Kopf. „Ich habe ihn ein gutes Stück weiter rauf in der West Relugas Road abgestellt."

„Sehr gut. Dann wird Shaw nicht sofort Lunte riechen, wenn er kommt. Sie kennen ihn, Alex. Was ist er für ein Mensch? Wird er sich vergewissern, ob er mit mir allein ist?"

Farrell nickte. „Ich will ehrlich zu Ihnen sein, Rowan. Er wird versuchen, Sie zu töten. Da er dafür keine Zeugen gebrauchen kann, wird er nachsehen, ob sich hier noch jemand aufhält." Er deutete zur Decke. „Wohnt da oben jemand?"

„Ein Mieter. Der ist in Urlaub. Aber ich kann Sie da oben nicht verstecken, Alex, weil Sie von dort Shaws Geständnis nicht hören können."

Er blickte sie mit einem Ausdruck an, den sie nicht deuten konnte. „Sie gehen verdammt gelassen damit um, dass Shaw Sie umbringen will."

Sie lächelte. „Erstens bin ich nicht so leicht zu töten, wie gestern schon diese vier Typen feststellen mussten. Und außerdem vertraue ich darauf, dass Sie das verhindern werden. Sie haben doch eine Waffe dabei, oder?"

Er zögerte, ehe er nickte und auf seine Jackentasche klopfte.

„Sehr gut. Ich zeige Ihnen Ihr Versteck." Sie führte ihn zu der schmalen Lücke, die zwischen der Wand und einem der Stellschränke blieb, die ihren Schlafbereich vom Wohnzimmer trennten. Die Bambusstaude, die darin gestanden hatte, hatte sie ein Stück vorgerückt, gerade genug, dass ein Mann von Farrells Statur sich in der Lücke verstecken konnte. Mit dem dichten Bambus davor wirkte es, als gäbe es hinter der Pflanze keine Lücke zwischen Schrank und Wand. Ein perfektes Versteck. Farrell quetschte sich hinein.

Keine Sekunde zu früh, denn an der Tür klingelte jemand Sturm.

Rowan grinste. „Na, wer mag das wohl sein?"

Sie ging zur Tür. Shaw stand vor ihr und machte einen schnellen Schritt auf sie zu.

„Was zum Teufel wollen Sie, Ms Lockhart? Geld, nicht wahr? Und erzählen Sie mir nicht, Sie wollten keins. Ihr Privatschnüffler seid doch alle gleich."

„Ich wünsche Ihnen auch einen guten Abend, Major Shaw. Kommen Sie doch rein." Sie gab die Tür frei und deutete auf die offene Wohnzimmertür.

Shaw stürmte an ihr vorbei und sah sich um. Er ging auch in den Schlafzimmerbereich, um sich zu vergewissern, dass er mit Rowan allein war, genau wie Farrell es vorausgesagt hatte. Er blickte auch hinter die bis zum Boden reichenden Fenstervorhänge.

„Wie nett, dass Sie ungefragt in meine Privatsphäre eindringen, Major."

Er schnaubte. „Sie haben es gerade nötig, sich zu beschweren."

„Vergessen Sie nicht, hinter der Couch nachzusehen und im Kleiderschrank. Dort versteckt man sich doch traditionell, wenn man nicht entdeckt werden will."

Shaw stürmte am zweiten Bambus vorbei, der an der linken Seite zwischen Schrank und Wand stand und ebenfalls ein Stück vorgerückt war. Hinter ihm verdeckte ein Wandbehang, auf dem ein Wasserfall zu sehen war, die Lücke, in der der Topf mit dem Bambus früher gestanden hatte. Dahinter wiederum hockte Lennox und wartete auf seinen Einsatz. Shaw blieb vor Rowan stehen und starrte ihr aggressiv in die Augen.

„Sagen Sie mir endlich, wie viel Sie wollen. Danach geben Sie mir die angeblichen Beweise und lassen mich in Ruhe. Verstanden?"

„Da Sie Englisch sprechen – und das ziemlich laut –, verstehe ich Sie sehr gut. Bitte nehmen Sie Platz."

„Wozu?"

Sie setze sich auf die Couch. „Ihr Bild von Privatermittlern stammt offensichtlich aus schlechten Romanen oder Filmen. Man sollte diese Dinger verbieten. Zu Ihrer Information, Major: Ich bin nicht käuflich und nicht bestechlich. Damit Sie aber vollkommen klar sehen, was ich in der Hand habe, erlauben Sie mir, es Ihnen detailliert zu erläutern." Sie deutete auf einen Sessel.

Shaw funkelte sie noch ein paar Sekunden an, ehe er sich sichtbar widerstrebend setzte.

Sie hielt die Singletonflasche hoch, die auf dem Tisch stand. „Darf ich Ihnen einen Drink anbieten?"

„Nein danke." Das klang eisig.

Sie stellte die Flasche auf den Tisch zurück. „Es steht zweifelsfrei fest, dass Captain Macrae ermordet wurde."

Er schüttelte den Kopf. „Davon weiß die MP nichts."

Sie lehnte sich zurück und nickte. „Morgen früh erfahren sie es, Major. Und raten Sie, wen die in Verdacht haben werden, weil er unmittelbar vor Macraes Tod in seinem

Haus gesehen wurde." Sie deutete mit dem Finger auf ihn. „Sie. Der Captain hat mit seinem Mörder Singleton getrunken. Aber die Polizei hat am Tatort nur ein einziges Glas gefunden. Die Blutspritzer auf dem Beistelltisch zeigen aber an, dass zum Zeitpunkt seines Todes noch ein zweites Glas auf dem Tisch gestanden hat. Da es ein paar Blutstropfen abbekommen hat, wurde dadurch, dass es entfernt wurde, das Spritzmuster unterbrochen, was eindeutig beweist, dass jemand es nach Macraes Tod entfernt hat. In der Küche hat man kein benutztes Glas gefunden. Also muss der Mörder es entsorgt haben, damit man seine DNA nicht am Tatort findet." Sie beugte sich vor und sah Shaw in die Augen. „Sie sind, wie schon gesagt, der Einzige, den man zur fraglichen Zeit bei Macrae gesehen hat."

„Und daraus schließen Sie, dass nur ich der Mörder sein kann? Jeder Anwalt zerreißt Ihnen das Argument in der Luft."

„Vielleicht. Aber wenn Sie es angeblich nicht waren, warum waren Sie dann ausgerechnet an dem Tag zu der Zeit bei Macrae? Zu einer Zeit, wo Sie – im Gegensatz zu ihm – eigentlich Dienst hatten." Sie blickte ihn erwartungsvoll an.

Shaw schwieg.

Sie zuckte mit den Schultern. „Kommen wir zu den weiteren Beweisen. Um Captain Macrae mit dem Vorwurf des Hochverrats zu belasten, damit sein angeblicher Selbstmord plausibel würde, hat der Mörder, wann immer er und Macrae im Army Hauptquartier in London waren, mit Macraes Passwort und seiner Kennkarte – eventuell mit einer geklonten – Verteidigungspläne aufgerufen und kopiert. Sie waren nach meinen Ermittlungen ebenfalls jedes Mal dort, wenn Macrae einrücken musste."

„Und Dutzend andere Soldaten auch."

Sie nickte. „Aber die besitzen weder die erforderliche Sicherheitsfreigabe für diesen Bereich noch kennen sie

Macraes Passwörter. Sie schon." Sie blickte ihn bedeutsam an. „Ich denke, Sie merken langsam, dass sich die Schlinge um Ihren Hals immer enger zuzieht."

Er starrte sie an und schüttelte den Kopf. „Mein Gott, das ist ..." Erneutes Kopfschütteln.

„Als Mrs Macrae ermordet wurde, waren Sie, Major, wieder einmal nicht in der Garnison, obwohl Sie auch zu diesem Zeitpunkt Dienst hatten. Und die Dauer Ihrer Abwesenheit passt perfekt zu der Zeit, die der Mörder brauchte, um Mrs Macrae zu töten und sich des Wagens zu entledigen, mit dem er sie überfahren hat." Sie lächelte. „Und schon sitzt die Schlinge noch ein Stück fester."

Er schüttelte den Kopf. „Für meine Abwesenheit gibt es eine ganz einfache Erklärung."

„Welche?"

Er schwieg.

„Sie tun sich mit Ihrem Schweigen keinen Gefallen, Major."

Er schnaubte. „Wenn das alles an ‚Beweisen' ist, was Sie haben, Ms Lockhart, dann machen Sie sich der Verleumdung schuldig, wenn Sie das mit der Behauptung an die Presse geben, ich wäre Finns und Jin-Hees Mörder und ein Verräter obendrein."

Sie nickte. „Ich war auch noch nicht fertig. Kommen wir zum Mord an Jin-Hee. Sie erhielt, als sie von der Beerdigung ihres Mannes ins Hotel zurückkehrte, einen Anruf von einem Prepaid-Handy, mit dem jemand, den sie gut kannte, sie zu ihrem Haus bestellte. Falls Sie im Ernst glauben, dass ein Prepaid-Handy nicht zum Käufer zurückverfolgt werden kann, irren Sie sich. Ist zwar aufwändig und kompliziert, aber machbar."

Shaw lächelte eisig. „Sie haben gar nichts. Ich besitze so ein Handy nicht und habe niemals eins besessen. Und wenn Sie wirklich den Käufer des Handys ausfindig machen könnten, dann hätten Sie es schon längst getan."

„Noch habe ich den Käufer nicht ermittelt. Aber ich finde ihn. Kommen wir aber zum Mord an Captain Macrae zurück", kam sie einem weiteren Protest zuvor. „Sie hatten die Sache ganz anders geplant. Wie, das werden Sie mir sicherlich gleich sagen. Aber Ihr Plan wurde durchkreuzt. Denn was Sie nicht wussten – und was auch Macrae vorher nicht gewusst hatte – war, dass ausgerechnet an dem Morgen ein Handwerker sein Dach reparieren würde. Also mussten Sie improvisieren. Wahrscheinlich dachten Sie, dass der ganze Plan gescheitert wäre, und saßen in Ihrem Wagen oder standen irgendwo, von wo aus Sie das Haus sehen, aber selbst nicht gesehen werden konnten. Und Sie überlegten, was Sie nun tun sollten. Da sahen Sie, dass der Handwerker wegfuhr. Inzwischen war aber auch Jin-Hee weggefahren und nur noch der Captain im Haus. Also haben Sie beschlossen, zumindest einen Teil Ihres sorgfältig ausgeklügelten Plans durchzuführen und Macrae zu töten. Aber auch das hatten Sie ganz anders geplant, weshalb Sie erneut improvisieren mussten. Hier kommt jetzt ein gewisser Schraubenzieher ins Spiel."

Shaw schüttelte den Kopf. „Sie haben eine blühende Fantasie, Ms Lockhart. Aber nichts davon entspricht den Tatsachen."

Sie nickte. „Oh doch, Major. Alles, was ich sage, entspricht den Tatsachen. Erlauben Sie mir, den Rest der Geschichte zu erzählen, soweit er mir bekannt ist. Für den neuen Plan musste alles so aussehen, als hätte Macrae Selbstmord begangen. Ich bin mir nicht sicher, ob das der ursprüngliche Plan war – wahrscheinlich nicht –, aber er war die einzige noch verbleibende Möglichkeit, zumindest einen Teil von Plan A durchzuführen und wenigstens eine Zielperson zu töten: Macrae."

Shaw bedachte sie mit einem Blick, als hätte sie den Verstand verloren.

„Zu diesem Zweck", fuhr sie fort, „musste der Captain

betäubt werden, denn er hätte wohl kaum stillgehalten, wenn jemand ihn dazu hätte bringen wollen, sich einen Pistolenlauf in den Mund zu stecken und abzudrücken. Der Mörder hatte bereits für seinen ursprünglichen Plan Handschuhe dabei, um keine Spuren zu hinterlassen. Er ging in die Garage, um dort nach etwas Kleinem, Unauffälligem zu suchen, mit dem er Macrae hinterrücks bewusstlos schlagen konnte. Er sah die Werkzeugkiste des Handwerkers und nahm einen Schraubenzieher mit einem holzverkleideten Vollmetallgriff. Den Knauf des Griffes auf Macraes Kopf geschlagen, und er war lange genug bewusstlos, dass er nicht merkte, wie der Mörder – der ihn ja gut kannte und wusste, wo er seine Dienstwaffe aufbewahrt – diese mit dem dazugehörigen Schalldämpfer ausstatten und alles so inszenieren konnte, dass es nach Selbstmord aussah. Ein beinahe perfektes Verbrechen."

Shaw schnaubte und schüttelte den Kopf. „Das haben Sie sich fein ausgedacht, Ms Lockhart. Aber wenn das alles ist, haben Sie nicht den geringsten Beweis, dass ich irgendetwas mit Finns Tod zu tun habe."

Sie lächelte. „Ich war noch nicht fertig, denn jetzt komme ich zu den Fehlern, die der Mörder gemacht hat. Sie haben den Schraubenzieher in irgendeine Tasche Ihrer Jacke gesteckt oder welches Kleidungsstück Sie an dem Tag getragen haben, als Sie das Haus betraten, damit Captain Macrae ihn nicht sehen und zu ahnen beginnen konnte, dass Sie nicht auf einen Freundschaftsbesuch gekommen sind. Aber obwohl Sie bis dahin Handschuhe getragen haben – Einweghandschuhe, da alle anderen Faserspuren hinterlassen hätten –, haben Sie nicht bedacht, dass auch der Stoff der Tasche, in dem Sie ihn ins Haus geschmuggelt haben, Fasern am Schraubenzieher hinterlassen würde. Die Polizei hat diese Fasern bereits sichergestellt und analysiert. Und ich gehe jede Wette ein, dass diese Fasern einem Ihrer Kleidungsstücke zugeordnet werden können."

Shaw funkelte sie an. „Das ist absurd, Ms Lockhart. Absolut absurd. Selbst wenn es theoretisch so gewesen sein sollte, ich habe damit nichts zu tun. Finn war mein Freund und Jin-Hee wie eine Tochter für mich. Ich hätte keinem von ihnen jemals etwas angetan. Das schwöre ich bei Gott und allen Heiligen. Auf die Bibel, wenn Sie mir eine geben." Er sah ihr gerade in die Augen und hob die rechte Hand zum Schwur, als würde er vor Gericht einen Eid leisten.

Sie konzentrierte sich auf das, was sie von ihm fühlte: Betroffenheit, rechtschaffene Entrüstung, eine gewisse Ohnmacht, gepaart mit einem Hauch von Verzweiflung, Zorn und – Aufrichtigkeit.

Sie nickte. „Sie waren es tatsächlich nicht, Major Shaw", sie hob ihre Stimme, „sondern Sie, Alex. Sie sind der Mörder. Und sobald man Ihr DNA-Profil mit dem der Haare vergleicht, die man in dem Wagen gefunden hat, mit dem Sie Jin-Hee überfahren haben, und die weder dem Eigentümer noch einem seiner Familienmitglieder gehören, kann man Ihnen auch diesen Mord zweifelsfrei nachweisen." Ein Bluff, denn die Haare konnten theoretisch einem anderen Familienfremden gehören. Aber ein guter Bluff zur rechten Zeit ...

Shaw wollte etwas sagen, verzichtete aber darauf, als er Farrell aus seinem Versteck kommen sah – mit der Pistole in der Hand, die er auf Rowan richtete.

„Ziehen Sie sich aus", forderte er sie auf.

„Verdammt, Farrell, was soll das? Sie ..."

Farrell richtete die Waffe auf Shaw. „Sie halten den Mund, Major." Er gab Rowan einen Wink. „Ausziehen."

Sie spürte, dass er nicht vorhatte abzudrücken, noch nicht. Als sie nur noch in BH und Slip dastand, breitete sie die Arme aus und drehte sich um die eigene Achse. „Ich sagte doch, ich bin nicht verkabelt." Sie zog sich wieder an.

„Pech für Sie, Rowan. Ich weiß nicht wieso, aber Sie

sind so verdammt selbstsicher, dass es schon an Leichtsinn grenzt."

Sie setzte sich auf die Couch. „Sagen Sie mir, Alex, falls ich mich in irgendeinem bisher erwähnten Punkt geirrt haben sollte."

Er schüttelte den Kopf. „Das haben Sie nicht. Und ich gebe zu, ich bewundere Sie dafür. Nur schade, dass Sie das niemandem mehr werden mitteilen können."

Shaw sprang auf. „Verdammt, Farrell ..."

Farrell drosch ihm die Faust ins Gesicht, dass Shaw zurücktaumelte und rücklings in den Sessel fiel. „Sie halten den Mund. Ich habe mir in den letzten Jahren genug von Ihnen anhören müssen. Mehr als genug."

„Was er damit sagen will, Major, ist, dass er Sie ebenfalls töten wird. Das hatte er von Anfang an vor. Nicht wahr, Alex? Sie haben alle Spuren so gelegt, dass Major Shaw in Verdacht gerät, falls irgendwas schiefgehen sollte." Sie blickte Shaw an. „Nur zu Ihrer Information, Major, es hat nie einen Geheimnisverrat gegeben."

„Was?" Shaw starrte sie ungläubig an.

Sie nickte. „Ich weiß das von einer absolut zuverlässigen Quelle", sie blickte Farrell an, „nämlich von jemandem, der jemanden kennt, der jemanden kennt, der Augen und Ohren an entsprechenden Stellen in Nordkorea hat. Dort sind die Verteidigungspläne, die Captain Macrae angeblich verraten haben soll, niemals aufgetaucht."

Shaw presste den Handrücken gegen seine von Farrells Schlag aufgeplatzte Lippe und schüttelte ungläubig den Kopf.

Rowan nickte. „Inzwischen hat die MP erfahren, dass die ihr zugespielten Daten, die angeblich belegen, dass Captain Macrae Operations- und Verteidigungspläne kopiert haben soll, gefälscht sind. Man hat sie mit den Aufzeichnungen der Überwachungskameras im Londoner Hauptquartier abgeglichen und festgestellt, dass Macrae zu den fraglichen Zeiten überhaupt nicht an dem Server gewesen ist, in den er sich angeblich eingeloggt hat."

„Woher wissen Sie das?", fragte Shaw.

Sie lächelte. „Ich finde solche Dinge heraus, das ist mein Job." Sie wandte sich an Farrell. „Sie, Alex, haben bei einem oder verschiedenen Ihrer eigenen Aufenthalte im Hauptquartier die Daten entsprechend manipuliert. Als IT-Fachmann besitzen Sie die erforderlichen Kenntnisse, um die Manipulationen mit einem Timer zu programmieren, der sie erst lange nach Ihrem letzten Aufenthalt im HQ aktiviert."

Farrell neigte den Kopf. „Fahren Sie fort."

„Sie haben lediglich ein paar Seiten eines Verteidigungsplanes kopiert, die aber für sich genommen relativ unverfänglich sind. Für die haben Sie sich jemanden gesucht, der sie ins Koreanische übersetzt und ihm irgendeinen plausiblen Vorwand für den Inhalt genannt. Als Sie genug gefälschte Beweise für Macraes Verrat zusammengetragen hatten, war dieser Teil Ihres Plans perfekt. Sie haben nur noch den geeigneten Moment abgepasst, um die entsprechenden Unterlagen der MP und dem ‚Scotsman' zuzuspielen: einen Tag, von dem Sie wussten, dass Macrae zu Hause sein würde." Sie wandte sich an Shaw. „Sie, Major, hat er mit irgendeinem Trick ebenfalls zum Haus der Macraes gelockt, nicht wahr?"

Shaw nickte. „Ich erhielt eine E-Mail, in der Finn mich dringend bat, sofort zu ihm nach Hause zu kommen. Da er mir die nicht geschickt hätte, wenn es nicht wirklich dringend gewesen wäre, bin ich während meines Dienstes zu ihm gefahren. Aber das konnte ich der MP natürlich nicht erzählen. Die hätten mir doch gar nicht geglaubt. Besonders da die Nachricht verschwunden war, als ich sie noch einmal ansehen wollte, nachdem ich von Finns Tod erfahren hatte." Er blickte Farrell an. „Jetzt weiß ich auch warum."

„Und als Sie bei Macrae ankamen, stellten Sie fest, dass er gar nichts von einer Nachricht wusste."

Shaw nickte. „Wir dachten, dass sich jemand aus der Garnison einen Streich erlaubt hätte. So was kommt ab und zu mal vor, wenn die Soldaten Langeweile haben."

Rowan blickte Farrell an. „Die Nachricht haben Sie geschickt. Natürlich von irgendeinem Hotspot aus, damit man sie nicht zu Ihnen zurückverfolgen kann. Und auf eine ähnliche Weise haben Sie Major Shaw aus der Garnison gelockt, als Sie Jin-Hee ermordet haben, damit er kein Alibi hat."

Shaw nickte. „Ich erhielt einen Anruf, der angeblich von der Polizei kam, dass in mein Haus eingebrochen worden wäre. Ich sollte sofort kommen. Und als ich ankam, erwies sich das als Ente. Aber auch das hätte mir niemand geglaubt, weil es zu konstruiert geklungen hätte. Der Anrufer war aber nicht Captain Farrell."

„Natürlich nicht. Er hat garantiert irgendeinen Mann von der Straße dafür bezahlt, dass er bei Ihnen anruft, und es als Streich unter Freunden deklariert, damit der sich nichts dabei denkt. Sie hatten genau darauf spekuliert, Alex, dass Major Shaw diesen Anruf nicht zu seiner Verteidigung vorbringt. Und selbst wenn er der MP die Wahrheit gesagt hätte, hätte es keine Spuren gegeben, die auf Sie hingewiesen hätten."

„So ist es." Farrell nickte.

„An dem besagten Tag jedenfalls haben Sie irgendwo vor Macraes Haus gewartet, bis Major Shaw eintraf. Aber da hatten Sie schon festgestellt, dass der Handwerker da war und Ihr grandioser Plan, den Captain, seine Frau und Major Shaw auf einen Schlag zu töten, den Bach runterging."

„Verdammt, Farrell, warum?", fragte Shaw.

„Das ist doch offensichtlich", antwortete Rowan an Farrells Stelle. „Wegen Jin-Hee. Nicht wahr, Alex, Sie haben sie geliebt, schon die ganze Zeit. Sie hatten sich sogar

Chancen bei ihr ausgerechnet. Sie haben Sergeant Jameson befohlen, die Finger von ihr zu lassen, als er ein paar Mal mit ihr ausging. Jameson hat mir das bestätigt. Aber dann hat Jin-Hee Captain Macrae kennengelernt und sich in ihn verliebt. Als sie heirateten, wussten Sie, dass Sie sie endgültig verloren hatten, und brüteten Ihren Racheplan aus. Sie, Major Shaw, haben die beiden miteinander bekannt gemacht. Deshalb gab er Ihnen mehr oder weniger direkt die Schuld daran, dass er nicht mit Jin-Hee glücklich werden konnte. Was er nicht haben konnte, durfte auch kein anderer bekommen. Und als es doch so kam, musste derjenige ‚bestraft' werden, der sie ihm ‚weggenommen' hat. Nicht wahr, Alex?"

Farrell ballte die Faust. „Ja, ich habe sie geliebt. Und sie hat mir Hoffnungen gemacht. Mehr als Hoffnungen. Ist mit mir ausgegangen, hat keine Einladung abgeschlagen, hat meine Geschenke genommen und signalisiert, dass sie Ja sagen würde und nur noch ein bisschen Zeit brauchte; wegen dem, was sie in Korea erlebt hat. Ich hatte sie schon sicher."

Das mochte er geglaubt haben. In Wahrheit hatte er offensichtlich Jin-Hees asiatische Höflichkeit, die das Ablehnen von Geschenken und Einladungen als Beleidigung ansah, komplett missverstanden. Erst recht hatte er nicht begriffen, hinter welcher Form von höflichem Ja sich ein klares Nein verbarg. Auch Rowan hatte Jahre gebraucht, ehe sie das durchschaut hatte.

Farrell schüttelte die Faust gegen Shaw. „Und dann haben Sie Finn auf sie angesetzt. Weil ich Ihnen ja noch nie für irgendwas gut genug war. Ständig hatten Sie an mir was auszusetzen und haben mich schikaniert, wo Sie nur konnten."

Shaw starrte ihn perplex an. „Ich habe Sie gefordert, Farrell, um Ihr Potenzial zu fördern. Mit Lobhudeleien spornt man keinen Soldaten zu Bestleistungen an." Er schüttelte den Kopf. „Und Finn habe ich Jin-Hee lediglich im Rahmen der ganz normalen Höflichkeit vorgestellt. Dass die beiden sich verlieben, konnte ich nun wirklich nicht voraussehen."

Farrell schlug ihm erneut die Faust ins Gesicht. Shaws Augenbraue platzte auf. Blut lief ihm über das Gesicht. Er stöhnte vor Schmerz.

„Sie lügen. Ihretwegen habe ich Jin-Hee verloren. Und dann hat Finn sich auch noch erdreistet, sie zu heiraten und mich mit seinem Glück zu verhöhnen."

Shaw schüttelte den Kopf. „Sie sind ja wahnsinnig, Farrell."

Rowan nickte. „In der Tat. Aber der Wahnsinn geht noch weiter. Mrs Yoon hat mir erzählt, dass Sie, Major, Jin-Hee erzählt hätten, dass ihr Mann sie betrügt."

„Das stimmt." Shaw blickte Farrell an. „Er hat es mir gesagt. Er hätte Finn angeblich in einer eindeutigen Situation mit einer anderen Frau gesehen. Ich sagte ja schon, dass Jin-Hee für mich wie eine Tochter war. Ich wollte nicht, dass sie unglücklich ist. Ich habe Finn zur Rede gestellt, aber er leugnete. Ich habe ihm natürlich nicht gesagt, von wem die Information stammte. Da ich dachte, dass Farrell sein bester Freund wäre, kam es mir nicht in den Sinn, dass das eine Lüge sein könnte. Als ich bei Finn nicht weiterkam, habe ich Jin-Hee gegenüber diskret angedeutet, dass er möglicherweise nicht ganz zufrieden in seiner Ehe sein könnte."

„Was sie so interpretierte, dass ihr Mann eine Affäre hätte." Sie nickte Farrell zu. „Sie hatten darauf spekuliert, Alex, dass Jin-Hee wie eine europäische Frau reagiert und sich scheiden lässt. Dann hätten Sie sie getröstet und mit der Zeit davon überzeugt, dass Sie der richtige Mann für sie wären. Aber sie reagierte, wie es viele asiatische Frauen tun. Sie akzeptierte die angebliche Affäre ihres Mannes, litt stumm und zog sich emotional von ihm zurück. Und darum musste sie sterben. Korrekt so weit?"

Farrell nickte. „Sie sind wirklich gut. Das muss ich Ihnen lassen."

Rowan beugte sich vor und sah ihm in die Augen. „Verraten Sie mir, wie Ihr ursprünglicher Plan aussah. Wie wollten Sie den Tod von drei Menschen inszenieren, damit kein Verdacht auf Sie fällt?"

Farrell verzog das Gesicht. „Ich vermute, dass Sie sich das längst denken können, Rowan. Ich wäre scheinbar zufällig ebenfalls aufgetaucht, als alle drei im Haus waren, und hätte sie ohne Vorwarnung erschossen – am besten in einer Weise, die darauf hingedeutet hätte, dass man sie hingerichtet hatte. Wenn der angebliche Geheimnisverrat seinen Weg an die Öffentlichkeit gefunden hätte, hätte alle Welt geglaubt, dass die Koreaner Wind davon bekommen hätten, dass Finn als ihr Informant aufgeflogen war. Man hätte geglaubt, dass sie ihn und Jin-Hee mundtot gemacht hätten, damit sie ihre Kontaktleute nicht verraten könnten, wenn man sie verhören würde. Und Shaw hätte nur als Kollateralschaden gegolten, man hätte angenommen, dass er zufällig zur falschen Zeit am falschen Ort gewesen wäre. Ich hatte mir extra zu dem Zweck eine russische Waffe des Fabrikats besorgt, das vom nordkoreanischen Militär verwendet wird. Für den Fall, dass irgendwelche Zweifel aufgekommen wären, hatte ich kleine Spuren gelegt, die Shaw belasten würden. Nachdem alle möglicherweise an dem Verrat Beteiligten tot gewesen wären, hätte man die Ermittlungen irgendwann eingestellt, auch wenn es noch Ungereimtheiten gegeben hätte."

Rowan grinste. „Und dann vermasselte der Handwerker Ihren schönen Plan, weil er ausgerechnet an dem Tag, an dem die ganze Sache steigen sollte, bei Macrae das Dach reparierte. Aber immerhin hatten Sie Macrae erwischt. Unsere erste Begegnung auf dem Friedhof – Sie waren dort, um Ihren Triumph auszukosten."

Farrell lächelte. „Oh ja. An seinem Grab zu stehen und

zu wissen, dass er darin verrottet, war eine große Befriedigung."

„Zunächst wollten Sie sich nur mit mir im Guildford treffen, um den Schein zu wahren und mich dafür als Zeugin im Hintergrund zu haben, dass Sie hinter dem Rücken Ihrer Vorgesetzten um Ihren angeblichen Freund trauern."

Farrell ballte die Faust. „Er war mein Freund, bis er mir Jin-Hee weggenommen hat."

Rowan ging nicht darauf ein. „Und als Sie gemerkt haben, dass ich diejenige bin, die gesehen hat, wie Sie Jin-Hee überfahren haben, mussten Sie sich vergewissern, ob ich Sie erkannt habe."

„So ist es. Ich war beruhigt, als ich merkte, dass dem nicht so ist."

„Bei unserem zweiten Treffen im Guildford ist Ihnen dann der entscheidende Fehler unterlaufen, der mir gezeigt hat, dass auch Sie als Täter infrage kommen."

Er kniff die Augen zusammen. „Welcher sollte das sein?"

„Dass Sie die vier Schläger angeheuert haben, die mich einschüchtern, zusammenschlagen oder was auch immer tun sollten. Sie haben die Typen wahrscheinlich angewiesen, mich krankenhausreif zu schlagen. Und während ich in der Klinik gelegen hätte, hätten Sie genug Zeit gehabt, Major Shaw zu töten und alle Ihre Spuren zu verwischen. Es gab nur drei Leute, die von unserer Verabredung wussten: Sie, Sergeant Jameson und Major Shaw. Nachdem ich Jameson in Laufe meiner weiteren Ermittlung als Verdächtigen ausschließen konnte, blieben nur noch Sie und der Major übrig. Einer von Ihnen beiden musste es sein."

Rowan sah aus den Augenwinkeln, dass sich der Wandbehang in Farrells Rücken bewegt, hinter dem Lennox hockte. Er hatte begriffen, welche Richtung die Unterhaltung genommen hatte. Farrell würde sehr bald handeln und versuchen, sie und Shaw zu töten. Lennox wand sich vollkommen lautlos um den Bambustopf herum, wobei nur seine Zehen und Fingerspitzen den Boden berührten.

Shaw entdeckte Lennox, aber seine Gesichtszüge entglitten ihm nur für einem winzigen Moment. Rowan sorgte dafür, dass Farrell sich weiterhin auf sie konzentrierte und lange genug abgelenkt war, damit Lennox in Position gehen konnte.

„Sie haben sich durch Ihre Anwesenheit im Guildford ein Alibi verschafft, Alex. Erstens mussten Sie damit rechnen, dass etwas schiefgeht und dass die Typen mich verfehlen, eine andere Frau mit mir verwechseln oder einfach mit Ihrem Geld abhauen. Zweitens mussten Sie für den Fall vorbeugen, dass, wenn der Überfall nach Plan gelaufen wäre, die Polizei Ihr Alibi überprüft und nachforscht, ob Sie tatsächlich im Guildford auf mich gewartet haben."

Lennox richtete sich neben einem der Schränke auf, in der Hand einen Tonfa, einen armlangen Schlagstock mit einem rechtwinklig angebrachten Stabgriff, den sie beim Training benutzten. In der Hand eines erfahrenen Kämpfers war der Tonfa eine gefährliche und sogar tödliche Waffe.

Sie sah Farrell in die Augen. „Ich muss sagen, Ihre ganze Planung war brillant. Und wenn weder der Handwerker noch ich als unerwartete Variablen ins Spiel gekommen wären, hätte alles vorzüglich geklappt. Sie wären mit drei Morden davongekommen und hätten Captain Macraes Reputation so tief in den Dreck gezogen, dass sie für immer zerstört worden wäre. Und niemand wäre auf den Gedanken gekommen, dass der Dreifachmord andere Hintergründe hatte als den angeblichen Verrat."

Er nickte und lächelte siegessicher. „Das ist wahr. Aber Sie, Rowan, werden keine Gelegenheit haben, das noch irgendjemandem zu erzählen. Da Sie so dumm waren, noch nicht die Polizei zu informieren, wird es mir nicht schwerfallen, hier alles so zu arrangieren, als wären Sie und Shaw Opfer eines Einbruchs geworden."

Lennox hob den Tonfa.

Rowan lachte. „Alex, Sie sind ebenso überheblich wie intelligent. Und Arroganz verleitet zu Fehlern. Sehen Sie mal dort." Sie deutete auf das Paneel über dem Fenster, hinter dem die Gardinenaufhängung verborgen war. „Sehen Sie den dunklen Punkt, der wie eine Fliege aussieht? Das ist eine Funkkamera, die alles aufgenommen hat, was hier in diesem Raum geschehen ist. Und im Obergeschoss sitzen Major Gallagher, Inspector Wallace und ihre Leute. Sie haben verloren, Alex. Aber vielen Dank für Ihr Geständnis."

Farrell riss die Waffe hoch. Lennox reagierte fast ebenso schnell wie Rowan. Sie schnappte die Singletonflasche und warf sie gegen Farrells Arm. Der Schuss, den er abfeuerte, wurde abgelenkt und traf die Wand hinter ihr, als Lennox' Tonfa herabfuhr und Farrell den Arm brach. Shaw reagierte eine Sekunde später, sprang auf Farrell zu und schlug ihn mit einem Fausthieb zu Boden. Farrell schrie vor Schmerz und brüllte noch mehr, als Lennox ihm mit aller Kraft die Arme auf den Rücken drehte und dabei nicht die geringste Rücksicht auf den gebrochenen nahm.

Die Tür wurde aufgerissen. Bill stürmte herein.

„Row!" Er riss sie in die Arme und drückte sie an sich.

„Hey, ist ja gut. Nichts passiert."

Gallagher und sein Begleiter kamen herein und legten Farrell Handschellen an.

„Captain Alexander Farrell, Sie sind verhaftet wegen des dringenden Verdachts, Captain Finn Macrae und seine Frau ermordet zu haben, außerdem wegen des versuchten Mordes an Major Andrew Shaw und Ms Rowan Lockhart. Sie haben das Recht zu schweigen ..."

Bill drückte Rowan erneut an sich. „Verdammt, Row,

ich dachte, mir bleibt das Herz stehen, als ich den Schuss hörte. Der hätte dich treffen können."

„Ach was. Dazu war Farrell bei Weitem nicht schnell genug." Sie machte sich von ihm los und lächelte Lennox zu. „Danke, Lennox. Wir sind ein gutes Team."

Er grinste. „Aye."

„Du nimmst das ja alles ziemlich gelassen", knurrte Bill.

Sie klopfte ihm auf die Schulter. „Zumindest gelassener als du. Das war nicht die erste Kugel, die mir um die Ohren geflogen ist. Und in meinem Job wird es wohl auch nicht die letzte gewesen sein."

Sie hoffte es allerdings. Der Kugelhagel, in den sie geraten war, als sie vor fünf Jahren die Entführung einer Diplomatengattin durch die Yakuza verhindert hatte, genügte als Erfahrung auf dem Gebiet. Schließlich trug sie die Narben dieses Ereignisses auf ewig am Körper. Ein Schuss hatte ihren Oberschenkel durchschlagen und wie durch ein Wunder weder den Knochen noch die Arterie verletzt. Der Treffer in der Taille war nur eine sehr schmerzhafte, weil tiefe Fleischwunde gewesen.

Sie ging zu Shaw und hielt ihm die Hand hin. „Major Shaw, ich möchte mich für all das entschuldigen, was ich Ihnen an den Kopf geworfen habe. Und dafür, dass ich Sie unter Vorspiegelung falscher Tatsachen hierher gelockt habe. Aber das musste sein, um Farrell in Sicherheit zu wiegen."

Shaw zögerte nur kurz, ehe er ihre Hand ergriff und fest drückte. „Nach allem, was ich gerade gehört habe, haben Sie mir wahrscheinlich damit das Leben gerettet, Ms Lockhart. Wie es aussieht, war ich der Nächste auf Farrells Liste. Und wie ich ihn kenne, hätte er wohl nicht mehr lange gewartet, bis er seinen Plan in die Tat umgesetzt hätte." Er straffte sich. „Ich stehe in Ihrer Schuld. Wenn ich mal was für Sie tun kann ..."

Sie warf einen Blick auf Lennox, der mit untergeschlagenen Armen mitten im Wohnzimmer stand, den Tonfa unter den Arm geklemmt, und beobachtete, wie Gallagher Farrell nach weiteren Waffen abtastete. „Ja, das können Sie sogar sofort tun. Wenn ich Sie kurz in mein Büro bitten darf."

Sie ging an Bill vorbei, der sie befremdet ansah. Was hatte er bloß?

Sie wartete, bis Shaw ins Büro getreten war und schloss die Tür. Er betrachtete interessiert ihre Notizen am Whiteboard, ehe er sich ihr zuwandte.

„Ich nehme alles zurück, was ich über Privatermittler gesagt habe. Also, was kann ich für Sie tun?"

„Kennen Sie zufällig hier in Edinburgh einen Therapeuten, der sich mit posttraumatischen Belastungsstörungen bei Soldaten auskennt? Eventuell auch mit Folteropfern?"

Er nickte und blickte sie fragend an.

„Nicht für mich, Major. Für einen Kameraden."

„Wir haben einen Psychologen, der unser Regiment betreut, aber nebenbei auch eine ganz normale Praxis betreibt. Er ist auf diese Dinge spezialisiert. Ich schreibe Ihnen die Adresse auf."

„Danke, Major. Und es gibt noch etwas. Vielleicht wissen sie, dass Jin-Hee morgen um zehn beerdigt wird. Ich weiß nicht – und es geht mich auch nichts an –, wie viel Ihnen die Familie bedeutet. Mrs Yoon scheint mir aber sehr isoliert zu leben. Sie wäre Ihnen sicherlich sehr dankbar, wenn Sie sie in nächster Zeit mal besuchen würden."

Er neigte den Kopf zur Seite. „Sind Sie jetzt auch noch Sozialarbeiterin?"

Sie schüttelte den Kopf. „Nur ein Mensch, der verdammt gut weiß, wie sich Einsamkeit anfühlt."

Shaw sagte dazu nichts. „Ich komme in jedem Fall zur Beerdigung. Danke für alles, Ms Lockhart. Auch dafür, dass Sie Finns Unschuld bewiesen haben."

„Das war ich ihm schuldig. Schließlich war er mein ursprünglicher Auftraggeber."

Sie brachte ihn zur Tür. Gallagher und sein Begleiter führten Farrell ab, während Bill seinen beiden Kollegen im Wohnzimmer half, die Minikamera abzubauen.

Gallagher nickte ihr zu. „Ms Lockhart, haben Sie vielen Dank für Ihre Hilfe. Ich werde Sie weiterempfehlen, sollte jemals einer meiner Bekannten eine fähige Privatermittlerin brauchen."

„Vielen Dank, Major."

Er wandte sich an Shaw. „Begleiten Sie uns, Major? Dann können Sie heute noch Ihre Aussage über den Fall zu Protokoll geben."

Shaw nickte, verabschiedete sich von Rowan und folgte Gallagher. Sie ging ins Wohnzimmer und hob die Singletonflasche auf, die immer noch am Boden lag. Sie war zum Glück heil geblieben.

„Lennox, du warst großartig. Perfektes Timing, perfekter Zugriff. Danke."

Er winkte ab.

Sie schwenkte die Flasche. „Einen Schluck zur Feier des Tages?"

„Nein danke", wehrte Bills Begleiter ab und verstaute die Kamera in einer Schutzbox. „Ich bin froh, wenn für heute Schluss ist. Schönen Abend allerseits."

„Gleichfalls", lehnte auch Annie Armstrong ab. „Aber danke für die Einladung." Sie wandte sich an Bill. „Wenn Sie mich nicht mehr brauchen, Sir?"

Bill schüttelte den Kopf. „Danke, Sergeant. Ich wünsche Ihnen einen schönen Abend."

„Bill?" Rowan hielt ihm die Flasche einladend hin.

„Ein anderes Mal, Row. Ich muss meinen Bericht schreiben. Kannst du morgen für das Protokoll vorbeikommen? Sie auch, Mr Lennox?"

„Aye."

Sie nickte. „Ich komme nach der Beerdigung vorbei." Sie blickte ihn an. „Was ist los?"

„Nichts.“ Er lächelt schief und nickte ihr und Lennox zu. „Bis morgen.“

Rowan begleitete Bill zur Tür und ließ ihn hinaus. Er ging über den Vorgartenweg zur Straße und dann zu seinem Wagen. Was war nur los mit ihm? Sie hatte gefühlt, dass er verärgert war und enttäuscht, aber sie konnte sich auf keines dieser Gefühle einen Reim machen.

Sie schloss die Tür und verriegelte sie. Lennox stand im Flur und sah sie an. Offenbar hatte er noch etwas auf dem Herzen.

„Setzen wir uns noch einen Moment zusammen?“, fragte sie.

Er nickte. „Kommt mir sehr entgegen.“

„Geh schon mal ins Wohnzimmer. Ich muss noch zwei Anrufe tätigen.“

Rowan ging ins Büro und rief als Erstes die Pollacks an, um ihnen zu sagen, dass die Sache aufgeklärt war und Finn Macraes Unschuld in den nächsten Tagen öffentlich bekanntgegeben würde. Anschließend rief sie Michael MacGregor an. Sie gab ihm einen kurzen Bericht und bestätigte ihm, dass alle wohlauf seien.

Als Rowan nach dem Gespräch ins Wohnzimmer zurückkehrte, saß Lennox zurückgelehnt und mit geschlossenen Augen im Sessel. Er richtete sich auf, als sie eintrat. Sie reichte ihm den Zettel, den Shaw ihr gegeben hatte.

„Singleton? Oder lieber ein Guinness?“

„Zur Feier des Tages nehme ich einen Whisky.“ Er faltete den Zettel auseinander und warf ihr einen fragenden Blick zu.

„Der Mann ist Spezialist in der Behandlung posttraumatischer Belastungsstörungen bei Soldaten und Folteropfern.“ Sie stellte ein Glas vor ihn auf den Tisch und schenkte ein. „Ich will mich damit nicht in deine Angelegenheiten mischen, Lennox. Es ist deine Entscheidung, ob du ihn kontaktierst oder den Zettel wegwirfst.“

Er faltete ihn zusammen und steckte ihn in die Hosentasche.

Sie goss ihr Glas fingerbreit voll, schaltete Musik ein und setzte sich auf die Couch. Die Average White Band spielte „Every Beat of My Heart". Sie hob ihr Glas.

„Auf Singleton und Soul und dass wir noch leben."

„Aye, auf das Leben."

Sie tranken, schwiegen und lauschten der Musik eine Weile. Rowan fühlte sich zufrieden und leer zugleich. Zufrieden, weil sie den Fall abgeschlossen hatte und Macraes Unschuld bewiesen worden war. Leer, weil etwas Wichtiges in ihrem Leben fehlte. Aber das würde noch eine ganze Weile so bleiben. Vielleicht für immer.

Lennox straffte sich schließlich. „Ist vielleicht nicht gerade der beste Zeitpunkt, aber ich halte nichts davon, die Ausführung von Entscheidungen, die man getroffen hat, auf die lange Bank zu schieben."

Sie nickte. „Da haben wir noch was gemeinsam – außer unserer Vorliebe für Soul."

Er lächelte und tippte auf die Hosentasche, in die er den Zettel gesteckt hatte. „Danke für die Adresse. Kommt mir sehr entgegen. Ich will versuchen, alles wieder auf die Reihe zu bringen. Darüber wollte ich sowieso mit dir reden, über den beruflichen Aspekt meiner ... Zukunft."

„Lass hören."

„Ich war mein Leben lang Soldat. Erst bei den regulären Streitkräften, dann bei den Snipers Specials. Aber das ist vorbei. Ich will diesen Weg nicht mehr weitergehen." Er nahm einen Schluck und ließ den Whisky über seine Zunge rollen, ehe er weitersprach. „Ich hab mir von Anfang an gedacht, dass ich im zivilen Leben Selbstverteidigung unterrichte." Er zuckte mit den Schultern. „Was anderes als Kämpfen hab ich nun mal nicht gelernt."

Sie lächelte. Genau genommen hatte auch sie nichts anderes gelernt.

„Also, Lockhart, ich würde mich gern mit dir zusammentun, statt mir was Eigenes aufzubauen und dir Konkurrenz zu machen. Du hast ein gut eingerichtetes Dojo, aber nicht die erforderliche Zeit. Und du hast Stammkunden, denen etwas mehr Kontinuität guttäte."

Sie seufzte. „Nur allzu wahr. Zumindest Sammy und Tank und noch ein paar andere haben echtes Talent."

Er nickte. „Meine Meinung. Sie lernen von dir Togakure. Das beherrsche ich nicht. Aber wenn es dir recht ist und du meinen Vorschlag annimmst, würde ich mich gerne von dir darin ausbilden lassen, damit wir ein einheitliches System unterrichten. Ich weiß, das dauert Jahre. Aber ich könnte zunächst die Anfänger übernehmen, und du könntest weiterhin die Fortgeschritteneren betreuen. Auf diese Weise hätten wir die Möglichkeit, mehr Schüler als bisher zu unterrichten. Ich bin mir sicher, dass der Verdienst für mich sehr gut zum Leben reichen wird, und für dich sowieso, da der Unterricht für dich nur ein Nebenjob ist. Hab übrigens genug Geld gespart, um mich ordentlich in so eine Partnerschaft einkaufen zu können." Er blickte sie an. „Was hältst du davon?"

Sie hielt seinen Vorschlag für ein Gottesgeschenk. Er löste nicht nur das Problem ihrer viel zu knappen Zeit für den Unterricht. Er half ihr auch, schon sehr viel früher genau das aufzubauen, was sie erst für die Zeit geplant hatte, in der die Detektei so viele Aufträge hätte, dass sie sich einen Assistenten leisten konnte und nicht mehr alles selbst erledigen musste. Und wenn jemand von den wenigen Leuten, die sie kannte, es wert war, zum Togakure-Meister ausgebildet zu werden, dann Lennox.

Sie lächelte. „Lennox, ich mag dich." Sie hielt ihm die Hand hin. „Partner."

Er schlug ein. „Aye, Partner."

ZEHN

Samstag, 1. September 2012

Das Polizeirevier am Torphichen Place war nur mit der spärlichen Wochenendbesetzung bemannt, als Rowan gegen Mittag kam, um ihr Protokoll abzuliefern. Sie hatte ihren Bericht heute Morgen vor Jin-Hee Macraes Beerdigung geschrieben. Bill musste ihn nur zu den Akten nehmen.

Rowan war entgegen ihrer Befürchtung doch nicht die Einzige gewesen, die Mrs Yoon zum Begräbnis ihrer Tochter begleitet hatte. Eine Nachbarin war ebenfalls gekommen, und auch Major Shaw war dort gewesen. Er hatte nach der Beerdigung darauf bestanden, Mrs Yoon nach Hause zu fahren, und wie es aussah, hatte er vor, sich tatsächlich in der nächsten Zeit ein wenig um Jin-Hee Macraes Mutter zu kümmern. Wahrscheinlich würde er ihr bei der Gelegenheit auch erzählen, dass Rowan Privatermittlerin war. Sie wollte Mrs Yoon in den nächsten Tagen noch einmal besuchen und um Vergebung dafür bitten, dass sie ihr das nicht von Anfang an offenbart hatte.

Bill las sich ihren Bericht durch und legte ihn zur Seite. „Danke, Row. Damit ist die Sache für dich so weit erledigt. Wahrscheinlich wirst du im Prozess gegen Farrell aussagen müssen, aber bis der anberaumt wird, dauert es noch." Er legte die gefalteten Hände auf den Schreibtisch und sah zur Seite aus dem Fenster.

Der Tag war trübe. Seit heute Morgen lag Regen in der Luft. Die ersten Tropfen würden bald fallen. Wenn sie das schottische Wetter inzwischen wieder einigermaßen einschätzen konnte und sich nicht täuschte, würde es mindestens bis morgen früh regnen, sobald es einmal angefangen hatte.

Sie blickte Bill an und wartete darauf, dass er etwas sagen würde. Sie kannte ihn zu gut, um nicht zu wissen, dass er etwas auf dem Herzen hatte. Besonders da sie seit gestern Abend eine Entfremdung zwischen ihnen spürte. Doch er schien nicht gewillt, den Anfang zu machen.

„Was ist los, Bill? Und sag jetzt bloß nicht wieder ‚nichts'. Das würde ich dir verdammt übel nehmen."

Er seufzte. „Du hast dich sehr verändert, Row. Das ist mir gestern Abend nachdrücklich klar geworden. Du warst zwar schon immer eine Draufgängerin, aber niemals selbstmörderisch. Die Sache mit Farrell gestern ..." Er schüttelte den Kopf. „Verdammt, du hättest so leicht sterben können. Aber du hast so getan, als würde dir das überhaupt nichts ausmachen. Als wäre dir dein Leben egal." Er sah sie ernst an. „Du bist nicht mehr die Row, die ich kannte."

Das erklärte seine Enttäuschung. Rowan spürte den schmerzhaften Stich der Zurückweisung. Wieder einmal. Dabei hätte sie sich längst daran gewöhnen sollen. Das Gegenteil war der Fall. Wenn jemand sie zurückwies, der ihr gleichgültig war, konnte sie es problemlos wegstecken. Tat es aber jemand, der ihr nahe stand – so wie ihre Familie oder Bill –, schmerzte es einfach nur.

„Du täuschst dich, Bill. Im Gegensatz zu früher bin ich heute überhaupt nicht mehr draufgängerisch. Durch meine Togakure-Ausbildung habe ich erst gelernt, meine eigenen Fähigkeiten und Grenzen genau einzuschätzen. Ich weiß, was ich kann, und ich weiß, was ich nicht kann. Dieses Wissen gibt mir gerade in einer Situation wie gestern eine Sicherheit und Gelassenheit, die ich früher nicht hatte."

Rowan blickte nachdenklich aus dem Fenster. Die ersten Tropfen fielen, schlugen sanft gegen das Fenster und steigerten sich innerhalb weniger Momente zu einem rauschenden Trommelwirbel. Es klang beinahe wie der Regen auf dem Bambusvordach des Nobushi-Hauses in Yamagata. Ein heftiges Gefühl von Heimweh trieb ihr die Tränen in die Augen.

Es hatte keinen Sinn zu weinen, denn Tränen änderten nichts.

Sie sah Bill wieder an. „Du hast recht. Ich bin nicht mehr die Rowan, die du bis vor elf Jahren gekannt hast. Aber du täuschst dich, wenn du glaubst, dass mir mein Leben egal wäre. Wenn dem so wäre, wäre ich immer noch zu Hause bei Doro." Wieder drängten sich Tränen in ihre Augen. Diesmal mit solcher Macht, dass sie sie nur mit Mühe zurückhalten konnte.

Bill stand auf, kam um den Schreibtisch herum, zog sie vom Stuhl hoch und nahm sie in die Arme. „Verzeih mir, Row. So habe ich das nicht gemeint. Ich bin nur so ..."

Ihre Selbstbeherrschung brach zusammen. Sie lehnte sich an ihn, klammerte sich an ihm fest, presste das Gesicht gegen seine Schulter und weinte. Er strich ihr übers Haar, über den Rücken und hielt sie.

„Hey, ich hab's wirklich nicht so gemeint. Ich ... ich hatte nur eine Scheißangst um dich." Er drückte sie noch einmal an sich, ehe er sie auf Armeslänge von sich weg hielt und ihr in die Augen sah. „Wahrscheinlich bin ich durch die elf Jahre Trennung zu sehr von meiner unerschrockenen Row entwöhnt, dass ich vergessen habe, wie es ist, mit dir durch dick und dünn zu gehen."

Verlegen wischte sie sich die Tränen aus dem Gesicht. „Und jetzt musst du mich für ein komplettes Weichei halten."

Er grinste. „Allerdings."

Sie knuffte ihn in die Seite. Seufzend setzte sie sich auf die Tischkante.

Er wuschelte ihr durch das Haar. „Ich bin froh, dass dir nichts passiert ist. Und dass du überhaupt wieder da bist."

„Ich wusste nicht, wohin ich sonst hätte gehen sollen. Aber ich fühle mich hier immer noch fremd. Und Japan wird immer ein Teil von mir bleiben. Das Gute, das ich dort gelernt habe, werde ich niemals ablegen. Das wäre so, als würde ich Doro und die Liebe verraten, die uns verbunden hat. Die immer noch da ist."

Er lächelte und legte ihr einen Arm um die Schultern. „Das sollst du auch nicht. Aber wenn du willst, helfe ich dir, dich hier wieder zu Hause zu fühlen. Ich möchte die neue Row ebenso gut kennenlernen, wie ich die alte kannte. Bei näherer Betrachtung bin ich überzeugt, dass ich sie mögen werde. Mindestens so sehr wie die alte."

„Danke, Bill." Sie hauchte ihm einen Kuss auf die Wange.

Er wurde rot und räusperte sich. „Sehen wir uns heute Abend im Guildford? Um sieben? Dann kannst du mir von Japan erzählen und von Toga... wie immer das heißt."

„Aye", sagte sie und lächelte.

Rowan hatte keinen Schirm mitgenommen – sie hatte in ihrem ganzen Leben noch keinen besessen – und der Regen durchnässte sie schnell, als sie das Revier verließ und zu ihrem Wagen ging. Das machte ihr nichts aus. Sie liebte die Nässe auf ihrer Haut, die ihr ein Gefühl von Lebendigkeit vermittelte.

Als sie nach Hause fuhr, ging es ihr schlagartig besser. Es fühlte sich wunderbar an, nicht nur den Fall abgeschlossen und den Auftrag erfüllt zu haben, sondern gleichzeitig Finn Macraes Namen reingewaschen zu haben.

Wie versprochen rief sie Alan Cunningham an und gab ihm einen umfassenden Bericht aus erster Hand. Anschließend schrieb sie ihren Abschlussbericht für Elizabeth Pollack und rechnete ihre Arbeit minutiös ab. Von den dreitausend Pfund, die Macrae ihr geschickt hatte, blieben abzüglich ihrer Gebühren und aller Spesen noch siebenhunderteinundzwanzig Pfund und ein paar Pence übrig.

Sie bat um Bekanntgabe eines Kontos, auf das sie den Betrag überweisen sollte. Wie sie die Pollacks einschätzte, würden sie ihr den Rest als Bonus überlassen. Wenn nicht, konnte sie das problemlos verschmerzen. Über zweitausend Pfund für nur acht Tage Arbeit waren ein sehr guter Schnitt.

Sie druckte den Bericht aus und steckte ihn in einen Briefumschlag, als ihr Blick auf den Kalender fiel, der auf ihrem Schreibtisch lag. Samstag. Eileen und Michael MacGregor hatten sich heute verlobt. Die Feier war sicherlich noch in vollem Gange. Sie sah zur Uhr. Vier Uhr zehn. Theoretisch – rein theoretisch! – könnte sie noch für eine Stunde vorbeispringen. Da sie nachher mit Bill verabredet war, hatte sie sogar einen Grund, das Fest bald wieder zu verlassen – auch wenn sie eine Observation vorschieben würde.

Sollte sie es riskieren? Sie konnte mit großer Sicherheit voraussagen, dass die Begegnung mit ihrer Familie nicht ohne Missbilligung und Seitenhiebe ablaufen würde. Aber sie brauchte sich nicht zu verstecken. Vor niemandem. Nicht vor ihrer Familie oder irgendjemandem sonst. Und erst recht nicht in Anbetracht dessen, was sie in ihrem Leben schon geleistet und erreicht hatte.

Sie würde zu der Feier gehen. In einem rückenfreien Neckholder-Shirt, um aller Welt den Nobushi-Drachen zu zeigen.

Mit Stolz.

NACHBEMERKUNG

Liebe Leserin, lieber Leser,

ich hoffe, der Roman hat Ihnen gefallen und Ihnen einige kurzweilige Lesestunden bereitet. Er bildet den Auftakt einer Serie von Edinburgh-Krimis mit Rowan Lockhart, die hier ihren ersten Fall gelöst hat. Wie ich in der Vorbemerkung bereits erwähnte, sind die im Roman genannten Orte authentisch. Sie können sie alle in „Rowans Reiseführer" online besichtigen und ihren Spuren durch Edinburgh mit der App „Rowans Reiseführer" unter „Guidewriters" folgen (Link zur App: http://bit.ly/QHYRrY).

Der einzige nicht authentische Ort ist der im Roman erwähnte afrikanische Zwergstaat Nogoma. Er ist Fiktion und existiert lediglich als Schauplatz in einem meiner anderen Romanprojekte. Um keinem real existierenden afrikanischen König diplomatische Inkompetenz anzudichten, habe ich mir König Sayidur von Nogoma ausgeborgt. Er wird mir gewiss verzeihen.

„Singleton Soul" ist gleichzeitig der zweite Krimi einer Serie, deren Romane einen Single Malt Whisky in Kombination mit Musik im Titel tragen. Sie begann mit „Talisker Blues", in dem der Talisker eine wichtige Nebenrolle spielt, wenn auch von ganz anderer Art als der Singleton in diesem, und wird mit weiteren Folgen fortgesetzt. Denn beides – Whisky und Musik – gehört untrennbar zu Schottland.

Die früheste nachgewiesene Whiskyherstellung auf schottischem Boden wird auf das Jahr 1494 datiert. Als älteste noch aktive Brauerei Schottlands gilt Glenturret, die seit 1775 existiert. Ob Schottland oder Irland das Ursprungsland des Whiskys (irische Schreibweise: Whiskey) ist, konnte bis heute nicht historisch nachgewiesen werden. Zumindest was die Zahl der heute existierenden Brauereien betrifft, hat Schottland die Nase vorn mit knapp hundert aktiven Destillerien. Sieben davon stehen allein in Dufftown, einer kleinen Stadt in den Highlands in der Region Speyside am Ufer des River Fiddich. Ihr Motto lautet daher: „Rome was built on seven hills, Dufftown stands on seven stills." (Rom wurde auf sieben Hügeln gebaut, Dufftown steht auf sieben Brennblasen.)

Der Singleton, Rowans und Bills Lieblingsgetränk, stammt aus der 1895 als Dufftown-Glenlivet-Distillery gegründeten Brauerei und wird in drei Varianten als zwölf-, fünfzehn- und achtzehnjähriger Singleton angeboten. Unter Kennern trägt er den Beinamen „The Smooth" (der Weiche), weil er sich durch einen weichen Geschmack auszeichnet, der allen drei Abfüllungen eigen ist. Dennoch gibt es Unterschiede in den einzelnen Jahrgängen. Der zwölfjährige besitzt einen eher süß-fruchtigen Geschmack, der fünfzehnjährige hat einen süß-würzigen und der achtzehnjährige schmeckt nussig-fruchtig mit einem Hauch von Schokolade. Das Wasser, mit dem er gebraut wird, stammt aus der angeblich besten Quelle der Gegend, der „Highman John's Well", manchmal auch „Jock's Well" genannt. Seine unterschiedlichen Geschmacksrichtungen erhält er von den Fässern, in denen er gelagert wird.

Man trinkt ihn traditionell pur oder spült jeden Schluck mit einem kleineren Schluck reinen Quellwassers nach. Ob man ihn mit oder ohne Eis trinken sollte, bleibt Geschmacksache. Sollten Sie ihn oder einen anderen Whisky einmal trinken, wünsche ich Ihnen „Slàinte mhath!" – Gute Gesundheit!

GLOSSAR

der Namen und Begriffe aus dem Scots und dem Japanischen

In Klammern hinter dem jeweiligen Begriff steht die Lautschrift. Das „th" wird hierbei wie ein gelispeltes „s" ausgesprochen. Das R wird im Scots gerollt. Wo keine Angaben gemacht wurden, entspricht die Aussprache der Schreibweise.

SCOTS

aye (ai) – ja
cheers (tschiirs) – engl. Prosit
cheerio (tschirio) – tschüss
hiya (haia) – gebräuchlicher familiärer Gruß
lassie (laßi) – Mädchen (Verniedlichungsform)
Màire (maathi) – schottisch-gälische Form von Maria/Mary
mechty me! (mechti mii) – Allmächtiger! (als Ausruf oder Fluch)
naw (naa) – nein
Redcaps (redkäpps) – „Rotkappen", Spitzname für die Mitglieder der Royal Military Police (wegen der roten Baretts, die sie als Kopfbedeckung tragen)
Rowan (rauen) – Eberesche; ein gebräuchlicher englischer Vorname für Frauen und Männer
sporran (ßparen) – vor dem Kilt hängende Ledertasche, die auch als Geldbeutel dient

JAPANISCH

anzen (anzenn) – Sicherheit, Security
Azarni (asa'ni) – Distelblume; japanischer Frauenname

desu (des) – sein (Hilfsverb); kann je nach Satzzusammenhang „(ich) bin“ oder „(er/sie/es) ist“ bedeuten

dojo (doodschoo) – Trainingsraum für Kampfkünste

domo – danke

domo arigato gozaimasu (domo ariigato gosaimas) – vielen Dank (in dieser Form hauptsächlich von Frauen gebraucht)

gaijin (gaidschin) – Nichtjapaner/-in

genki desu (genki des) – Mir geht es gut (wörtl. „Ich bin gesund“); Antwort auf die Frage „Wie geht es Ihnen?“

giri – Pflicht

giri no kyodai (giri no kyoodai) – Schwager; wörtl. „Pflichtbruder“

Haiku – alte japanische Gedichtform, die aus drei Zeilen zu fünf, sieben und fünf Silben besteht; im Gegensatz zum Senryu (siehe unten) haben Haikus Naturbetrachtungen zum Inhalt

Hidoro – Lichtpfad; japanischer Männername

Hsi Men Jitsu (hßi men dschits) – ungefähr: der Weg zur Pforte des Geistes; eine mentale Technik des Togakure

konban wa – Guten Abend

konnichi wa (konnitschi wa) – Guten Tag (gebraucht von ca. zwölf Uhr mittags bis zum frühen Abend)

Ninjutsu (nindschuts) – alte asiatische Kampfkunst

Nobushi – japanischer Familienname; Zusammensetzung aus nobu in der Bedeutung von „Treue“ bzw. „Glauben“ und shi in der Bedeutung von „Meister“ oder „Lehrer“

Ogenki desu ka? (ogenki deska) – Wie geht es Ihnen?

ohayo gozaimasu (ohaioo gosaimas) – Guten Morgen

okasan (okaaßan) – Mutter

ryu (rju) – in der hier gebrauchten Form: Schule (insb. Kampfkunstschule)

-san (ßan) – an den Namen angehängte höfliche Anrede, die sowohl „Herr“ als auch „Frau“ oder „Fräulein“ bedeuten kann

sayonara (ßajonaara) – Auf Wiedersehen!

Senryu (ßenrju) – alte japanische Gedichtform, die aus drei Zeilen zu fünf, sieben und fünf Silben besteht; im Gegensatz zum Haiku (siehe oben) haben Senryus persönliche Gefühle oder philosophische Betrachtungen zum Inhalt

sonkei (ßonkej) – Respekt, Achtung

sumimasen – Es tut mir leid

Togakure – Name des Dorfes, aus dem Daisuke Nishina stammte; er wurde zum Begründer der Ninjutsu-Unterform, die später ebenfalls Togakure genannt wurde; wörtl. „verborgene Tür"

Tomoko – Kind der Weisheit; japanischer Männer- und Frauenname

tsukemono (tskemohno) – eingelegtes Gemüse; Bestandteil des japanischen Frühstücks

umeboshi – eine in Salzlake eingelegt grüne Pflaume, die sehr sauer schmeckt und daher belebend wirkt; sie ist Bestandteil des japanischen Frühstücks

yakusoku (jaksohk) – Ich verspreche es

Yamada – Gebirgs(reis)feld; japanischer Familienname

Yoshio – rechtschaffener Mann; japanischer Männername

KOREANISCH

Jin-Hee (tchinee) – koreanischer Frauenname; Bedeutung: wertvolle Freude

Yoon (jun) – Familienname; Bedeutung: der/das Älteste (Yoon ist die englische Schreibweise)

DANKSAGUNG

Bei der Arbeit an diesem Roman haben mich die folgenden Personen und Institutionen tatkräftig unterstützt, wofür ich mich herzlich bedanke!

Lee Chong, vom IP Counsel der Firma Diageo genehmigte die Verwendung des Namens „Singleton" im Titel dieses Romans.

Katja Wündrich vom Reiseveranstalter Wind & Cloud Travel, Edinburgh, gab Tipps über die Stadt und einige typische Edinburgher Gepflogenheiten.

Die **Lothian and Borders Police** in Edinburgh versorgte mich mit Informationen über die Arbeit der schottischen Kriminalpolizei (Criminal Investigation Department, CID).

Großmeister **Stephen Kinryu-Jien Hayes** lieferte detaillierte Informationen über Togakure-ryu und die Fähigkeiten, die eine Großmeisterin wie Rowan beherrschen kann.

Und das **Guildford Arms**, 1 West Register Street, Edinburgh, lieferte die Hintergrundatmosphäre und den Schauplatz für die „konspirativen Treffen".